王兆鹏讲宋词课

王兆鹏 著

凤凰出版社

图书在版编目（CIP）数据

王兆鹏讲宋词课 / 王兆鹏著. -- 南京 : 凤凰出版社，2021.6
ISBN 978-7-5506-3445-9

Ⅰ. ①王… Ⅱ. ①王… Ⅲ. ①宋词－诗歌欣赏 Ⅳ. ①I207.23

中国版本图书馆CIP数据核字(2021)第098139号

书　　名　王兆鹏讲宋词课
著　　者　王兆鹏
责任编辑　张永堃
特约编辑　黄如嘉
装帧设计　徐　慧
出版发行　凤凰出版社(原江苏古籍出版社)
　　　　　发行部电话025-83223462
出版社地址　江苏省南京市中央路165号，邮编:210009
出版社网址　http://www.fhcbs.com
照　　排　凤凰零距离数字印前中心
印　　刷　徐州绪权印刷有限公司
　　　　　江苏省徐州市高新技术产业开发区第三工业园经纬路16号
开　　本　890毫米×1240毫米　1/32
印　　张　9.75
字　　数　244千字
版　　次　2021年6月第1版
印　　次　2021年6月第1次印刷
标准书号　ISBN 978-7-5506-3445-9
定　　价　48.00元
　　　　　(本书凡印装错误可向承印厂调换，电话:0516-83897699)

南宋　马远　《林和靖梅花图》

宋　佚名　《赤壁图》

宋　苏汉臣　《秋庭戏婴图》

宋　李唐　《秋江待渡图》

序

本书是应莫砺锋教授的邀约而编成。他是我的学长，年龄既长我十岁，问学也早我数年。他在程千帆先生门下博士毕业三年后，我才考入唐圭璋先生门下读博；他是袁行霈先生主编的《中国文学史》宋代文学部分的主编，我是作者；他现任中国宋代文学学会会长，我是副会长。他的《莫砺锋讲唐诗课》出版后，深受欢迎，出版社邀请他再编一本《莫砺锋讲宋诗课》，他希望我编撰一本《王兆鹏讲宋词课》，以成姊妹编。学长雅命，自当听从。而我承乏忝任中国词学研究会会长，也有责任推广宋词，使宋词与宋诗联镳并辔，翔双鹄于交衢，驭二龙于天路。

我与砺锋兄的合作，始于三十多年前。1987 年秋，我负笈南京，侍列唐圭璋先生门墙。不久，就与砺锋兄结识。他送我一部他亲手抄刻的油印本博士论文《江西诗派研究》，我拜读后佩服不已，颇有刘邦初见秦始皇时所生“大丈夫当如此”的感慨，奉为做博士论文对标学习的范本。当时没有电脑，又经济困难，舍不得花钱买稿纸，就把他的博士论文从对折处裁开，用背面做稿纸。我的博士论文《宋南渡词人群体研究》初稿就写在他的博士论文的背面。砺锋兄至今都不知道我曾经以这种方式与他背靠背地“单边合作”过。

我与砺锋兄的正式合作，是 1996 年参编袁行霈先生主编的《中国文学史》。砺锋兄是第五编宋代文学卷的主编，他包干宋代诗文，宋词则约我承担。编撰期间，他曾赴韩国讲学一年，有时开主编会，就由我代他出席。会后向他报告会上的讨论情况和相关决定。频繁书信往来，共同讨论书稿，甚得切磋之益。他是主编，审阅我的稿子是本分，可他虚心谦逊，也把他写的书稿给我细读，相互打磨。两人写的书稿，力求做到观点一致、语体风格统一，如出一手。

师友渊源上，我俩也有密切的关系。我的导师唐圭璋先生是他博士论文的答辩委员，而他的导师程千帆先生是我博士论文的答辩主席，对我鼓励有加。我在读博士之前，就有幸拜识了程先生。那是 1986 年冬天，他应邀到湖北大学讲学，我当时在职读硕士研究生，每次课前课后都是我接送，因而与他很熟稔。到南京读博后，每年春节我都去给程先生拜年，趁机聆听他的耳提面命。他的学术思想和治学方法，对我启迪很大。而他评阅我博士论文的第一句话："这是一篇相当优秀的博士论文。"对当时不太自信的我来说，是莫大的鼓舞，从此激发了我做学问的自信。

我治学，既追求专深，也注意普及。这是传承先师唐圭璋先生的治学传统。他毕生治词，很注意普及。早在 1930 年代全力编纂《全宋词》时，就抽空为《宋词三百首》作笺注。朱彊村原编《宋词三百首》，1924 年刊印的白文本，印数不多，影响有限。自从唐先生为之笺注辑评，1934 年由上海神州国光社出版排印本之后，才广为流传，其后多次再版重印。1958 年中华书局上海编辑所重版后，更是风行两岸三地。程先生在回忆唐先生的《圭翁杂忆》中说："朱古微《宋词三百首》为近代影响极大之选本，霜厓（吴梅）师尤重视之。翁早岁即斐然有著述之意，因博采词话，旁及小说杂记，以为之笺。书成，辟疆师为推荐于神州国光社印行，以时主该社者为早岁弟子王礼锡也。书既出，风行海内，重版多次。乃该社办事不周，竟忘致稿酬。抗战发生，该社停办，翁遂一无所获。在成都时，偶一谈及，一笑而已。以是知翁之雅量高致也。"可以说，

《宋词三百首》能风行天下，成为20世纪以来影响最大的宋词选本，得力于唐先生的笺注为多。唐先生自己编著的《唐宋词简释》，是一部独具特色的选本。与一般注释音义、阐明词意的选本不同，其书专讲词的章法结构、表现技巧。词作的审美层次、艺术奥秘，一经揭示，豁然明朗。细读此书，可了悟词法、词艺、词心、词境。

我博士毕业三十年来，先后主编、独著、合撰的词选有二三十种，旨在弘扬唐门学术，推广唐宋诗词，让“旧时王谢堂前燕，飞入寻常百姓家”。我力求以学术的态度做宋词的普及，有的原本是学术成果的转化。比如2012年在中华书局出版的《宋词排行榜》，就是我和门下博士生郁玉英在《文学评论》上合作发表的《宋词经典名篇的定量考察》论文的转化。用“排行榜”做书名，只是一种传播策略。

本书是学术与普及并重，旧文与新作兼收，旨在体现讲词的多元化。既有考据，也有阐释和赏析。有学术性论文，也有普及性文章，有的是面向社会大众讲座后根据录音整理而成，很口语化和通俗化。结构上大体遵循《莫砺锋讲宋诗课》的框架，分成三讲。第一讲是概说宋词，既用定性分析的方法梳理词的发展历程、词调的源流体式和词的主题类型，也用定量分析的方法比较衡定宋词影响力的大小。第二讲是漫说词人，主要评述潘阆、柳永、苏轼、秦观、李清照、辛弃疾等几位名家的人生经历、人格个性和词作特色。第三讲简说词作50首，是多年来为报刊和读本写的评点赏析文章的汇集。篇幅有长有短，评赏的角度各有不同，都是一得之见。期待读者的批评指数。

王兆鹏

2020年11月28日于武昌南湖之滨

目次

第一讲 概说宋词

第二讲 漫说词人

第三讲 简说词作

第一讲

概说宋词

从庙堂到江湖

——宋词发展的六个阶段

宋词是中国词史上的鼎盛时期。名家辈出，佳作如林。词史上艺术成就最高、作品生命力最强劲、影响力最深远的词人，绝大多数都出现在宋代。像柳永、苏轼、周邦彦、李清照、辛弃疾、姜夔等著名词人，不仅光耀一世，而且“衣被数代”。他们的词作，代表着词体艺术的最高成就。而词史上最为传诵、最受读者欢迎的名篇佳作，也绝大多数是宋词，如苏轼的《念奴娇·赤壁怀古》和《水调歌头》（明月几时有），柳永的《雨霖铃》、李清照的《声声慢》、辛弃疾的《摸鱼儿》（更能消）、姜夔的《暗香》《疏影》等，都是历久弥新的经典杰作。宋代还是词调竞繁、词体大备的时代。现存宋词 21085 首，所用词调多达 881 个，其中只有 100 多调是沿用唐五代的旧调，其余 700 多调都是宋人创作的新调。其创调之丰富，用调之繁多，在整个词史上雄居高峰，前无古人，后无继者。明清人填词所用调，基本上是沿用唐宋人所用之调，自度新声很少。不同的词调，具有不同的声情韵味。词调词体的繁富，使得宋词的审美风貌和艺术韵味也是千姿百态、异彩纷呈。

宋词的风格流派，如百花齐放。因为宋代词人自己没有明确提出或标榜什么流派，故后人从不同的角度划分，会有不同的看法。

既有四派之分，又有八派之说①。在 20 世纪影响最大的，是“婉约”、“豪放”两分法。最早提出这两分法的是明人张綖。他在《诗余图谱·凡例》附识里说：

> 词体大略有二，一体婉约，一体豪放。婉约者欲其词情蕴藉，豪放者欲其气象恢弘。盖亦存乎其人。如秦少游之作多是婉约，苏子瞻之作多是豪放。大抵词体以婉约为正。

清初王士禛《花草蒙拾》又将二“体”改为二“派”：

> 张南湖论词派有二，一曰婉约，一曰豪放。仆谓婉约以易安为宗，豪放惟幼安称首。皆吾济南人，难乎为继矣。

这两分法原本就有局限，而且仅仅是说宋词有这两派，并没有说宋词只有这两派。但到了 20 世纪 50 年代以后，这两分法却一度被奉为圭臬，所有的宋代词人都被纳入这两派之内进行归类划派，非此即彼。这种简单化的做法，后来遭到批评和非议。现在论述宋词流派者，一般不再局限于这两分法，而是进行多角度多层次的分析。

宋词是词史上的高峰，但并不是一步就走向辉煌，而是经历了漫长而曲折的发展历程。以下试从词人群体的更迭、政治环境的变化、抒情范式的变革等方面来分期考察宋词的发展演进。两宋三百

---

① 清人郭麐《灵芬馆词话》卷一将宋词分为四派：“词之为体，大略有四：风流华美，浑然天成，如美人临妆，却扇一顾，花间诸人是也。晏元献、欧阳永叔诸人继之。施朱傅粉，学步习容，如宫女题红，含情幽艳，秦、周、贺、晁诸人是也。柳七则靡曼近俗矣。姜、张诸子，一洗华靡，独标清绮，如瘦石孤花，清笙幽磬，入其境者，疑有仙灵，闻其声者，人人自远。梦窗、竹屋，或扬或沿，皆有新隽，词之能事备矣。至东坡以横绝一代之才，凌厉一世之气，间作倚声，意若不屑，雄词高唱，别为一宗。辛、刘则粗豪太甚矣。其余幺弦孤韵，时亦可喜。溯其派别，不出四者。”今人詹安泰《宋词风格流派略谈》将宋词分为真率明朗、高旷清雄、婉约清新、奇艳俊秀、典丽精工、豪迈奔放、骚雅清劲、密丽险涩八派。

余年的词坛，先后共出现过六代词人群体，宋词的发展历程也相应地经历了六个阶段。

第一代词人群（1017—1067）的因革[①]

第一代词人群，以柳永（987？—1053?）、范仲淹（989—1052）、张先（990—1078）、晏殊（991—1055）、欧阳修（1007—1072）等为代表。另有宋祁（998—1061）、杜安世等人。他们主要生活在真宗、仁宗两朝的“承平”时代，个体的社会地位都比较显达，除柳永、张先以外，差不多都是庙堂台阁重臣，其中晏殊、范仲淹和欧阳修官至宰辅，位极人臣，人生命运相对来说比较顺利适意。其词所反映的主要是“承平”时代的享乐意识和乐极生悲后对人生的反思。

这一代词人，从创作倾向上可分为两个创作阵营：柳永、张先为一阵营，晏殊、欧阳修、范仲淹、宋祁等为一个阵营。

晏、欧诸人，虽然词作并不少，但都不是专力为词的词人，“或一时兴到之作，未为专诣”（冯煦《蒿庵论词》），走的是五代花间、南唐词人的老路，继承性大于创造性，连词调、词体的选择和运用都跟五代词人一样，是以小令为主。不过，晏殊和欧阳修等人，在宋词的发展史上，仍然有创造性的贡献。他们以众多的艺术圆熟、意境浑成的典范之作，强化了温庭筠等花间词人开创、定型的抒情范式，进一步确立了以小令为主的文本体式、以柔情为主

① 这里之所以把宋词的第一代人群（宋词发展的第一阶段）从1017年算起而舍弃了宋初半个多世纪，是因为宋初半个多世纪词人词作甚少，仅有10余位作者传存词作33首，词坛上没有形成一个独立的时期。宋词走上独立的发展道路，实以柳永等人走上词坛为标志。李清照《词论》评“本朝”乐章，就是以柳永为开端：“逮至本朝。礼乐文武大备，又涵养百余年，始有柳屯田永者，变旧声作新声。”

的题材取向和以柔软婉丽为美的审美规范。在题材、艺术上也有所开拓创新。如晏殊的《破阵子》（燕子来时新社），将艺术镜头由传统的青楼歌妓、红粉佳人移到了乡村“采桑径里”的女伴，人物形象的描绘生动传神，一洗秾艳的脂粉气，给词坛带来一股自然清新的气息。范仲淹的《渔家傲》（塞下秋来风景异）更将艺术视野延伸向塞外孤城，让“白发将军”和戍边征夫昂首走进词世界，尤其具有开创性。伴随“白发将军”而来的，还有欧阳修笔下“挥毫万字”的“文章太守”（《朝中措》）、“四纪才名天下重”的元老勋臣（《渔家傲》），苏舜钦笔下“壮年憔悴”“耻疏闲”的大丈夫（《水调歌头》）等抒情人物形象。这些男子汉、大丈夫形象的出现，动摇了五代以来词世界由红粉佳人一统天下的格局，预示着男性士大夫的抒情形象，已开始进入词世界而欲与红粉佳人平分秋色。

十一世纪上半叶的词坛，是宋词的“因革期”。既有因循传承，又有革新创造。如果说，晏、欧们主要是因循五代花间、南唐词风，因循多于革新，那么，柳永则主要是对五代词风的革命，其革新、创造多于因循。

概括地说，柳永具有“三创”之功：

一是创体。柳永大力创作慢词，扩大了词的体制，增加了词的内容涵量，也提高了词的表现能力，从而为宋词的发展提供了最基本的艺术形式与文本规范。如果没有柳永对慢词的探索创造，后来的苏轼和辛弃疾等人或许只能在小令世界中左冲右突而难以创造出辉煌的篇章（苏、辛名作多为慢词）。同时的张先、欧阳修、杜安世、苏舜钦、聂冠卿、沈唐、刘潜、李冠等人也或多或少创作过慢词。他们的实践，也促进了慢词的发展。

二是创意。柳永给词注入了新的情感特质和审美内涵。晚唐五代以来的文人词，大多是表现普泛化的情感，词中的情感世界是类型化的、“共我”的情感世界，与词人自己的内心世界分离错位，不像诗中的情感世界那样与诗人自我的心灵世界对应同一。其中只有韦庄和李煜的有些词作开始表现自我的人生感受。柳永沿着李煜开启的方向，注意把词的抒情取向转移到自我独特的人生体验上来，表现自我的情感心态、喜怒哀乐。他的羁旅行役词，就是宣泄他在仕途上挣扎沉浮的种种苦闷。其中的情感世界，是“荡子”柳永自我独特的心灵世界，从而冲决了此前词中普泛化、类型化的情感世界的藩篱，给词的情感增添了个体化、自我化的色彩，使词的抒情取向朝着创作主体的内心世界回归、贴近。此后的苏轼，虽然词风与柳永大相径庭，但在抒情取向上却是沿着柳永开辟的自我化、个体化方向前进的。

三是创法。晚唐五代词，最常见的抒情方法是意象烘托传情法，即运用比兴手段，通过一系列的外在物象来烘托、映衬抒情主人公瞬间性的情思心绪。而柳永则将赋法移植于词，铺叙展衍，或者对人物的情态心理进行直接的刻画；或者对情事发生、发展的场面性、过程性进行细致描绘，以展现不同时空场景中人物不同的情感心态。因而他的抒情词往往带有一定的叙事性、情节性。从小令到慢词，体制扩大，结构有变。柳永的铺叙衍情法，正适应、满足了慢词体制结构变化的需要，解决了词的传统抒情方法与新兴体制之间的矛盾，推动了慢词艺术的发展。后代词人，诸如秦观、周邦彦等，多承此法并变化而用之。

张先的年岁与柳永相仿而高寿，他享年八十九岁，创作活动一直延续到第二代词人陆续登上词坛后的神宗熙宁年间（1068—1077），颇受新一代词坛领袖苏轼的敬重。张先创造了不少脍炙人口的抒情写景名句，提高了词的艺术品位。他创作的慢词，数量仅次于柳永，对慢词艺术的发展也起了一定的推进作用。张先词又常用题序，缘题赋词，写眼前景、身边事，具有一定的“纪实性”。

词的题材取向开始由远离创作主体的普泛化情事转向贴近于创作主体的日常生活环境，由因情“造境”转向纪实“写境”。从此，词像诗一样也具有表现创作主体自我生活世界和心灵世界的功能。其后苏轼词多用题序，点明词作的时、地、环境和创作动机，就是受到张先的启发和影响。

第二代词人群（1068—1125）的开创

第二代词人群，是以苏轼（1036—1101）、晏几道（1038—1110）、黄庭坚（1045—1105）、秦观（1049—1100）、贺铸（1052—1125）、周邦彦（1055—1121）等为代表的元祐词人群。此外著名的词人还有王安石（1021—1086）、王观、李之仪（1048—1127）、赵令畤（1051—1134）、晁补之（1053—1100）、陈师道（1063—1101）、毛滂（1064—1121）等。

这代词人的创作历时半个世纪，大致始于十一世纪六十年代中期，终于十二世纪二十年代初。第一代词人柳永、范仲淹、晏殊等已于十一世纪五十年代先后去世，只有张先、欧阳修两位词坛老将活到七十年代而亲手传下接力棒。第二代词人中，王安石、苏轼的词创作开始于六十年代。而作为一代词坛领袖的苏轼，其词风直到七十年代，亦即欧阳修、张先行将退出词坛之际，才走向成熟。其他如黄庭坚、秦观、贺铸等，也是到七十年代后才崭露头角。故第二代词人的创作年代主要是在神宗、哲宗、徽宗三朝（1068—1125）。

这代词人所处的时代，是政治“变革”的时代，也可以说是政局多变、新旧党争此起彼伏、党派之间相互“倾轧”的时代。神宗朝（1068—1085），新党执政，推行新法，反对变法的旧党人士大多被排斥出朝廷。哲宗元祐年间（1086—1093），高太后垂帘听政，起用旧党人士而力斥新党。属于旧党的苏轼及苏门诸君子纷纷回朝，会师于汴京，诗词酬唱，酒酣耳热，文坛盛况空前。高太后归天后，在哲宗亲政的绍圣、元符（1094—1100）年间，新党卷土重来，并大肆迫害旧党人士。苏轼及其门下士都受到残酷打击，贬谪放逐，无一幸免。徽宗即位之初（1100），还想调和新旧两党的争斗，但一年之后，新党的投机分子蔡京等执政，就大开杀戒，对旧党实施了更为严酷的打击。政局的动荡变化，直接影响了卷入党争漩涡的词人的命运。苏轼及苏门词人的升沉荣辱紧随着政局的动荡而变化。这一代词人比上一代词人更普遍、更多地体验到命运的坎坷、人生的失意和仕途的蹭蹬，他们都是文坛上有盛名而政坛上无高位的失意文士。因而，这个时期的词作主要表现的是个体生存的忧患和人生失意的苦闷。

从社交群体看，这一代词人大致可划分为两个群体：一是以苏轼为领袖的苏门词人群，黄庭坚、秦观、晁补之、李之仪、赵令畤、陈师道、毛滂等属之。晏几道、贺铸等虽不属苏门，但与苏门过从甚密。二是以周邦彦为领袖的大晟词人群：晁冲之、曹组、万俟（mò qí）咏、田为、徐伸、江汉等属之，他们都曾经在大晟乐府内供职。

就创作时代而言，这两个群体略有先后。大致说来，十一世纪下半叶后三十余年（神宗、哲宗二朝）的词坛，是苏门的天下，周邦彦虽然此期也有名作问世，但笼罩在苏门的光环之下而没有放射出耀眼的光芒。苏轼及黄、秦、晁、陈等苏门中坚词人，在十二世纪的头几年都先后去世，故十二世纪一二十年代（徽宗朝）的词坛，则由周邦彦等大晟词人唱主角。虽然李之仪、赵令畤、毛滂等苏门词人仍在继续创作，但力量和影响都难与周邦彦等抗衡。

虽然此期词坛分为两个交际圈，但词风并非只有两种，而是百花齐放、百川争流。就苏门而言，苏轼独树一帜而开宗立派，但师法其词的仅有晁补之、黄庭坚两人。秦观另辟蹊径，俊逸精妙，自成一体，并不恪守师承而为苏轼所囿。李之仪、赵令畤等标举“花间”词风，继续用小令建构他们的词世界。

本不属苏门的晏几道、贺铸，更是“各尽其才力，自成一家”（王灼《碧鸡漫志》卷二）。晏词构筑的是一个纯真执着的恋情世界，并把令词的艺术推向高峰。贺铸词豪气与柔情并存，时如豪侠硬语盘空，时如少女软语呢喃，各种风情韵味并存于一集。词集名《冠柳集》的王观，似乎有意要与柳永一争高低，宋人王灼说他“才豪”气盛，“其新丽处与轻狂处，皆足惊人”（《碧鸡漫志》卷二）。

万俟咏等大晟词人，作词也不受其领袖周邦彦的制约而另择师门。王灼说万俟咏与“沈公述、李景元、孔方平、处度叔侄、晁次膺”等六人，“源流从柳氏出”，师法效仿的是柳永开创的“柳氏家法”。至于曹组，则别属滑稽幽默词派，“作《红窗迥》及杂曲数百解，闻者绝倒，滑稽无赖之魁也”。又有“兖州张山人以诙谐独步京师”，王齐叟“以滑稽语噪河朔”（王灼《碧鸡漫志》卷二）。可惜这些诙谐词多已不传。唐宋词一直以悲剧性的感伤忧患为基调，而滑稽幽默词则以喜剧性的情调、手段调侃社会，调侃人生，在唐宋词苑中独具异味。滑稽幽默词在唐宋词史上虽然是一股涓涓细流，却也不绝如缕。曹组之后，“祖述者益众”。连后来的词坛巨擘辛弃疾也曾染指，写了不少品位甚高的诙谐幽默词，从而为诙谐词增添了新的光彩和亮色。总之，元祐前后半个世纪的词坛，是多种风格情调并存共竞的繁荣期。其中创造力最强盛、影响力最深远的是苏轼和周邦彦。

十一世纪七十年代初，文坛主将欧阳修去世后，大才子苏轼继起而执掌文坛。他以文坛领袖特有的胸襟和宏大的气魄对词作进行了大刀阔斧的开拓和变革，“指出向上一路，新天下耳目”（王灼

《碧鸡漫志》卷二）。

词是抒情的文学，苏轼无意于改变词作抒情的文体特性，而是要拓展词的情感领域，扩大词的抒情功能，将只表现“爱情”的词扩展为表现“性情”的词，将只表现女性化的“柔情”的词扩展为表现男性化的“豪情”的词，使词作像诗歌一样可以充分表现创作主体的丰富复杂的心灵世界、性情怀抱。由于苏轼扩大了词的表现功能，丰富了词的情感内涵，拓展了词的时空境界，从而提高了词的艺术品位，把词堂堂正正地引入文学殿堂，使词从“小道”上升为一种与诗具有同等地位的抒情文体。

苏轼以后的南宋词坛，主要有两种创作趋向，并形成两大派系：一是注重抒情言志的自由，遵守词的音律规范而不为音律所拘，词的可读性胜于可歌性；二是注重词艺音律的精严，情感的抒发有所节制而力避豪迈，强调词的协律可歌。前者是骚人志士的“诗化”词、“豪气”词；后者是知音识律者的“乐化”词、“风情”词。前者以苏轼为宗，主要词人有叶梦得、朱敦儒、向子諲、张元幹、张孝祥、陆游、辛弃疾、陈亮、刘过、戴复古、陈人杰、刘克庄、刘辰翁和金源词人。后者以周邦彦为祖，主要词人有姜夔、史达祖、吴文英、周密、王沂孙、张炎诸人。前者习惯上称为“苏辛”派，后者习称“周姜派”。

周邦彦，作为一大词派的领袖，给后代词人提供的抒情范式主要表现在三个层面：

一是重音律。周邦彦填词按谱，审音用字，十分严格，不仅分平仄，而且严分平、上、去、入四声，使语言的字音高低与曲调旋律节奏的变化完全吻合。南宋吴文英等作词严分四声，就是以周词为典范；而方千里、杨泽民的《和清真词》和陈允平的《西麓继周集》，严格按照周词的律调音韵赓和作词，字字趋从，声声不异，虽是误入歧途，却也从反面说明南宋部分词人对周词的极端崇拜，奉周词为不可变更移易的金科玉律。

二是重法度。如果说苏轼作词如李白作诗，天才横放，纵笔挥洒，自然流露，无具体的规范可循；那么，周邦彦作词似杜甫，精心结撰，“下字运意，皆有法度”（沈义父《乐府指迷》）。周词的法度，集中体现在章法结构和句法炼字两个方面。周词的章法结构，是从柳永词变化而来。周词像柳词一样长于铺叙，抒情性与叙事性兼融，但他是变直叙为曲叙，往往将顺叙、倒叙、插叙错综穿插，时空结构上体现为一种跳跃式结构，过去、现在、未来的时空场景交错叠映，使结构繁复多变。后来吴文英词作的章法结构，又从周词变化而出。周词的句法，主要诀窍是融化前人诗句入词，贴切自然，既显博学，又见精巧。因其词法度井然，追随者有门径可入，故后来“作词者多效其体制”（张炎《词源》卷下）。

三是言恋情，善咏物。恋情词，并不始于周邦彦，唐五代早已大量存在，但到周邦彦手中，恋情词发生了两大变化：一是自我化，二是雅化。所谓自我化，是变女性中心型为男性（词人自我）中心型。以前的恋情词，失恋的主体多为女性，表现女性对男子的追求思恋；周词中的失恋主体，则多是词人自我，女性已成为他所思所恋的对象。温庭筠等花间词人的恋情词，写的是一种普泛化的恋情，恋爱的双方无确切的指向，恋人是符号化的，如“楚女”、“谢娘”之类，恋情是类型化的。柳永有些恋情词，虽然也是以词人自我为中心，但他所恋的对象似不具体，只是表达对异性佳人的渴望。而周邦彦的恋情词则往往是写词人自我失恋的经历，他的恋爱情事、恋爱对象有具体明确的指向。所谓“雅化”，是指自花间词至柳永词，有些恋情词写得过于直露、失于庸俗轻浮，而周邦彦的部分恋情词，则写得比较含蓄、高雅，并且将自己的人生失意融汇入恋情词中，丰富了恋情词的情感内涵。其后姜夔、吴文英等人的恋情词，也多是写自我的失恋或忆恋离散、去世的情人（多为妓、妾），雅而不俗，其源即从周词而来。周邦彦写的咏物词也比较多，而且善于将身世飘零之感、仕途沦落之悲、情场失恋之苦与所咏之物打成一片，为后来姜派词人的咏物重寄托开了不二法门。

第三代词人群（1101—1162）的新变

第三代词人群，是以叶梦得（1077—1148）、朱敦儒（1081—1159）、李纲（1083—1140）、李清照（1084—1155?）、张元干（1091—1161）等为代表的南渡词人群。其他比较著名的有陈克（1081—1137 后）、周紫芝（1082—1155）、赵鼎（1085—1147）、向子諲（1085—1152）、李弥逊（1089—1153）、陈与义（1090—1138）、岳飞（1103—1141）等词人。

这代词人主要生活在十二世纪上半叶徽宗、钦宗、高宗三朝（1101—1062）社会由和平转向战乱的时代。由于时代的巨变，他们的创作环境明显地分为两个阶段。他们的前半生，即靖康之难以前，是在徽宗朝（1101—1125）畸形的和平环境中度过，生活比较安定适意，大多数词人是在绮罗丛中吟风弄月，创作上并没有形成自己的个性风格和新的时代特色。而此时周邦彦、贺铸等老词人仍占领着词坛。因此，严格说来，第三代词人此时只是做着创作“前期”的艺术准备。

宣和七年（1125）冬，金人在与北宋联手灭辽之后挥师南下侵宋，年底即逼近北宋都城汴京（今河南开封）。靖康元年（1126）正月初，金兵围攻汴京，在以李纲为首的守城将士的顽强抵抗下，被迫退师。同年底，金兵再度进攻夺取了汴京，俘虏了北宋徽、钦二帝。北宋灭亡，史称“靖康之难”。建炎元年（1127），高宗赵构在南京（今河南商丘）即位，建立南宋王朝。可这位乘乱登基的皇帝，不思抵抗，在金人步步进逼之下，渡江南逃，一直被金兵赶到东南的大海上。直到建炎四年（1130）春天，金兵才退出江南，占据着淮河中流以北的中原领土。从此，宋金分疆而治，但战火并未停歇。南渡词人的后半生就生活在这个亡国、战乱时代。战火硝烟彻底改变了他们的人生命运和创作倾向。他们在建炎南渡以后（1127—1161）的词作，主要是表现战乱时代民族社会的苦难忧患和个体壮怀理想失落的压抑苦闷。动乱的岁月、苦难的生活、悲剧的时代，铸就了新的词风和词境。

这代词人群人数众多，有词集传世的就有40多人，超过了前两代词人有词集传世者的总和（不到30人）。从词人的角色身份和创作倾向来看，这代词人群可分为三个创作阵营或三种创作类型：

一是愤世与救世的志士词人群。这主要有叶梦得、陈克、朱敦儒、向子諲、李弥逊、陈与义、王以宁（1090？—1147?）、张元幹、岳飞和“南宋四名臣”——李纲、李光（1078—1159）、赵鼎、胡铨（1102—1180）等人。他们有着强烈的社会责任感和使命感，直接或间接地投身过抗击金兵的战斗，如李纲指挥过靖康元年的“汴京保卫战”；张元幹为其幕下参谋，也亲冒矢雨指挥杀敌；王以宁在李纲率兵援救太原的战斗中曾生擒敌兵数十人；向子諲转战南北，在潭州（今湖南长沙）城与金兵巷战八日；李光、李弥逊、叶梦得先后任地方长官，都建有守城保土之功；岳飞更是战功赫赫的名将；赵鼎任宰相时曾亲临抗金前线指挥；具有“文武全才”的朱敦儒也做过前线军幕的参谋官；陈克晚年投笔从戎，在绍兴七年（1137）的淮西兵变中遇险；胡铨虽未驰骋于战场，却用笔杆子投身于抗金的斗争，上书力主抗战，请斩卖国求和的秦桧，声震朝野。他们都是坚定的抗战派，但因朝廷的主和势力常常占着上风，尤其是在绍兴八年（1138）秦桧专权之后，一味向金人屈膝求和，这批抗战的志士词人更倍受打击迫害，而报国无门。创作上，他们面向激烈变化的时代现实，表现民族的苦难生活，抒发对国事的痛愤和英雄失路的苦闷，词风悲壮慷慨，代表着南渡词坛的主流和词史进程的新方向。

二是遁世与玩世的隐士词人群。以周紫芝（1082—1155）、吕渭老、扬无咎（1097—1177）等人为代表。他们虽然也历经战乱，但时代风云、战争乱离、国家破亡似乎并没有激起他们心底的波澜。他们只是封闭在个人生活的圈子里吟唱着林泉风月的逍遥自在，词作缺乏鲜明的时代感和现实感。志士词人群在遭受打击、被迫隐退之后，也写了大量的隐逸词。“隐逸”避世成为当时文人士大夫一种流行的心理和行为方式，也是当时的一种热门题材。不过，志士词人群的“隐逸词”，并未真正忘怀现实人生，而蕴含着压抑与不平之气。隐士词人的隐逸词，则多几分宁静与闲适自得，他们的词风在南渡前后也没有太大的变化，战争乱离似乎既没有改变他们的人生命运，也没有改变他们的创作态度和创作风格。

三是颂世和谀世的宫廷词人群。包括康与之、曹勋（1098—1174）、史浩（1106—1194）、曾觌（1109—1180）、张抡等人。他们或是嬖客，或是内廷宠臣，专门在宫廷里遵命创作，或歌功颂德，或应制献谀，以讨得主子皇上的欢心。这批词人年寿较高，登上词坛的时间也比前两群词人稍晚，他们的创作活动主要是在高宗朝的后期，并延续到孝宗朝，而与下一代词人辛弃疾等人的创作时代交叉重叠。

此期词坛的发展走向，可以从词人对待苏轼词风的冷热变化上看出。南渡前徽宗朝二十多年的词坛，苏轼颇受冷落。当时的“少年”讥讽苏轼是“移诗律作长短句”，“十有八九，不学柳耆卿（永），则学曹元宠（组）”（王灼《碧鸡漫志》卷二）。南渡词人，也是走“花间”词的老路，或是跟着周邦彦等人随声附和。直到靖康之难爆发以后，南渡志士词人群才“重新”发现苏轼，而沿着苏词的“诗化”方向前进，把词当作诗来写，其词可歌却不追求入乐歌唱，重在发挥词的抒情言志功能，从而把一度被冷落的苏轼开创的抒情范式经过充实提高后直接传给后来的辛派词人。

就词史的进程来观察，这个时期是词史的新变期。说其“新变”，是因为南渡词人在南渡以后空前地将词的抒情取向贴近了激烈变化的社会现实生活，词人的视野不再是局限于个体化的情感世界或普泛化的超时代的情感思绪，而扩大到社会化的民族心理、社会心声，加强了词的现实感和时代感，并进一步扩大了词的表现功能。

南渡词坛，是以群体的力量和优势推动着宋词的发展，尚未产生像苏轼、周邦彦那样开宗立派、领袖一代的“大家”，但此时出现的杰出女词人李清照，也足以使南渡词坛放出异彩。

李清照流传下来的词作虽只有 40 多首，但几乎首首是“精品”。这种“精品”现象在中国诗歌史上是颇为少见的。她具有天才般的艺术表现能力，能用从日常生活中提炼出来的最平常的语言准确地表现复杂微妙的情感心态，用一两个日常动作细节的勾勒就能传达出人物内心情绪的波动变化。她的语言，具有“清水出芙蓉”般的天然纯净之美，自成一种风格。约略与李清照同时的女词人朱淑真，以其独特的悲剧性体验，充实和丰富了这个时期词的艺术世界。

第四代词人群（1163—1207）的辉煌

第四代词人群，是以辛弃疾（1140—1207）、陆游（1125—1210）、张孝祥（1132—1169）、陈亮（1143—1194）、刘过（1154—1206）和姜夔（1155？—1209）等为代表的“中兴词人群”。另有袁去华、刘仙伦、杨炎正（1145—1216）、史达祖、高观国、卢祖皋和张辑等词人。

这代词人，大都是在靖康之难后出生，对国家的苦难、民族的屈辱有着切身的体验和感受。他们生活的时代，主要是在孝宗、光宗二朝，是一个号称“中兴”、给人希望最终又令人失望的时代。孝宗刚登基时（1162），摆出一副与金人决斗的架式，朝野上下，人心大振，给收复失地、一统河山带来了希望。可不久因战败兵溃，孝宗丧失了收复中原的信心，长期坚持固守讲和的战略。“隆兴和议”之后，宋金长期处于“冷战”对峙状态，孝宗及其子孙据守着半壁河山，安心做着向金朝屈膝称臣、半是主子半是奴仆的皇帝。然而，时代的要求、民族的愿望是要恢复失地，夺回中原。应运而生的辛弃疾等一代文武通人，期待着横戈跃马，登坛作将，收复中原，一统江山，可希望渐成泡影，理想最终幻灭。一代英雄豪杰只能虚度青春、消磨岁月。南渡以来已经与时代脉搏一起跳动的词作，自然要表现英雄志士们的情怀和个性。因而，此期的词作，主要是表现英雄们的壮怀理想和壮怀成空后的压抑苦闷。

他们是在南渡词人相继辞世后登上词坛的。他们的创作年代，主要是在十二世纪下半叶。宁宗开禧三年（1207），词坛主帅辛弃疾含恨去世，标志着这一阶段词史的结束。这个时期的词坛，创作队伍阵营强大，有词集传世的知名词人就有50多位，而且大家辈出，名作纷呈，多元化的艺术风格和审美规范并存共竞，是两宋词史上最辉煌的高峰期。

从词人的社会角色和身份来看，这代词人可分为两种类型：一类是像辛弃疾、陆游、陈亮这样有救国壮志且具方略、勇于进取而未获重用、无法施展其文经武略的英雄志士；一类是像姜夔那样的才高名盛而毫无政治地位的江湖名士。刘过虽属江湖名士，词风却与辛、陈相近。

创作倾向上，也壁垒分明。以辛弃疾为领袖的英雄词人禀承苏轼的抒情范式，沿着南渡志士词人的创作方向，写“豪气”词、

"诗化词"。他们把词的表现功能发挥到最大限度，词不仅可以抒情言志，也可以同诗文一样议论说理。从此，词作与社会现实生活、词人的人生命运和人格个性更紧密相连，词人的艺术个性日益鲜明突出。一人之词，就是一个独特完整的生命世界。词的创作手法，不仅是借鉴诗歌的艺术经验，"以诗为词"，而且吸取了散文的创作技法，"以文为词"。词的语言在保持自身特有的音乐节奏感的前提下，也大量融入了诗文中的语汇。虽然词的"诗化"和"散文化"，有时不免损害了词的美感特质，但此期词人以一种开放性的创作态势，在词中容纳一切可以容纳的对人生、自然、社会、历史的观察、思考和感受，利用一切可以利用的创作手段和蕴藏在生活中、历史中的语言，则空前地解放了词体，增强了词作的艺术表现力，最终确立并巩固了词体与五七言诗歌分庭抗礼的独立的文学地位。

姜夔则远承周邦彦写"雅词""乐化词"，而自树一帜，与其追随者史达祖、高观国、卢祖皋、张辑等人别成一派，而与辛派形成双峰对峙之势。

中兴词坛，艺术成就最高、创造力最强劲并雄居词史艺术巅峰的词人，无疑是辛弃疾。辛弃疾原是出身行伍的英雄豪杰，本无意于做舞文弄墨的词人。由于历史的颠倒错位，他无法使用刀枪去战场上建立丰功伟业，只得拿起笔杆在词坛上创造辉煌。词史上，他是唯一的一位把自己的全人格、全生命融注在词作中的词人。他的词作，创造了一个前所未有的、独特完整的、丰富阔大的英雄的词世界，在词境上有着多方面的拓展，在词艺上也有多方面的创造和提高。

辛派词人是远承东坡而近学稼轩，而从东坡到稼轩，其间直接的桥梁则是张孝祥。张孝祥比辛弃疾年长几岁，是南渡词人群与中兴词人群之间的过渡人物。高宗绍兴三十年（1160）前后，南渡词坛的李清照、朱敦儒和张元干等著名词人已先后辞世，而辛弃疾到孝宗乾道四年（1168）后才逐步在词坛崭露头角。从绍兴末到乾道中（1161—1168），词坛上最著名的词人，就首推张孝祥。

张孝祥与苏轼的气质有些相似，都是天才型的诗人。他作诗填词也以东坡为典范。他的名作《六州歌头》，把抒情、描写、议论融为一体，声情激越悲壮，风格慷慨沉雄。其指陈时事的纵横开阖和强烈的现实批判精神，都直接成为稼轩词的先导。

比辛弃疾年长15岁而创作基本同时的陆游，平生专注诗歌创作，作词只是“业余”爱好，但其词作也颇具个性，表现了他独特的精神风貌和人生体验。他的《放翁词》，表现了一位集文士、战士、隐士于一身的放翁形象，展现了一位战士渐变为落魄文士、“无聊”隐士的悲剧命运和悲剧情怀，丰富充实了词的情感世界。

陈亮也是豪侠，“喜谈兵”，“自少有驱驰四方之志”（《宋史·陈亮传》），终生致力于中兴、复仇的大业。51岁状元及第时自称“复仇自是平生志，勿谓儒臣鬓发苍”（《及第谢恩和御赐诗韵》）。他与辛弃疾是志同道合的密友，词亦相似。他常常用词来表达他的政治军事主张，强烈的现实针对性、鲜明的政治功利性和纵横开阖的议论性是其词最突出的特点。

刘过是终生流浪江湖的布衣、游士，既有侠客的豪纵，又有游士的清狂。他词作中的抒情主人公，是一位自傲自负又自卑自弃、狂放不羁又落魄寒酸的江湖狂士。刘过的《龙洲词》，第一次展现了南宋中后期特殊的文士群体——江湖游士的精神风度、生活命运和复杂心态，具有独特的生命情调和个性风格。

同期的姜夔，也是江湖游士，但比刘过少几分清狂而多几分雅韵。他的词，题材取径较窄，主要是写恋情与咏物，在词境上并无多大拓展，但艺术上却另创新机。

姜夔作词，师法周邦彦。与周相比，姜夔的恋情词又别开生面。他往往过滤省略掉当初缠绵温馨的爱恋细节，而只表现离别后精神上的追求苦恋，赋予柔思艳情以高雅的情趣；又不用艳丽的字面来装饰，热烈的恋情出之以冷峻清雅的笔调，即所谓健笔写柔情，从而形成清刚峭拔而“骚雅”的特质。周邦彦的咏物词，已初步将身世之感和怀人伤别渗透其中，姜夔的咏物词由此深入，更将恋情与咏物打成一片。周词往往是将物态与人情“联合”写之，词中人与物是双向交流；姜词则是把物态与人情“融合”写之，词中人与物同化合一，更显精妙。咏物而别有寄托，是姜词的又一特点，也是对宋末咏物词影响最大的一点。

白石词的语言也独具个性。与周邦彦词相较，周词的语言色泽艳丽，如春日牡丹；姜词的语言色调清幽，似雪中寒梅。周词多融化前人诗句，用的是江西诗派“点铁成金”的方法；姜词则是自铸新辞，吸取的是江西诗派清刚峭拔的精神，改变了历来“婉约”词语言软媚柔弱的原质。

姜词因语雅、调雅、味雅，而被宋末词人奉为雅词的典范。清人汪森《〈词综〉序》即说：“鄱阳姜夔出，句琢字炼，归于醇雅。于是史达祖、高观国羽翼之，张辑、吴文英师之于前，赵以夫、蒋捷、周密、陈允衡、王沂孙、张炎、张翥效之于后。”

第五代词人群（1208—1265）的深化

第五代词人群是以戴复古（1167—1243后）、孙惟信（1179—1243）、刘克庄（1187—1269）、吴文英（1207？—1269？）、陈人杰（？—1243）和黄升等为代表的“江湖词人群”。

十三世纪上半叶的词坛，基本上是江湖名士的天下。此期词人大多是寄人篱下、没有独立的社会地位和固定经济来源而又名动天下的江湖清客，是以“业文”为生的“专业”作家。

这一阶段，是两宋词史上的深化期。词风走向，分双线发展：一线继承“稼轩风”，沿着辛弃疾抒情自我化的道路继续深化。词作常以“自述”为题，表现江湖名士的行藏出处、意态风神，抒发自我的失意苦闷。他们崇尚抒情的痛快淋漓，而不斤斤计较是否字工句稳；豪壮之气不足，狂傲之气有余，有时不免流于粗豪叫嚣，而缺乏辛弃疾那种深沉刚健之美。戴复古、孙惟信、刘克庄、陈人杰等属于此类。另一线则传承、师法周邦彦和姜夔，注重炼字琢句，审音守律，不尚抒情的自由，但求字句的协律典雅。写恋情，状物态，是他们词作的主要题材。吴文英是其代表。

他们生活在朝野上下醉生梦死的“苟安”时代（宁宗、理宗二朝）。自1206年的“开禧北伐”失败以后，南宋君臣对收复失地、北定中原就彻底失去了信心和希望，于是心安理得地龟缩在半壁河山，守着“一勺西湖水”，酣歌醉舞，苟且偷安。加之朝廷政治日益腐败黑暗，“绝口用兵”（汪晫《贺新郎》），文人士大夫大多丧失了进取之心和社会责任感，混世、厌世和愤世成为当时社会普遍流行的、也是词作中最突出的心理状态。

这个时期词作中的情感世界，有所拓展，表现出了词史上未曾表现过的一种心态——灰心与绝望。

此时的文人士大夫，无论是对民族的命运，还是对个人的前途，大都是灰心绝望。他们深知，“偏安久，大义谁明”，清醒地意识到朝廷、社会已是“膏肓危病”，无法救治，“宁有药，针匕具，献无门”（黄机《六州歌头》）。个人的进与退，都无补于社会，所谓“用与舍，徒为尔”（冯取洽《贺新郎》），因而心灰意冷。如果说上一代词人是希望与失望交织，进取与退避并存，那么这一代词人就只有失望和绝望。他们一再表白：“未老心先懒。”（宋自逊《蓦山溪》）“道人识破灰心久。”（宋自逊《贺新郎》）“弧矢四方男子事，争奈灰心也久。”（李曾伯《贺新郎》）“看剑功名心已死。”（王涯《满江红》）心如死灰，是这代词人共有的心态。

哀莫大于心死。由于对现实社会和人生前途的灰心绝望，他们转而厌世、混世。厌世的心理、混世的态度，突出地体现在不再追求什么人生事业、社会功名，只求个体生活的清闲自在，在悠闲无所事事中消磨岁月，打发时光。

于是，“闲”，就成为这代词人共同追求的生活目标。陈人杰曾说：“人间世，只‘闲’之一字，受用无穷。”（《沁园春》）其他词人也纷纷发表爱闲求闲的声明：“万事全将飞雪看，一闲且问苍天借。”（赵希迈《满江红》）“已没风云豪壮气，只思烟水闲踪迹。”（吴渊《满江红》）“任当年伊吕，谈笑兴王，争敌恁、闲眠野宿。”（韩淲《洞仙歌》）辛弃疾、陆游等英雄志士为年华的等闲虚度而苦闷焦虑，恨闲恶闲；而这代词人是爱闲乐闲，闲得满足，闲得惬意。所谓“幸得闲中趣”（李曾伯《贺新郎》），“乐取闲中日月长”（李曾伯《减字木兰花》）；“这闲福，自心许”（汪晫《贺新郎》）。

灰心绝望的词人，面对深重的社会危机和民族危机，并没有完全丧失正义感与良知。他们也曾忧时伤世，也曾“提短剑，腰长铗”，寻机遇，觅封侯。但由于未曾进入仕途，未曾参与政治，因此，他们只是“思想”上忧国，而“行动”上不救国，也无法无力拯救。同样是面对民族危机、社会忧患，辛弃疾、陆游、陈亮等“中兴”词人是随时准备舍身投入去拯救国难，有着“舍我其谁”的使命感。而这代江湖词人只是期待别人去解忧排难，而把自己定位为“看客”的角色。李曾伯就直言不讳地宣称：“断国谋王非我事，抱孙弄子聊吾适。”（《满江红》）朝廷剥夺了他们进取的机会，他们只能徒忧时，空愤世。久而久之，就混时玩世。心理怪圈，周而复始。

这种灰心绝望、混世厌世的心理，是词史上未曾表现过的崭新的人生体验和心理感受，具有独特的历史价值和审美价值。它显示出：一向具有责任感、使命感和进取心的宋代知识分子，在黑暗政治的摧残和压抑之下，人生态度和人格精神发生了怎样的倾斜和裂变。文士们精神的没落和思想的颓废，正是那个时代没落衰败的深层体现。

这个时期，艺术上最富有创造性的词人是吴文英。吴文英与姜夔、周邦彦的创作倾向基本一致，而又各具面目。从周到姜、吴，艺术上经历了一次“否定之否定”的过程。周词的语言色彩浓艳，姜词反之而趋于清冷淡雅，至吴文英又返归秾丽。周词的意象结构稠密，姜词反之而疏朗，至吴文英又复归于绵密。吴文英似乎有意要越过“近宗”姜夔而追随“远祖”周邦彦，以建立与时代相近的前辈姜夔不同的艺术风格。

吴文英词的艺术个性，集中体现在语言和结构两个方面。他的语言，富有强烈的色彩感、装饰性和象征性。他喜欢用生僻的字眼和冷僻的典故，语言的搭配和字句的组合往往打破正常的语序和逻辑惯例，造成一种极典雅、极含蓄的艺术效果，有时则流于晦涩难懂。章法结构上，则按照类似于“意识流”的方式，把不同的时空场景浓缩杂糅在同一时空中；或者运用丰富的想象和奇特的联想，把实有的情事与虚幻的情境错综叠映，使意象扑朔迷离，意境朦胧复杂。

吴文英的词因过于朦胧含蓄，因而只能在文人雅士的圈子内流传，而很少在民间大众中传唱。由于失去了广大的接受消费者，词也就逐渐失去了它在现实文化生活中原有的地位和影响力。随着社会文化消费市场对词的冷落，词作命运的没落也就为期不远了。

第六代词人群（1252—1310）的融合[1]

第六代词人群，是以周密（1232—1298?）、刘辰翁（1232—1297）、王沂孙、张炎（1248—1231?）、蒋捷等为代表的“遗民词人群”。

他们生活在十三世纪下半叶宋末元初的“亡国”时代。1258年，蒙古大举侵宋，攻取四川，随后向两湖逼近。从此宋室处于风雨飘摇之中。1273年，蒙古兵经过四年的围攻，攻破南宋王朝的屏障襄阳城，之后迅速挥师夺取江南，一路势如破竹，南宋军队往往不战自溃。1276年，宋太皇太后谢氏向元进奉降表，献上都城临安，南宋王朝宣告灭亡。虽然文天祥、陆秀夫等在福建、广东一带继续抗元，让南宋的年号延续了三年，但狂澜既倒，无力回天。1279年，陆秀夫背着南宋最后一位小皇帝跳海就义，文天祥则兵败被俘。从此，赵宋江山改由蒙元统治。“遗民”词人就生活在这个腥风血雨、战火连绵的时代。

从词人群体的更迭情况来看，刘辰翁、周密等新生代登上词坛的时候，上一代词人刘克庄、吴文英等仍活跃在词坛，刘、吴等词人直到宋亡前夕才辞世。而刘辰翁这代词人的创作主要是在宋亡以后。南宋灭亡时，刘辰翁、周密、文天祥等已年过四十，蒋捷、王沂孙年岁大略相仿，张炎接近而立之年。除文天祥在1283年英勇就义外，其他词人在蒙元统治下做了二三十年或更长时间的“遗民”。张炎就活到了元英宗至治（1231—1233）年间。所以我们把这代“遗民”词人作为一个独立的代群来看待。

遗民词人群的创作也可以分两个营垒：刘辰翁、文天祥、罗志

① 之所以将第六个阶段的“亡国时代”延伸到元朝的大德年间，是因为张炎等遗民词人生活到了那个时期。

仁、邓剡、汪元量和蒋捷等人属于辛派后劲。只是由于身处亡国时代，除文天祥之外，他们大多没有辛弃疾那种豪迈雄武之气，词作是敛高调，成悲凉，低沉的悲哀之音多于高亢的悲壮之调。周密、王沂孙、张炎和陈允平、仇远等则属于姜夔的后继者，继续填写那音律精严的“雅词”。只是他们的雅词多了些亡国的哀思和更浓重的悲剧意味。

由于身经时代的巨变，跨越宋末元初两个时代，遗民词人的创作也明显分为两个阶段。

他们登上词坛的时候，正值外敌凭陵、“国脉危如缕”的亡国前夕。国内朝政日益黑暗，贾似道当权，竭力压制“忧边”愤世的言论，使得朝野上下敢怒不敢言。贾氏又用利诱软化手段，消磨了一代志士的豪气。时人赵必瑑《齐天乐》词即说:“东南半壁乾坤窄，渺人物，消磨尽。官爵网罗，功名钓饵，眼底纷纷蛙井。暮更朝令，扞格了多少，英雄豪俊。”因而，这代词人对人生、社会比其前辈更灰心绝望。周密《隐居》诗曾说:“事有难言惟袖手，人无可语且看山。”国事难言也不能言，言则得罪，干脆不言不说，故而连蒙古兵夺四川、侵两湖、下襄阳、逼江南这样惊天动地的事变，他们仿佛置若罔闻，词中一点反应也没有。只有一位不知名的“业余”作者杨佥判写过一首《一剪梅》，反映“襄樊四载弄干戈”而“朱门日日买朱娥”的现实，算是唱出了一点愤怒之声。

这代词人，大多出身豪门贵族，与其前辈江湖谒客的“寒士”身份不同。作为青年贵族雅士，他们可以不做官，不入贾似道的牢笼，而有的是钱财，有的是闲暇，于是“把笙歌恋定西湖水”（王奕《贺新郎》），朝歌暮嬉，酣玩岁月，把自我封闭在与那乱世、浊世相隔的贵族“沙龙”里，讨音论律，赠答唱和，描摹风月，把那“西湖十景”等名胜景致一一品题，给这风雨如磐、大厦将倾的时代和绝望无聊的人生增添一点高雅的艺术情趣。

直到1276年都城临安沦陷，国家破亡，战火烧到家门口，他们被卷入难民潮，风雅的生活、枯寂的心境被打破，才幡然易辙，用词来抒写亡国的悲恨、故国的哀思和流离的痛苦。抒情取向才面对那悲剧时代、苦难人生。就在这一年，刘辰翁写出了《兰陵王·丙子送春》，感叹“人生流落”，国亡“无主”；唱出了《唐多令》（明月满沧洲），为“青山白骨堆愁”而哀伤。

亡国之痛、故国之思，南渡词人早有表现。而这批“遗民”词人与南渡词人不同的是，复国中兴已完全没有了希望，文天祥、陆秀夫抗战的悲剧结局早就粉碎了他们任何复国的幻想。马廷鸾《齐天乐·和张龙山寿词》说得明白：“弱羽填波，轻装浮海，其奈沧溟潋滟。”“填海”救国不可能，“浮海”逃避也不可得。莽莽乾坤，都是“铁马蒙毡”。因而遗民词人的亡国之痛、故国之思包含着无可奈何的绝望，而缺乏南渡词作那种抗争精神，只有低沉的哀吟，而无高亢的怒吼。同时，身为遗民，也不能像南渡词人那样直接坦露亡国之痛和故国之思，而只能是暗中饮泣，所谓“寸肠万恨，何人共说，十年暗洒铜仙泪”（赵文《莺啼序》）。用曲折委婉的方式、比兴象征的手法，含蓄地表达深沉的亡国痛楚。他们或者通过对节序时令的感慨，或者通过咏物，来寄托那不能直说却不得不吐的亡国悲恨。所以，这个时期节序词、咏物词特别多，并出现了托意遥深的咏物词专集《乐府补题》。有亡国恨而不能直接宣泄，不能放声痛哭，更增加了这代词人心境、词境的悲剧性和苦涩味。

从词史的流变看，亡国之痛、故国之思，已不是什么新鲜的情感，倒是他们在流离飘泊中对无家可归、饥寒交迫的生存困境的体验给词的情感世界注入了新质。

战乱后飘零，是这代词人都有的经历；“飘泊情多”（彭元逊《子夜歌》）“飘零多感”（王易简《酹江月》），是他们最突出的人生感受。伴随飘泊感而生的是无家可归的茫然感和危机感。流浪途中，“天惨惨，水茫茫”（刘辰翁《江城子》）。他们渴望回到故乡，然而“我已无家”（刘辰翁《江城子》），“欲归无路”（刘辰翁《莺啼序》）。于是深沉地浩叹：“故乡一望一心酸。云又迷漫，水又迷漫。”（蒋捷《一剪梅》）

飘泊流浪，生活无着，自然是饥寒交迫。蒋捷多次表现过这种生活体验。他时常“枯荷包冷饭”，“东奔西走”（《贺新郎》），有时“断髭冻得成虬”（《木兰花慢》）。刘辰翁也感叹：“朝饥讽午，寒炉拥雪，岁晚盘辛。”“听穷鬼揶揄数得真。”（《沁园春》）陈著也曾为“穷愁”感慨：“无生可谋。奈浑家梦饭，谷难虚贷，长年断肉，菜亦慳搜。”（《沁园春》）亡国前生活的豪华温馨与亡国后生活的寒酸困顿，构成了强烈的心理反差。个体生存的困境、悲凉凄苦的心境与难以割断的亡国之恨交织，构成了这个时期词作独特的词境。

从总体上看，这代词人在词艺和词境上没有多少开拓和创新，只有融合和深化。辛派后劲刘辰翁、蒋捷、汪元量等人的部分词作，曲折哽咽，吸收了姜夔、吴文英词的长处。而张炎、仇远诸人也并非死守周邦彦、姜夔的艺术法则，对苏轼、辛弃疾也有所借鉴。他们的词雅丽而不失清疏明快，与周词的浓艳密丽、姜词的清刚峭拔有所不同。两派互有倾斜和渗透。就个体而言，这代词人中艺术成就较高、对后世影响较大的是王沂孙、张炎和蒋捷。从词史的进程来看，这个时期，既是多种词风的融合期，也是词史高峰状态的结束期。

谁是名篇榜上客

——宋词排行榜的由来和意义

宋词多名篇，但每首名篇影响力的大小不同。以往判断一首作品影响力的大小，都是凭主观印象。我们尝试用定量分析的方法，用客观数据的排行榜来衡定宋词的经典名篇，比较宋词名篇影响力的大小和知名度的高低。

一　排行榜的由来与初衷

唐诗宋词排行榜，是我做文学经典和传播研究的副产品，是学术研究成果的转化与延伸。研究文学经典，首先得追问哪些是经典？经典是怎样确立的？是什么时候被确认的？从文体上说，唐诗宋词已是公认的经典文体，但从具体篇目上看，流传至今的五万多首唐诗、二万多首宋词并非篇篇都是经典。究竟哪些是经典、哪些是名篇，自然是见仁见智。我们每个人都有自己喜欢的经典，但每个人心仪的经典不完全相同。这就需要寻找出一种共识。那么，怎样寻找这种共识呢？如果用传统的定性分析方法，我们很难得出一个相对确定的答案。同样一篇作品，我说它是经典，可以找出多种理由，引证多家权威的说法。你说它不是经典，也可以找到各种理由，并找出诸多证据。比如苏轼的《念奴娇·赤壁怀古》，是人们熟知的经典名篇，但古人也有不买账的。

清人沈时栋就认为词中“小乔初嫁了，雄姿英发”二句是败笔，他选《古今词选》时，就把苏轼这首作品排除在外。晚清“四大词人”之一的朱祖谋，编选的《宋词三百首》是二十世纪流传最广的选本之一，其影响力足以跟《唐诗三百首》并驾肩随。他在《宋词三百首》的初版中入选了《念奴娇·赤壁怀古》，可后来修订再版时，又把它删除了，也许是掂量之后，还是觉得这首词不入他的法眼吧。如果有人认为《念奴娇·赤壁怀古》不是经典，完全可以举这两个例子来证明。

欣赏和评价文学作品，是主观的。我们能不能找到一种相对客观的方法来衡量测度哪些作品是受人欣赏和肯定的，哪些作品不那么被人欣赏和关注呢？于是，我们想到用统计分析的方法，用客观数据来衡量排比唐诗宋词中哪些篇目比较受人关注、影响力指数比较高。不管你个人的主观好恶如何，你是否服气和认同，公众选择的结果应该是可以接受的，可以成为一种共识。

我们用统计分析的方法来做文学研究，已有二十多年的历史。1994 年，我和同门刘尊明教授联名在《文学遗产》上发表过《历史的选择：宋代词人历史地位的定量分析》的学术论文，用六个方面的数据统计分析得出宋代词人的综合影响力排行榜，排比出宋代词人三百家，遴选出影响力最大的十大词人：辛弃疾、苏轼、周邦彦、姜夔、秦观、柳永、欧阳修、吴文英、李清照、晏几道和贺铸。论文发表以后，颇受学界关注。学界同仁的肯定和支持，也坚定了我们进一步探索的信心。此后，我们先后主持承担了湖北省社会科学研究重点项目“中国诗歌史的计量分析”、教育部“211 工程”项目“唐诗经典与经典化研究”、国家社会科学基金后期资助项目“唐宋词的定量分析”等。2008 年以来，我和我的学生郁玉英博士又合作发表了《寻找经典：唐诗百首名篇的定量分析》《宋词经典名篇的定量考察》《影响的追寻：宋词名篇的定量分析》《定量分析在唐宋词史研究中的运用》等学术论文。刘尊明和我合著的《唐宋词的定量分析》一书，也已出版。

对我们做经典研究来说，统计分析做出的排行榜，只是一个过程、一种手段，而不是目的。统计分析得出的排行榜，只告诉我们哪些作品在历史上影响力比较大。我们要做的，是进一步分析为什么这些作品影响力比较大？它们的影响是什么时候产生的？它的影响力在历史上有着怎样的变化？为什么会发生这样的变化？这些问题，我们在《唐诗排行榜》中，有的作了简要的分析，有的则没有展开。毕竟作为大众普及型的读物，学术性的思考不可能得到充分的体现。

在我们的研究过程中，排行榜给出的名次，其实并不很重要。我们看重的是名次背后特别是后台数据所蕴含的作品在历代流传接受的变化过程。我们最感兴趣也最有收获的，是统计数据给我们提供了许多鲜为人知的有关作品流传过程和影响力变化的有效信息。唐诗宋词排行榜列出的综合名次，只是多种结果中的一种，因为是普及性的书，不可能把多种结果都展示出来。而且，我们实际做的唐诗宋词排行榜有三百首，考虑到出书成本等因素，目前只拿出一百首的榜单。

人们通常以为，今天大众熟悉的作品，古代也一定流传很广；当下人们喜爱的作品，历史上也一样被人推崇。其实不然。今天有影响力的作品，在历史上不一定有影响力；历史上曾经被多数人看好的作品，今人未必关注。大众不熟悉的作品，并不等于专家不认同。专家喜爱的作品，也不代表大众都能接受。文学作品的影响力、文学经典的影响指数，通常是变动不居的。传统的定性分析方法，不太容易发现文学作品影响力的变化。而定量分析方法，根据大量的历史数据统计分析，就可以发现一部作品影响力的变化曲线。我们做唐诗宋词的影响力统计分析，目的就在于寻找唐诗宋词的影响力有着怎样的变化、为什么会有这种变化、变化的因素是什么。

我们做的唐诗宋词排行榜，反映的是唐诗宋词在唐宋以来一千多年历史上的综合影响力，而不仅仅是某一个时代、某一个时段的影响力，更不仅仅是在当下的影响力。虽然当下的数据占了相当的比重，但它反映的毕竟是“历史”的选择，而不是当下几十年的审美选择。所以，当下读者非常熟悉的作品，在排行榜中不一定靠前，因为这些作品在历史上未必像今天这样人们耳熟能详。

做经典研究，自然要关注经典的传播。文学经典，不能只是供学者研究的古董，不能只是博物馆里的展示品，应该让它广泛传播，成为大众的精神食粮，让经典与时尚结合起来。学者的本职是做好学问，拿出高精深的研究成果，但也有责任将学术研究成果向社会大众普及推行，正如科学家有责任将自己的发明创造转化为物质产品一样。作为文学传播的研究者，我理所当然要考虑古代文学经典在当下传播的策略和方法。用什么样的言说方式、借用什么样的媒介、用什么有效的方法来普及古代诗词经典，才能让当下的读者大众能够欣然接受，让全社会来关注经典、阅读经典，是我长期思考的问题。排行榜，是我们传播经典的一种策略，一种试验性的方法。不管怎么说，在当下这种人们被物质欲望绑架的时代，能读一点经典、关注一下经典，获取一点精神滋养和慰藉，总是好事。我们不是“恶搞”经典，连“戏说”都不是。我们是严肃认真地用科学的方法并采取当下大众可能接受的方式来传播经典、推广经典。

二　排行榜的数据来源与统计方法

宋词排行榜的统计数据采样的学理依据，我们在《唐诗排行榜》的前言中已作交代，有兴趣的读者可以参看。

宋词排行榜的数据来源，主要有下列五个方面：

一是选取宋元明清以来有代表性的词选 107 种，其中宋代选本 4 种、明代 22 种、清代 21 种、20 世纪以来的各种词选和作为高校教材的文学作品选 60 种，用以统计每首词作在不同时代的入选次数，计算各首词作的入选率。

二是互联网的权威搜索引擎谷歌和百度所链接的关于宋词的网页数目。检索的方法是，在一个特定的时间内，以词人姓名、词调名和首句作为关键词来检索链接的网页数。

三是根据吴熊和先生主编的《唐宋词汇评·两宋卷》（浙江教育出版社 2004 年版），来统计历代有关宋词的评点资料。每条评点资料，按 1 次统计。

四是 20 世纪有关宋代词作赏析和研究的单篇论文。论文的篇目来源于我们自行研制的《20 世纪词学研究论著目录数据库》，数据库以台湾地区黄文吉《词学研究书目》和林玫仪《词学论著总目》为基础，加以补充编成。

五是依据《全宋词》《全金元词》《全明词》《全明词补编》和《全清词·顺康卷》，来统计历代词人追和宋人词作的篇数。

选本、互联网页、评点、研究论文和唱和五个指标的权重，分别设定为 50%、10%、20%、15%和 5%。词选在五类数据中所占的权重最大，而不同时代的词选，影响力又不一样。为了较客观反映不同时代词选影响力的差异，又给不同时代的词选确定了不同的“二级”权重，宋代词选、元明词选、清代词选和现当代词选分别设定为 29%、26%、25%和 20%。

上述各指标的权重，可用下表表示：

表 1　宋词名篇影响力评价体系表

测评指标（R）	权重（f）%	子项	时代权重%
词选 x	50	宋代入选数 x_1	29
		元明入选数 x_2	26
		清代入选数 x_3	25
		现当代入选数 x_4	20
点评 p	20	被点评数	/
20 世纪研究 y	15	20 世纪被研究次数	/
唱和 h	5	被唱和数	/
互联网链接 l	10	谷歌链接相应网页数 l_1	50
		百度链接相应网页数 l_2	50

宋词排行榜的计算方法，跟唐诗排行榜略有不同。唐诗排行榜用的是极值法，宋词排行榜用的是百比分法。之所以用不同的计算方法，目的是便于比较，看哪一种方法更科学、更合理。

宋词传世的作品数量巨大，但能成为名篇的仅仅只是少部分被广泛传播接受的作品。因此，我们首先将 107 种词选入选的全部词作篇目录入数据库并进行统计，然后对每首词作的总入选次数进行计数排名，将排名前 500 首的词作为抽样数据。

在 500 首范围内，先对每首词的不同时代的入选率、唱和率、点评率、研究率、链接率进行考察，再将它们分别乘以一定的权重，然后相加，得出每首词的综合排名指数。最后选取排名居前的 100 首词，作为宋词名篇排名的有效数据。

五项指标的计算方法分别是：

各代选本入选指标 N：将单篇入选次数除以前五百首某个时代的总入选数（某单篇的概率），再乘以各自的时代权重，用数学公式表示为：

$$N_j = \frac{x_{1j}}{\sum_{i=1}^{500} x_{1i}} \cdot 29\% + \frac{x_{2j}}{\sum_{i=1}^{500} x_{2i}} \cdot 26\% + \frac{x_{3j}}{\sum_{i=1}^{500} x_{3i}} \cdot 25\% + \frac{x_{4j}}{\sum_{i=1}^{500} x_{4i}} \cdot 20\%$$

其中：

N_j 为第 j 单篇的各代选本入选指标；

x_{1j}，x_{2j}，x_{3j}，x_{4j}分别为第 j 单篇入选宋代、元明、清代、二十世纪词选的篇数；

$\sum_{i=1}^{500} x_{1i}$，$\sum_{i=1}^{500} x_{2i}$，$\sum_{i=1}^{500} x_{3i}$，$\sum_{i=1}^{500} x_{4i}$ 分别为所有前五百首的宋代、元明、清代、二十世纪词选总入选数。

唱和指标 H：某词被唱和的次数除以前五百名被唱和的总数，数学公式为：$H_j = \frac{h_j}{\sum_{i=1}^{500} h_i}$

点评指标 P：某词被点评数除以前五百名点评总数，数学公式为：$P_j = \frac{p_j}{\sum_{i=1}^{500} p_i}$

二十世纪研究指标 Y：单篇词作被研究次数除以前五百名总研究次数，数学公式为：$Y_j = \frac{y_j}{\sum_{i=1}^{500} y_i}$

互联网链接指标 L：某词被百度、谷歌所链接的文章数分别除以前五百名被百度、谷歌所链接的总数，两项之和再乘以百分之五十，数学公式为：$L_j = \frac{l_{1j}}{\sum_{i=1}^{500} l_{1i}} \cdot 50\% + \frac{l_{2j}}{\sum_{i=1}^{500} l_{2i}} \cdot 50\%$

综合排名指数的计算方法是：

$$R_j = (X_j \cdot 50\% + P_j \cdot 20\% + Y_j \cdot 15\% + L_j \cdot 10\% + H_j \cdot 5\%) \cdot 1000$$

其中，R 表示一首词经典性的综合指数，各子项中所除以的总数∑分别为前五百名的总量。因为分子和分母的数值相差过大，故每项指标的计算结果均乘以 1000 以方便察看。

三　排行榜统计结果分析

最终的统计结果，见表 2。由于唐诗排行榜和宋词排行榜的计算方法不同，故综合排行指标的数值大小也不同。

表 2　宋词百首名篇综合指标排序表

词人	词调	首句	选本	评点	唱和	论文	互联网	总指标	总排名
苏轼	念奴娇	大江东去	87	24	133	186	114300	28.3	1
岳飞	满江红	怒发冲冠	35	14	23	125	323700	18.3	2
李清照	声声慢	寻寻觅觅	64	41	23	52	118300	11.6	3
苏轼	水调歌头	明月几时	86	22	25	40	238400	11.4	4
柳永	雨霖铃	寒蝉凄切	86	16	7	51	183100	10.8	5
辛弃疾	永遇乐	千古江山	58	23	9	67	105600	10.5	6
姜夔	扬州慢	淮左名都	67	15	4	54	33800	9.11	7
陆游	钗头凤	红酥手	46	15	2	40	179800	8.41	8
辛弃疾	摸鱼儿	更能消	80	22	11	21	96700	7.65	9
姜夔	暗香	旧时月色	50	42	11	17	30400	7.6	10
苏轼	水龙吟	似花还似	64	23	28	23	28930	7.17	11
姜夔	疏影	苔枝缀玉	46	29	13	17	31380	6.73	12

续表

词人	词调	首句	选本	评点	唱和	论文	互联网	总指标	总排名
辛弃疾	水龙吟	楚天千里	56	11	4	40	38400	6.68	13
李清照	如梦令	昨夜雨疏	58	21	4	26	61500	6.64	14
史达祖	双双燕	过春社了	81	34	7	4	60100	6.62	15
李清照	醉花阴	薄雾浓云	72	21	14	20	22506	6.43	16
贺铸	青玉案	凌波不过	76	18	33	7	28730	6.27	17
辛弃疾	菩萨蛮	郁孤台下	54	17	1	33	26770	6.17	18
周邦彦	兰陵王	柳阴直	63	22	14	17	21590	6.12	19
秦观	踏莎行	雾失楼台	69	20	5	21	34900	5.87	20
范仲淹	渔家傲	塞下秋来	72	10	2	28	43900	5.81	21
张先	天仙子	水调数声	65	19	4	9	105800	5.33	22
辛弃疾	祝英台近	宝钗分	63	22	10	2	52670	5.17	23
苏轼	卜算子	缺月挂疏	57	15	15	9	72100	5.13	24
史达祖	绮罗香	做冷欺花	59	28	5	0	59550	5.11	25
秦观	鹊桥仙	纤云弄巧	68	5	4	11	166800	5.1	26
欧阳修 冯延巳	蝶恋花	庭院深深	58	24	3	5	64850	5.05	27
周邦彦	六丑	正单衣试	64	29	6	7	9500	5.04	28
秦观	满庭芳	山抹微云	66	23	1	8	89354	5.03	29
李清照	一剪梅	红藕香残	51	18	7	5	97200	5.02	30
李清照	凤凰台上忆吹箫	香冷金猊	55	20	18	4	26400	4.97	31
范仲淹	苏幕遮	碧云天	64	11	7	10	55500	4.97	32
王安石	桂枝香	登临送目	78	7	11	11	40800	4.85	33
周邦彦	瑞龙吟	章台路	46	22	10	4	14610	4.69	34

续表

词人	词调	首句	选本	评点	唱和	论文	互联网	总指标	总排名
周邦彦	满庭芳	风老莺雏	55	24	5	6	10050	4.62	35
欧阳修	踏莎行	候馆梅残	67	16	0	10	33100	4.56	36
柳永	八声甘州	对潇潇	57	13	4	15	28200	4.55	37
苏轼	江城子	十年生死	40	2	1	16	159100	4.41	38
辛弃疾	青玉案	东风夜放	38	10	1	16	81800	4.38	39
姜夔	齐天乐	庾郎先自	35	27	1	3	25560	4.37	40
辛弃疾	破阵子	醉里挑灯	42	5	0	28	42400	4.37	41
秦观	千秋岁	水边沙外	36	16	22	4	91355	4.28	42
晏殊	浣溪沙	一曲新词	71	9	0	14	46500	4.13	43
陆游	卜算子	驿外断桥	46	5	1	16	97600	4.12	44
李清照	如梦令	常记溪亭	18	0	1	23	50800	4.01	45
李清照	念奴娇	萧条庭院	42	22	3	4	24640	3.98	46
张孝祥	念奴娇	洞庭青草	46	11	1	12	27260	3.92	47
陈与义	临江仙	忆昔午桥	54	17	1	3	13010	3.89	48
柳永	望海潮	东南形胜	62	5	4	14	31600	3.88	49
辛弃疾	贺新郎	绿树听鹈	34	20	0	17	6340	3.88	50
周邦彦	花犯	粉墙低	43	17	8	1	10850	3.86	51
李清照	武陵春	风住尘香	54	15	6	8	47000	3.86	52
辛弃疾	西江月	明月别枝	34	2	1	26	45400	3.81	53
晏几道	鹧鸪天	彩袖殷勤	63	10	2	10	22590	3.78	54
苏轼	贺新郎	乳燕飞华	47	13	8	8	25630	3.78	55
苏轼	洞仙歌	冰肌玉骨	44	12	9	2	55200	3.73	56
苏轼	蝶恋花	花褪残红	44	9	5	8	71200	3.71	57

续表

词人	词调	首句	选本	评点	唱和	论文	互联网	总指标	总排名
李清照	永遇乐	落日镕金	41	8	3	18	22519	3.68	58
辛弃疾	念奴娇	野棠花落	42	15	6	4	14670	3.61	59
苏轼	定风波	莫听穿林	25	2	0	16	131600	3.57	60
欧阳修	生查子	去年元夜	31	5	0	12	114200	3.56	61
张先	青门引	乍暖还轻	48	9	1	1	133750	3.52	62
周邦彦	少年游	并刀如水	41	24	3	1	15830	3.45	63
张元幹	贺新郎	梦绕神州	48	17	0	4	20520	3.43	64
刘过	唐多令	芦叶满汀	44	13	8	0	7510	3.39	65
晏几道	临江仙	梦后楼台	47	11	0	9	34700	3.39	66
宋祁	玉楼春	东城渐觉	47	9	3	10	12220	3.22	67
姜夔	念奴娇	闹红一舸	33	9	0	4	22820	3.07	68
周邦彦	西河	佳丽地	50	14	7	1	8330	3.07	69
姜夔	长亭怨慢	渐吹尽	32	13	9	2	16620	3.03	70
辛弃疾	清平乐	茅檐低小	30	0	0	19	29800	3.03	71
周邦彦	风流子	新绿小池	29	16	4	3	8690	2.99	72
周邦彦	大酺	对宿烟收	33	17	5	2	4700	2.98	73
章楶	水龙吟	燕忙莺懒	28	10	26	0	847	2.93	74
周邦彦	齐天乐	绿芜凋尽	17	15	5	1	6540	2.93	75
周邦彦	琐窗寒	暗柳啼鸦	40	14	5	1	10370	2.91	76
吴文英	风入松	听风听雨	39	11	0	6	15260	2.9	77
张炎	高阳台	接叶巢莺	39	21	0	2	6830	2.86	78
陈亮	水调歌头	不见南师	31	5	0	10	129570	2.83	79
欧阳修	朝中措	平山阑槛	26	8	15	2	9870	2.78	80

续表

词人	词调	首句	选本	评点	唱和	论文	互联网	总指标	总排名
辛弃疾	鹧鸪天	枕簟溪堂	31	11	16	0	19790	2.77	81
吴文英	南楼令	何处合成	26	12	0	2	5447	2.76	82
史达祖	东风第一枝	巧沁兰心	21	10	8	0	17150	2.75	83
欧阳修	采桑子	群芳过后	32	7	1	6	14680	2.75	84
蒋捷	一剪梅	一片春愁	25	4	0	18	11220	2.73	85
周邦彦	过秦楼	水浴清蟾	33	10	6	1	7430	2.7	86
晁冲之	汉宫春	潇洒江梅	29	14	5	0	12500	2.69	87
周邦彦	蝶恋花	月皎惊乌	48	8	3	5	7220	2.69	88
秦观	望海潮	梅英疏淡	52	8	3	4	30000	2.65	89
叶梦得	贺新郎	睡起流莺	35	15	4	0	32530	2.64	90
李清照	渔家傲	天接云涛	33	1	1	9	27890	2.62	91
周邦彦	解语花	风销焰蜡	40	12	3	2	8010	2.59	92
姜夔	点绛唇	燕雁无心	36	8	0	4	14600	2.59	93
陈亮	水龙吟	闹花深处	39	10	1	0	22860	2.57	94
晁补之	摸鱼儿	买陂塘	45	8	1	0	1462	2.55	95
周邦彦	解连环	怨怀无托	38	11	5	1	11680	2.52	96
张炎	八声甘州	记玉关	31	11	1	2	89590	2.5	97
张炎	解连环	楚江空晚	37	13	1	3	46160	2.49	98
苏轼	江城子	老夫聊发	42	1	0	11	43200	2.49	99
张孝祥	六州歌头	长淮望断	48	9	1	2	11040	2.49	100

这份宋词排行榜，除了告诉我们哪些是名作、哪些名作的关注度高之外，还能提供哪些有意思的话题，引发我们进一步的思考？

如果要推举唐代两位最杰出的诗人，那一定是李白和杜甫，大约明清以来就成为共识。但如果要推举出宋词中的两位天王，意见可能不会一致。当下的读者，也许会推举苏轼和辛弃疾，但在清代，词人和词评家可能会推举周邦彦、姜夔或其他词人。常州词派的代表人物周济，就推举周邦彦、辛弃疾、王沂孙、吴文英为“领袖一代”的宋词四大家。也就是说，明清以来，宋代词人中哪二家可为一代之冠冕人物，还没有形成共识。排行榜也反映出这种宋代词人认同度的差异性和复杂性。

且看排行榜提供的一组数据。百首宋词名篇为 30 家词人所拥有，拥有名篇最多的十家词人依次是：

周邦彦　15 首

辛弃疾　12 首

苏　轼　11 首

李清照　10 首

姜　夔　7 首

秦　观　5 首

欧阳修　5 首

柳　永　3 首

史达祖　3 首

张　炎　3 首

拥有名篇数量最多的是周邦彦。但在排名靠前的十大名篇中，周邦彦却没有一首入围，他入围百首排行榜的十五首词，名次都比较靠后，排位最前的《兰陵王》也只位居第十九。由他坐宋代词人的第一把交椅，恐怕还不会得到广泛的认同。

苏、辛的名作数量，虽少于周邦彦，但位居前十的名篇中，他俩各占 2 首，苏轼的《念奴娇·赤壁怀古》更夺得排行榜的第一名。所以，从综合影响指数来看，苏、辛的影响力不低于周邦彦。

由苏、辛来“领袖一代”，也许更合适。但苏、辛的名篇数量毕竟少于周邦彦，由他俩来冠冕一代，媲美李杜，周邦彦的“粉丝”们可能有些不服气，王国维就说过“词中老杜”非周邦彦不可的话。看来，宋词中的苏、辛，还没有取得像唐诗中李、杜那样至高无上的地位。

周邦彦的名篇数量最多，而不是苏、辛的名篇最多，让我们感到有些意外，也值得我们思考。在一般读者的心目中，苏、辛的名气要远远超过周邦彦。20 世纪 50 年代以来，学界多推崇苏、辛，周邦彦并没有受到特别的追捧。周邦彦的名篇数量能超越苏、辛而位居第一，反映了什么？反映了周邦彦词被认同的古今落差和变化。历史上，周邦彦词曾经是词人心目中的典范，是经典中的经典。宋末张炎的《词源》就特别推许周邦彦，说他“负一代词名，所作之词，浑厚和雅”。南宋人尹焕《梦窗词序》也说：“求词于吾宋，前有清真，后有梦窗，此非予之言，四海之公言也。”所谓“四海之公言”，也许言过其实，但不是一己之私言，应可肯定。到了清代，周济推举宋代四大词家，就以周邦彦为首。所以，周邦彦的名篇占有量为宋人第一，也在情理之中。它真实地反映了宋词接受史上，周邦彦曾经拥有过的辉煌。虽然在现代文学史家心目中，周邦彦已不能代表宋词，但在过去，他却是“负一代词名”的。名篇排行榜，还原了历史的真实。

排行榜中的李清照，也格外值得我们注意。在现代词学史上，李清照是“名家”还是“大家”，有过争议。她的名篇占有量，列宋代词人的第四位，紧随清真、稼轩和东坡之后，从影响力来看，说她是“大家”，并不为过。

李清照流传下来的词作总共不过 40 多首，但宋词百首名篇榜上，她的名篇却有 10 首，差不是每 4 首中就有 1 首顶级名篇，精品率约为 4∶1。辛弃疾传世之作有 629 首，苏轼存词 378 首，而他们的名篇分别为12首和11首，名篇的比率分别为52∶1和34∶1。李清照这种“精品现象”，也蛮值得我们回味思索。

说到精品率，岳飞、范仲淹又高过李清照。岳飞存词3首，有1首是超级大名篇。范仲淹传世的词作总共5首，有2首是名篇。这跟唐代王之涣、张若虚有些接近。王之涣存诗共6首，十大名篇中独占2首；张若虚存诗仅2首，其中的《春江花月夜》，也是名篇。

钱锺书先生曾在《宋诗选注·序》中说：“在一切诗选里，老是小家占便宜，那些总共不过保存了几首的小家更占尽了便宜，因为他们只有这点点好东西，可以一股脑儿陈列在橱窗里，读者看了会无限神往，不知道他们的样品就是他们的全部家当。大作家就不然了。在一部总集性质的选本里，我们希望对大诗人能够选到‘尝一滴水知大海味’的程度，只担心选择不当，弄得仿佛要求读者从一块砖上看出万里长城的形势！”钱先生说的是事实。可问题是，唐宋诗词史上，“小家”那么多，为什么只有这几位小家“占尽了便宜”呢？他们的精品率为何这么高呢？

唐代常常被分四个时期，其中盛唐诗歌最盛。宋代，则往往被分为南北两宋。两宋词，何者为盛？清代大词人朱彝尊在《词综·发凡》里说：“世人言词，必称北宋，然词至南宋始极其工，至宋季而始极其变。”那么，排行榜反映的两宋实力情形又如何呢？

如果把30位百首名篇的得主按南北两宋来分，却正好南北宋各一半。拥有名篇的北宋词人是：柳永、范仲淹、张先、晏殊、欧阳修、宋祁、王安石、苏轼、晏几道、章楶、秦观、贺铸、周邦彦、晁补之、晁冲之。南宋词人是：李清照、张元幹、叶梦得、陈与义、岳飞、陆游、张孝祥、辛弃疾、姜夔、陈亮、刘过、史达祖、吴文英、蒋捷、张炎。由此看来，南北两宋词坛的实力是均衡的。

宋词，又常被分婉约、豪放两派。如果按派别来分，排行榜上豪放、婉约两派的人气也是旗鼓相当。王安石、苏轼、贺铸、晁补之、张元幹、叶梦得、陈与义、岳飞、陆游、张孝祥、辛弃疾、陈亮、刘过、蒋捷等十四人基本上可划入豪放派。其他词人则可划入婉约派。看来，婉约词，受人欢迎；豪放词，也同样招人喜爱。历史上，曾经重婉约、轻豪放，说婉约是“本色”正宗，豪放词是“别调”旁流。20世纪以来，又一度重豪放、轻婉约，认为豪放词思想境界高，婉约词价值意义小。我们说，历史是公正的，它平衡了主流意识形态和主流话语在选择上的差异与变化。

我们是史上第一次用排行榜这种方式来解读、普及唐诗宋词，给读者提供一个趣味性的参考“答案”，让读者了解哪些唐诗宋词在历史上比较受人欢迎，哪些作品在历史上人气比较旺盛。信不信由你，反正我是信了！我们不是要替代读者的审美，读者照样可以对着排行榜来审美欣赏，也可以自己排出各自心目中的排行榜！我们做的排行榜，不是要颠覆你心中的经典，替代你心中的经典，只是给你提供一个参照：历史上公认的经典名篇是哪些。如果你心中的经典跟排行榜基本一致，那表明你的审美判断力跟历史上的多数读者相近；如果你心中的经典跟这份排行榜大不相同，那就说明你的鉴赏力卓尔不群。

我们深知，刚刚开拓出的新路，总会有凹凸不平，但有条新路可走比总是走老路要好！有一个参考性的答案、有一种新的了解唐诗宋词的方式，总比没有要好！用统计分析的方法来评估衡量唐诗宋词的影响力，只是一种尝试、一种实验。成败得失，还需要历史的检验、公众的认可。如果能由此引发读者去探索更多更好的评估衡量唐诗宋词的新方法，那我们就更喜出望外了！

千年淘汰与选择

——宋词经典的建构

说宋词是经典，今天已经不会有人怀疑。

可在北宋，词体刚刚流行的时候，压根儿就算不上是文学。那是因为，早期的宋词，是配合流行音乐写给歌儿舞女演唱的流行歌曲，功能是给人娱乐休闲的，其中的内容不外乎男女间的爱恨情愁，所以在主流的文学意识里，跟言志载道的正统诗文比起来，词体不过是游戏的文字，跟文学沾不上边。文人士大夫们，尽管爱听词，爱唱词，也爱写词，生活中少不了词、离不开词，但观念里却是深深地瞧不起词。举两个典型的例子。一个是王安石。王安石有时技痒难熬，兴之所至，也写词玩玩，可他却曾经批评他的同乡前辈、宰相词人晏殊说:“为宰相，写小词可乎?”在王安石看来，堂堂宰相，应该留意“经国之大业，不朽之盛事”，哪能写不登大雅之堂的“小词”呢? 另一位是苏轼。苏轼，不仅写了大量杰出的词作，而且还是词体的革新家呢。可早年，他也是看不起词的。前辈词人张先，能词又能诗，世人却只称道他的词，而不怎么提他的诗。苏轼对此很不以为然，说张先“诗笔老妙，歌辞乃其余波耳”，人们喜欢张先词而不喜欢其诗，是好德不如好色。在这种诗尊词卑的观念支配下，北宋人都不把写词当回事儿，随写随扔，编文集时，也绝对不收录词作。实在舍不得的，就把词作单独编成一集，放入“另册”。

到了南宋，由于时代的变迁，词体内容和功能的变化，人们才逐步认同了词的文学地位，词体被接纳为文学大家庭中的一员。可是，在正统文学观念里，还是觉得词不如诗，词体像是庶出的孩子，时不时地遭人冷眼。大诗人陆游就很看不起词，他说年轻的时候，追随世俗时尚写了一些词作，到晚年后悔不及。好像写词是一种罪过，于是晚年自编词集时，他写了一篇忏悔式的自序："予少时汩于世俗，颇有所为，晚而悔之。然渔歌菱唱犹不能止。今绝笔已数年，念旧作终不可掩，因书其首，以识吾过！"他还特地叮嘱儿辈，今后编印他的诗文集时，词集不能跟他的《剑南诗稿》和《渭南文集》合刊，只能另编成册。比陆游年长几岁的韩元吉，也一样看不起词，而且更极端，晚年检视自己的词作时，把"未免于俗"的词稿毫不犹豫地烧掉，实在舍不得的，就编成一集，取名《焦尾集》，意思是焚烧之后的残存品。陆游和韩元吉站在正统诗歌的立场，所以不免对词体很有些鄙视和轻蔑。

即使到了清代，主流的看法还是不太认同词体的文学地位。虽然康熙年间，有朱彝尊和陈维崧两位词坛大将统领着浙西、阳羡二大词派，摆擂叫阵，把个词坛闹得热火朝天，也没有完全颠覆正统的偏见。到了乾隆时代，掌握着话语权的四库馆臣，在《四库全书总目》词曲类总序中给词体定位时还说："词、曲二体，在文章、技艺之间。厥品颇卑，作者弗贵，特才华之士以绮语相高耳。"好在一种有生命力的文学形式，总会得到多数人的喜爱和接受，不是少数掌握着话语权的人能够否定得了的。尽管四库馆臣站在正统文学的立场，有些藐视词，但终究不能不承认词的存在价值，不能不正视词的影响力和生命力。

到了二十世纪，经过了千年的淘汰与选择，词体在中国古典文学中的经典地位，最终得以确立。尤其是宋词，被奉为一代之文学，堪与唐诗媲美争胜。可见，经典，不是生来就是经典，会经历一个漫长曲折的认同过程。

一 经典确立的过程性与变异性

经典文体的确立是这样，作为经典的名篇佳作也是这样。经典作品，也有一个生成变化的过程。有的作品，问世不久就会受到广泛的关注，甚至产生轰动效应，并成为永恒的经典。有的作品，问世之初可能默默无闻，历经许多年后，它的价值才被人发现，才逐渐被确认为经典。经典的确立，往往要经历一个漫长的过程。诗词经典中都不乏这样的例子。比如，唐代张若虚的《春江花月夜》，在当代读者的心目中，无疑是经典名篇，可在唐宋元明四代，几乎没有什么影响，直到清代，才逐渐受到人们的注意。晚清著名学者王闿运率先给予高度评价，说是“孤篇横绝，竟为大家”。到了现代，著名诗人、学者闻一多先生更极力称赞它是“诗中的诗，顶峰中的顶峰”，于是它的影响力越来越大，各种唐诗选本和大学、中学教材几乎无一不选。宋代民族英雄岳飞的《满江红》（怒发冲冠）词，在清代以前知名度也不高，到了现当代，由于词中崇高的爱国情怀和英雄气概与现代社会的精神需求、主流价值观念非常合拍，故此受到热烈的关注，而成为经典名篇。

经典的形成和确立，既具有过程性，又具有时代性和变异性。时代性，是说每个时代都有各自选择和确认的经典。因为每个时代都有自己独特的价值观念、审美趣味，因而每个时代都会选择那些符合自己时代价值观念和审美趣味的作品作为经典。在唐诗宋词中，张若虚的《春江花月夜》和岳飞的《满江红》（怒发冲冠），就是现当代确立的经典。除此之外，像唐代陈子昂的《登幽州台歌》、白居易的《卖炭翁》和宋代苏轼的《江城子》（老夫聊发少年狂）、辛弃疾的《鹧鸪天》（壮岁旌旗拥万夫）等，也都是到现当代才被确认为经典的。当今有些脍炙人口的经典名篇，在古代是并不受人注目的普通作品。

变异性，是说经典是变化的，在这个时代奉为经典的，另一个时代不一定被视为经典。比如南宋人编有一部词选，叫《草堂诗余》，在当时说不上有多大的影响，可到了明代，就成为十分流行的经典文本，写词的奉为典范，读词的爱不释手，各种注释本、评点本层出不穷。明末毛晋《草堂诗余跋》就说："宋元间词林选几屈百指，惟《草堂》一编，飞驰几百年来，凡歌栏酒榭，丝而竹之者，无不拊髀雀跃。及至寒窗腐儒，挑灯闲看，亦未尝欠伸鱼睨，不知何以动人一至此也！"可到了清代，由于词学观念的变化，《草堂诗余》又大受冷落，康熙年间浙西词派的领袖朱彝尊等人不遗余力地贬抑排斥《草堂诗余》，甚至认为明代词体创作之所以衰落不振，跟明人一味地学《草堂诗余》有关系，从此，热门的经典《草堂诗余》就再也无人问津。清人重新选择了把其他唐宋词作为经典的词选读本，那就是朱彝尊的《词综》和张惠言的《词选》。到了二十世纪，《词综》和《词选》又风光不再，而被朱彊村的《宋词三百首》等选本所替代。

二 经典的建构性

经典的时代性和变异性表明，经典是需要不断发现、不断建构的。一篇不很知名但内涵丰富的作品，经过名家的阐释或称扬，有可能得到读者的广泛认同而逐渐成为经典名篇。特别是权威和领袖人物的发现和阐释，影响力更大。比如，柳永的《凤栖梧》（伫立危楼风细细），在宋明清三代，是不入流的作品。自从近代著名学者王国维把其中的"衣带渐宽终不悔，为伊消得人憔悴"二句拈出来，阐释为一种做事业、做学问的境界后，这两句词就成了名句，整首词也跟着成了名篇。陆游的《卜算子・咏梅》，在明清两代也很少进入人们的阅读视野。自从20世纪60年代得到伟大领袖毛泽东的青睐，被毛泽东“反其意”而追和之后，也受到人们的热捧，成为名篇。学界泰斗王国维、政坛领袖毛泽东，本无意“炒作”这二首词，只是因为他们是名人，是权威，因而，他们偶然的“发现”和阐释，遂使这两首词受到广泛关注。这就是经典形成过程中的“名人效应”。

虽然选择经典，是纯粹的个体行为，是个人爱好，但个体总会受到群体态度的影响，而群体中权威和领袖的意见，往往会成为主流的、主导性意见，被群体成员所认同和接受。因而，“名人效应”，就成为经典形成过程中的一种普遍现象，也是经典形成的一个重要因素。在唐诗中也不乏这样的例子。根据我们的统计分析，在唐诗百首经典名篇之中，崔颢的《黄鹤楼》位列榜首。崔颢这首诗之所以能成为千古传诵的经典名篇，就得益于李白的誉扬推崇。传说李白到黄鹤楼见了崔颢此诗后，叹赏有加，自称“眼前有景道不得，崔颢题诗在上头”，不敢再在黄鹤楼题诗。李白是诗仙，是天才，他的赞赏，无疑会极大地提高崔颢《黄鹤楼》的知名度和影响力，从而影响到一般读者大众对这首诗的认同和接受。连天才诗仙都心悦诚服的诗篇，普通读者自然不会怀疑它的价值和特色。李白这种誉扬，自然会引导普通读者对这首诗的选择。天长日久、世代积累之后，崔颢这首诗也就成为人们津津乐道的经典名篇了。

跟“名人效应”一样，“故事效应”，也能提高作品的影响力和知名度，从而促进它的经典化。所谓“故事效应”，也可以称作“本事效应”，即一篇诗词作品，如果有创作和传播方面的轶闻趣事（古人称作“本事”），往往更会引起普通读者的阅读兴趣，从而推动它的广泛传播和接受。上面说的李白赏誉崔颢《黄鹤楼》诗，也有“故事效应”在发挥作用，不过“故事效应”中又加上“名人效应”，于是它的影响效应更大。李白赏誉崔颢诗，是真实的历史，还是后人虚拟的故事，已无从考证查实，虽然《唐才子传》里明白地记载着。无论事件是真是假，反正这个“故事”，已发挥了它的“轰动”效应，人们只要谈及崔颢这首诗，往往津津乐道李白赏誉的故事。名作与故事，相得益彰。

“故事效应”促进作品经典化的案例，还有很多。唐人王之涣的《凉州词》（黄河远上白云间），也是唐诗中影响力相当高的经典名篇。这首诗能成为经典名篇，也与故事相关。旗亭画壁的故事，人所共知。故事说的是盛唐时代王之涣、王昌龄和高适等人到旗亭饮酒，见有诸妓唱诗，三人于是约定比个高低，以诗歌被入乐传唱多的为胜。待歌妓唱了几首之后，王之涣见自己的诗一首也没被唱到，就打赌说：如果坐中最漂亮的那位歌妓唱的是他的诗，就算他胜出，各位得甘拜下风。最后那位最漂亮的唱的，果然是王之涣的《凉州词》。一首优秀的作品，配上这样香艳的故事，自然是格外引人注目。其实，这个旗亭唱诗的故事，是地道的假“新闻”。它原本是唐人传奇小说《集异记》编造的故事，人物是真实的，事件却是虚构的，后人却信以为真。在文学传播过程中，作品本事（故事）是真是假其实并不重要，重要的是故事本身能吸引眼球，吸引注意力，聚集人气，提高影响力。就像当下炒作明星的“绯闻”一样，“绯闻”的真假不重要、对与错也不重要，重要的是，当事人有了绯闻，就有曝光率，名气会提升，影响力会扩大。宋词在经典化过程中，故事效应同样发挥重要作用。苏轼的《念奴娇·赤壁怀古》有故事，李清照的《醉花阴》有故事，周邦彦的《六丑》、姜夔的《暗香》《疏影》等等，都有吸引人的故事。

当然，无论是名人效应，还是故事效应，都是作品经典化过程中外在的助推力。一篇作品，能否成为经典，首先取决于作品本身的内容含量和艺术质量。一篇劣质的作品，即使编撰再优美动听的故事，也许可以产生一时的轰动效应，但时过境迁之后，终究会被淘汰、被湮没。

三 经典需要历史检验

经典既然需要不断发现、不断建构、不断积累，那么，我们现在编选唐宋词选本的时候，就要注意挖掘和发现有经典“潜质”的作品。一个优秀的选本，既要收录历来公认的经典名篇，也要选择一些虽然在历史上影响不大但感发性强、今后有可能成为经典的词作。新的选本，要有传承性，更需要有建构性。我们编选的《传世经典丛书·宋词鉴赏》，就选录了晁补之赞美梅花“骨中香彻”的《盐角儿·亳社观梅》、李清照说江南夜雨“愁损北人，不惯起来听”的《添字丑奴儿》、辛弃疾为“父老争言雨水匀，眉头不似去年颦”而喜悦的《浣溪沙》和因愤懑而“半夜一声长啸，悲天地、为予窄”的《霜天晓角·赤壁》等。这些词作，虽然现在还算不上脍炙人口的名篇，但词作的情思内蕴丰富，品读后，会激起我们内心的波澜，让我们感动，让我们震撼。

当然，一个选本新入选的作品，今后能不能成为经典，还需要历史的检验、大众的认同。经典不是一个人或者几个人说了算的，而是大多数人的共识。个人的鉴赏眼光总是有局限的，个人的好恶不能代表、也不能左右多数人的趣味和选择。正如苏轼所说:“文章如金玉，各有定价。”“其品目高下，盖付之众口，绝非一夫所能抑扬。”少数人钟爱的作品，未必能成为经典；而少数人不喜欢的作品，也可能成为经典。苏轼《念奴娇·赤壁怀古》，早在宋金时代，就被奉为经典名作，至今仍是公认的经典名篇。可在清代，就有人不喜欢。比如沈时栋编选《古今词选》，号称雄奇、香艳之词都选录，可就是不选东坡的这首赤壁词，因为沈时栋觉得此词有缺点，认为周瑜当年怎么会等到“小乔初嫁”以后才“雄姿英发”呢。在这位沈先生看来，三国赤壁大战是男人的事业，干嘛要把只配在家里照顾小孩的女人小乔拿来说事？白璧微瑕啊！于是他就把这首“上下千古，脍炙齿牙”的“名作”给剔除了。另一位著名选家朱彊村先生也不看好东坡这首赤壁词。朱老先生编选的《宋词三百首》，是20世纪流行最广的宋词选本，以选目精到著称。朱先生在初版时入选了东坡这首赤壁词，后来修订时，又把它给删除了。所以，在现在通行的《宋词三百首》中，就没有了东坡这首赤壁怀古词。不过，尽管康熙时代的沈时栋先生和晚清的词坛泰斗朱彊村先生不满意，东坡的赤壁怀古词照样成为清代以来最受广大读者欢迎的经典佳作。经典的形成和确认，是不以少数人的意志为转移的。一个选本，推选出一些新的词作来候选经典，能否得到多数人的认同和喜欢，那就等待历史的检验和裁判了。

穿越古今的眷恋

——宋词中的爱情与别离

我们每个人都有回忆的习惯，都希望把自己美好的记忆留存下来。我们到一个地方都要摄摄像、拍拍照，特别是年轻的父母，都希望把自己孩子成长的过程用照片和录像的方式记录下来。那古人是用什么方式来留存自己的记忆呢？留存自己的生活记忆和情感记忆呢？他们是用诗词。古典诗词里有爱情、亲情、友情、豪情。而诗词不是说明情感，是用镜头画面来呈现情感。

大家都很熟悉苏轼评王维诗歌的一句话:“诗中有画，画中有诗。”如果苏轼是今天来评价王维诗歌的话，他会说王维的诗中有镜头、有画面、有电影。我对诗词的认知是，诗是一句一镜头，一诗一电影。每一句诗都是一个镜头，甚至是多个镜头的组合，一首诗就是一部微电影。古典诗词可以说是古人情感生活的纪录片，是微电影。下面我们摇着镜头，穿越历史的时光，回到千百年前去体会古人的情感，感受古人的爱恨情愁。

一　女性的主动求爱：约会词

大家是不是想了解唐宋人是怎么恋爱的？男女是怎样交往的？我们先看一首晚唐五代时期韦庄的《思帝乡》。《思帝乡》是词调名。晚唐五代的时候，词人写词，词调名称跟词作内容是对应的、相互关联的。"帝乡"，就是都城，"思帝乡"就是追忆都城长安的生活。到了宋代以后，词调只是创作和演唱的一个提示。对作者来说，词调名是告诉他怎样去写这首词；对于读者来说，词调规定了怎样去听、去唱这首词。

韦庄是唐末五代的一位著名词人。这首词写的是一位少女在春游的时候，看上了一位年轻的少年郎，于是她内心表白，真想嫁给他。我们来看看这首词：

> 春日游。杏花吹满头。陌上谁家年少，足风流。妾拟将身嫁与，一生休。纵被无情弃，不能羞。

读词要有想象力，不能仅仅是了解字面的意思就完了。"春日游"，意思是春日去旅游，如果仅仅理解成这样，就没有多大意思了。"春"，在我们的脑海里要展开一种想象，想象春天百花盛开的情景。"春日"在这里是指春天的白日。当然，"春日"连起来就是春天里一个阳光灿烂的日子，一位少女独自出去行游，也可以理解为郊游。直到现在，我们还有春游、踏青、踏春的习惯。

在路上，她看到了什么景致？到处都是粉红色的杏花。春风一吹，杏花落满头。这里我们又可以想象，既有杏花，那肯定是一个公园或者一片杏花林。"杏花吹满头"，肯定不是一株杏花，而是一片杏花、一林杏花。女主人公是到一个满满是杏花的林子里去观赏。"陌上"，是指路上。路上她遇到一位少年郎，让她眼睛一亮，"足风流"，是说，哇，好帅啊！风流倜傥的少年郎，让这位少女顿时春心萌动，一下子就看上了他、爱上了他。前两句是这位女子的特写。下面是写她的心理活动、内心独白。

"妾"，是女孩的自称，"拟"是准备、想要、将要的意思。"妾拟将身嫁与"，是说我真想嫁给他。我们想象，这位少女可能对那位男生开始放电了，用身体语言或眼神向他示好、示爱。"一生休”，如果我能够嫁给他，这一生就足够了、满足了。休，有美好、美满的意思。《诗经·小雅·菁菁者莪》里有句诗：“既见君子，我心则休。”就是这种用法。“纵被无情弃”的“纵”，是纵然、即使的意思。即使最后被他劈腿了、被他抛弃了，我也无所谓，“不能羞”，就是没有羞愧、没有遗憾的意思。按现在的话来说，是只求曾经拥有，不求天长地久。在唐五代的时候，女孩子就已经有这种爱情观念了。换个角度看，这位女生对爱情的追求，是大胆的、主动的、积极的。有意思的是，唐宋词里男女恋爱，大多都是女求男，我们现在青年男女恋爱，多半是男生占主动，男生追求女孩子。当然，也有女孩子追求男生。近几年有一个比较火的电视相亲节目，里面既有男嘉宾，也有女嘉宾。但是在唐代，女孩子这样主动，就很不简单。她提示我们青年人，只要爱上了一位心上人，可以大胆地去追求属于自己的爱情、自己的幸福。

在这里，我们可以看出唐代男女之间的交往还是比较自由的，不是我们想象的那样男女授受不亲。男女授受不亲，是明代以后的事情。在唐宋时代，男女的交往，有一点类似于现在，是比较自由的。如果这首词还不能说明问题的话，我们再来看皇甫松的一首词。

皇甫松跟韦庄同时，也是晚唐时期一位有名词人。其词的词调叫《采莲子》，写的是到河塘里去采莲蓬的情景：

> 船动湖光滟滟秋。贪看年少信船流。无端隔水抛莲子，遥被人知半日羞。

此词有点像绝句。演唱的时候，会在每一句词后面加两个字，比如“船动湖光滟滟秋，滟秋。贪看年少信船流，举棹。”变成长短句来演唱。

词的第一句写的是，在湖面上，有一只小船，上面坐着一位采莲的少女，从荷花丛中摇着船出来，湖面在秋日阳光的照耀之下粼粼闪光。滟滟，指水光波光粼粼的情景。秋，指秋天，也可理解秋光、秋色。南宋辛弃疾《水龙吟·登建康赏心亭》里“水随天去秋无际”的“秋”就是这种用法。少女摇着采莲船，从荷花丛中慢慢地摇出来。一双美丽的大眼睛，到处张望，不仅在找莲蓬，还在找人。突然，远处一位少年郎的身影印入她的眼帘。那位少年郎是在什么地方呢？有两种可能，一种可能是这位男生也划着船，从远处的对面摇着船过来；另一种可能是，那位男生在湖岸上漫步。她看到后是什么神情呢？是“贪看”，眼睛一眨不眨地看，直勾勾地看。“信船流”的“信”是任凭的意思，她盯着那个男生看，忘了划桨，任凭船的飘移。跟《思帝乡》那位女孩子比起来，这位采莲女更大胆、更主动，她不仅是心里爱，还付诸行动，什么行动呢？她从船舱里抓起一把剥开的莲子，向少年郎扔过去。这个“莲子”是谐音双关，莲子，谐音“怜子”，就是“爱你”的意思。少女把莲子抛给少年郎，就是表达求爱之意。“隔水”表明，两人肯定不在一条船上，而是隔着湖面，可以想象这位男生应该是在湖岸边。“无端隔水抛莲子”的“无端”，意思是无缘无故。其实，这位女孩子是有心故意的，表面上装着若无其事的样子，好像是无意识地随手一抛，借此来掩饰自己的羞涩和主动。男孩子有没有表示？因为诗歌的字数是有限的，词人没有写那位男生的反应和行动，但是我们可以想象那位男生的存在。如果这位男孩子比较腼腆，他会大吃一惊，愣头愣脑地冲女孩子大吼：你凭什么砸我？如果这位男孩子情商很高，他一定心领神会，领会到少女的多情和示爱，准备跟这个女孩子加微信好友了。

“无端”句，是写女孩子的动作。这个动作已经表达了她的爱意。《思帝乡》里那位少女说“妾拟将身嫁与，一生休”，只是她的内心独白。而这首词，通过动作，传达了少女对那位少年郎的爱慕爱意。下面一句，更有戏剧性。“遥被人知半日羞”，写女孩子抛莲子的举动，被周边同行的其他船上的女伴看到了，女伴们指指点点，嘻嘻哈哈，说，你们看啦，小芳爱上帅哥了。这女孩子见自己的心事和动作被邻船的同伴看见，顿时羞得满面通红。我们可以想象，此时她肯定会低头掩面，也可能摘一片荷叶把脸捂住。“半日羞”，是说她长时间地感到害羞，不好意思与人面对。这既写出了女孩子含羞带喜的面部神态，同时又写了周边同伴的行为动作和热闹氛围。这首词四句 28 个字，写出了少女求爱的场景、过程、神态、心理，写了三方人物：采莲的少女、行走的少年郎和采莲的同行女伴，而且富于情节性、戏剧性、镜头感、画面感和场景感。28 个字包含了这么丰富的内容，就像独幕剧，又像一部微电影。如果我们用电影镜头来呈现这首词的话，是非常有情节性和趣味性的。

再来看看李煜的词。作为帝王的李后主，他的恋爱情景又是怎样的呢？李后主大家都很熟悉了，他有两位王后，都姓周，而且是姐妹俩。姐姐被称为大周后，妹妹被称为小周后。史书上这姊妹俩都没有留下芳名。下面这首词，写的是李后主跟小周后的一次约会，也可以说是恋爱场景的现场直播。词牌名是《菩萨蛮》：

花明月暗笼轻雾。今朝好向郎边去。刬袜步香阶。手提金缕鞋。　　画堂南畔见。一向偎人颤。奴为出来难。教君恣意怜。

前几年很流行的电视剧《甄嬛传》里，有一首插曲叫《菩萨蛮》，是温庭筠原创的歌词。因为《甄嬛传》的热播，那首词广为传唱，被大众所熟悉和了解。我觉得，当时如果选李后主这首词来配曲，会更有故事性和戏剧性。

上片首句“花明月暗笼轻雾”，写的是一对男女即将见面的环境。四周都是鲜花，花香四溢，黄昏时刻，月亮还在云层里面，光线比较暗，能见度低，正是男女约会的好时机。“笼轻雾”，可能是在池塘边，薄薄的雾气，从水池升起，更增添了一层朦胧感。如果是戏剧表演，这时候舞台上喷出一些烟雾，气氛更逼真，现场感更强烈。读这句，让我们联想到杜牧《泊秦淮》诗句“烟笼寒水月笼沙”的韵味。

写了约会的环境，接着写女主人公上场。“今朝”，是今天的意思，不是说今天早晨，因为“月暗”写的是黄昏、傍晚。当然，理解为早上也无妨。“月暗”，也可以是凌晨天蒙蒙亮的时候。有的版本作“今宵”，意思更显豁。无论是“今朝”还是“今宵”，都是说今天这时候正“好向郎边去”，去跟情郎哥见面。作者李后主，很狡猾，他不说自己去约女孩子，而是写女孩子这个时候主动去见情郎哥。

下面两句是一个特写镜头，写女郎上场的情形。“刬袜”，是只穿袜子不穿鞋。阶，是台阶。因为台阶两边都是花，四周都充溢花的香气，所以叫“香阶”。这句是写女郎一步步、轻悄悄地、慢慢地迈上台阶。“手提金缕鞋”，手提一双绣花鞋。这细节写得很真实。女郎是“刬袜步香阶”，原来鞋子被她提在手上了。“金缕鞋”，是用金丝线绣的绣花鞋。手提着鞋子，是怕穿着鞋子弄出声响，所以特意把鞋子脱下来，拎在手上，光着袜子走上台阶。可以想象，她很警觉，怕人发现，神情有些激动，又有些紧张，一边走，一边向四周张望。

下片写男女双方见面的情景。“画堂南畔见”，写在水池南边一个装饰华丽的房间里，女郎终于见到在那里等候的情郎哥了。两个人一见面，女郎很激动地扑在情郎的怀里依偎着、撒娇着。“一向偎人颤”，就是写见面的这种情景。“奴为出来难”两句，是女郎对情郎说的话。这里的“奴”，跟《思帝乡》里“妾”的意思相同，是女孩子的谦称。女郎深情地说：哥哥，我出来一次不容易，今天让你亲个够。“姿意怜”，意思是你想怎么爱我就怎么爱我吧。瞧瞧，这位女孩子多主动、多开放、多大胆。

这首词，写的是在一个私密空间里男女约会的情景。我们再来看欧阳修写的一首在公共空间里男女约会的场面。欧阳修是北宋的文坛领袖、大散文家，为官很刚正。但他写的词，有些却非常香艳。下面这首《南乡子》，就写得很香艳，也很有生活气息。词的原文是：

> 好个人人，深点唇儿淡抹腮。花下相逢忙走怕人猜。遗下弓弓小绣鞋。　　刬袜重来。半亸乌云金凤钗。行笑行行连抱得，相挨。一向娇痴不下怀。

这首词写的情景，跟上面李煜那首词很相似。“人人”，是当时对所爱之人的一种昵称，跟现代人说“亲爱”的意思差不多。“好个人人”，意思是好一个靓妹，好一个美女！开篇赞叹美女的美丽。接着用一个特写镜头，凸显她的化妆：“深点唇儿淡抹腮”，口红擦得很重很浓，脸腮上浅浅地抹了一些胭脂。这是一位爱美的女郎。诗词的字句有限，不能像散文小说那样把所有的细节一一描写出来。由点唇抹腮，可以想象这是一位爱美的姑娘，把自己打扮得相当漂亮又有精神。她走出门，在一处花丛中与原先约定的情郎见了面。这个“花下”可以想象是一处杏花林，也可以想象是一片桃花林。上面韦庄那首《思帝乡》词，是写女郎外出踏春，在杏花林中偶然见到一位让她心动的男子，是不期而遇。而欧阳修这里，是预先约定的。从下句“忙走怕人猜”来看，应该是在一个公共空间里。这个公共空间，很可能类似于现在的公园。

北宋时，一般的州县都有公园，当时叫“郡圃”。欧阳修平生最好的朋友、当过三朝宰相的韩琦，写有一篇《定州众春园记》，也就是定州公园——众春园的建造记。记文说：“天下郡县无远迩小大，位署之外，必有园池台榭观游之，所以通四时之乐。”据南宋《淳熙三山志》记载，当时福州城内有郡圃，名瓯冶池，公园里池面宽阔，有画舫可游，有亭可栖，是全天开放的公园。“州之士女，朝夕不绝，遂为胜概。”《嘉泰吴兴志》记载，当时的湖州“都有苑囿”，是“邦人游息之地”。春天百卉盛开之时，“居人士女，竞出游赏。亦四方风土所同也。故郡必有苑囿，以与民同乐”。宋人诗词里，经常写到州郡公园里游赏的情景。

欧阳修词里这位女郎，事先与情郎约好在公园里见面。两人打了照面，正要相拥或牵手说话时，忽然有路人来往，女郎机智地急忙走开，生怕被人猜到她是来约会谈恋爱的。“忙走怕人猜”，很有戏剧性。“忙走”，是匆忙跑开的意思。“遗下弓弓小绣鞋”，更有喜剧效果。因为女孩子跑得匆忙，把绣花鞋跑掉了。“弓弓小绣鞋”，表明欧阳修的时代，女子已经开始裹脚。当时女子以三寸金莲之足为美，所以女孩子都缠足，让脚变小。女子脚小步碎，走起路来，有一种婀娜摇曳的风韵，就像当今女子穿高跟鞋走路似的。

“刬袜重来”，因为鞋子跑掉了，只好穿着袜子“重来”。女郎回头一看，路人已经走远，花丛四周，没有了行人，于是她又重新回到两个人约定的花丛里。来不及捡起跑掉的鞋子，就“刬袜重来”，可以想见她心情的迫切和激动。也许是因为过于激动和迫切，都忘记了脚上没穿鞋；也许是虽然明知道鞋子跑掉了，但顾不上去捡回，忘情地先去见情郎。“刬袜重来”这四个字，很值得玩味。

“半亸乌云金凤钗”，是写女子的发型、发饰。“乌云”，是指乌黑发亮的头发。“半亸乌云”，是写发髻向一边倒，这是当时的时尚发型。“金凤钗”，是发髻上插着一支金子做的凤型的钗。金是指它的质地，形容华贵美好，是女孩子一种很时尚的装饰。女郎看到周边没人了，于是两个人走拢拥抱在一起。“行笑行行连抱得”，写两个人一边走一边谈笑，说到动情处，女郎就主动靠上去，连连拥抱。由此可见，那个时候男女谈恋爱，是很自由开放的，女孩子很主动大方。二十世纪八十年代，年轻人谈恋爱的时候，两个人只是勾勾手，不敢在公开场合过分亲密。可在北宋欧阳修时代，两位男女恋人公然在户外相挨相抱了。不仅拥抱，而且“一向娇痴不下怀”，女孩子扑到男孩子身上去，抱着他，粘着他，半天不下怀。我们可以想象，那时候青年男女谈恋爱情景，跟我们现在差不多了。唐宋时代没有电影、没有照片，我们可以通过这些词，穿越历史的时光，去品味唐宋时代男女恋爱的情景，体会古人的温馨与浪漫。

南宋初吕渭老，也有一首《薄幸》词。词作比较长，我们且看其中一段：

> 记年时偷掷春心，花间隔雾遥相见。便角枕题诗，宝钗贳酒，共醉青苔深院。　怎忘得回廊下，携手处花明月满。如今但暮雨，蜂愁蝶恨，小窗闲对芭蕉展。却谁拘管。

这首词用第一人称口吻，叙述一位少女动人的恋爱故事和她与情人别后的相思。那年她在花间遇一男子，一见钟情，便主动求爱。男子题诗定情，她用宝钗换酒，两人携手走进一间无人的深院对酌，当夜在回廊下尽欢而散。别后未能再会。她日夜相思，一颗春心时刻追逐着远去的情人。这首词不仅有强烈的艺术感染力，也有风俗史价值。我们从中此可以看到北宋末青年男女的恋爱还比较自由，在特定的环境中，少女敢于无顾忌地追求自己的爱情。

上面这几首恋情词，都是男性词人写的。那女词人笔下，男女恋爱是怎样的一种情景呢？且看南宋朱淑真的一首词。

朱淑真，是位命运很不幸的女词人。她的生活年代到现在还不是太清楚，大概跟李清照同时。她是一位文艺青年，很有文学才能，可所嫁非人。她嫁的一位丈夫，有人说是一位官员，有人说是一位商人，反正两个人没有共同爱好，于是朱淑真就被迫情感走私，出去跟人家婚外恋。下面要讲的这首《清平乐》词，写的是婚前恋还是婚外恋，我们没办法考证，只知道朱淑真写的是她自己的一场恋爱。朱淑真婚姻不幸，一辈子过得不开心。去世之后，她的诗词都被她的家人烧掉了。

咱们今天回望、阅读李清照、朱淑真这样的女词人，是一种仰望、一种崇拜，但在宋代，女性创作是不被认可的。女性写诗词，被认为是一种丢人现眼的事情。我们现在对流行歌手、著名演员，都很崇拜。可是在民国时期，女生做演员，也是被人看不起的。那个时候，为什么女性的角色大多由男性来扮演呢？因为很多女性不愿意也不敢上台演戏。同样的道理，宋代女性写诗写词，是被人看不起的。如果女性会写诗词，只能在家里写一写，自娱自乐。如果要把作品往外传，那社会更是不认可。

而朱淑真呢，她不仅仅写了很多诗词，还把这些诗词传播出去。诗词里面有她追求爱情的内容，那就更不被社会认可接受。她去世之后，家人把她的诗词全部焚烧了。幸而有一位叫魏仲恭的“粉丝”到处搜罗朱淑真的诗词，编成《断肠集》，我们今天才能够阅读到她的一部分作品。下面再看她的《清平乐》词是怎样写的：

> 恼烟撩露。留我须臾住。携手藕花湖上路。一霎黄梅细雨。　娇痴不怕人猜。和衣睡倒人怀。最是分携时候，归来懒傍妆台。

朱淑真家住杭州，词写她在西湖边上与恋人见面的情景。“恼烟撩露”的“恼”和“撩”，是互文见义，意思相近，都有撩拨、引逗之意。苏轼《蝶恋花》词里“笑渐不闻声渐悄，多情却被无情恼”的“恼”字，也是撩拨的意思。

词的上片是用倒叙手法，先说结果，后说原因。所以我们先看第三、四两句。一天清晨，女主人公与男友约好同游西湖。男友如约而至，两人手拉着手，亲密而甜美地漫步在荷花盛开的湖畔路上，一边欣赏荷花，一边软语聊天。这场面十分温馨。两人“携手”而行，旁若无人，可见这在当时是常态，人们并不以异样的眼光打量着他俩，就像现在的年轻情侣在公园携手而行一样自然自在。“一霎黄梅细雨”，季节是春夏之交，天空突然下起黄梅细雨，因为事先没有准备雨具，两人需要找一个地方躲雨。意外的一场雨，正好给他俩创造了一个亲密接触的机会。第二句“留我须臾住”，写的就是这场黄梅细雨，挽留我俩暂时停留一下。“须臾”，意思是短暂、片刻；又有从容之意。“住”，是停留的意思。因为一霎细雨，怕打湿衣衫，所以找个可以避雨的地方短暂停留。而湖中薄薄的雨雾，荷叶上的晶莹露珠，也都吸引着他俩驻足而观。“恼烟撩露”，是烟露引逗的意思。是烟、露“留我须臾住”，也是黄梅细雨“留我须臾住”。

两人在一个僻静之处躲雨，女主人公见躲雨的地方隐秘人少，禁不住内心的激动，就“娇痴不怕人猜，和衣睡倒人怀”，和衣躺在男友身上，尽情地撒娇示爱。上句的“人”，可以两种理解，一是理解为旁人、躲雨的路人，因素不相识，所以“不怕”别人的闲言碎语。二是理解为男友，因为情动于衷，搂着男友亲昵，也不管男友会不会猜嫌自己太过放任不矜持。按其中一种理解可以，同时按两种理解也行。“娇痴不怕人猜，和衣睡倒人怀”，这种情侣间亲昵的情景，在现代公园里常见。而南宋时期杭州西湖边上演这一幕，而且是女词人的自我展示，不难想见，那个时代男女青年恋爱是相当开放和自由的。

结拍的“最是分携时候，归来懒傍妆台”，是写两人分别离开时，最让她难舍难分。这句写出了热恋中男女的共同心理，相处的时间总嫌太短，分别的时候总是太难。回到家里，女主人公还沉浸在约会的幸福之中，回味着两人在一起的温馨亲昵，以至于在闺房里无心对镜补妆打扮。

这首词，像爱情独幕剧，季节场景氛围，人物动作心理，都刻画细致，极具镜头感和场面感，也有情节性和戏剧性。一霎细雨，改变了情侣的活动路线、活动环境，也提供了绝佳的亲昵机会，使得这场约会更温馨、更浪漫、更难忘。

下面再读一首朱淑真的前辈、北宋后期周邦彦的一首约会词。

周邦彦的名声，我们今天觉得不如苏轼、辛弃疾、李清照那么响亮，但在宋代，却是一位广受崇拜的词坛偶像。北宋时代有三大词人的作品最受大众欢迎。第一位是柳永，当时“凡有井水饮处，即能歌柳词”，只要有人烟的地方都在传唱柳永的词，可以想见他的词多么流行、多么受大众欢迎。我们今天把宋词当作一种文学经典，但在唐宋时期，词原本是一种流行歌曲。我们今天最推崇的是苏轼词，其实苏轼的词在当时不太好唱，远不像柳永词那样广受大众欢迎。北宋时期的流行乐坛，柳永之后是苏轼的学生秦观最受欢迎。秦观之后就是周邦彦。周邦彦的词一直传唱到南宋末年。我们今天的歌手，能够流行十年、八年就算不错了，而周邦彦的词在宋代流行了一百多年。

周邦彦的《少年游》，写的是一对恋人约会的情景，非常温馨雅致。词的原文是：

> 并刀如水，吴盐胜雪，纤手破新橙。锦幄初温，兽烟不断，相对坐调笙。　低声问向谁行宿，城上已三更。马滑霜浓，不如休去，直是少人行。

词的开篇推出一个特写镜头：一位少女的纤纤玉手，手持并刀，轻轻地切开保鲜如新的橙子，在橙子上面撒上几点精致的白盐。并刀，并州产的刀。并州，是现在的太原，当时太原出产的小刀，是名牌产品。“如水”，是说并刀非常锋利。杜甫有“焉得并州快剪刀”的诗句。“吴盐胜雪”，是吴地即苏州一带生产的盐，精致高档，比雪还白。李白也有“吴盐如花皎白雪”的诗句形容之。传说新橙，加一点盐就不那么酸涩，比较甜。就好像菠萝放在盐水里泡一泡就会更甜一样。少女用名牌的刀、精致的盐、保鲜如初的新橙来招待她的男友，可以她的热情、深情。

“锦幄初温”的“幄”，是指幕布、窗帘。因为是冬天，四周放下帘幕，屋内显得更温暖温馨。“兽烟不断”的“兽”，是兽型的香炉。我们可以把个香炉想象成熊猫，或者老虎、或者狮子的形状。李清照《醉花阴》词“瑞脑销金兽”的“金兽”，也同样是香炉，用法相同。“兽烟不断”，是说香炉上正燃点香烟，袅袅浮动。这个香，是用来改善室内空气的。宋代流行的香，有沉水香、檀香等名贵香。不是我们今天驱蚊子的普通蚊香。读“兽烟不断”一句，我们不仅要想象兽形香炉里袅袅飘荡的香气，还要仿佛闻到香特有的温馨气味。加上四周垂下的帘幕，屋内可谓温暖宜人，温馨至极。

最有情调的是“相对坐调笙”。笙，是一种管乐器，“调笙”，就是吹笙。也许是男子吹笙，女子伴唱。南宋姜夔有“小红低唱我吹箫”的诗句，写的就是歌女小红低声演唱而词人自己吹箫伴奏的情景。在装饰华美、温馨雅洁的室内，两位清雅的情侣，你吹我唱，多么有艺术情调！

最有故事性、情节性的是下片。两位情侣尽情唱了彼此喜欢的歌曲以后，时间不知不觉地到了下半夜。“低声问”，是谁问谁？是女主人公问男友，还是男友问女主人公？对！是女子在问。低声问，是悄悄地问、弱弱地问。既表现出女子的体贴关爱，又见出她的羞涩难为情。“向谁行宿”，表面的意思是，天色这么晚了，你准备到哪里去投宿？女子言下之意不言自明，但男友似乎没有领会，大概是回答说回家去住或是到朋友家去住之类的话。女主人公见男友没有领会自己的意思，于是又引导他说："城上已三更。"已经是下半夜了，城头上已经敲响了三更鼓声呢。女孩子的言下之意很明显，是挽留男友留宿，半夜三更的，就不要走了。可她不好这么直说，只能提醒男友说"城上已三更"。可男友好像还没明白过来，继续说要走之类的话。于是女子又加了一条挽留的理由："马滑霜浓。"不仅天色已晚，而且霜浓天冷，路滑马难行，不安全。可男友还是坚持要走，大约是声称天晚没关系，路滑也不打紧，自己骑术高超，不怕路滑。看来这位男友情商不高，说了半天还不明白女友的真实心意。如果是上今天电视里的相亲节目，女嘉宾肯定不会给他亮灯。女友最后只好直接挑明，说：能不能不走呢？现在是下半夜了，街上行人少，静悄悄的，你不怕，我还担心你的安全呢。短短的一首词中，有几层对话。男友的木讷腼腆，女主人公的主动热情、温柔细心，跃然纸上。这位男友最终是否留下，大家可以去想象。这首词，写出了女生的多情、温柔、含蓄。她希望男友留宿，又不好直接正面地说，一步一步的找理由引导劝说。层次性、情节性、场面感很强，读后如身临其境，如见其人，如闻其声。

词是抒情性很强的文体，从上面几首词可以看出，其实词也可以叙事纪实，可以有故事性、情节性和戏剧性。

宋元话本小说里，有篇小说叫《碾玉观音》，讲的是一对底层青年男女生死相爱的故事。女主人公璩秀秀，是咸安郡王府的绣娘，男主人公崔宁是府里的玉匠。一个偶然机会，两人认识并相互爱恋。我们看看小说的描写：

> （有天晚上，王府失火，仓皇逃离中，秀秀）撞见崔宁，便道："崔大夫！我出来得迟了，府中养娘，各自四散，管顾不得。你如今没奈何，只得将我去躲避则个。"当下崔宁和秀秀出府门，沿着河走到石灰桥。秀秀道："崔大夫！我脚疼了，走

不得。”崔宁指着前面道：“更行几步，那里便是崔宁住处。小娘子到家中歇脚，却也不妨。”到得家中坐定，秀秀道：“我肚里饥，崔大夫与我买些点心来吃。我受了些惊，得杯酒吃更好。”当时崔宁买将酒来。……秀秀道：“你记得当时在月台上赏月，把我许你，你兀自拜谢。你记得也不记得？”崔宁叉着手，只应得喏。秀秀道：“当日众人都替你喝彩：‘好对夫妻！’你怎地到忘了？”崔宁又则应得喏。秀秀道：“比似只管等待，何不今夜我和你先做夫妻，不知你意下何如？”崔宁道：“岂敢！”秀秀道：“你知道不敢，我叫将起来，教坏了你。你却如何将我到家中？我明日府里去说！”崔宁道：“告小娘子：要和崔宁做夫妻不妨；只一件，这里住不得了。要好趁这个遗漏，人乱时，今夜就走开去，方才使得。”秀秀道：“我既和你做夫妻，凭你行。”当夜做了夫妻。

你看，女主人公秀秀处处主动，步步进攻，大胆表白，大胆追求。而崔宁只是被动应对。将话本小说里的女主人公秀秀跟周邦彦《少年游》词里的女主人公相互比较，两人真有几分相似。由此我们似乎看到，宋代青年女子在恋爱过程中是比较自由开放、有一定自主权的。

二　此去何时见也：离别词

下面讲一首离别词。恋爱，有约会，有相聚，就有分离，有相思。特别是古代交通通信不发达，离别是古人最难承受的伤痛。李商隐有一句诗，叫“人世死前惟有别”，说人世死之前最痛苦的就是离别。今天交通方便，通信发达，我们对离别已经没有什么特别的感受了。我看了中央电视台的寻亲节目《等着你》，才真切感受到离别的痛苦。不知道大家看没看过这个节目，那里面有很多家庭走失了亲人，一辈子都受着离别痛苦的煎熬。从节目中我们领略到当下还是有那种不可承受的离别之痛。但是在日常生活中，除了那种特例之外，我们对亲友之间的分离，已经没有什么特别的感觉了。如果我从武汉到海南，就 3 个小时的航程，到达后可以马上用微信报平安，也可以视频通话，家人根本不用担心。我们对离别已经很淡漠了。要是在古代，从武汉到海南，不走几个月到不了，是难以承受的远别。

中国古代，因为交通不方便，一次离别，就不知道什么时候能够再见面。秦观有句词，说“此去何时见也”，正道出了当时人们别离后的普遍心理。离别之后，不知道何时能够重逢，也不能及时获得对方的消息，不知道对方是否平安无事。所以，离别，是古人永恒的伤痛，难以承受之重。唐诗里，有很多写离别的名句，像王勃的“海内存知己，天涯若比邻”，王维的“劝君更尽一杯酒，西出阳关无故人”，高适的“莫愁前路无知己，天下谁人不识君”等等。不过，唐诗里面，大多是写男性朋友之间的离别，很少写到男女恋人之间、情侣之间的离别。宋词呢，就经常写男女恋人之间的离别，所以情感更细腻、格调更感伤。在唐诗的大气磅礴之外，别具一种低徊婉转的韵味。

我们来读一首宋代词坛偶像柳永的一首《雨霖铃》。前面我们读的词都比较短小，那叫小令。这首词的篇幅比较长一些，叫慢词。词作原文是：

> 寒蝉凄切。对长亭晚，骤雨初歇。都门帐饮无绪，留恋处兰舟催发。执手相看泪眼，竟无语凝噎。念去去千里烟波，暮霭沉沉楚天阔。　　多情自古伤离别。更那堪冷落清秋节。今宵酒醒何处，杨柳岸晓风残月。此去经年，应是良辰好景虚设。便纵有千种风情，更与何人说。

这首词押的是入声韵。现代普通话里，已经没有入声字了。结句的“说”，古代是入声字，属于仄声。现在普通话读平声 shuō，感觉不押韵了。

此词是柳永写的跟恋人在汴京城外汴河码头上离别的情景。柳永远赴南方，在汴河边上与恋人告别。这是一个深秋的傍晚，“寒蝉凄切”。用寒蝉凄凉的叫声，来烘托离别的气氛。白居易《琵琶行》开篇的“浔阳江头夜送客，枫叶荻花秋瑟瑟”，也是通过枫叶荻花来烘托离别的感伤氛围。不过，白居易是用视觉形象来烘托，柳永是用听觉形象来烘托。“对长亭晚”的“长亭”，是路边供人休息的亭子。“晚”，是黄昏的时候。黄昏本来就让人伤感，中国古代是农业社会，日出而作，日入而息，早上太阳升起时人们就出门劳作，太阳下山的时候就回家休息。《诗经》里就说“日之夕矣，牛羊下来”。黄昏，本是回家与家人团聚的时候，可此时词的主人公却要出门远行，这岂不是更令人感伤？词人把分别的背景，特地放在秋天、放在黄昏，就是为了加倍表现离别的感伤。“骤雨初歇”，是一场大雨刚刚停歇，正因为这场大雨，推迟了两个恋人分离的时间。

这个长亭在什么地方呢？在“都门”，也就是都城之外。什么叫“帐饮”呢？就是在路边摆上酒宴，因为有女眷，在路边上怕外人看到不雅观，所以要扯一个帐篷，这就叫“帐饮”。古人送别，常常会送到很远的地方才分手。我们今天因为离别不是一个事了，即使在车站码头送别，也是握手后就“拜拜”，情侣也许会相拥后再含泪分离。古人最后分手的时候，要摆酒宴，叫“饯行”“饯别”，又叫“祖道”。祖道就是祈求道路上的神灵保佑平安。“帐饮无绪”，是说情侣要分离了，情绪低落，双方喝着闷酒，都想说点什么、吩咐点什么，却不知从何说起。

“留恋处兰舟催发”，写两人难舍难分的时候，船老大在催促他们，叫男主人公快快上船，不要再磨蹭了。这七个字，很值得玩味。短短的一句七个字，写了三方人物，离别远行的男子、送行的女子和陪伴，驾船远行的船老大；写了三方的行为态度，送行的双方留恋着舍不得告辞，拖延着时间，而驾船的老大为赶时间，焦急地催促着、呼唤着，让我们如闻其声；写出了三方不同的环境，离别的情侣在岸边帐篷里，船老大在河边船上，也许他正准备撑开船离岸而去。

"执手相看泪眼，竟无语凝噎"，像一个特写镜头，非常真切，细节感、场面感极强。两个恋人，分别之际，手拉着手，双方都饱含热泪，你看着我，我看着你，满腹知心的话语，哽咽着说不出。读到这样真切真情的词句，我们也仿佛泪目。后来，苏轼的《江城子》"相顾无言，唯有泪千行"，所写情景相似，应是从此脱胎而出。唐代王勃的《送杜少府之任蜀州》诗说"无为在歧路，儿女共沾巾"，是说男子汉大丈夫，分别时不要像小儿女子那样哭哭啼啼。而柳永词正是写"儿女共沾巾"，宋词往往从唐诗不经意处写人的幽微细腻的情感，把幽微细腻的情思放大，让人触摸，让人体验。这是宋词的新颖之处。

歇拍的"念去去千里烟波，暮霭沉沉楚天阔"，是写离别后的情景。从对面着笔，站在送别方女子的立场，想象自己这一去，远渡千里烟波，独自在夜雾中穿行，那该是何等寂寞。王勃《送杜少府之任蜀州》的"城阙辅三秦，风烟望五津"，也是遥望远行人路途的遥远和艰难。此词的构思有一点接近。从用笔的变化来说，可谓跌宕生姿。"执手"两句是实写，这两句是虚写，一实一虚，腾挪变化，避免了用笔的平板呆滞。

"多情自古伤离别。更那堪冷落清秋节"，又宕开一笔。先不说自己的离别，而说自古以来人们都怕离别、伤离别。屈原就曾说："乐莫乐兮新相知，悲莫悲兮生别离。"意思是人生最大的快乐是结识一位心心相印的新知己，人生最大的痛苦是活着又分离。从屈原开始，人们已经为离别而感伤，多情如我，自然也伤离别，更何况是冷落的深秋时节。这是用层层递进的笔法。古人喜欢伤春和悲秋。我们今天的季节感，不像古人那样强烈。古人到了春天要伤春，因为春天很短暂，春花开后不久就凋零，所以晏殊词说“无可奈何花落去”。花凋零了，意味着春天快完了，而春天过完了，意味着人又老了一岁。秋天，我们今天觉得是收获的季节，是成熟、辉煌的季节。而古人觉得秋天是衰飒的冷清的，是令人悲愁伤感的，屈原的学生宋玉早就悲伤地唱出“悲哉秋之为气也，萧瑟兮草木摇落而变衰”，杜甫也有“无边落木萧萧下”的感伤诗句。古人的伤春和悲秋，体现出一种强烈的时间意识和生命意识。春天和秋天，是古人的季节病和流行病。唐诗宋词里的春天和秋天，多半都是伤感的，刘禹锡就说“自古逢秋悲寂寥”。因此柳永特别把离别的痛苦放在秋天的季节里。离别就足以让人感伤了，更何况是在冷落的秋天，那离别之痛就更难承受了。

“今宵酒醒何处，杨柳岸晓风残月。”是柳永的名句，有情有景，有过去有现在。两人分手离别的时候，大醉方休，以忘掉离别的痛苦。可酒醒之后，船行到何处？远行人独在何处？一笔而关联双方。是居者在想象行者，又是行者设想对方在想念自己。“杨柳岸晓风残月”这七个字是一幅画，镜头感十足。我们可以想象，到了第二天清晨，晓风吹拂着汴河两岸之间的杨柳，一轮残月挂在梢头，回想当年月上柳梢头时，两人携手同行，如今晓风吹拂、残月临空之时，两人却天各一方。凄凉的画面中蕴含对过去美好温馨生活的回忆。情中有景，景中有情。

“此去经年，应是良辰好景虚设。”是远行者内心的独白。今宵本很难过，更难过的是这一别去，不是一天两天，而是一年两年。“经年”，是一年又一年。古人认为，人生最快乐的是四件事：良辰、美景、赏心、乐事。远行人向对方表白：离别之后，我的心永远属于你、追随你。不跟你在一起，就再也没有快乐可言，即使是遇到良辰美景，也形同虚设，开心不起来。结句进一步表白：即使我有万种风情、千般恩爱，除了你，我还跟谁说去？言外之意是，亲爱的，你放心，我永远爱你，我的爱不会对别人说，只对你倾诉。结句有两层含义，一方面写出了离别之后通信不方便，另一方面也表现出对爱的坚守与执着。所以这首词成了宋词中离别的经典。

截取大曲倚新声

——《水调歌头》的源流和声情

词与诗不同，首先在于词有调式。宋代21085首词，用了881个词调，平均每调填词24首。而《水调歌头》一调却填了743首，是宋词词调平均使用次数的31倍。每100首宋词，就有3.5首是用《水歌调头》。其使用频率，在八百多个词调中位居第二，仅次于首位的《浣溪沙》。

每个词调的来源、体式、声情各有不同。下面我们以《水调歌头》为例，说说它的调名来源、体式和声情。

一　调名溯源

《水调歌头》，来源于《水调》曲。

《水调》曲，为隋炀帝所制。唐刘餗《隋唐嘉话》说:“炀帝凿汴河，自制《水调歌》。”《脞说》也说:“《水调》《河传》，炀帝将幸江都时所制，声韵悲切，帝喜之。乐工王令言谓其弟子曰：‘不返矣。《水调》《河传》但有去声。’”杜牧《扬州诗》“谁家唱水调”句自注亦说:“炀帝凿汴河成，自造《水调》。”虽然《水调》究竟是开汴河前还是汴河开成后所制，三家说法不一，但为炀帝自制，则无异辞。

到了唐代，《水调》成为传唱不衰的名曲。

盛唐王昌龄有《听流人水调子》诗："岭色千重万重雨，断弦收与泪痕深。"玄宗朝乐家许和子，开元末选入宫，改名永新，"善歌，能变新声"。安史乱后，避地扬州，于舟中"奏《水调》"，金吾将军韦青一听，即知是"永新歌也"（段安节《乐府杂录》）。可见当时《水调》之为人所熟悉的程度。玄宗本人也喜听此曲，逃奔蜀中之前，登楼置酒，令善唱《水调》者登楼而歌，"闻之，潸然出涕"（李德裕《次柳氏旧闻》）。中唐白居易有《听水调》诗："不会当时翻曲意，此声肠断为何人？"晚唐罗隐亦有《席上歌水调》："若使炀皇魂魄在，为君应合过江来。"

直到五代北宋，《水调》仍在传唱。郑文宝《南唐旧事》即载元宗"尝乘醉，命乐工杨花飞奏《水调辞》进酒"。冯延巳《抛球乐》亦有"水调声长醉里听"之句。北宋张先《天仙子》之"水调数声持酒听"更为人所熟悉。与张先同时而略晚的刘敞有《扬州闻歌》诗："淮南旧有于遮舞，隋俗今传水调声。"一支乐曲能传唱四五百年，其魅力之大，不难想见。

《水调》，在唐代有大曲、小曲之分。郭茂倩《乐府诗集》卷七十九说，大曲《水调》歌，"凡十一叠，前五叠为歌，后六叠为入破。其歌，第五叠五言调，声最为怨切。故白居易诗云：'五言一遍最殷勤，调少情多似有因。不会当时翻曲意，此声肠断为何人？'"《乐府诗集》所载十一叠《水调》，第一至第四叠（遍）歌为七言，第五叠为五言；入破第一至第五为七言，第六辙又为五言。

《水调》小曲，是单曲歌唱。王昌龄所听《水调子》即是小曲。当时《水调》主要以笛子演奏，唐大曲《水调》的第二叠歌辞即说"笛倚新翻水调歌"，南唐冯延巳《采桑子》也说："水调何人吹笛声？"

"唐又有新《水调》，亦商调曲也"（郭茂倩《乐府诗集》卷七十九）。《碧鸡漫志》卷四也说白居易《看采菱》诗所言"时唱一曲新水调，谩人道是采菱歌”，是指“《水调》中新腔”。

唐代的《水调》，又指音调名，即一部乐的总名（非一曲之专名）。《唐会要》卷三十三所载“南吕商，时号水调”，即指音调而言。宋王灼《碧鸡漫志》卷四说：

> 《水调歌》，《理道要诀》所载唐乐曲南吕商，时号《水调》。予数见唐人说《水调》，各有不同。予因疑《水调》非曲名，乃俗呼音调之异名，今决矣。……外史《梼杌》云：“王衍泛舟巡阆中，舟子皆衣锦绣，自制《水调·银汉曲》。”此《水调》中制《银汉曲》也。

王衍所制《银汉曲》，属《水调》乐部中之曲，故《银汉曲》前冠以《水调》。毛先舒《填词名解》卷三据此亦说：“《水调》者，一部乐之名也；《水调歌》者，一曲之名也。”

《水调歌头》，则是截取大曲《水调》的首章另倚新声而成。毛先舒《填词名解》卷三说：

> 歌头，又曲之始音，如《六州歌头》《氐州第一》之类（原注：《海录碎事》云：“炀帝开汴河，自造《水调》，其歌颇多，谓之《歌头》，首章之一解也。”顾从敬《诗余笺释》云：“明皇幸蜀时，犹听唱《水调》，至‘唯有年年秋雁飞’，因潸然，叹（李）峤真才子。不待曲终。”《水调》曲颇广，因歌止首解，故谓之《歌头》）。或云南唐元宗留心内宠，击鞠无虚日，乐工杨花飞奏《水调》辞，但唱‘南朝天子爱风流’一句，如是数四，以为讽谏。后人广其意为词，以其第一句，故称《水调歌头》。

《水调歌头》与唐人《水调》所属宫调不同。唐代的《水调》，属商调曲；宋代的《水调歌头》，则为中吕调。故《词谱》卷二十三

《水调歌头》说:“凡大曲歌头，另倚新声也。”

今存最早的《水调歌头》，为北宋苏舜钦所作。与苏舜钦同时的刘潜也有《水调歌头》一首，但其词一作黄庭坚词，难以确定是否为刘词。

二　格律谱式

《水调歌头》的定格为九十五字，上阕九句，下阕十句。前后片各四平韵。另有增字或平仄通叶者，为变体。其定格谱为:

（平）仄仄平仄，（平）仄仄平平。（平）平平仄，平（平）平仄仄平平。（平）仄平平（平）仄，（平）仄平平仄仄，（平）仄仄平平。（平）仄仄平仄，（平）仄仄平平。　　（平）（平）（平），（平）（平）仄，仄平平。（平）平（平）仄，平仄平仄仄平平。（平）仄平平仄仄，（平）仄平平（平）仄，（平）仄仄平平。（平）仄（平）平仄，（平）仄仄平平。

注:“（平）”指可平可仄;“,”指句意停顿;“。”指韵脚。

此调其他可平可仄处尚多，可参酌下列例词斟酌掌握。又此调句式上片为五五四七六六五五五字句，下片为三三三四七六六五五五字句。其中可灵活变化的，是上片第三、四句，下片第四、五句，既可作上四下七，也可作上六下五句式;或上片作上六下五，下片作上四下七;或相反。

常体例一　平韵格

潇洒太湖岸，淡伫洞庭山。鱼龙隐处，烟雾深锁渺弥间。方念陶朱张翰，忽有扁舟急桨，撇浪载鲈还。落日暴风雨，归路绕汀湾。　　丈夫志，当景盛，耻疏闲。壮年何事，憔悴华发改朱颜。拟借寒潭垂钓，又恐相猜鸥鸟，不肯傍青纶。刺棹

穿芦获，无语看波澜。（苏舜钦《沧浪亭》）

此词九十五字，上片九句四平韵，下片十句四平韵。上片第三、四句，后片第四、五句俱作上四下七，此为常体。

按，《词谱》以毛滂《拟饶州法曹掾作》为此体例词，毛词与苏词相同，而苏词在前，兹以苏词为例。又，《全宋词》将苏词下片第四、五句断作上六下五句法，似不确，因为尹洙和韵之词是作上四下七，当从尹词作上四下七为正。

常体例二　平韵格

岁晚念行役，江阔渺风烟。六朝文物何在，回首更凄然。倚尽危楼杰观，暗想琼枝璧月，罗袜步承莲。桃叶山前鹭，无语下寒滩。　　潮寂寞，浸孤垒，涨平川。莫愁艇子何处，烟树杳无边。王谢堂前双燕，空绕乌衣门巷，斜日草连天。只有台城月，千古照婵娟。（周紫芝《丙午登白鹭亭作》）

此词字数、用韵与苏词相同，唯上片第三、四句，下片第四、五句，俱作上六下五句式。

常体例三　夹叶仄韵格

明月几有时，把酒问青天。不知天上宫阙，今夕是何年。我欲乘风归去。又恐琼楼玉宇。高处不胜寒。起舞弄清影，何似在人间。　　转朱阁，低绮户，照无眠。不应有恨，何事长向别时圆。人有悲欢离合。月有阴晴圆缺。此事古难全。但愿人长久，千里共婵娟。（苏轼）

此词九十字，上片九句四平韵两仄韵，下片十句四平韵两仄韵。上片第三、四句，作上六下五；下片第四、五句，则作上四下七。较之苏舜钦、周紫芝词，除句法不同外，上下片又各增加了不同韵部的两仄韵，即上片五、六句的“去”与“宇”字叶；下片的“合”

与“缺”字叶。黄庭坚《游览》词叶韵方式与此同。

变体则有：平仄韵通叶格，如贺铸《台城游》；平韵增字格，如王之道《和张文伯对月词》，张孝祥《和宠佑父》、刘因“一诺千金重”词（三词又略有不同，兹不备列）。

按，《词谱》另录有傅大询（字公谋）一体九十四字，即下片第一二句减一字，作五字一句。实则此词原脱一字，《全宋词》已据《词品》补足，非另一体。

另外，宋曾布有大曲《水调歌头》，共七章，每章又称“排遍”第一、第二……第七。每章句式、字数各异。词中仅此一例，故不备列其体式。

三　词调声情

唐人《水调》曲，凄凉怨慕，声韵悲切。宋人《水调歌头》，则情调昂扬酣畅，韵味豪放潇洒。豪放词人多用此调，而以婉约为主导风格的词人，如秦观、周邦彦、李清照等都未尝染指，也表明《水调歌头》适宜于表现豪放激越之情。

苏舜钦的《沧浪亭》和苏轼的中秋词，是《水调歌头》的奠基之作。二苏词在题材内容上分别建立了两种抒情范式。

苏舜钦词，主要抒发怀才不遇的人生感慨和进退出处之间的矛盾，忧愤而不悲伤。被迫或准备退隐江湖，为此类词作的原型主题。张翰、陶渊明等历史人物的隐逸情事，是这类词作常用的典故；在自然山水中求得心理的平衡，是词中常见的心态；词中的意象多来源于自然山水。其后晁端礼、毛滂、叶梦得、李光、周紫芝、李纲、王以宁、张元幹、朱熹、沈瀛、张孝祥、辛弃疾、杨炎正、汪莘、韩淲、吴潜和金元诸词人之作，都属于同一类型。虽然各具风采，但基本情调则比较接近。其中有些意象和写法不无雷同之处，给人一种似曾相识之感，此为一病。

苏轼的名作（“明月几时有”），则为中秋词建立了审美范型。“自古逢秋悲寂寥”，悲秋与伤春一样，是词中相伴并行的两大主题。而苏轼的中秋词，一改低沉悲伤的格调，表现出一种豪放乐观、超然旷达的人生态度，意境阔大，意象清奇。后出中秋词大都以东坡词为典范，主要围绕秋与月来构思，天上月宫的有关传说，地上月夜的游赏活动，是中秋词必写的两类意象；而怀人念远，则是中秋词的情感主线。昂扬乐观，高远空灵，是《水调歌头》中秋词的主旋律。如葛胜仲、周紫芝、何大圭、张孝祥、李处全、罗愿、京镗、戴复古、魏庭玉等人的中秋词，都神清气爽，境界空阔，其中张孝祥词最具东坡神韵。当然也有像朱敦儒《对月有感》那样的“愤激”别调。

数以百计的《水调歌头》，其题材内容、声情韵味自然不是怀才不遇、歌咏中秋所能牢笼，咏史怀古，登临游览，送别赠行，祝寿庆贺，亡国之痛，民生之哀，也无所不包。贺铸的《台城游》，黄庭坚的《游览》，陆游的《多景楼》，辛弃疾的《舟行扬州次人韵》，元好问的《赋三门津》，蒋士铨的《舟行感成》，或俊爽飘逸，或慷慨沉雄，或悲壮激越，或雄奇豪迈，或缠绵悱恻，各具胜长。在群星璀璨的词史星空中，《水调歌头》是最为光彩夺目的星座之一。

第二讲

漫说词人

咏潮词图传天下， 狂隐士搅动宫廷

——潘阆的传奇人生

宋代有一个流传很广泛的诗谜说："佳人佯醉索人扶，露出胸前白雪肤。走入绣帏寻不见，任他风雨满江湖。"（胡仔《苕溪渔隐丛话》前集卷三三）这后一句就是指宋初著名的隐士词人潘阆（960？—1010）。

潘阆虽是隐士，却曾闹得"风雨满江湖"，名声震天响。先后两次卷入宫廷皇位的斗争，两遭追捕，一次入狱。曾任国子助教，可没任命几天就被撤职。一生只做过几任闲散的参军，生平事迹本应很简单，但有关记载，却是彼此矛盾，一笔糊涂账。兹勾沉载籍，予以考辨，以揭开这位著名隐士的神秘面纱。

一　字号籍贯

他的字号，说法有不同，有的说他字逍遥，有的说他号逍遥子。如北宋刘攽《中山诗话》、沈括《梦溪笔谈》卷二五、南宋晁公武《郡斋读书志》卷四中、彭乘《墨客挥犀》卷一都说他"字逍遥"。而北宋吴处厚《青箱杂记》卷六、阮阅《诗话总龟》前集卷一一、南宋江少虞《宋朝事实类苑》卷三六等又都说他"自号逍遥子"。都是宋人之辞，莫衷一是。《四库全书总目》卷一五二《逍遥集提要》以为应是号逍遥："阆，大名人，晁公武《读书志》谓其字曰逍遥，江少虞《事实类苑》则谓其自号逍遥子。少虞说或近是欤?”明人所编《诗渊》说他字梦空，不知有何依据，宋人都没有提及。逍遥无论是字是号，均指潘阆，倒也不会引起歧义。

比较麻烦的是他的籍贯。晁公武《郡斋读书志》卷四中说他是“大名人”，即今河北大名市人。而陈振孙《直斋书录解题》卷二十又称“广陵潘阆”，说他是江苏扬州人。晁、陈两位都是目录学家，肯定都有所依据。释文莹《续湘山野录》有段记载：

> 如京使柳开与处士潘阆为莫逆之交，而尚气自任，潘常嗤之。端拱中，典全州，途出维扬，潘先世卜居于彼，迎谒江涘，因偕往传舍，止于厅事。

这段话透露出潘阆的先世曾居扬州，所以陈振孙说他是扬州人。但先世卜居之地未必就是他的籍贯。

我以为，晁公武所说潘阆是大名人，比较可信。他的莫逆之交柳开（947—1000）就是大名人，两人是老乡，所以很早就成了好朋友。柳开的籍贯，似可作潘阆籍贯的一个旁证。宋初翰林学士宋白（936—1012）曾有诗说:“宋朝归圣主，潘阆是诗人”。宋白也是大名人，与潘阆是同乡，所以特别推崇潘阆。

关于潘阆的籍贯还有几种说法，一说他是江都人，《嘉靖维扬志》卷十八、《明一统志》卷十二和明凌迪知《万姓统谱》卷二五都说他是“江都人”。江都，宋时属扬州，江都与扬州，所指为一地，一指郡，一指县而已。这种说法与陈振孙的说法接近，也许他的“先世卜居”之地，就在江都。

另一说法是他系山西太谷人。《两浙名贤录》卷五十三、《四库全书》本《浙江通志》卷一九四、《嘉庆重修一统志》的《杭州府・人物・流寓》就说“潘阆，太谷人，寓居钱塘”。这种说法不知有何根据。

有一点是可以肯定的，潘阆晚年定居钱塘（今杭州），他死后也安葬在钱塘。杭州有潘阆故宅、潘阆祠、潘阆巷可证。《梦粱录》说："潘逍遥祠，在潘阆巷，以宅基建祠祀之。"《咸淳临安志》也记载："潘阆居钱塘，今太学前有潘阆巷。"

二　生年推测

潘阆的生年已难确考，但可以推测个大概。

王禹偁雍熙年间（984—987）所作《潘阆咏潮图赞并序》曾说："处士潘阆……弱冠之年，世有诗名。"文中既说到潘阆"弱冠之年"，那么雍熙年间潘阆肯定是年已及冠，由此向前推二十年，他的生年应在太祖乾德（963—967）初年。

太平兴国七年（982），潘阆做过秦王赵廷美的记室参军（详后）。从情理上推断，潘阆做记室参军应不会小于20岁，或者年纪还要稍长一点。由982年向前推20年，潘阆的生年应在962年或稍前。

王禹偁在《神童刘少逸与时贤联句诗序》中称潘阆为"潘生"，从语气上看，王禹偁应比潘阆大几岁。而王禹偁生于954年，潘阆如果生于962年或稍前，王禹偁正好比潘阆年长几岁。

根据以上三条理由，我们推测潘阆生于962年或更早一点。上引宋白赠潘阆的诗说："宋朝归圣主，潘阆是诗人。"从语意上看，潘阆似当生于宋朝立国之初。兹将潘阆生年拟定于宋朝开国的建隆元年（960）。

三　传奇经历

潘阆与当时文坛巨公、政坛名流，如王禹偁、柳开、寇准、魏野、钱易、宋白、孙何、丁谓、张咏等都曾往来并有诗唱和。与柳开更是莫逆之交，往来频繁，赠诗较多。

太平兴国四年（979）三月，柳开由宋州录事参军抽调到行阙，随太宗赴边平定北汉，潘阆闻之，作《寄赠柳殿院开授崇仪使赴边上》诗送行：

> 从来长见说兵机，今日君恩志岂违。骢马不骑骑铁马，绣衣休挂挂戎衣。雄师已听心皆伏，丑虏将闻魄尽飞。应笑苦吟头白者，二南章句转衰微。

怎么知道此诗作于太平兴国四年三月？因为柳开授崇仪使赴边是在此时。祝尚书《柳开年谱》考证，太平兴国四年三月柳开“擢赞善大夫，从驾平北汉，督运楚汉泗八州粮草”。柳开授崇仪使事，史乘及年谱未载。“殿院”，是官署名，即殿中侍御史所居官廨。柳开后迁殿中丞，故称“柳殿院”。据《柳开年谱》，柳开赴边回来后迁知常州，因平盗有功又迁殿中丞。柳开拜殿中丞，是赴边回来后之事。诗题的“柳殿院”，并非送行写诗时所称，应是寄赠之后、即柳开官迁殿中丞后所加。

同年中秋，潘阆与柳开、寇准、宋白在汴京城内宋白宅中聚会，有《中秋与柳赞善开宗赞善坦寇学士准宿宋拾遗白宅不见月》诗纪事：

> 共约中秋来看月，一轮终不见清辉。众人眠后唯孤坐，翻忆无云宿翠微。

这时柳开已从边庭回京，《柳开年谱》即系此诗于本年，主要依据是诗称柳开为“柳赞善”，而柳开是太平兴国四年三月升赞善大夫。此年后即改任其他官职。

太平兴国七年（982），潘阆因卷入秦王赵廷美案而遭缉捕。关于潘阆此次遭缉捕的原因与过程，史乘所载不尽一致。

先说事件的起因。释文莹《湘山野录》的说法是，卢多逊为相时图谋立秦王赵廷美为皇帝，潘阆参预其谋。后卢多逊和秦王事败，潘阆受株连而遭追捕。沈括《梦溪笔谈》和龚明之《中吴纪闻》的记载与此相近。叶绍翁《四朝闻见录》的说法是，潘阆为秦王赵廷美的记室参军，秦王事败，潘阆受牵连而遭拘捕。

这两种说法，有相同之处，即都与秦王赵廷美的宫廷斗争有关。不同之处是，一说潘阆是卢多逊的党与，一说潘阆是秦王的记室参军。其实卢多逊与秦王原是一党，这两种说法并不矛盾。在宋太祖去世前后，卢多逊想立秦王赵廷美为帝（秦王廷美与太祖、太宗为兄弟），最终是宋太宗夺得皇位。所以太宗登基后，就秋后算账，将秦王和卢多逊等人一网打尽。

据《宋史》卷五《本纪》、卷二四四《秦王廷美传》、卷二六四《卢多逊传》和《续资治通鉴长编》卷二三的记载，太平兴国七年（982）四月，朝臣七十余人奏卢多逊欲立秦王为帝，廷美与宰相卢多逊等有“大逆不道”之罪，于是卢多逊被流放崖州，籍没家产；其党或被流放，或被斩首（中书吏赵白、秦王府吏阎密、王继勋、樊德明、赵怀禄、阎怀忠被斩于都门外）；秦王被贬房州安置，不久就死于贬所。

这场血腥的宫廷斗争，以秦王赵廷美的失败身亡而告终。不管是与卢多逊有连，还是跟秦王有关，潘阆终究是卷入了这场宫廷斗争并遭拘捕。潘阆一介隐士，居然卷入宫廷事变，这与唐代自称“山人”的卢仝卷入甘露之变被杀有些近似。

次说事情的经过。释文莹所说潘阆遭追捕而脱逃的经过，的确有些像传奇故事，真实性有多大，无从考实，只能疑以传疑。

潘阆从京城逃脱后，文莹说他逃到秦地（今陕西），叶绍翁没有具体说明逃到何处。而沈括、龚明之、陈振孙等都说他逃到中条山。这是否可信，也需打折扣。因为沈、龚二氏说潘阆到了中条山后，友人许洞有诗赠之，而许洞的赠诗是不是这次潘阆逃入中条山后所赠，大可怀疑。且看沈括《梦溪笔谈》卷二五的记载：

潘阆字逍遥……后坐卢多逊党，亡命，捕迹甚急。阆乃变姓名，僧服入中条山。许洞密赠之诗曰："潘逍遥，平生才气如天高，倚天大笑无所惧。天公嗔尔口呶呶，罚教临老投补衲，归中条。我愿中条山神镇长在，驱雷叱电依前赶出这老怪。"

许洞诗中称潘阆为"老怪"，又说"临老""归中条"，显然是写给老年的潘阆。而太平兴国七年的潘阆，只有二、三十岁，不是"老怪"。所以沈括所说许洞的赠诗，似不可能是此次潘阆逃入中条山后所赠。潘阆入中条山，应是中晚年之事。

再说此事的结局。按照文莹的说法，潘阆脱逃后即在秦中潜伏起来，故人阮思道劝秦帅曹彬，让他上书太宗赦免潘阆。曹彬上奏太宗，太宗不再追咎，并以四门助教的官职召他出山回京。这种说法也不可靠。潘阆授四门助教，是在至道元年（995）赐进士之时，这已是十三年后的事情了。而且授四门助教的举荐人是王继恩，不是曹彬（详后）。文莹此说有误。又曹彬平生没有做过"秦帅"，说"秦帅"曹彬为潘阆说项，纯属想当然。

根据现有的资料，我们能够大致确定的是，潘阆因卷入秦王赵廷美的宫廷血案，曾遭拘捕，后逃脱。至于逃往何处藏身，难以考实。

潘阆以卖药为生计，而且不止在一地卖过药，好像是个流动药贩子。雍熙年间（984—987）王禹偁在苏州长洲任县令时，说潘阆"跨江而来，钱塘、会稽卖药自给"。除在杭州、绍兴一带卖过药外，他还在汴京讲堂巷开过药铺。《湘山野录》卷下就说他“混迹于讲堂巷，开药肆，刘少逸、鲍少孤二人者为药童”。讲堂巷在大相国寺东门，此巷有药铺：“南北讲堂巷、孙殿丞药铺、靴店，出界身北巷，巷口宋家生药铺。”讲堂巷既实有其地，潘阆在此地开药铺之事应该是可信的。《东都事略》又说潘阆曾“卖药成都”，看来他卖过药的地方还真不少。

潘阆卖药为生计，既非一地，也非一时。王禹偁说他在钱塘、会稽卖药自给，是雍熙年间（984—987）的事。由此看来，潘阆从京城逃过追捕之后，辗转到杭州、会稽卖药为生。至于在汴京讲堂巷开药铺，是在卷入秦王案之前还是在此后，也难考实。前引《湘山野录》是先叙潘阆在京城开药铺，接着说“后太宗登极，秦邸之谋不集”，从行文语气推测，秦王案发之前潘阆已在京城开药铺了，其时约在太宗太平兴国五、六年间（976—983）。

直到淳化末至道初，他还在京师卖过药。王禹偁淳化四年（993）所作《寄潘处士》就说：“卖药先生白布衣，书来方信在京师。”至道元年（995），潘阆在京师卖药，结识内侍王继恩（详后）。

需要说明的是，至道元年潘阆还在京师卖药，并不意味着他此前一直在京师卖药而没有离京远游。

潘阆在雍熙年间（984—987），以咏钱塘江潮词著名，当时太子中舍李允为之作“潘阆咏潮图”，李又请苏州吴县知县罗思纯为序、长洲知县王禹偁为赞。王禹偁在雍熙年间所作《潘阆咏潮图赞并序》说：

> 处士潘阆……因赋浙江观涛之什，称为冠绝。太子中舍李公（允）以春宫之臣被墨绶之贬，好奇尚异，有古人风。乃出

轻绡征彩毫绘彼诗景，悬为句图，飞翰走僮以越茂苑，且曰若得吴县序之、长洲赞之，可垂于不朽矣。会予卧病不果，疾闲之日，复出图以阅之，诵诗以味之，乃知处士之句绝唱也，李公之画好事也，罗君之序乐善也。

王禹偁所言潘阆观潮之什，是指潘阆《酒泉子》咏潮词，其词曰：

长忆观潮，满郭人争江上望。来疑沧海尽成空。万面鼓声中。 弄潮儿向涛头立。手把红旗旗不湿。别来几向梦中看。梦觉尚心寒。

钱塘江潮，是杭州一大景观。周密《武林旧事》说，浙江之潮，自十六日既望至十八日为最盛。潮水刚从海门出来的时候，如一条白色的银线，等到潮水涨定，奔腾而下，就像银山玉城崩塌，声如雷霆。杨万里的“海阔银为郭，江横玉系腰”诗句，描绘的就是这种情形。每年临安府都要出浙江亭教阅水军，搞军事演习。艨艟战舰，分列两岸，一会儿奔腾而出，分为五个方阵。迎着潮水，有的骑马，挥舞红旗，有的挥舞刀枪，如履平地。突然黄烟四起，人物都隐而不见。烟波消尽以后，一条船也见不着，只有几只舟船被火焚烧，随波而逝。当地识水性善于冲浪的年轻小伙子数百人，都披散头发，手持十幅大彩旗，争先鼓勇，逆潮水而上。在万顷波涛和壁立万仞的潮头中，做出各种各样的姿势。

潘阆在杭州呆的时间很长，对潮水印象极深。《酒泉子》词用回忆的方式，写满城人争先恐后地到浙江观潮。“争江上望”的“争”字，写出人们争先恐后往前拥挤的动态场景和气氛。“来疑沧海尽成空”，写潮水奔涌而来时，像是从天上倾倒下来一样。“来疑沧海尽成空。万面鼓声中”，分别写视觉形象和声响，让人如见其形，如闻其声，极富现场感。“弄潮儿向涛头立”，又具造型感，那惊心动魄的动作和战胜自然的勇气，让人敬佩又惊叹！宋代没有电影电视来记录弄潮、观潮的场景，所幸有散文家和诗人词客用生花妙笔，记录了那些壮观场面。“手把红旗旗不湿”，与周密《武林旧事》的记载完全吻合，可见潘阆这首词纪实性的描写是多么真实。掩卷试想，在波涛汹涌的银色世界里，几面红旗翻卷挥舞，画面、构图是何等壮美，视觉效果是多么强烈！虽然隔了许久，但“弄潮儿向涛头立”那紧张刺激的情景，梦里依然惊心动魄。潘阆这首《酒泉子》，是宋代最早的观潮咏潮词，广为传诵。

淳化四年（993）春，潘阆重返汴京卖药。老友王禹偁贬居商州，生活贫困，潘阆曾寄白银襄助救济。王禹偁有《寄潘处士》诗说：

> 卖药先生白布衣，书来方信在京师。减君炉里烧丹术，助我山中买酒资（原注：处士自京寄白银相赠）。闲似野云终不仕，闭如笼鹤已多时。飘飘又去黄河北，更负中条几首诗。

同年八月，王禹偁回京再任左拾遗，曾到潘阆的住处访问，结识了潘阆的生死之交冯德之道士（详后）。结识不几日，冯道士离开京城前往天台山，行前，王禹偁有诗送行。潘阆也有《送冯尊师德之出长安》和《与道士冯德之话别》诸诗：“一宿山房话别离，殷勤劝我酒盈卮。更教弟子横琴送，弹彻悲风尽泪垂。”据王禹偁“更负中条几首诗”云云，此年之前潘阆曾居中条山。

潘阆并不是天生的隐士，年轻时一度热衷功名，想挤进仕途。刘克庄曾将潘阆和他同时的隐士魏野两人做过比较，说魏野心态恬静，是真隐士，而潘阆却是叫呼求进取，不甘寂寞：

> 魏野五言云：“常怜李斯首，不及严光足。”真处士语也。潘阆云：“白日升天易，清朝取事难。”野聘召而不至，阆叫呼

而求用。味其诗与张元、姚嗣宗何异？

潘阆曾经几次参加进士考试，都失望而归。只是仕进无门，才迫不得已做了隐士。韩淲《涧泉日记》说：

> 潘阆累试不捷，太宗登极，以龙蛇皆变，惟己轗轲，乃兴归隐之志、高放之情。吟诗寄陈希夷先生曰："不信先生语，刚来帝里游。清宵无好梦，白日有闲愁。世态既如此，壮心应已休。求归归未得，吟上水边楼。"既达宸聪，惧其言如讪上，乃逃于江表。数载后入灵隐山。

做了隐士之后，他还是心有不甘，经常与上层显贵交结往来，希望能走捷径，寻找到进身之阶。不知什么机缘，他结识了内侍王继恩。王继恩于太宗有拥戴之功，深得太宗宠信。王继恩向太宗举荐潘阆，太宗即赐潘阆进士及第，并授国子四门助教。事在至道元年（995）。可不久，潘阆因行为不检，又被收回成命。《宋史》卷四六六《王继恩传》说：

> 继恩初事太祖，特承恩顾。及崩夕，太宗在南府，继恩中夜驰诣府邸，请太宗入。太宗忠之。自是宠遇莫比，喜结党，邀名誉，乘间或敢言荐外朝臣，由是士大夫之轻薄好进者从之交往。每以多宝院僧舍为期。有潘阆者，能诗咏，卖药京师。继恩荐之，召见，赐进士第。寻察其狂妄，追还诏书。

关于潘阆赐进士及第、授国子助教旋被追还任命之事，《续资治通鉴长编》卷三七和《宋会要辑稿》选举九之一也有记载："（至道元年四月）丙申，赐布衣潘阆进士及第。未几追还诏书，以阆所为狂妄故也。"《续资治通鉴长编》说太宗后来察觉潘阆为人"狂妄"，又收回诏书。其实这并不奇怪，潘阆为人确实有些疏狂放荡，他自己就在《寓泊浙江寄汉阳孙迈郎中》诗中说："气概贫犹在，颠狂老渐疏。”一点也不像有仙风道骨、不食人间烟火的高人隐士。沈括《梦溪笔谈》卷二五也说：

> 潘阆字逍遥，咸平间有诗名 。与钱易许洞为友，狂放不羁，尝为诗曰：“散拽禅师来蹴踘，乱拖游女上秋千。”此其自序之实也。

拉禅师打足球，拖游女上秋千，这哪是高人隐士的作派？他还曾倒骑驴，以怪异之举吸引别人的眼球：

> （潘阆）自华山东来，倒骑驴以行，曰：“我爱看华山，其实不喜入京也。”故当时有潘阆倒骑驴之语。（吕希哲《吕氏杂记》卷下）

潘阆倒骑驴的形象，后来被北宋著名画家许道宁画入图中。

潘阆跟宫中显贵交接，似乎命中注定要犯事。前与秦王赵廷美来往，差点送掉性命。这次与王继恩交结，又受牵连遭通缉。晁公武《郡斋读书志》说：

> 潘阆字逍遥……王继恩与之善。继恩下狱，捕阆甚急，久之弗得。

太宗跟前的大红人王继恩何故被贬而累及潘阆？原来这又与皇位的争夺有关。太宗驾崩之前，王继恩与参知政事李昌龄、知制诰胡旦共谋立太祖之孙为帝，差点让真宗不得继位。所以真宗登基后，就将王继恩三人尽行诛窜。潘阆参与其谋，于是也遭缉捕，幸而逃脱及时，后免于罪。王明清《挥麈录·余话》载：

> 太宗大渐，继恩乃与参知政事李昌龄、枢密赵镕、知制诰胡旦、布衣潘阆谋立太祖之孙惟吉。适泄其机，吕正惠时为上

宰，锁继恩而迎真宗于南衙，即帝位。继恩等寻悉诛窜。

据《宋史》卷五《本纪》载，宋太宗卒于至道三年（997）三月二十九日癸巳。同日，皇太子柩前即位，是为真宗。而王继恩之贬在至道三年五月，潘阆遭捕亦即此时。

潘阆逃脱不久，在咸平初（998）重回汴京，结果被京兆尹抓获收系入狱。好在时过境迁后，真宗不再追咎，赦免了潘阆，并给他一个闲职做滁州参军。《郡斋读书志》载：

咸平初，（阆）来京师，尹收系之。真宗释其罪，以为滁州参军。后卒于泗上。

赴任滁州途中，潘阆写有《赴滁州散参军途中书事》诗：

微躯不杀谢天恩，容养疏慵世未闻。昔日已为闲助教，今朝又作散参军。高吟瘦马冲残雪，远看孤鸿入断云。到任也应无别事，愿将清俸买香焚。

所谓"微躯不杀谢天恩"，就是对真宗赦免其罪表示感激。魏野闻知潘阆有滁州之命，作有《闻潘阆新授滁州散参因以寄贺》诗：

江乡去想胜还乡，官职寻常事不常。会得圣君无别意，只应图继贾司仓。

潘阆卒年，今人记载都说是在大中祥符二年（1009），主要依据是《舆地纪胜》卷二《人物》引钱易所撰《潘阆墓志铭》：

潘阆，字逍遥，钱塘之潘阆巷，其所居也。钱易铭其墓云："逍遥与道士冯德之居钱塘，约归骨于天柱山。"大中祥符二年为泗州参军，卒于官舍。德之遂囊其骨以归吴中，葬于洞霄宫之右。

元邓牧《洞霄图志》也载录有钱易所撰《潘阆墓志铭》，然所记卒年是“大中祥符三年”（1010）而不是“大中祥符二年”。其说云：

> 潘逍遥墓，在宫内方丈西庑后。宋潘阆，字逍遥，钱塘诗人。直集贤院钱易铭其墓云：“逍遥尝与道士冯德之居钱塘（今城中有潘阆巷），约归骨于天柱山。大中祥符三年为泗州参军，卒于官舍。德之遂囊其骨归吴中，葬于洞霄宫之右。”今至元丙戌隐士叶林作《些文》曰：“若有人兮山之深，字曰逍遥兮善于吟。其名流传与图南仲先并兮，夫岂异世而异心。惜不置之华山泉石之阴，彼何时兮干戈相寻。”

《舆地纪胜》和《洞霄图志》所引钱易撰墓志铭内容完全相同，只是时间一作大中祥符“二年”，一作“三年”。潘阆墓在洞霄宫内，《洞霄图志》所引的墓志似更可信，故定其卒年为大中祥符三年（1010）。

综上所考，作潘阆小传云：潘阆，号逍遥，大名人，约建隆元年（960）生。与王禹偁、柳开、宋白等友善。太平兴国四年（979），在汴京与柳开、寇准等有诗唱和。七年（982），因卷入秦王赵廷美案而遭缉捕，后脱逃。平素卖药为生。雍熙年间，以咏钱塘江潮词著名，好事者绘《潘阆咏潮图》行世。淳化年间，在汴京，与孙何、丁谓唱和。王禹偁贬商州，贫甚，潘阆赠白银助之。至道元年（995），因内侍王继恩举荐赐进士及第，授国子四门助教。旋即追还。三年（997），受王继恩牵连又遭通缉，并再度逃脱。咸平初（998），入京被收系入狱，真宗释其罪，授滁州参军。大中祥符三年（1010）卒于泗州，道士冯德之迁其遗骨葬于杭州。

仕途蹉跎，词坛快意

——柳永的错位人生

柳永是北宋时期最受崇拜的词坛偶像，是雄霸词坛一百多年的天王巨星。

他的追星族里，有皇帝，有宰相，也有和尚和太监，一般的芸芸众生那就更不用提了。仁宗皇帝就是一个“柳词迷”。他特别好听柳永词，每次喝酒，都要让宫廷歌手把柳永词唱过几遍，不过足瘾不罢休。哲宗朝宰相韩维和北宋最后一位宰相何㮚，也都是超级“柳词迷”。韩维是“每酒后好讴柳三变一曲”（张耒《明道杂志》）。何㮚在靖康元年（1126）金兵围攻汴京、都城即将陷落的危急时刻，仍然“时一复讴柳词”（徐梦莘《三朝北盟会编》卷六八）。民族危亡的生死关头，何㮚都没有减弱对柳永词的兴趣，可以想象柳永词具有多大的魅力。要知道，这个时候柳永已经作古七、八十年了，他的词在身后还是那样的火爆流行，受人欢迎。

无独有偶，与何㮚差不多同时的一位老太监，也是柳永的铁杆崇拜者。只要听到有人贬抑柳永，他都要奋不顾身地站出来维护他心中的偶像。有一次，诗人刘岑在京城开封相国寺用餐，与朋友神侃歌词时，旁若无人地大肆攻击柳永。当时这位老太监也在座，听到后，一声不响地找来纸笔，跪在刘岑的面前，说:“阁下刚才说柳词如此这般的不好，那您就写一篇好的给我看看?”把刘岑弄个大红脸，下不了台。

邢州开元寺的和尚法明，平生像《水浒传》里的鲁智深一样好喝酒，又特别迷恋柳永词。“每饮至大醉，惟唱柳永词。”他天天要喝酒，一喝到兴头上，就唱几首柳永词，过把瘾，数十年不间断。临终前，唱完柳永“今宵酒醒何处，杨柳岸晓风残月”后便“趺跏而逝”（江少虞《宋朝事实类苑》卷四五《风和尚》）。

以上几位追星族，只是文献记载的几个典型代表，宋代像这样的柳永迷还不知道有多少呢。柳永词，当时是“天下咏之”，连周边的西夏也是“凡有井水饮处，即能歌柳词”（叶梦得《避暑录话》卷下）。只要是有人烟的地方，就有唱柳永词的。

在词坛上走红了一百多年的柳永，身世如何，性格又怎样？究竟有些什么成就和贡献，惹得千人怜、万人爱的？下面我们就来追踪一下。

柳永（987？—1053？），字耆卿，原名三变，字景庄，福建崇安（今福建武夷山市）人。因排行第七，所以世称柳七。他兄弟三人，长兄三复，二哥三接，都先后中进士，当时人称为“柳氏三绝”。

柳家世代做官，柳永少年时代在家乡勤学苦读，希望能传承家业，官至公卿。学成之后，他就到汴京应试，准备大展鸿图，在政治上一试身手。不料，一到光怪陆离的京城，骨子里浪漫风流的年轻才子柳永，就被青楼歌馆里的靓妹吸引住了眼球，把那政治理想完全抛在了脑后，一天到晚在风月场里潇洒，与青楼歌妓打得火热，而且还把他的风流生活写进词里进行“现场直播”:“近日来陡把狂心牵系。罗绮丛中，笙歌筵上，有个人人可意。”“知几度密约秦楼尽醉。便携手，眷恋香衾绣被。”（《长寿乐》）当然，他也没有忘记此行考中进士的目标，只是他“自负风流才调”，自信“艺足才高”，“多才多艺善词赋”（《击梧桐》），没把考试当回事，以为考中进士、做个状元是唾手可得的事。他曾经向可意的心上人夸口说，即使是皇帝临轩亲试，也“定然魁甲登高第”（《长寿乐》）。不料事与愿违，放榜时名落孙山。他沮丧愤激之余，写下了传诵一时的名作《鹤冲天》（黄金榜上），宣称要“把浮名，换了浅斟低唱”。你皇帝老儿不让我进士及第去做官，我不做官，又奈我何！在词坛上叱咤风云，难道不是一样的辉煌？正是“才子词人，自是白衣卿相”。

表面上看，柳永对功名利禄不无鄙视，很有点叛逆精神。其实这只是失望之后的牢骚话，骨子里还是忘不了功名。他在《如鱼水》中一方面说“浮名利，拟拚休。是非莫挂心头”；另一方面却又自我安慰说“富贵岂由人，时会高志须酬”。因此，他在科场初次失利后不久，就重整旗鼓，再战科场。

仁宗初年再试，柳永的考试成绩本来过了关，但由于《鹤冲天》词传到禁中，上达宸听。等到临轩放榜时，仁宗以《鹤冲天》词为口实，说柳永政治上不合格，把他给黜落了，并批示：“且去浅斟低唱，何要浮名！”（吴曾《能改斋漫录》卷十六）柳永的牢骚话，皇帝老儿当了真，断送了柳永美好的前程。

前面不是说宋仁宗是柳永词的追星族吗？怎么他就不保护一下心中的偶像呢？这与当时人的词学观念有关。原来在柳永时代，人们感情上很喜欢词，在私下里都爱听词、读词，可理性上却排斥词、瞧不起词，认为词跟正统的诗文相比，不过是小玩意，内容上不是男欢女爱，就是卿卿我我，没有几句正经的载道言志的话，登不上大雅之堂。就像当今的流行歌曲，虽然已经渗透到日常生活的各个角落，再古板的人似乎都可以哼几句，不听都不行，可是研究现当代文学史的学者，从来没有把歌曲纳入到文学的视野里来，没有把歌曲当作是正儿八经的文学。柳永时代也一样，词就是当时的流行歌曲，谁都没有把它当作是文学创作。更有甚者，在正统的士大夫眼里，写词好像是不高尚、不道德的行为。王安石自己也写过词，可他在谈到晏殊的词时，认为晏殊身为宰相，写“小词”不合他的身份。晏几道曾经把自己的词作寄给老父晏殊的一位下属，让他欣赏，没想到那位老官僚却一本正经地批评晏几道写的词是才有余而德不足。所以，宋仁宗作为一个普通人的时候，私下里喜欢柳永词，可当他以皇帝的身份来看词的时候，就觉得词这玩意太低级庸俗，更何况柳永在词里公开宣称不要进士、不要功名呢！这种不健康的思想，皇帝老儿当然不满意，一气之下，就把他的偶像柳永给抛弃了。

再度的失败，柳永真个是有些愤怒了，他干脆自称“奉旨填词柳三变”（胡仔《苕溪渔隐丛话》后集卷三九引严有翼《艺苑雌黄》），从此无所顾忌地纵游妓馆酒楼之间，致力于民间新声和词的艺术创作。官场上的不幸，反倒成全了才子词人柳永，使他的艺术天赋在词的创作领域得到充分的发挥。当时教坊乐工和歌妓每得新腔新调，都请求柳永为之填词，然后才能传世，得到听众的认同。柳永创作的新声曲子词，有很多是跟教坊乐工、歌妓合作的结果。

柳永为教坊乐工和歌妓填词，供她们在酒肆歌楼里演唱，常常会得到她们的经济资助，柳永也因此可以流连于坊曲，不至于有太多的衣食之虞。南宋罗烨《醉翁谈录》丙集卷二就说：“耆卿居京华，暇日遍游妓馆。所至，妓者爱其有词名，能移宫换羽，一经品题，声价十倍。妓者多以金物资给之。”柳永凭借通俗文艺的创作而获得一定的经济收入，表明宋代文学的商品化开始萌芽，为后来“职业”的从事通俗文艺创作的书会才人开了先河。

然而，出身于世代奉儒家庭的柳永，无法完全超越当时士大夫的人生价值取向，他不可能以填词为终生的职业，而必须在仕途上有所发展，在政治上有所建树。于是，他不得不离开京城到外地去宦游公关，寻找其他的入仕做官的途径。他曾漫游过江南的苏州、扬州、金陵和杭州等地，也到过四川的成都和湖南的九嶷山，写过一些干谒地方长官的词作，著名的《望海潮》（东南形胜）就是歌颂和投献杭州知府的词作，希望能得到地方长官的援引帮助。

长期在外飘泊流浪，柳永始终没有找到仕途上的进身之阶，倒是丰富了人生体验，扩大了艺术视野，从而创作出大量的羁旅行役词。柳永的几十首羁旅行役词，表现了升平时代下层的落魄文人复杂苦闷的心态，他既想博取功名利禄，又渴望官能享受，而二者又不可兼得。对于达官贵人来说，功名利禄与官能享受是顺理成章的事，他们有钱又有闲来满足自身官能享受的需要。而对于没有进入仕途的柳永来说，事情就要困难得多。由于“未名未禄”，必须去“奔名竞利”，于是“游宦成羁旅”，“谙尽宦游滋味”（《安公子》）。长期在外宦游飘泊，又耽误了与所爱佳人的蜜意幽欢，“因此伤行役。思念多媚多娇，咫尺千山隔。都为深情密爱，不忍轻离拆”（《六幺令》）。但“利名牵役”，又不得不离拆：“走舟车至此，人人奔名竞利。念荡子，终日驱驱，争觉乡关转迢递”（《定风波》）。未能满足的功名心与享受欲，始终困扰着“荡子”柳永。在宋代，虽然文人士大夫的生活待遇比较优厚，但毕竟考中进士进入仕途的是少数，而没有考中进士浪迹江湖、沉沦民间的士子是多数。所以，柳永这类写羁旅行役、飘泊流浪的歌词，特别能引起同类人的情感共鸣，引起失意者的精神共振。

到了中年，奔名竞利的柳永，在仕途上仍然毫无进展，内心非常失望，有时觉得“干名利禄终无益”（《轮台子》），“屈指劳生百岁期，荣瘁相随。利牵名惹逡巡过，奈两轮玉走金飞。红颜成白发，极品何为”（《看花回》）！但是，柳永毕竟对功名十分执着和热衷，一时的鄙视并不等于彻底的否定，尽管他终年凄凄惶惶地临水登山，在“孤馆渡日如年”，却仍然是“念利名，憔悴长萦绊”（《戚氏》）。

在羁旅行役中度过了数十年的艰难岁月后，柳永又回到汴京应试，终于在仁宗景祐元年（1043）考中了进士。虽然是及第已老，但毕竟实现了平生梦寐以求的愿望，所以他格外兴奋，挥笔写下了一首《柳初新》词，表达他由衷的喜悦："别有尧阶试罢。新郎君成行如画。杏园风细，桃花浪暖，竞喜羽迁鳞化。"进了仕途，脱了凡胎，从此他"洗心革面"，当年出入风月场中倚红偎翠的风流公子变成了勤于职守的能官良吏。

登进士第后，柳永被安排到浙江的睦州（今浙江淳安）做团练使推官，到任一个多月，就显示出他的干练与勤政，得到知州吕蔚的赏识，并被破格向朝廷举荐。由于朝中有人作梗，最终柳永没有得到升迁。几年后，转任昌国县（今浙江定海）晓峰盐场的盐监。在晓峰盐场，他目睹了盐民的苦难生活，曾写下《煮海歌》，对盐民的不幸表现出深切的同情："周而复始无休息，官租未了私租逼。驱妻逐子课工程，虽作人形俱菜色。煮海之民何苦辛，安得母富子不贫！"曾几何时在绮罗丛中、笙歌筵上流连的柳永，于今也这样深情地关心民瘼，这从一个侧面反映出宋代知识分子正直善良的精神境界。

柳永一生仕途坎坷，进士及第后一直沉沦下僚。本质上是才子词人的柳永，在词坛上可以尽逞才华，出尽风头，但在风波险恶的官场上总是连遭跟头，而且常常是为写词所累。仁宗皇祐年间，柳永因写歌颂祥瑞的《醉蓬莱》词无意中得罪了皇上，不得改官进用，曾去找宰相晏殊说情，晏殊也是写词的同道，按理说也应该提携提携，谁知晏殊嫌他写词太俗气，责备他不该写"针线慵拈伴伊坐"之类的词句，求官不成反讨了个没趣。柳永总结了多次失利的教训，常常是由于填词给当权者留下了不好的印象，于是将本名三变改名为永，试图将以歌词著称的柳三变与他本人"隔离"。这一招果然有效，不久他就被磨勘转为京官，官至屯田员外郎。故后人常称他为"柳屯田"。

柳永虽然在官场上是一个失败者，但在歌词的创作上却是一位成功的开拓者和革新家。他创制了许多新调，特别是慢词长调，现存宋词的词调有 800 多种，其中 100 多种调子是柳永创制或最先使用的，占了宋代全部词调的八分之一，论创调之功，在宋代词人中，他是绝对的大哥大，没有人能超过他。他创造的这些慢词，扩充了词的体制，打破了小令一统词坛的旧格局，提高了词的表现能力，扩大了词体的容量，开创出宋词发展的新局面，为后来词人的创作提供了基本的形式规范。要是没有柳永在形式上的探索和创造，后来的苏轼和辛弃疾等人能不能创造出那些辉煌的慢词篇章，还真说不定呢！

唐五代以来的文人词，语言上追求的是贵族化和高雅化。柳永却反其道而行之，率先面向市民大众来创作，尽可能用市民大众能理解的生活化、通俗化的语言，表达市民大众关注和喜欢的世俗生活情调。因此他的词，赢得了广大民众的喜爱和崇拜。那些文化水准不高的人，特别喜好柳永词，因为柳词通俗易懂。所以宋人常说柳词俗，“不知书者尤好之”。柳永词，改变了当时流行的审美趣味，也改变了一种创作方向，为后来文学的通俗化进程开辟了道路。

在词的创作方法上，柳永也有开拓和创新。原来的小令，习惯于用比喻、象征等手法，也就是传统的比兴手法，借景言情，以表现瞬间性的情绪和心态。而柳永却将铺陈叙事的方法，也就是赋的手法，移植到词里，注重对人物情态心理进行多方面的刻画；或者对情事发生发展的场面、过程进行层层的描绘，以展现不同时空场景中人物不同的情感心态。因而他的抒情词往往带有一定的叙事性、情节性。从小令到慢词，体制扩大了，结构变化了，柳永的铺叙衍情法，正好适应、满足了慢词体制结构变化的需要，解决了词的传统抒情方法与新兴体制之间的矛盾，推动了慢词艺术的发展。从词史的发展进程来看，说柳永是北宋词坛上第一位功勋卓著的革新家，是一点也不过分的。

独立不惧，超然旷达

——东坡的精神境界

苏轼，是全能型的艺术大师，也是多才多艺的生活大师。他曾说自己平生只有三件事不如人：饮酒、唱曲和下棋，其他样样都行。他擅长烹调，爱吃猪肉，也会做猪肉，曾经写过一首《食猪肉》的打油诗："黄州好猪肉，价贱如粪土。富者不肯吃，贫者不解煮。慢着火，少着水，火候足时他自美。每日起来打一碗，饱得自家君莫管。"说不定猪肉的推广，跟苏东坡还有一点关系。他还是一位"时装设计师"，一度领导时装新潮流。他设计的一种矮顶的帽子，当时全国流行，号称"东坡帽"。东坡被"打倒"以后，朝廷曾经下令禁止戴东坡帽，可见当时流行之广。他还懂得医药，每走到一个地方，总要寻一些偏方，为家人、也为别人治病。常见病他可以治，疑难杂症也能治。

今天我主要讲他的精神世界。首先要讲的是东坡的独立精神。

东坡特别强调做人要有独立不惧的精神。在政治上，他坚持自己的理想，坚持自己的人生信念，从不随波逐流。不从众，不媚俗。他本来也是主张政治改革的，但他的政见跟当时的改革派领袖王安石不一样，因而坚决反对王安石变法。政治上如何评价这件事情，另当别论。但就个体人格而言，苏轼是在坚持自己的政治理想和人生信念。他认为王安石的变法对社会不利，对民众不利，因此一再上书，说新法不行。假如他屈心降志，稍微迎合一下王安石，以他当时的社会声望和文坛上的名气，应该是可以平步青云的。但他不愿放弃自己的政治主张，最终酿成了“乌台诗案”而被贬谪。不过这次贬谪，是诗人的不幸，却是文学的大幸。苏轼被贬谪之后，写出了许多诗词名篇。宋神宗驾崩，神宗的母亲高太后上台，起用旧党，让司马光做宰相。司马光上台之初，比较器重苏轼。但是苏轼觉得司马光做得太过火，把王安石所有的新法都废除了，因此他又跟司马光过不去。最后呢，不断受到司马光手下人的排挤、打压。苏轼始终坚持自己的政治见解，先后跟“改革派”和“保守派”都过不去。这一点，我想对当今的知识分子、科学家和在座的年轻的一代都会有所启发。这就是做人要有独立精神，要有骨气，要坚持自己的理想和信念，坚持自己的人生追求，不能一味地从众。当然，如何保持人际关系的和谐，那是另外一个问题。苏轼有时意气用事，也不太可取。

苏轼坚持自己的人生理想，为此付出了沉重的代价。他一生多次被贬，第一次是在湖州当知州时，知州相当于现在地级市的市委书记。苏轼为人，城府不深，虽然是一代天才，但为人谦和，跟人初次见面，就像是老朋友式的无话不说。沈括到湖州公干，两人一见面，苏轼就把自己的一些牢骚跟沈括和盘托出，并把自己写的讽刺新法的诗抄给沈括看，沈括回到汴京就告了密。不久苏轼被捕入狱，最后被贬到湖北黄州。到黄州后，写下著名的《念奴娇·赤壁怀古》。从此，黄州也跟着沾光，名扬四海。到了晚年，他又被贬到广东惠州，最后流放到了海南岛，真的是天涯海角。当时那地方蛮烟瘴雨，内地人不适应那种恶劣的环境，贬到那里，等于判死刑!

其次说东坡的超越意识。

苏轼屡遭磨难，心理并不是没有痛苦，但他生性旷达，心理承受能力很强，善于摆脱痛苦，超越痛苦。这个方面，东坡跟他的前辈范仲淹比较接近。大家都很熟悉范仲淹《岳阳楼记》中的名句：“先天下之忧而忧，后天下之乐而乐。”这强调的是个体对社会的责任感和使命感。但前面还有两句，不太被人注意，是“不以物喜，不以己悲”，意思是说不因为个人的利害得失而悲欢，也不因为外物的明快或灰暗而影响到自己的心情。说得更具体一些，所谓“不以己悲”，是说不因为自己升了官就得意或者罢了官就失意。范仲淹的官做得比较大，做到参知政事，相当于现在的国务院副总理。他曾经从这么高的官位贬谪到类似于当今市委书记的位置，一下子降了好多级啊！但是范仲淹不因为个人政治上的挫折而悲伤。用现在的话来说，当参知政事的时候可以为全国人民服务，在地方当官，可以为一地的老百姓服务。走到哪都是为人民服务。外在的个人得失并不影响到他个人的心情。这是一般人很难做到的。如果说范仲淹是“以苦为乐”，那么东坡是“苦中寻乐”。

苏轼有一套自我心理解脱的公式，那就是“譬如当初”。人们精神上的痛苦，常常是失落的痛苦，原本拥有的东西突然失掉或被剥夺后，常会引起伤心苦恼。苏轼在失去了原来拥有的政治地位之后，善于把自己的心理调整到原来没有拥有时的状态。比如，他贬到黄州的时候，就是这样自我调整：“譬如当初”我本来是黄州一个没有及第的秀才，黄州人可以自在地生活，我也可以在这里自在地生活。我干吗要痛苦呢？黄州人世世代代在这里生活得很好，我苏轼就不能安逸地生活吗？这一想啊，心理就平衡了，就没有失落感了。后来他被贬到惠州、海南，也都是这样自我调整、自我安慰的。他在《与程正辅书》中说：“某睹近事，已绝北归之望，然中心甚安之。未说妙理达观，但譬如元是惠州秀才，累举不第，有何不可。”在海南写有《别海南黎民表》诗说：“我本海南民，寄生西蜀州。忽然跨海去，譬如事远游。”他从海南遇赦渡海北归时，写有一首著名的《六月二十日夜渡海》诗，最后两句是“九死南荒吾不恨，兹游奇绝冠平生”！居然把人生这次最惨重的贬谪看成是一生中最奇绝的一次旅游！多么豁达，多么超越！

苏轼这种心理解脱的方式，从某种意义上讲，与阿Q精神有惊人的相似。鲁迅笔下阿Q的精神胜利法，反映的是我们民族的一种劣根性。但是就个体来讲，我们不能没有一点“阿Q精神”。如果遇到一点挫折、一点磨难，就痛苦得无法摆脱，弄不好就变成精神病、抑郁症，甚至要跳楼自杀，那犯不着。比如，哪天你上街去，丢了1000元钱，到时你可千万不要想不开，而是想“譬如当初”我没有或者没赚这1000元钱。这样自我开解，心理就不太痛苦了。苏轼的这种超越意识对我们是很有启发的。学习文学的意义，在于它能对我们人生有所启示。一位历史学家说过，人是什么，我们不知道，人将面对怎样的未来，我们不清楚，但是历史会告诉我们。同样，文学的价值也在这里。我们学习古代文学，包括我研究古代文学，不仅仅是要了解一些知识，对大家来说，知道苏轼是宋代还是唐代人物，并不是很重要——当然，如果一个中国的大学生把苏轼说成是唐代的，肯定会贻笑大方，学习古代文学的一个重要目的就是从中获得一些人生的启示！了解苏轼如何面对痛苦和磨难，对增强我们的心理承受能力是很有启示意义的。

这方面，苏轼行，他的弟子秦观就不行！秦观心理承受能力太弱小。做了点小官就得意得不行，遇到一点挫折打击，又痛苦不堪。他被贬到现在的湛江海康，还没有过海，就对人生失去了信念，觉得这一辈子完了，回不去了，于是给自己写好了一份悼词。后来遇到新皇帝登基，遇赦可以回去了，这大大出乎意料，于是开心大笑一回。由于兴奋过度，突发脑溢血而死。秦观一生写的词是满纸伤心泪水。因为他的人生不得意，仕途不顺，一辈子没有做什么大官，反而几次遭遇贬谪。唐代哲学家、大诗人柳宗元，也是英年早逝，47岁就去世了。这与他的遭遇、心境、个性都有关系。

他早年政治上比较得意，参加了永贞革新，后来一直被贬。他的心理承受能力也比较弱，不乐观，不豁达，总难解脱内心的压抑和痛苦。从他的山水诗和《永州八记》等散文里可以读出一种沉重的压抑感。他要是向苏轼学习就好了——可惜苏轼比他晚了200多年。在当今这种竞争激烈的时代，我们会遇到各种各样的困难和挫折。当然我希望大家一生平安，好运相伴。当我们遇到挫折的时候，就要想起苏轼的超越意识。如果你能记得苏轼这一点，在你遇到困难时就能振奋起来。其他的你都可以忘记，但请你一定要记住苏轼超然旷达的人生态度。

再其次，讲苏轼的自娱方式。

对痛苦的心理调节，是一种精神活动。痛苦是永恒的，自我调节以达到心理平衡却是暂时性的。人非草木，孰能无情？苏轼面对那么多痛苦的打击，也是很伤心的。在《念奴娇·赤壁怀古》里，他向往着能像周瑜那样建功立业，雄姿英发。他曾经想，周瑜怎么会那么得意呢，政治、军事上建立了丰功伟业，爱情方面也同样惬意："小乔初嫁了。"其实，赤壁大战时，小乔已经嫁了九年，至少是两三个孩子的妈了，苏轼故意说成是"小乔初嫁"，是突显周瑜的人生得意。古人的理想是英雄事业加美人啊，现在我们不也是说要爱情事业双丰收嘛。辛弃疾有一首《金菊对芙蓉》词说："叹少年胸襟，忒煞英雄。把黄英红萼，甚物堪同。除非腰佩黄金印，座中拥红粉娇容。此时方称情怀，尽拼一饮千钟。"稼轩少年时想立功封侯，腰挂帅印。当了元帅，可以指挥千军万马，也有佳人陪伴喝酒唱曲子，多潇洒！苏东坡也有这种理想。但他的命运就没有那么好了。想当年周瑜在赤壁，春风得意。而如今苏轼到黄州，却自恨倒霉。原配夫人王弗27岁时就去世了，名作《江城子》（十年生死两茫茫）就是悼念追忆她的。这时东坡身边有位侍妾叫王朝云，东坡很是喜欢。王朝云跟东坡生活了20多年，善解人意，堪称是东坡的红颜知己。有一次，苏轼吃完饭后，跟家人开玩笑，把肚子一拍说，我这里装的是什么？有的丫鬟说，一肚子学问；有的说，一肚子文章。只有朝云说："一肚皮不合时宜。"用现在的话来讲，就是一肚子牢骚。在苏轼看来，"知我者，朝云也"。所以，苏轼特别喜欢她。朝云生了一个男孩，苏轼很是疼爱，可到黄州来不久就夭折了。总之，苏轼贬到黄州后，生活、政治上都遭受了沉重的打击，精神上非常痛苦。

为了摆脱痛苦，苏轼除心理调节外，在行动上注意"自娱"。东坡的自娱，不是声色犬马之娱，不是追求强烈的感官刺激，去红灯区喝酒跳舞乱疯狂。苏轼认为这样都不好，不利于养生！他所说的"自娱者，非世俗之乐，但胸中廓然无一物，即天壤之内，山川草木虫鱼之类，皆供吾家乐事也"（《与子明兄》）。也就是在平凡的日常生活当中，发现美感，发现乐趣。他在《前赤壁赋》中说过："唯江上之清风，与山间之明月，耳得之而为声，目遇之而成色，取之不禁，用之不竭。"贬到黄州以后，苏轼感受到从未有过的孤独寂寞，因为是政治犯，人家不敢跟他玩，怕被牵连。怎么办呢？他就一个人到长江边上去，丢石子，打水漂。碰到适合的人呢，就缠着人家聊天。我们读书期间，有了苦恼烦心事，去唱唱歌，要么去打打球，出一身臭汗，在运动中调整、忘却心中的烦恼。大家在日常生活中，如果考试不及格，或者万一失恋了，可以到山上或江边，学习苏轼，赏赏明月，转移注意力，调整一下心情！

苏轼善于在日常生活中发现美感，发现诗意。比如说昨天天气好好的，今天突然就下大雨了，弄得大家心里很烦，到教室上课都要打伞。可是，苏轼却能在下雨当中发现诗意、发现美感。他有一首《定风波》，词的前面有一段小序：

三月七日，沙湖道中遇雨，雨具先去，同行皆狼狈，余独不觉，已而遂晴，故作此。

词作原文是：

莫听穿林打叶声。何妨吟啸且徐行。竹杖芒鞋轻胜马。谁怕。一蓑烟雨任平生。　料峭春风吹酒醒。微冷。山头斜照却相迎。回首向来萧瑟处。归去。也无风雨也无晴。

这个《定风波》词调非常好听，长短相间，而且是句句押韵，主要押的是平声韵，中间又插了两个仄声韵。“声”“行”“生”“醒”“冷”“迎”“晴”相押；而仄声“马”和“怕”，“处”和“去”相叶韵。如果用此调写词的话，要注意这个调的用韵特点。可以先把这首词背下来，依葫芦画瓢，根据它的句式、平仄和押韵方式来填。

苏轼这首词的题材非常简单，由下雨而想到人生。这篇小序，也值得注意，文字不长，但内涵丰富，写得很精粹。“三月七日”，点明时间，突显内容的真实性和纪实性。“沙湖道中遇雨”，交代地点和事件起因。“雨具先去，同行皆狼狈，余独不觉”，交代事件的过程，十三个字，写了三方人物：一方是携带雨具先行离去的随行侍者，另一方是同行的几位友人，再就是词人自我；对比了两种突然遇雨的人生态度：同行友人遇雨而慌张奔跑找地方躲雨，自己则浑然不觉、从容淡定。这既写了自己处事不惊、遇事从容的超然态度，也为词作的抒情埋下了伏笔。词序的叙事，是为词作抒情张本。“已而遂晴”，写出了天气的雨晴变化。就像《水调歌头》里写的“人有悲欢离合，月有阴晴圆缺”，人类和大自然一样，总是处在不断化之中，月圆后就缺，月缺后会慢慢变圆。人有团聚，也有离别，离别后盼团聚，团聚后又会离别。无论是人的团聚还是离别，不管是月亮的团圆还是亏缺，都是自然又必然会发生的过程。苏轼领悟到，既然都是一个过程，无法避免，就不如顺应它、接受它。月亮圆也好缺也好，人团圆也好分离也罢，都看作是人生必须经常面对的一个过程。既然必须面对，就不必惊慌失措，不必失意失望。月缺之后会有月圆之时，所以，月缺之时不必遗憾，分离之后总有团聚，也不必为分离而过分伤感。天下雨了，不必埋怨，总会有转晴之时。这不，刚才“遇雨”，果然一会就“晴”了，何必为一时的下雨而狼狈逃跑？短短的词序，就已蕴含了苏轼深刻的人生感悟。

词的第一句，如果用日常口语来说，是莫听刮风下雨声，但这样说就没有诗意了。而“莫听穿林打叶声”，就非常形象生动。穿林打叶，即写出了环境——树林，又写出了雨点打落在树叶上的动态和声响。雨点既可以穿林打叶，表明这场阵雨还比较大，不是蒙蒙细雨。细雨不会“穿林打叶”。“何妨吟啸且徐行”的“吟啸”，是一种口技，类似于今天的吹口哨。因为东晋名流谢安喜欢吟啸，而且样子很潇洒，所以很快就流行为一种时尚。所以，吟啸，又含有从容潇洒之意。这里的吟啸，暗用了《世说新语》的一个典故，一般的选注本都没有注出来。有一次，谢安和王羲之等几个朋友驾着一只小木船到海上去游玩，遇上突然刮起的大风，小木船摇晃颠簸得非常厉害，一时跃到浪尖，一时跌入浪底，大家都吓得面如土色，叫喊着马上把船撑回去。只有谢安，神色自若，而且情绪高涨，“吟啸不言”，说你们越怕，就越不能回去。因为他是老大啊，大伙只好听他的。同行的人，都从这件事看出谢安非凡的度量和胆量。苏轼用这个典故，意思是说，人家谢安遇到大风大浪都能从容应对，吟啸自若，我们遇到这点雨，有什么可怕的。更何况有拐棍、草鞋呢，在雨中走起来也轻便，甚至比骑马还要方便一些。

“一蓑烟雨任平生”，可以看作是苏东坡的人生宣言。烟雨，是一种象征，它不仅仅指自然界的烟雨，更多的是象征人生的风雨、政治上的挫折和人生磨难！我的心理承受能力强着呢，深知人生的磨难不可避免，有了心理准备，一旦挫折磨难来了，就能泰然自若，能正确的面对它，不会因为外在的打击而沉沦颓废。有一件蓑衣足以抵挡风雨，我还怕什么！这蓑衣，是心灵的蓑衣，是对人生的洞察和彻悟。所以，有了这件蓑衣，就足以抵挡、应对人生、社会、自然的风风雨雨。

上片是写下雨时的感悟，下片写天气的变化。从寒冷到雨晴的变化。冷会变暖，下雨终会转晴。他由天气的变化想到了人生的命运。命运，也像这天气一样，不断地由冷而暖、由雨而晴的变化。“料峭春风吹酒醒。微冷。”一阵春风把酒意吹没了，感觉到了一点冷。但是，别着急，“山头斜照却相迎”，过一会夕阳就照到身上，变得暖和。“回首向来萧瑟处”，回头看看刚才穿林打叶的地方，“也无风雨也无晴”。一切又归于平静，又回归到原来的起点。“也无风雨也无晴”，还有一层更深的含义，就像修佛悟道，参禅之初，看山是山，看水是水；参禅有悟时，看山不是山，看水不是水；参透彻悟之后，看山还是山，看水还是水。苏轼的“也无风雨也无晴”，是参透人生自然后，风雨也是晴，晴也是风雨，悲与欢、离与合了无区别。遇晴不喜，遇雨不忧。换个角度说，这是苏轼的乐观与自信，下雨的时候，相信一定会天晴；困苦的时候，一定要看到希望。有了乐观的信念，就可以面对一切困难，应对一切挫折。苏轼从平常的生活中，感悟到这个道理，也给我们有益的启示。

苏轼不仅注重自娱自乐，他还善于以人之乐为己之乐。他虽然喝酒不行，但餐餐有酒，来了客人，一定要喝酒。人家问他你不会喝酒怎么爱酒呢？他说，我看到别人喝酒很快乐，飘飘然的，我也感到飘飘然了。他的快乐就是我的快乐。他身上总是带着药，人家问他你又不常生病，老是带着药干吗？他说我用药把人家的病痛解除了，我自己会感到身体轻松舒服。苏轼还仗义疏财。晚年他从海南回到江苏宜兴，用仅有的积蓄买了一栋房子，钱付了，“合同”

也签了。正准备搬进去的时候，在街上碰到一位老太太哭得很伤心，就上前询问是怎么回事，老太太说她不争气的儿子把祖传的房子给卖了，没有地方住。再一问，正是苏轼要买的那栋房子。苏轼立马说，我把房契给你，钱也不要了。苏轼的疏财仗义和同情心可见一斑。

苏轼为人很谦和。古代有很多大文人很傲气，王安石就很傲气，唐代的李白也傲气，眼睛总是向上看。但苏轼为人却很和善，有亲和力。老百姓都很喜欢他。当时在民间流传的故事中，关于苏轼的最多。苏轼还很幽默，很机智。这样的故事也很多。有一次，他和朋友一起喝酒行酒令，要吟一句古文诗歌，来活跃气氛。他的朋友刘贡父因为生病，眉毛掉了，鼻梁也烂了。苏轼模仿刘邦的《大风歌》开玩笑说："大风起兮眉飞扬，安得壮士兮守鼻梁。"他还写了一些富有幽默感的诗。中国古代文人很少写幽默诗。唐代人常是板着脸写诗，一本正经的。宋代人呢，老是哭丧着脸写词，成天泪水不干。到了元代人，才笑着脸写曲，时不时地开开玩笑。但是，在苏轼的诗词里，就常常有一些幽默感，表现出一种智慧。

最后，再讲一下苏东坡的词。苏轼在词坛、文坛上的地位，教科书上都说得很多了，我只想讲一讲苏轼开创的抒情范式，我称为"东坡范式"。与"东坡范式"相对的范式叫作"花间范式"。"花间范式"是源于五代时的《花间集》，奠基人是温庭筠。范式，怎么理解？我们可以把一首词分为三个要素：人物，情感，场景。任何一首词，都会有抒情人物，不同范式的词表现的人物是不同的。任何一首词都要表达情感，要抒情，而不同范式的词表达的情感又是不一样的。场景，是人物活动的时空环境，不同的词，表现的场景也有差异。这样说可能比较抽象，还是举一两首词来作例子。试看温庭筠的《菩萨蛮》：

小山重叠金明灭。鬓云欲度香腮雪。懒起画蛾眉。弄妆梳洗迟。　　照花前后镜。花面交相映。新帖绣罗襦。双双金鹧鸪。

这首词的抒情主人公是位女性。词的开头写女主人公居住的环境，第二句写人。温词用7个字，不仅写出了女子的漂亮，而且写出了她的神态、写出了她的动作和心情。“鬓云”，是形容女子乌黑发亮的长发。“腮雪”，形容脸腮雪白漂亮。“欲度”，是写女子辗转反侧、无法成眠时，发型零乱，散乱的头发随着头部的转动，时而溜到左边，时而溜到右边，时而似动不动，这就是“欲度”。为什么辗转反侧，因为睡不着，心中在想念远方的游子。这就是古典诗歌遣词造句的魅力，一句词，既有镜头感、动作感，又意蕴丰厚。如今流行歌曲一般不讲究这些，只要好听达意就行！现代流行歌曲的许多歌词，如果离开了音乐，文本的独立价值不大。“懒起”二句，写慢吞吞地起床，懒洋洋地梳妆打扮，没情绪。接下来是一个特写镜头，女主人公双手各拿一面镜子，后面镜子的花，倒映在前面的镜子上，大家体会一下主人公那种自我陶醉、自我欣赏的感觉吧！我们读词的时候，要通过文字，去想象词句中蕴含的具体画面。你把女主人公当时自我陶醉的神态、心情理解了，这首词的味道就算读出来了。结句用衣服上的鸟儿成双对，来反衬人的孤零寂寞：衣上鸟儿成双对，屋里人儿孤零零。这首词没有直接表现人物的情绪，而是通过对人物的神态、动作的描写来烘托她的孤独、寂寞、无聊。

我们再回到刚才讲的范式上来。这首词表现的人物，是一位女子，至于是少女还是少妇，无法分辨，也不用去考证。词中表现的是一种类型化的人物，是某一类人，而不是特指某个人。在情感层面上，它表现的是普泛化的、人们共通的一种情感，相思、孤独、寂寞，而不是诗人个体独有的体验。从场景层面上来说，它是模糊化的，而且是室内化的场景。这个空间是假想和虚拟的，是作者为了表达一种意境而特意虚拟的，没有地域性特征，不知道是在南方还是在北方。这就是“花间范式”的特点。

我们再看温庭筠的另一首《望江南》：

> 梳洗罢，独倚望江楼。过尽千帆皆不是，斜晖脉脉水悠悠。肠断白蘋洲。

词虽短小，含意却非常丰富。开篇“梳洗罢”，写女主人公头天晚上接到喜讯，说她的爱人就要回来了。于是她一大早起来精心打扮，要给爱人一个全新的感觉、一个意外的惊喜。梳洗停当，兴冲冲地跑到望江楼上等候爱人回来。她独自倚靠在江楼上，静静地等待，她要独自享受与爱人见面的喜悦。“过尽千帆皆不是”，字面上的意思很简单，但是你千万不要忽略过去。我们来分析一下。过来一只船，不是，又过来一只船，还不是她爱人乘坐的那只船。船上的人都下完了，她的爱人还没有出现。一只一只的船，都过去了，她等的人还是没有回来。注意，这里的千只船，你可别当真啊，不是真的一千只，是表示很多的意思。苦等了一天，从晨起梳妆到夕阳西下，你可以想象一下她的心情是何等的焦急和担忧啊！也许还有一些怨恨，说好了今天回来嘛，怎么又改变主意了呢，居然忽悠起本小姐来了，哼！她当时那种复杂的心情很难用语言来表达。于是，作者就用空镜头来表现。“斜晖脉脉水悠悠”，与白居易的诗“一道残阳铺水中，半江瑟瑟半江红”有些近似。辽阔的江面上，一只船也没有，只有夕阳静静的照耀在江面上，水也悠悠，心也悠悠。这组空镜头很形象地表现出女主人公当时内心深处的失落感和茫然感。是等还是不等呢？天快黑了，夕阳渐渐西下，江水悠悠东去，此时无声胜有声啊！如果作者正面写“真的好想你，此时好恨你”，那就没有什么诗意了。

讲到这里，我想起李白在黄鹤楼上送孟浩然之广陵时写的诗：“故人西辞黄鹤楼，烟花三月下扬州。孤帆远影碧空尽，唯见长江天际流。”孟浩然和李白的交情很深，两人要分别了，李白心里很舍不得，但他在诗里不是直说“浩然哥啊，我真舍不得你啊”！而是用空镜头来表现。他站在黄鹤楼上，朝着现在的武钢方向，望着孟浩然的船逐渐消失在天边。诗的后两句，既是写景，又是叙事，也是抒情。一般人送别，说声“拜拜”，立马转身就走，可李白好久好久都舍不得离去，站在那看着孟浩然乘的船慢慢地向下游远去。这组空镜头艺术而巧妙地表现出他对浩然哥的深情和关切。

再回到温词上来，从抒情范式的角度分析，词中的人物也是类型化的。我们可以把主人公想象成是女的，也可以想象成是一位男士等他的对象。情感也是普泛化的，表现一种相思和期待。空间则是模糊化的。

与“花间范式”这类词作不同，“东坡范式”的词，人物是自我化的，词中的主人公往往就是作者自己。情感是个性化的，所表达的是诗人自己个性化的独特的体验。王国维曾说，诗有两种境界，一是诗人的境界，一是常人的境界。借王国维的话来说，“花间范式”表现的是常人的境界，是普通人能够感受和理解的境界。而“东坡范式”表现的是诗人的境界，是诗人自己独特的人生体验。比如“一蓑烟雨任平生”，就是诗人独有的一种人生体悟，一般人很难有这样的感悟。再如苏轼的“多情应笑我，早生华发。人生如梦，一樽还酹江月”。“人生如梦”也不是常人的感受。“人生如梦”究竟该怎么理解？许多选注本都没有说明白。在我看来，“人生如梦”，至少有三层含义。第一，他感受到了人生的短暂性，生命的有限性。梦是短暂的，人的生命像梦一样短暂。据说人可以活到150岁，但不管你活多长，在无穷无尽的宇宙面前，人生只是短暂的一瞬间。苏轼在《前赤壁赋》中就曾经感叹:“哀吾生之须臾，羡长江之无穷。”第二，梦是多变的。苏轼的“人生如梦”是感叹人生命运的多变性、易变性。去年还是湖州的“市委书记”，今年就变成流放犯了，命运总是在不断地变化。第三层意思，人生就像梦一样，是很难把握的。在和平年代，我们的命运是可以由自己掌握的。但在特殊时代，在绝对意义上讲，人很难主宰自己的命运。命运具有虚幻性。而苏东坡对这一点是有深刻体验的，所以他才说“长恨此身非我有”。西方哲学家叔本华有一个极端的说法，人生等于痛苦加无聊！人是有欲望的，当欲望没有得到满足的时候，就会痛苦。欲望得到满足之后，又会感到无聊。比如，没有考上大学之前，一天到晚加班加点地复习，紧张得要命；上大学以后，觉得大学也不过如此。需要经过一段彷徨期，才能重新确定自己的努力方向，树立新的奋斗目标，或者考研，或者出国。这个时候你又痛苦了。你既要学好你的专业，又要准备 TOEFL、GRE! 但愿望实现之后，又会感到无聊和空虚，于是激发新的愿望并为之拼搏奋斗。所以，极端地说，人生就是痛苦。苏东坡能够一方面看出人生命运的悲剧性和悲剧的不可避免性，另一方面，他对人生又持有一种乐观的态度。苏轼强调自我的独立意识、个体自由，但又不放弃个人对社会的责任。我们每个人都需要有一种社会责任感和使命感。苏轼要承担对社会的责任，实现人生价值，就要做官，但做官又会限制他的自由。这是古代知识分子的普遍困惑。所以他始终在痛苦中徘徊。这种痛苦不是普通老百姓所能体会的。苏东坡词的情感、情思，是极具个性化的；词中场景，也具有地域性和时代性。《定风波》的地域特征，在词序里说得很明白。《念奴娇·赤壁怀古》是在黄州写的，空间地域性很鲜明具体。后来的词人，如辛弃疾等人，都学习仿效这种创作范式。

作诗忌祸，写词无碍

——东坡贬居黄州期间的创作心理

相对而言，贬居黄州时期，是苏轼一生创作历程中词作最多而诗篇最少的一个时期。

根据《苏轼诗集》（中华书局 1982 年版）和石声淮、唐玲玲先生《东坡乐府编年笺注》（华中师范大学出版社 1990 年版）统计，东坡现存诗歌 2623 首，其中编年诗 2352 首，居黄间的诗歌为 170 首，占编年诗的 7％；现存词作 362 首，其中编年词 241 首，而居黄间的词作 64 首，占编年词的 26％，占词作总数的 18％。虽然绝对数字诗多于词，但相对诗词各占比例而言，词作量远远大于诗。

东坡贬居黄州期间，为什么诗的创作量下降而词的创作量上升，换句话说，为什么此时东坡多选用词体来宣泄其人生苦闷？这与当时东坡的创作心理、词体观念有何关系？试以东坡贬居黄期间的尺牍为中心来探讨。

一　“乌台诗案”后心存余悸，不敢轻易写诗

“乌台诗案”，是因诗而犯案，是诗歌被政敌们“笺注”而罗织成罪。胡仔《若溪渔隐丛话》前集卷四十二至四十五所载《乌台诗案》，其中的“罪证”和苏轼本人的“交代”全是诗篇而无词作。

因作诗而获罪遭贬，东坡到达黄州谪所之后，就格外小心，不

敢轻易作诗，以免再度被人“笺注”“酝酿”成罪。他在此间与友人的信中一再表白申明：

> 但得罪以来，不复作文字，自持颇严，若复一作，则决坏藩墙，今后仍复衮衮多言矣。（《苏轼文集》卷五二《答秦太虚》之四）
>
> 某自窜逐以来，不复作诗与文字。所谕四望起废，固宿志所愿。但多难畏人，遂不敢尔。其中虽无所云，而好事者巧以酝酿，便生出无穷事也。（《苏轼文集》卷五七《与陈朝请》之二）
>
> 见教作诗，既才思拙陋，又多难畏人，不作一字者，已三年矣。（《苏轼文集》卷五七《与上官彝》之三）
>
> 某自得罪，不复作诗文，公所知也。不惟笔砚荒废，实以多难畏人，然好事者不肯见置，开口得罪，不如且已。（《苏轼文集》卷五八《与沈睿达》之二）
>
> 困踬之甚，出口落笔，为见憎者所笺注。儿子自京师归，言之详矣。意谓不如牢闭口，莫把笔，庶几免矣。虽托云向前所作，好事者岂论前后。即异日稍出灾危，不甚为人所憎，当为公作耳。（《苏轼文集》卷六十《黄州与人》之二）

虽然求诗索诗的友人、慕名者甚多，但东坡一概拒绝，包括他最欣赏、知心的门人秦观在内。综合上引尺牍所叙，东坡在黄州不大写诗的主要原因是：

身处“灾危”之中，仍时时受到政敌们的监视，“好事者”并未因其遭贬放逐而放弃对他的迫害，所谓“好事者不肯见置”是也。原本是因作诗被“笺注”得罪，如今“多难畏人”，故再也“不敢”作诗，否则被“见憎者所笺注”，又生出无穷事端。出口落笔皆得罪，不如闭口弃笔。

其实，苏轼并没有真正辍笔不写诗，故习难改，心中郁结的苦闷不吐不快，有时还是写一些，只是比以前写得少了，而且不随便轻易允诺题诗、赠诗，遇友人来索诗求诗，即以“多难畏人”、“不复作诗”来搪塞推辞。即使偶尔写几首，也秘而不宣，以待异日“稍出灾危，不甚为人所憎”，政治环境稍微宽松以后再寄赠友人，“发表”于世。

在危机四伏的险恶的政治环境中，东坡“不敢”写诗文，有时又不能不写。于是，他不得不改变创作路数，不得不注意防范罗织陷害的策略和方法。他在与友人信中多次表达过这种心态：

> 得罪以来，未尝敢作文字，《经藏记》皆迦语，想酝酿无由，故敢出之。（《苏轼文集》卷五一《与滕达道》之十五）
>
> 近来绝不作文，如忏赞引、藏经碑，皆专为佛教，以为无嫌，故偶作之，其他无一字也。（《苏轼文集》卷五七《与王佐才》之一）
>
> 所要亭记，岂敢于吾兄有所惜，但多难畏人，不复作文字，惟时作僧佛语耳。（《苏轼文集》卷五八《与程彝仲》之六）
>
> 自得罪以来，不敢作诗文字。近有成都僧惟简者，本一族兄，甚有道行，坚来要作《经藏碑》，却之不可，遂与变格作迦语，贵无可笺注。（《苏轼文集·苏轼佚文汇编》卷三《与滕达道五首》之二）

写诗为文，首先考虑的是“无嫌”，要让人“无由”“笺注”，抓不着把柄。为此，他一改惯常的创作方法和创作风格。写经藏碑文是“变格”作“僧佛语”；写诗歌，则一变自由挥洒、随物赋形、奔放流动而为古朴平淡、幽隐曲折。

危难险恶的政治环境和恐惧戒备的创作心理，导致了东坡黄州时期诗歌产量的下降和风格的改变。

东坡身居黄州贬所，精神上时常受到再度被人暗算陷害的威胁，行动上又被剥夺了人身自由，不能随意外出行游。他一再说过：

> 未脱罪籍，身非我有，无缘顶谒山门。(《苏轼文集》卷六一《与圆通禅师》之一)
>
> 恨谪籍所縻，不克千里会葬。(《苏轼文集》卷五七《与徐得之》之一)

《临江仙·夏归临皋》之“长恨此身非我有，何时忘却营营”，也同样表达了失去人身自由的悲哀怨恨。

苏轼一生追求人格独立和精神自由，而此时人身自由被剥夺，其苦闷可知。虽然他心胸开朗，生性旷达，善于自我排遣、消释苦闷忧患，但毕竟不可能彻底铲除心灵的压抑苦闷。他曾说：

> 处患难不戚戚，只是愚人无心肝尔，与鹿豕木石何异！(《苏轼文集》卷五七《与赵晦之》之四)

郁结的“戚戚”忧愁，心直口快的苏轼不可能老是深埋在心底，而当时“罪废屏居”，“朋游稀少”，“平生亲识亦断往还”，无人对面倾诉衷肠心曲，只好通过创作来自我“对话”，排遣忧患。言志的诗歌已受到“好事者”的密切监视，不能用它来自由酣畅地表达内心的抑郁苦闷，在诗中躲躲闪闪、掩掩藏藏，对追求创作自由、“常行于所当行，常止于不可不止”的苏轼来说，也不是痛快的事。于是，他干脆改弦更张，利用“谑浪游戏”的“小词”来自由地灌装内心的苦酒。

二　词属游戏文字，作“小词不碍”

东坡居黄期间，对诗和词的态度有着强烈的反差。尺牍中说到诗，总是强调“不复作”、“不敢作”，几乎是谈诗色变。不管是何人，一律拒绝寄诗、和诗。而谈到词，则轻松自如，不待别人索取，便主动创作、唱和、寄赠。且看他在信中所叙：

效刘十五体作回文《菩萨蛮》四首，寄去，为一笑。不知公曾见刘十五词否？刘造此样见寄，今失之矣。（《苏轼文集》卷五一《与李公择》之十三）

重九登栖霞楼，望君凄然，歌《千秋岁》，满座识与不识，皆怀君。遂作一词云：“霜降水痕收……”其卒章，则徐州逍遥堂中夜与君和诗也。（《苏轼文集》卷五二《与王定国》之十二）

近者新阕甚多，篇篇皆奇。迟公来此，口以传授。（《苏轼文集》卷五三《与陈季常》）

颁示新词，此古人长短句也。得之惊喜，试勉继之，晚即面呈。（《苏轼文集》卷五五《与蔡景繁》之四）

旧好诵陶潜《归去来》，常患其不入音律，近辄稍加增损，作《般涉调哨遍》……谨作小楷一本寄上……亦请录一本与郭元弼。（《苏轼文集》卷五九《与朱康叔》之十三）

章质夫求琵琶歌词，不敢不寄呈。（同前之二十）

记得应举时，见兄能讴歌，甚妙。弟虽不会，然常令人唱，为作词。近作得《归去来引》一首，寄呈，请歌之。（《苏轼文集》卷六十《与子明兄》）

有一大曲寄呈，为一笑。（《苏轼文集》卷六十《与子安兄》之一）

与李公择、王宝国、朱康叔、陈季常、子明、子安诸信都主动告之写了词，并同时寄赠。陈季常同住黄州，故等会面时“口以传授”。蔡景繁寄示新词，东坡主动“继之”唱和。章质夫来要歌词，他也当即应允“寄呈”而不推辞。可见，东坡对于词作，不像对待诗歌那样心存戒备，生怕别人“笺注”引发事端，而是放心大胆地寄赠、自由如意地创作。他曾明确地告诉友人：

> 比虽不作诗，小词不碍，辄作一首，今录呈，为一笑。（《苏轼文集》卷五六《与陈大夫》之三）

作诗顾虑重重，担惊受怕，写词则“不碍”事，轻松畅快。因此，东坡在黄州时期更多地选择词体来表现他的苦闷忧愁和性情怀抱。

此时东坡不仅作词最多，而且论词的文字也特多。他现存尺牍中，谈及词作的有 17 篇，其中 16 篇是作于黄州（另一篇写于密州）。

尺牍，是不公开的便函私信，是作者在特定时空环境中心态情感、行为举止、生活状况最真实最自然的表白和记录。东坡在尺牍中不断谈论词作，表明写词、论词已成为他黄州时期日常生活中不可或缺的一部分，在他心灵上占有相当的位置。作词不再是一时的兴致和偶发的举动。

需要进一步探讨的是，为什么东坡认为作“小词不碍”，不担心词作被“见憎者所笺注”？这又与当时轻视词体的观念、词体的非功利性、非意识形态性有关。

众所周知，诗尊词卑是苏轼以前五代北宋人牢不可破的观念。虽然当时“文章豪放之士鲜不寄意于此者，随亦自扫其迹，曰谑浪游戏而已也”（胡寅《斐然集》卷一九《向芗林〈酒边集〉后序》），词被视为一种娱乐性、消遣性的“游戏”文字，而不是功利性、意识形态性的独立的文学体裁。五代牛希济《文章论》说：

> 今国朝文士之作，有诗、赋、策、论、箴、判、赞、颂、碑、铭、书、序、文、檄、表、记。此十有六者，文章之区别也。制作不同，师模名异，然忘于教化之道，以妖艳为胜。夫子之文章，不可得而见矣。古人之道，殆以中绝。（《全唐文》卷八四五）

牛氏把当时的“文章”分为十六类，而没有歌词一类，可见词作的文体地位压根没有得到承认。他指责当时文士所作“忘于教化之道”的“浮艳之文”，是没有将词作包括在内的。词作既不属功利性、意识形态性的“文章”，也就不要求它“臻于理道”。词作“妖艳”与否，都无损于“文章”的尊严和“教化”作用。因而他本人照样写“须知狂客，判死为红颜”（《临江仙》）之类的“妖艳”词什，而不自责。

直至北宋，文人士大夫仍固守词为非功利性、非教化性文学的观念。欧阳修是一代文宗，对诗文革新不遗余力，强调诗文要“载道”，要以“道胜”。而对于词作，则与五代词人一样，视之为游戏文字，在花间樽前“敢陈薄伎，聊作清欢”（《采桑子·西湖念语》）而已。他“游戏作小词”（罗大经《鹤林玉露》丙编卷二），不仅不“载道”言志，有时还不免写一些调笑的淫词艳曲。王安石初任参知政事时，讥笑身为宰相的前辈晏殊不该作小词，所谓“为宰相而作小词，可乎”（《东轩笔录》卷五）？似乎“作小词”，为“翰墨游戏”，有损宰相身份的尊严。同时的韩维，则说晏几道写词是“才有余而德不足”（邵博《邵氏闻见后录》卷一九），把作词看成是一件有损德行的不光彩的行为。这些言论，都反映出北宋人对词体的鄙薄蔑视。词受到鄙视，正表明词在当时只是一种不登大雅之堂的、非教化的、非功利性的文字“游戏”，而不是与诗文等量齐观的正儿八经的文学“创作”。

苏轼本人也是轻视词体的。他在离开黄州六年之后的元祐五年（1090）所作《题张子野诗集后》说：

> 张子野诗笔老妙，歌词乃其余技耳。《湖州西溪》云："浮萍破处见山影，小艇归时闻草声。"……若此之类，皆可以追配古人。而世俗但称其歌词。昔周昉画人物，皆入神品，而世俗但知有周昉士女，皆所谓未见好德如好色者欤？元祐五年四月二十一日。（《苏轼文集》卷六八）

苏轼认为，张先的诗"老妙"胜过他的歌词，理应受到重视，可"世俗"之人"好德"不如"好色"，只称美其歌词。在苏轼看来，爱词如同"好色"、爱诗则是"好德"。重诗轻词的观念十分显明。

与轻视词体的观念相联系，苏轼也是以一种游戏的态度对待词作，他与李公择、子安、陈大夫的尺牍都说"寄呈"词作"为一笑"即流露出此意。游戏而写词，写词以游戏，故寄呈亲友以博"一笑"。金人王若虚对此早有察觉，他在《滹南诗话》卷二中说东坡"雄文大手，乐府乃其游戏，顾岂与流俗争胜哉。盖其天资不凡，辞气迈往，故落笔皆绝尘耳"。

正因为当时词体是遭人鄙薄、不受重视的游戏文字，"好事者"不会对"小词"进行深文周纳，所以东坡认为作"小词无碍"，不会引发政治祸端。

轻视词体的观念，给苏轼的词创作提供了一把政治保护伞，他可以利用词这种不为政敌所注意的游戏文体自由痛快地抒写人生苦闷、性情怀抱，满心而发，肆口而成。本是无可奈何的选择，"无意"中却成全造就了他词创作的辉煌。东坡的数十首著名词作，约一半是作于黄州。元好问说东坡作词并非"求与前人角胜负"，"非有意于文字之为工，不得不然之为工也"（《遗山先生文集》卷三六《新轩乐府引》），可谓深得东坡之用心。

东坡在黄州时期大量选择词体来创作，既是出于全身远祸的动机，也是基于反讽怨愤的心理。他获罪贬谪黄州之后，自尊心和自信心受到沉重挫伤，自怨自艾，颇为自卑：

念以重罪废斥，不敢复自比数于士友间，但愧缩而已。（《苏轼文集》卷五五《与蔡景繁》之一）

坐废以来，不惟人嫌，私亦自鄙。（同前之八）

某谪居粗谴，废弃之人，每自嫌鄙，况于他人。（《苏轼文集》卷六十《答李寺丞》）

在苏轼的自我意识中，重罪遭贬，自是低人一等，从此难与缙绅士大夫为伍。反正已成人嫌"自鄙"的"废弃之人"，干脆写些"壮夫不为"，被缙绅士大夫们所鄙薄奚落的游戏小词，并堂而皇之地寄给亲友，公诸于世，以此来调侃社会、反讽人生。按照当时的文学价值观，雄文大手笔的东坡，本应尽情挥写言志载道的"大雅"诗篇，而此时却只能写些"谑浪游戏"的小词，这样的转轨"变格"，本身就有反讽的意味。

不过，站在我们现在的立场看，幸而苏轼有这种转轨"变格"，否则无法造就他词作的辉煌。如果苏轼在此前后能把更多的创作精力投放在词创作上，也许他词的成就会更加辉煌。

最后说句"多余的话"。苏轼虽然是把写词当"游戏"，但却严格遵守"游戏"规则，他"玩"得认真而投入。如果是漫不经心地"游戏"，他不可能创作出像《定风波》（莫听穿林打叶声）、《念奴娇·赤壁怀古》、《卜算子·黄州定慧院寓居作》、《临江仙·夜归临皋》等诸多名篇杰作。

伤心人，伤心词

——秦观的命运和词境

秦观（1049—1100）是北宋词坛上雅俗共赏的最佳词手。

宋词在发展过程中，有两大矛盾不好处理。一是雅与俗的矛盾。写得通俗的词，易于流行，受大众欢迎，文人雅士却心存鄙视。写得典雅的词，文人雅士倒是乐于称道，但市民大众又不太喜欢。比如柳永的词，写得很通俗，注意迎合市民大众的审美趣味，因此深受民间大众的喜爱，所谓“凡有井水饮处，即能歌柳词”。可是文人雅士们却瞧不起，说他“词语尘下”（李清照《词论》）；“言多近俗”，所以“俗子易悦”（胡仔《苕溪渔隐丛话》后集卷三九）。有些人的词写得虽然很雅致，但不符合市民大众的口味，自然也就不流行。比如神宗朝的状元黄裳，有《演山居士词》，自称他的词“清淡”雅正，但“悦人之听者鲜”，不能取悦大众，就只好孤芳自赏了。另一个矛盾是音乐性与文学性的矛盾。注重词的协律可歌，文学性有时不免被削弱；注重词作文本的文学性，有时又不便于歌唱，音乐性又有所降低。所以宋末刘将孙说:“歌喉所喜于谐婉者，或玩辞者所不满；骚人墨客乐称道之者，又知音者有所不合。”（《养吾斋集》卷九《新城饶克明集词序》）苏轼的词，注重文学性，写他的逸怀浩气，词的艺术境界焕然一新，但不好歌唱，知音识律者嫌他不合律。李清照就批评东坡词是“句读不葺之诗”，“又往往不协音律”。门人陈师道也说东坡词“虽极天下之工，要非本色”。

把这两大矛盾处理得比较好的是秦观。秦观的词，既写得雅致有韵味，符合文人雅士的审美趣味，又合乐可歌。北宋末叶梦得就说:“秦观少游亦善为乐府，语工而入律，知乐者谓之作家歌。元丰间，盛行于淮楚。”（《避暑录话》卷下）文人雅士们对苏轼、柳永的词作时有不满，而对秦观词，几乎是众口一词的称道，有人说东坡词是“辞胜乎情”，柳永词是“情胜乎辞”，而“辞情兼称者，唯秦少游而已”（孙兢《竹坡老人词序》)。同门友陈师道也说:“今代词手，惟秦七黄九，唐诸人不逮也。”（《后山诗话》）秦七，即秦观。在陈师道看来，不仅是唐五代诸词人不及秦观，就连苏东坡也是有所不及的。南宋初王灼也说少游词“俊逸精妙”（《碧鸡漫志》卷二)。苏轼的侄孙苏籀更说少游词是“逸格超绝，妙中之妙。议者谓前无伦而后无继”（《双溪集》卷十一《书三学士长短句新集后》)。评价之高，无人可比。

在民间，秦观词也深受普通民众的喜爱。他的词不仅在神宗元丰（1078—1085）年间“盛行于淮楚”，也流行于都城汴京等地。他的《满庭芳》（山抹微云）词，就曾“都下盛唱”，秦观因此而被称为“山抹微云君”。如果当时有年度金曲排行榜，秦观此词肯定会名列榜首。蔡絛《铁围山丛谈》卷四记载有个小故事，说秦观的女婿范温有次参加某贵人家的宴会，贵人有侍儿“喜歌秦少游长短句”。席间侍儿问范温是何人，范温叉手答道:“某乃‘山抹微云’女婿也。”听者为之肃然起敬。范温不说是秦观女婿，而自称“山抹微云”女婿，可见当时在座诸公和歌妓对“山抹微云”词早已是耳熟能详。

作为偶像级的大腕，秦观拥有众多的追星族，其中长沙一位歌妓，可算是铁杆“词迷”。她是秦观的生死知己，有必要表而出之。这位被洪迈《夷坚志补》卷二称作“义娼”的长沙歌妓，特别爱唱少游词，每得一首，就手抄口唱不停，曾将少游词编为一卷，题作《秦学士词》。秦观晚年贬谪到湖南，路过长沙，偶然来到她的住所。当得知不速之客是她最最崇拜的偶像秦少游时，义倡喜出望外，以最殷勤的礼数相款待。少游留住数日后不得不离开，她与少游约定，要洁身相许，从此闭门谢客，等候少游平安北归。不料后来少游病逝，她得知噩耗，即奔波数百里去吊唁，途中遇少游棺柩，“拊棺绕之三周，举声一恸而绝。左右救之，已死矣”。这位生死相许的多情崇拜者，对少游的爱该有多深！秦观这偶像的魅力该有多大！柳永也算是北宋的超级偶像了，好像他还没遇到过这么痴情的崇拜者呢！

了解了秦观是北宋词坛上的最佳偶像，我们再大略翻检一下这位大牌明星的“档案”。

秦观，原字太虚，后改字少游。江苏高邮人。有弟二人，一名觌，字少仪；一名觏，字少章。兄弟三人的名都带“见”字，可见秦观的“观”，应读平声 guān，而不读去声 guàn。秦观别号淮海居士，所以他的词集名《淮海居士长短句》。

追星族们总是对明星的私生活充满着好奇心。像秦观这样的偶像，我们对他的婚姻家庭，自然也有十二分的兴趣。他十九岁结婚，娇妻姓徐名文美，也是高邮人，一位县主簿的千金，大约是位秀外慧中的可人儿。民间传说秦观的太太是苏轼的妹妹苏小妹，那是小说家编造的浪漫故事，不可信的。秦观四十五岁时，又纳了一位年方十九的侍妾，名叫边朝华，是京都开封的一位靓妹。秦观对她很是中意，纳妾后曾有诗得意地说：“织女明星来枕上，了知身不在人间。”很有趣的是，这一年秦观的女儿，也跟当时的史学家范祖禹的二公子范温订婚（即前文说的“山抹微云女婿”）。父女同年办“婚事”，也算是双喜临门了！可是不到一年，不知何故，秦观就把朝华遣送回家。偏偏这位朝华很爱秦观大官人，回去二十多天，就相思病发，特地让她的父亲来给秦观说明心愿："不愿嫁，想重回秦官人身边。"秦观又"怜而复娶归"。多情的秦观也不知怎么就参透了人生，看破了红尘，时隔不久，又让朝华离去，说"你不去，我不得修真"得道。好好的一位佳人，硬是把她给送走了。临别之际，少游挥泪送别，有诗为证："玉人前去却重来，此度分携更不回。肠断龟山离别处，夕阳孤塔自崔嵬。"

秦观的词，读来满纸伤心泪，如"恨悠悠。几时休。飞絮落花时候一登楼。便做春江都是泪，流不尽，许多愁"（《江城子》）等。清代冯煦甚至说："淮海（秦观）、小山（晏几道），古之伤心人也。"（《蒿庵论词》）秦观的诗歌，人称"女郎诗"。好像秦观生来就是文弱书生。其实呢，秦观的血脉里流淌有武将的热血，遗传有将门的基因。他的先世曾是南唐时期的武将。他年轻的时候，豪迈英武，意气风发，像晚唐杜牧一样好读兵书，想建功立业报效国家。他又特别自信，以为博取功名是轻而易举的事，对未来的前途充满信心和希望，压根就没想到世事的艰难、人生的曲折。他确实也有自信的理由，天生才气横溢，读书过目成诵，不仅诗词文各体皆工，而且能书善画。苏轼曾说："少游近日草书，便有东晋风味，作诗增奇丽，乃知此人不可使闲，遂兼有百技矣。"（《跋秦少游书》）苏轼都夸奖少游"兼有百技"，自然是可信的了。

可惜命运好捉弄人。对于能诗会文的秦观来说，考中进士，原本应是手到擒来的事，可他硬是考了三次才及第。不知什么缘故，少游直到三十岁才参加进士考试（他的《登第后青词》说"淹留场屋，几二十年"，据此推测，在三十岁以前他也许参加过几次考试），一考又落第。复习了几年，三十四岁再应进士举，仍然榜上无名。直到三十七岁第三次应举才及第。一而再地失手落第，无疑对极度自信的少游是沉重的打击，他曾为此伤心失望这种失望的心情在诗词中都有流露。

及第后的仕途，也不是他想象的那么顺利。及第的次年，被任命为蔡州教授。他原以为从此可以平步青云，能受重用。有诗说：“更无舟楫碍，从此百川通。”不料过了五年，即元祐五年（1092），才召至京师，先后任命为太学博士、秘书省正字。这时苏轼兄弟和苏门四学士——黄庭坚、张耒、秦观和晁补之在京城大会师，成就了一段文坛盛事。

在京城呆了四年，少游在官场上不仅没有什么进步，反而因为卷入新旧党争而遭贬谪。他的老师苏轼和亲家范祖禹都属旧党，少游受牵连也被认为是旧党。绍圣元年（1094），新党上台，肆无忌惮地迫害旧党人士，苏轼被贬至惠州，黄庭坚被贬至黔州，少游也被贬为处州（今浙江丽水）酒税。新党对旧党的打击是一波接一波，一次比一次残酷，少游也是越贬越远。在处州前后呆了三年，又被贬往湖南郴州，途经长沙时遇到了那位铁杆“词迷”、风尘知己长沙义妓，给他灰暗惨痛的生活带来了些许亮色和短暂安慰。元符元年（1098），秦观刚刚进入知天命之年，又被贬往横州（今广西横县）。第二年，又远徙至雷州（今广东海康）。在雷州过了一年，遇上哲宗驾崩，徽宗登基。新皇帝上台，要大赦天下，少游因此而遇赦北归，八月行至藤州（今广西藤县）时因中暑而卒，享年五十二。一生向往能够建功立业的秦观，最终在政治上一无所成。张耒在祭文中悼念他说：“官不过正字，年不登上寿。间关忧患，横得骂诟。窜身岭海，陨仆荒陋。”真个是人生的悲剧。

秦观虽然年少时强志盛气，但心理素质并不好，心理承受能力较差。官职稍有升迁，就洋洋得意。《王直方诗话》记载，少游任正字后曾有诗表露内心的得意：“出门尘涨如黄雾，始觉身从天上归。”当时有人“以为少游作一黄本校勘而炫耀如此，必不远到”。一遇挫折，就垂头丧气，经受不住挫折磨难。初贬处州，他的“气貌大不类平时”，朋友很担心他不久于人世（曾敏行《独醒杂志》

卷五）。贬到雷州后，更失去了对生命的信念，以为从此北归无望，必死蛮荒无疑，于是自作挽词，身未亡而心先死。正因为他对人生完全绝望，一旦大赦意外而至，没有一点精神准备，大悲后狂喜，所以北归至藤州时就突然仙逝。在对待人生忧患挫折方面，秦观远不像他的老师苏轼那样洒脱超然。正因为秦观性格软弱，心理承受能力较差，所以遇到挫折磨难，就伤心失望。而他一生大多是在失望、挫折中挣扎，因此他的词总是充满了悲伤、愁恨和泪水。正如冯煦所说的："他人之词，词才也，少游，词心也。"（《蒿庵论词》）少游词，是从他悲剧性的心底流出，所以充满了愁苦哀怨之音。

才女应无恙，后来有知音

——李清照与朱淑真名声的涨落

中国古代的作家、诗人，名望有大小，成就有高低，本属正常现象。但这现象的背后，却有许多值得思考追问的因素。名望的大小，是不是完全与他们文学成就的高低成正比？或者说名声大的文学成就一定高，名声小的文学成就一定很低？恐怕未必尽然。我们应当注意到，古代作家名望和影响力的大小，在自身文学成就之外，还有“非文学”的因素在起作用。

一　李清照、朱淑真在南宋的名声一显一晦

李清照和朱淑真，都是宋代的才女，诗词俱佳，但生前声名的显晦，两人却有天渊之别。李清照生前名满天下，与她同时的王灼说她“自少年便有诗名，才力华赡，逼近前辈，在士大夫中已不多得。若本朝妇人，当推词采第一”（《碧鸡漫志》卷二）。朱弁《风月堂诗话》说她“善属文，于诗尤工”。胡仔《苕溪渔隐丛话》则说：“近时妇人能文词，如李易安，颇多佳句。”李清照身后的名声比生前更加响亮，让许多须眉男子好生佩服。《才妇录》说：“易安居士能书能画，又能词，而尤长于文藻，迄今学士每读《金石录序》，顿令心神开爽。何物老妪，生此宁馨。大奇！大奇！”

而朱淑真在南宋一百五十年间，却是默默无闻，生前一点名气

都没有，去世后也很少有人提及称道。要不是魏仲恭偶然在杭州旅店听到有人传诵她的诗词，同情她的不幸遭遇，为之搜罗整理，编成《断肠集》传世，恐怕后人就不大知道有朱淑真其人了。值得注意的是，魏仲恭编成《断肠集》时，是在孝宗淳熙九年壬寅(1182)，而此后张端义《贵耳集》评说到淳熙间能文妇女时，也没有提到朱淑真："淳熙间有二妇人能继李易安之后，清庵鲍氏、秀斋方氏。"大儒朱熹与朱淑真同时而稍晚，评价本朝女性能文者，也只说到李清照和魏夫人，压根就没提及朱淑真："本朝妇人能文，只有李易安和魏夫人。"（《朱子语类》卷一四零）可见在士大夫的圈子里，朱淑真的芳名罕有人知。

南宋词人中，常常提及李清照，或唱和其词，或效法其体。与李清照同时的朱敦儒，有《鹊桥仙·和李易安金鱼池莲》；稍晚的辛弃疾，有《丑奴儿·博山道中效李易安体》；侯寘有《眼儿媚·效易安体》。南宋末年刘辰翁，也曾仿效李清照《永遇乐》作词自喻："余自乙亥上元诵李易安《永遇乐》，为之涕下。今三年矣，每闻此词，辄不自堪。遂依其声，又托之易安自喻。虽辞情不及，而悲苦过之。"却从来没有一位词人提到朱淑真。

南宋人的诗话词话、野史笔记，屡屡说到李清照，或论其词，或评其诗。如赵彦卫《云麓漫抄》说："李氏自号易安居士，赵明诚德夫之室，李文叔女，有才思，文章落纸，人争传之。小词多脍炙人口，已版行于世。"陈郁《藏一话腴》说："李易安工造语，故《如梦令》'绿肥红瘦'之句，天下称之。"周辉《清波杂志》在评论李清照的《浯溪中兴颂诗和张文潜》时说："以妇人而厕众作，非深有思致者能之乎?"在南宋人心目中，李清照是女性作家的典范，常常将有才的女才子比作李清照。如："黄子由尚书夫人胡氏，与可元功尚书之女也。俊敏强记，经史诸书略能成诵。善笔札，时作诗文，亦可观。于琴奕写竹等艺尤精，自号惠斋居士。时人比之李易安云。”（周密《齐东野语》卷十）魏仲恭在《断肠集序》中说到能“摛辞丽句”的女子，称许的也是李清照：“近时之李易安，尤显著名者。”而朱淑真的大名，却从来没有人提起，朱淑真着实是够寂寞的了。

南宋的有关词选，也没有注意到朱淑真。从南宋初曾慥的《乐府雅词》到南宋中后期无名氏的《草堂诗余》、黄升的《花庵词选》和赵闻礼的《阳春白雪》，都入选了李清照词，其中《乐府雅词》一口气选了李词 23 首。而朱淑真词一首都没有入选过。

宋代公私藏书目中，也没有朱淑真诗词集版本目录的记载，可见魏仲恭编的《断肠集》在南宋流传十分有限。而南宋传刻的李清照诗文词集，则有《李易安集》十二卷本、《易安居士文集》七卷本、《易安词》六卷本、《漱玉集》一卷本、三卷本和五卷本等多种版本。版本流传多，表明李清照在南宋的知名度高，广受读者欢迎。

一般说来，词人版本流传的多少，往往与词人知名度的高低、影响力的大小成正比。词人的名气越大，读者阅读的欲望值就越高，作品的需求量就越大，因之传刻的版本就越多。故而作家知名度的大小与其作品的传播形成正比关系。读者对作品的选择常常会受到作家知名度直接或间接的影响，而作品传播的广狭对作品知名度的高低也会产生相应的影响，作品传播越广泛，作家的知名度越高，影响力会越大。反之亦然。元明以后，朱淑真的知名度逐渐扩大，其作品的传播日益广泛，也证明了这一点。只是李清照在南宋传刻的诗文词集，到元明以后就大多失传，也许是偶然的因素所造成。

二　李清照、朱淑真名声显晦的家庭与文坛背景

以我们当代人的眼光看，朱淑真诗词创作的成就固然比李清照稍逊一筹，但也不是天壤之隔。假如把李清照看作是女性中一流的

词人，那么朱淑真至少可以算是二流的词人。但在南宋，李清照是一流的影响，名副其实，而朱淑真的影响和名声却是连末流的词人都不如。在后世一首作品都没有流传的清庵鲍氏、秀斋方氏，还曾引起张端义的注意。而有三百多首诗词传世的朱淑真，除了魏仲恭之外，宋代竟然没有人对她发表过半言只字的评论，实在令人纳闷费解。这其中的原因，自然不能完全由文学成就的高低来解释。那么，李、朱二人名望的大小，究竟还有别的什么因素在起作用？

李清照年少就得大名，当与她的家庭背景有关。她的父亲李格非，是宋代文坛上响当当的人物。南宋刘克庄《后村诗话》说他的文章“高雅条鬯，有义味，在晁（补之）秦（观）之上”。韩淲《涧泉日记》更说他的文章是“自太史公之后，一人而已”。刘克庄和韩淲的话，虽然都不免过誉溢美，但由此可见宋人对李格非的推崇。作为名流李格非之女，李清照自然会沾上名人晕圈效应的光，容易受人注目。宋代有关载籍中提到李清照，总忘不了介绍是李格非之女。如李心传《建炎以来系年要录》说：“李氏，格非女，能为歌词，自号易安居士。”陈振孙在《直斋书录解题》中介绍李清照的身份时，首先说的是“元祐名士格非文叔之女，嫁东武赵明诚德甫”。赵彦卫《云麓漫抄》介绍李清照，也是说：“李氏自号易安居士，赵明诚德夫之室，李文叔女。”《宋史・艺文志》里著录《易安居士文集》的作者，干脆说是“李格非女撰”，连李清照的名字都不提及。载籍中如此，日常生活中更会是这样，所以生前李清照的出名，与乃父李格非大有关系。

当然，古代典籍介绍女性身份时，一般都会说她是某人之女、或某人之妻，女性的身份总是依附于乃父或夫君。这是中国古代的习惯，也是中国古代女性没有独立社会身份、地位的显著标志。但抛开女性的社会地位不论，女性也只有依附于娘家或夫家的社会地位，她的社会名望和影响才能提升并得到认同。就中国古代女性的成名而言，有所依附比无所依傍更有利。

李清照的夫家也是名门。丈夫赵明诚是当时著名的金石家，明诚之父赵挺之官至宰相，宰相家的儿媳妇能诗善词，自然会引起人们格外的关注。宋人在介绍赵明诚或赵氏夫妇时，常常要把宰相赵挺之抬出来，如洪适《隶释》说，明诚字德夫，“故相赵挺之之子也”；《直斋书录解题》介绍赵明诚时首先交代的是“宰相挺之之子，其妻易安居士李氏”。《宋史·李格非传》里说李清照“诗文尤有称于时，嫁赵挺之之子明诚”。宰相是路人皆知的名人，他的子媳在宰相光环的照耀之下也多少有些抢眼。更何况李清照有点叛逆精神，曾写“炙手可热心可寒”的诗句讽刺在宰相宝座上的公公赵挺之呢！这些言行更会招惹人们对李清照这位宰相儿媳的刮目相看。

与家庭背景相关的，是李清照拥有的文坛背景。李清照的父亲李格非，是北宋后期文坛核心圈子内的重要人物。李格非以文章受知于苏轼，为苏门后四学士之一，与苏门四学士交情深厚，关系密切。有了这层父执的关系，李清照既有缘得到苏门诸学士的指点，更有幸能得到苏门诸公的奖掖称许。据朱弁《风月堂诗话》卷上的记载，晁补之就“多对士大夫称”许李清照，张耒也表扬过李清照“能诗”。宋代文坛的风气，是特别崇尚名流的印可品鉴。文坛大腕的一句称扬褒奖，就可以使被称许的人一举成名。到了北宋后期，晁补之和张耒已是文坛宗师级的人物，他们对李清照的称扬赞许，当然也是一言九鼎，足以让李清照名扬海内。诸种因素合成名人效应，李清照想不出名都不行。

李清照的人际交往，也比较广泛。不说跟赵明诚有交往的人物可能都会与她有来往或相识，即使从李清照本人的诗文来看，她交往的士大夫中有不少是高层人物，如同签书枢密院事韩肖胄、工部尚书胡松年、翰林学士綦崇礼等。据岳珂《宝真斋法书赞》卷 19

的记载，她与著名书法家米芾之子米友仁有往来。另与著名词人朱敦儒也可能相识，前引朱敦儒《鹊桥仙·和李易安金鱼池莲》便是与她唱和之作。这些政坛和诗坛词苑的名流，即使不会“到处相逢说项斯”似的介绍李清照，至少会在适当的场合提及李清照。这对扩大李清照在士大夫圈子里的影响是会有正面促进作用的。

而朱淑真远远没有李清照那么幸运。上述李清照所有的一切背景，朱淑真都一概不具备。她的娘家不是名门，夫家也不是望族，她的父亲是官是民无从确定，夫家姓甚名谁也无从知晓，既没有政坛名流、社会贤达、文坛大腕来主动为她称扬赞许，她自己也无缘结识名流显贵。她诗词中反映出来的社交圈非常小，人际关系十分简单。从她诗题中能见到的只有三位女性：魏夫人、谢夫人和吴夫人。这三位夫人恐怕也不是什么高门大族（有人将魏夫人指认为北宋曾布夫人魏玩，不确）。朱淑真生活的圈子和创作的环境真的是异常封闭狭小！孤独无援的朱淑真，命中注定只能在默默无闻中创作，任其作品自生自灭，根本不敢奢望“生前身后名”。她在《减字木兰花》词中吟唱的“独行独坐，独唱独酬还独卧”，既是她精神世界的缩影，也是她生活现实的写照。朱淑真孤独封闭的生活和创作环境，限制了她与文人士大夫的联系，她的才名、她的作品也就难以进入到主流社会和上层文坛。

从李清照与朱淑真声名显晦的个案来看，古代作家的知名度，除了自身的文学成就之外，与其家庭背景、文坛背景、师友渊源和人际交往以及社会政治地位等有着密切的关系。

三　朱淑真在明代与李清照齐名并称

元代以后，朱淑真作品集传刻渐广，朱淑真也逐渐为人所注目。特别是到了明代，朱淑真的知名度和影响力日益扩大，堪与李清照肩随，宋代两位才女得以齐名并称。

朱淑真的诗集《断肠集》，到元代已开始流行。《断肠集》最早刊于元代什么时候，已无法弄清楚。但元人载籍里已提到朱淑真的诗集。如《氏族大全》说："朱淑真，有诗集。"虽然没有具体说明书名和版本，但表明当时人知道朱淑真有诗集传世。另外，元代刊行的朱淑真诗集，曾经流传到 20 世纪初。况周颐《餐樱庑随笔》记载：

> 鄞县范氏天一阁藏书，自明迄今，垂三百年，未经散佚。今春被人盗出数千本，售于沪上坊肆六艺书局、来青阁两家，价仅数百金耳。其中宋、元本无多（余仅得见宋小字本《欧阳文忠集》、元本《朱淑真诗集》），明初精抄，居十之八九，如明太祖、成祖《实录》之类，皆有关系不经见之书。顷之，为舶贩金颂清者一人所得，价则腾至舒凫万翼，以不分售故，乃至一鳞片甲，靡有孑遗。俄范氏后裔某，来沪诉讼。签符甫下，雷厉风行。未几，不知若何媾解，其事遽寝，书则稳度重瀛，永无归国之期矣。惜哉！

从况周颐这段记载里，我们至少可以了解到两点信息：一是天一阁原藏有"元本《朱淑真诗集》"。行文中"宋元本"与"明初精抄"本对举，这"元本《朱淑真诗集》"应该是刊刻本，而非传抄本。即使是抄本，也肯定是元人抄本。二是此"元本《朱淑真诗集》"已流入东瀛日本，下落不明。既有"元本《朱淑真诗集》"传世，至少表明元代已刊行《朱淑真诗集》了。今中国国家图书馆所藏清汪氏艺云书舍影元抄本，尚存元本原貌。

明代初年，也有《朱淑真诗集》传世。《文渊阁书目》即著录有"《朱淑贞诗集》一部一册，缺；《朱淑贞诗集》一部一册，缺"。《文渊阁书目》是正统六年（1441）杨士奇据永乐十九年（1421）

从南京运往北京文渊阁的政府藏书登录，可见《朱淑真诗集》在永乐十九年已收藏入秘阁，至正统间则已阙失。此本或者就是元刻本，至少是明初的刊刻本。

明初刊刻的朱淑真《断肠集》，今有传本。台北“国家图书馆”就藏有明初刊郑元佐注本，题作《新注朱淑真断肠诗集》十卷后集八卷，有近人冒广生手跋。中国国家图书馆也藏有明初刻递修本《新注朱淑真断肠诗集》八卷后集八卷。今传两种明初刊本，书名相同，而内容、版式略异。台北藏本共十八卷，版式为半页十行，行十八字；而北京藏本共十六卷，版式为半页十行，行二十字。可见并非同一版本。也就是说，明初至少有两种刻本。

此后，明代的刻本逐渐增多。中国国家图书馆藏有另一部明刻递修本《新注朱淑真断肠诗集》前集十卷。《百川书志》载有：“《断肠诗》十卷，女子朱淑真撰，钱塘郑元佐注。”书名与今传国家图书馆藏本不同，当是另一刻本。朱淑真的《断肠词》，也有了抄刻本传世。今存的明本《断肠词》，就有明紫芝漫抄《宋元名家词》本（北京大学图书馆藏）、明末毛晋汲古阁刻《诗词杂俎》本等。清知圣道斋抄《汲古阁未刻词》本《断肠词》，也是从明本传抄而来的。

明人载籍中，常常提到《断肠集》。田汝成的《西湖游览志余》记载：

> 朱淑真者，钱塘人，幼警慧，善读书，工诗，风流蕴藉。早年父母无识，嫁市井民家，其夫村恶，蘧蒢戚施，种种可厌。淑真抑郁不得志，作诗多忧愁怨恨之思，时时牵情于才子，竟无知音，悒悒抱恚而死。父母复以佛法并其平生著作荼毗之，今所传者，不过百中之一耳。临安王唐佐为之立传，宛陵魏端礼为之辑其诗词，名曰《断肠集》。

田汝成的这段记载基本上是从魏仲恭（端礼）的《断肠集序》里抄

录的，他应该见到过当时刊刻流行的《断肠诗集》。明蒋一葵《尧山堂外纪》、徐伯龄《蟫精隽》介绍朱淑真生平事迹时，也分别说到“宛陵魏端礼辑其诗词，名曰《断肠集》”，“著有《断肠诗》十卷传于世”。

明人张行中又有《题断肠集》诗说：“女子风流节义亏，文章惊世亦何如。苹蘩时序宁无预，诗酒情怀却有余。愁对莺花春苑寂，苦吟风月夜窗虚。丈夫莫羡多才思，宋女不曾闻读书。”虽然张行中对朱淑真颇有微词，但他一定是读过《断肠集》的，诗题就明白交代了他是读《断肠集》后的题跋。

明人小说里也提到《断肠集》，梦觉道人辑《三刻拍案惊奇》第三回《情词无可逗　羞杀抱琵琶》即写道：

> 只是谢老的女儿芳卿，他性格原是潇洒的，又学了一身技艺，尝道是：“苏小妹没我的色，越西施少我的才。”几头有本朱淑真《断肠集》，看了，每为他叹息道：“把这段才色配个庸流，岂不可恨？倒不如文君得配着相如，名高千古！”

连通俗小说中的人物桌上案头都放有朱淑真的《断肠集》，可以想见，《断肠集》在当时必然流传非常广泛，一般大众都知晓其书，所以小说家才写进通俗小说里。

由于《断肠集》的广泛传播，朱淑真在明代成了响当当的历史文化名人，甚至有追星族追查到了她在杭州的故居。田汝成《西湖游览志》就说：“（杭州）大瓦巷，北通保康巷，元时诗妇朱淑真居此。”虽然田汝成犯了个小错误，把朱淑真说成了元代人，但所载朱淑真故居总归是有点依据。

更有好事者将朱淑真的事迹编成了小说，明周楫《西湖二集》的《月下老错配本属前缘》，讲的就是朱淑真，故事说朱淑真被她的娘舅“皮气球”欺骗，嫁给了杂货铺金老板奇丑无比的儿子、绰号叫“金怪物”的，后来朱淑真郁闷而死。且看小说中的两段：

> 话说那朱淑真是钱塘人，出在宋朝，他父母都是小户人家出身，生意行中不过晓得一日三餐、夜眠一觉，如此过日便罢，那里晓得什么叫作“诗书”二字？那朱淑真自小聪明伶俐，生性警敏，十岁以外自喜读书识字……
>
> 淑真死后，皮气球亦立刻而死，人说他被淑真活捉而去，足以为说谎做媒者之戒。那蠢父母又信和尚之言，把朱淑真的尸首清明前三日一把火烧化了。杭州风俗，小户人家每每火葬，投骨于西湖断桥之下。白骨累累，深为可恨。他那蠢父母不唯火葬了朱淑真的尸首，又并生平所做诗文也拿来火葬了，今所传者不过百分之一耳，岂不可惜！后来王唐佐为之立传，魏端礼为辑其诗词，名曰《断肠集》，刊布于世，人人脍炙。朱淑真之名方才惊天动地，人人叹息其薄命。至今杭州俗语道“大瓦巷怨气冲天”者，此也。

小说引杭州俗语，说朱淑真住在大瓦巷，跟田汝成所说相同。小说又谓《断肠集》刊布于世后，“人人脍炙。朱淑真之名方才惊天动地，人人叹息其薄命”。小说家的话，虽然有些夸张，但至少说明朱淑真在明代是大名鼎鼎的。

早在元代，已有名士将朱李二人齐名并称。元杨维桢《曹氏雪斋弦歌集序》曾说:“女子诵书属文者，史称东汉曹大家氏。近代易安、淑真之流，宣徽词翰，一诗一简，类有动于人。”

到了明代，朱、李并称，更是常见。文人载籍里，说到当时的才女，经常是跟李、朱二人比较。比如徐咸说：

> 海昌朱静庵，司训周汝航之妻也，出自名族，博学能诗，有声成化、弘治间。若古乐府、长歌、短章，皆有古人矩度，绝无纤丽脂粉之气。有《静庵集》藏于家。平生妇德，冰清玉

洁，朱淑真、李易安不足多也。

《明史·列女传》说：

> 蒋烈妇，丹阳姜士进妻。……初，其兄见女能文，以李易安、朱淑真比之，辄嚬蹙曰："易安更嫁，而淑真不慊其夫，虽能文，大节亏矣。"

虽然这蒋烈妇很有点瞧不起李、朱二人，但其兄既比之李、朱，可见蒋烈妇是很熟悉李清照和朱淑真的。明顾起元《客座赘语》卷五说到宋人赵定的母亲，也是将赵母跟李、朱二人相比：

> 此母亦曹大家、宋宣文之流亚也。而乃堙灭不甚著称，岂非词采不彰，不获与李易安、朱淑真辈扬芬艺苑。惜哉！

由此看来，李易安、朱淑真在当时"扬芬艺苑"，已是常识。明人谈论诗歌，也是将朱、李二人相提并论：

> 孟淑卿尝论朱淑贞诗曰："作诗须脱胎化质。僧诗无香火气乃佳，女子铅粉亦然。朱生故有俗病，李易安可与语耳。"（蒋一葵《尧山堂外纪》卷九十三）

明代通俗小说，描写才华出众的女性人物，也往往是把李清照和朱淑真作为典范。如瞿佑的小说《联芳楼记》写吴郡薛兰英、蕙英二姊妹，聪明秀丽，能为诗赋，"名播远迩，咸以为班姬、蔡女复出，易安、淑真而下不论也"。拟话本小说《李公佐巧解梦中言，谢小娥智擒船上盗》说到能文的女子，也是列举"李易安、朱淑真之辈"。《苏小妹三难新郎》亦说："大宋妇人，出色的更多，就中单表一个叫作李易安，一个叫作朱淑真。他两个都是闺阁文章之伯，女流翰苑之才。"《洒雪堂巧结良缘》说女主人公贾娉娉"填词度曲，精妙入神，李易安、朱淑真之等辈也"。《李秀卿义结黄贞女》

历数古代女性有“大学问、大才华的文人”，也是列举“曹大家、班婕妤、苏若兰、沈满愿、李易安、朱淑真”一班人。

有必要指出，在明代，李清照和朱淑真得到的并不都是肯定、赞美与同情，也有否定、批评与责难。这又反映出明代正统的伦理道德观念与世俗的女性观念的冲突。前引蒋烈妇就对李清照再嫁、朱淑真“不慊其夫”颇为不满。虽然站在今天的立场来看，蒋烈妇自身也是封建节烈观的牺牲品，但她对朱、李二人的鄙夷，却反映出明代正统女子的伦理观念和价值判断。

男性文人，对朱、李二人更是指责多多。徐伯龄《蟫精隽》就指责她俩德寡义亏，“虽有才致，全德寡矣”。叶盛对李清照的改嫁也是横加责难：

> 李易安《武陵春》词：“风住尘香花已尽……”玩其辞意，其作于序《金石录》之后欤？抑再适张汝舟之后欤？文叔不幸有此女，德夫不幸有此妇。其语言文字，诚所谓不祥之具，遗讥千古者矣。

郎瑛对李清照再嫁也颇为不满：

> 赵明诚字德甫，清献公中子也，著《金石录》一千卷。其妻李易安，又文妇中杰出者，亦能博古穷奇，文词清婉，有《漱玉集》行世。诸书皆曰与夫同志，故相亲相爱之极。予观其叙《金石录》后，诚然也。但不知胡为有再醮张汝舟一事？呜呼！去蔡琰几何哉？此色之移人，虽中郎不免。

不过，这些批评与责难，都是就李清照和朱淑真的婚姻而言，反映的是明人固有的伦理道德观，特别是女性的节烈观，没有文学批评的价值和意义。他们的指责，也没有减弱李清照、朱淑真在文学上的地位和影响力。

四　朱淑真在明代声名鹊起的原因

朱淑真在明代之所以声名鹊起，成为士大夫和普通大众注目的人物，除了她的才情和诗词成就之外，也同样有别的非文学因素在起作用，那就是同情她作为才女的不幸命运。对于普通民众而言，她的诗词写得好未必吸引人，她不幸的婚姻，佳人薄命，却足以让人回肠荡气。前引小说《月下老错配本属前缘》就说："古来道：'红颜薄命。'这'红颜'二字不过是生得好看，目如秋水，唇若涂朱，脸若芙蓉，肌如白雪，玉琢成，粉捏就，轻盈袅娜，就随你怎么样，也不过是个标致，这也还是有限的事。怎如得'佳人'二字？那佳人者，心通五经子史，笔擅歌赋诗词，与李、杜争强，同班、马出色，果是山川灵秀之气，偶然不钟于男而钟于女，却不是个冠珠翠的文人才子，戴簪珥的翰苑词家？若说红颜薄命，这是小可之事，如今是佳人薄命，怎得不要痛哭流涕！"朱淑真正是不幸的"佳人"，所以"人人叹息其薄命"。人们的好奇心、同情心和对美满婚姻的期盼心理，借着朱淑真的悲剧命运而得到适宜的表达与释放！前引《三刻拍案惊奇》第三回说谢芳卿读了朱淑真的《断肠集》，也是为她叹息："把这段才色配个庸流，岂不可恨？"《苏小妹三难新郎》里说像朱淑真这样的"闺阁文章之伯，女流翰苑之才。论起相女配夫，也该对个聪明才子。争奈月下老错注了婚籍，都嫁了无才无学之人"，所以可恨可叹。就连清代四库馆臣也认为，朱淑真的《断肠集》之所以备受人们的关注，主要是因为"世以沦落哀之，故得传于后"（《四库全书总目》卷一七四）。

当然，哪个时代都同情不幸者。为什么到了明代，朱淑真倍受同情与关注？这有着更深层的社会文化背景。

虽然明代对女性的桎梏比此前的任何时代都要严酷，但另一方面，特别是明中叶以后，心学思潮日渐深入人心，王阳明的"愚夫与愚妇与圣人同”的平等理念，在一定程度上冲决了传统的轻视女性的观念，改变了人们蔑视女性的看法。李贽就主张男女平等。他在《答以女人学道为见短书》就说，不能“以男女分别，短长异视”。人的见识有长短，但不可谓“男子之见尽长，女子之见尽短”。李贽的主张，在当时就产生了广泛的影响，更引起女性的共鸣。万历年间才女王凤娴的《读李卓吾〈焚书〉一绝》诗就说：“字字刀圭范世仪，言言木檗是吾师。禅宗顿解毫端里，正是风幡一转时。”“风幡一转时”，正道出了李贽的思想对当时传统观念的冲击，社会观念为之转向。王凤娴心仪的未必专指李贽有关男女平等的女性观念，但李氏这种男女平等、重视女性地位和强调女性价值的新观念，应该最能引起王凤娴的共鸣。

“女子无才便是德”的论调也受到了严重的挑战。女性的才情，受到了前所未有的尊重。明末叶绍袁《鹂吹集序》就说：“丈夫有三不朽，立德立功立言，而妇人亦有三焉：德也，才与色也，几昭昭乎鼎千古矣！”叶氏认为女子的德、才、色与男子的道德、事功和文章一样，同样是不朽的要素。可见他对女子才情的重视与张扬。这样尊重女子之才的，并非叶氏一人，支如璔《女中七才子兰咳集序》即说：“或曰：女子无才便是德。”“此有浅视女子之甚者也！善乎陈征君之言曰：男子如日，女子如月。予以谓女子之文章，则月之皎极生华矣。”葛征奇《续玉台文苑序》对女子的才情文章也很推崇：“非以天地灵秀之气，不钟于男子；若将宇宙文字之场，应属乎妇人。”赵世杰《古今诗女史序》亦称：“海内灵秀，或不钟于男子而钟女人。其称灵秀者何？盖美其诗文及其人也。”葛、赵二氏的说法，与前引小说《月下老错配本属前缘》所言“果是山川灵秀之气，偶然不钟于男而钟于女”如出一辙。这似乎不是偶然的巧合，而应该是当时一部分人的共识。《月下老错配本属前缘》又认为，仅仅是“生得好看”的标致“红颜”，“还是有限的事”，只有

“心通五经子史，笔擅歌赋诗词”的“佳人”，才是最让人怜爱和值得尊敬的女子。这又与鸳湖烟水散人《女才子书》所说的最完美的美人应该是“胆识和贤智兼收，才色与情韵并列”的观点契合一致。晚明的才子佳人小说，大力颂扬女性的才华，正是这种新型女性观念的集中体现。

正因为明代中叶以来，女性的才情、文章受到社会的尊重和关注，所以晚明才子佳人小说写才女佳人的特别多。在当时的现实社会中，从事文学创作的女子也日益增多。季娴《闺秀集·选例》说:“自景德以后，风雅一道，浸遍闺阁，至万历而盛矣。启、祯以来，继响不绝。”据南京大学张雁的博士论文《晚明女性的文学活动》附录《晚明女性作品刊刻表》的统计，自嘉靖至崇祯，刊刻年代可考的女性作品集（含别集和总集等）有 55 种，刊刻时代不详的女性作品集有 282 种，累计 337 种，堪称洋洋大观！明代能词的女性作者更多，笔者初步统计，《全明词》共收录有姓氏可考的词人 1367 家，其中女性作者为 352 家，女性作者占了明代词人总数的四分之一强。女性作者的异军突起，成为明代文坛迥异于以前历代文坛的一道靓丽风景！唐宋时代，能诗擅词的女性作者屈指可数。明代以前的中国文学史，是男人的文学史，自明代以降，才是男人和女人共同创造的文学史！

也正因为明代女性作家日益增多、能文的才女日益受到尊重和关注，所以，历史上能文的才女，就格外受到女性的关注和崇敬。而朱淑真才华横溢，却沦落于社会下层，加之命运多舛，所嫁非伦，更能引起明代闺阁才女的同情和感慨。虽然明代才女较之前代，得到了社会一定程度的认可，但就个体而言，她们的社会、家庭地位毕竟不能与男子并驾齐驱，不能像男人那样全方位施展自己的才华，实现个体的生命价值，只能拘守在闺阁之中吟诗作赋，诉说自己的不幸命运和人生体验。而明代的“闺阁文章之伯，女流翰苑之才”像朱淑真那样，“嫁了无才无学之人”，绝不会是少数！由当时的才子佳人小说即可见一斑。更何况社会对女性整体上的歧视，压抑人性的不合情理的道德观念的种种束缚，也足够让那些思想逐渐开化的才女们心折神伤了！宋代朱淑真相似的命运和她那些诉说女性不幸的诗词，自然能够引发明代才女们情感上的强烈共鸣！因此，朱淑真在明代特别受到闺阁女子的关注和同情而声名鹊起。

挑战传统，别是一家

——易安词的文化环境与自我超越

我们有时看到宋代男人说李清照在“本朝妇人”中“当推词采第一”，可能会以为宋代男人很推崇李清照。但仔细想想，在性别歧视很严重的宋代，李清照的创作果真能获得男性士大夫的普遍认同吗？我们先看看李清照是在什么样的文化环境下创作的。

一　“女子弄文诚可罪”：宋代男权社会对女子创作的歧视

宋人对女性创作是歧视的、不认同的，但对女子读书还是鼓励的，因为女子都要做母亲，母亲承担着教育子女的责任，所以宋代有些学者很鼓励女子读书。比如司马光在《家范》中提出：

> 为人皆不可以不学，岂男女之有异哉？是故女子在家，不可以不读《孝经》《论语》及《诗》《礼》，略通大义。其女功则不过桑麻织绩、制衣裳、为酒食而已。至于刺绣华巧、管弦歌诗，皆非女子所宜习也。古之贤女，无不好学。

司马光认为，女子在家，不可以不读书，不过只要略通大义就可以了；女红方面，只要能够织织布，做做衣服，会料理家务，会做饭做菜就行了。“管弦”音乐、写作吟唱“歌诗”、刺绣这类奢华的事情，都不是女子应该学习的。“古之贤女，无不好学”，所以女子可以学习，可以读书，但只能读《诗经》《礼记》之类的传统经书，一般的诗词不必读，也不应该读。

跟司马光差不多同时的郑侠，在《西塘先生文集》里面提道："教子之所宜急，莫若女子之为甚。"也是说女子应该读书，以便教育孩子。

北宋理学家程颐曾经给他母亲写过一篇传记，文中说：

> （夫人）好文，而不为辞章，见世之妇女以文章笔札传于人者，深以为非。平生所为诗，不过三二篇，皆不存。（《上谷郡君家传》）

他的母亲爱好文学，但不怎么写，看到当时社会上的女子把自己的文章书信传给别人，觉得很不妥当。程颐的意思是说，女子可以读书，也可以写作，但只能关起门来写，作品不要传播出去，传出去的话，会受非议，被人说闲话。所以他的母亲虽然喜爱文学，也能诗会文，但写得既少，更不外传。

南宋理学家真德秀在他的《西山读书记》里也引录了上面所介绍的两条资料，只是文字略有不同：

> 温公曰：女子六岁始习女工之小者，七岁诵《孝经》《论语》，九岁讲解《论语》《孝经》及《列女传》《女戒》之类，略晓大意。今人或教女子以作歌诗，执俗乐，殊非所宜也。

大意说，女孩子六岁就可以学做一些针线活，七岁就应该诵读《孝经》《论语》，到九岁懂得一些道理了、成熟一些了，就可以给她讲解《论语》《孝经》《列女传》《女戒》之类的书，不过略晓大意就可以了，不必精通；时下里人们往往教导女子写诗写词，演奏世俗音乐，这有违礼教，很不恰当。另一条是前引伊川先生程颐说他母亲的文字：

> 先夫人侯氏七岁时诵古诗曰：女子不夜出，夜出秉明烛。自是日暮则不复出房阁。既长，好文，而不为辞章，见世之妇女以文章笔札传于人者，深以为非。

真德秀在读书记里转述司马光和程颐两人的意见，实际上也是标举他自己的观点。

北宋还有一位跟范仲淹很要好的教育家胡瑗，曾经说："郑卫之音导淫，以教女子，非所宜也。"（真德秀《西山读书记》卷二一引）所谓郑卫之音，也就是通俗流行的诗词或音乐，胡瑗认为教女子学流行的诗词音乐不合适。南宋思想家陈亮也主张女子除女红之外，其他的都不必学习。他在《汪夫人曹氏墓志铭》中称赞"夫人缉理门户，咸有节法，过者不知其寡居也"。又说她送家中的男子去读书，而女子只习女功。所谓"进其男子于学，女子非女功不辄习"。

以上是理学家、教育家的见解。我们再来看看文学家的看法。著名科学家沈括在他的《梦溪笔谈》里记载有大文豪欧阳修讲过的一件事：

> 欧阳文忠公尝言曰：……毗陵郡士人家，有一女，姓李氏，方年十六岁，颇能诗，甚有佳句。吴人多得之，有《拾得破钱诗》云："半轮残月掩尘埃，依稀犹有开元字。想得清光未破时，买尽人间不平事。"又有《弹琴》诗云："昔年刚笑卓文君，岂信丝桐解误身。今日未弹心已乱，此心元自不由人。"虽有情致，乃非女子所宜。

这是说，欧阳修喜欢看书写在墙壁上的题壁诗，并说题壁诗里面常常有一些好作品。毗陵郡，就是现在的江苏常州。毗陵郡有一家读书人家的女儿，年方 16 岁，会写诗，附近的人经常能够得到她的一些作品，其中有一首叫作《拾得破钱诗》，写她在路上捡了一个破铜钱，于是以此为题，写了一首很有情韵、很有思想的诗。最妙的是下联两句，“想得清光未破时，买尽人间不平事”，写铜钱历经多人之手，见证过人世间许许多多的不公平。以小见大，格调很高。她还写有一首《弹琴》诗，说小时候不懂男女之事，嘲笑卓文君怎么会被司马相如弹琴引动春心跟他私奔，“岂信丝桐解误身”的“丝桐”，就是琴，借指音乐，哪知道音乐也能引诱人呢！现在年纪大了，懂事了，解风情了，一曲还没弹完呢，心思就乱了。原来爱情这东西是不由自主的，就像脱缰的野马是不由理智控制的。《弹琴》诗写一位初解风情的少女弹琴时的感受，很真切。虽然欧阳修也承认这两首诗写得很有韵味、很“有情致”，可他却认为女孩子写诗并不是一件光彩的事情。

南北宋之交的诗人周紫芝，曾写有一部读史书的心得札记，叫《史断》，其中一篇讨论《蔡琰蓬首救董祀》，说汉末蔡琰“作二诗叙流落悲愁之态，有古作者之风，亦可爱矣。然是非女子之所宜先”。虽然他也肯定蔡琰的两首诗很“可爱”，不亚于古代知名作者的作品，但他认为创作不是女子应该优先做的事情，对女性从事创作，也是持否定态度。

跟周紫芝同时的王庭珪，更认为女子写诗外传，有损妇德荣誉。她在《故王氏夫人墓志铭》中说：

> 夫人能为小诗，大虚未尝以示人，独于余厚善，时得观之。其意亦谓此非妇人女子之所当急，诗一传于人，则争相腾播，卒掩其内行。

意思是说，王夫人擅长写诗，她的丈夫很少给外人看，因为他觉得写诗不是妇人女子所当为，而且诗一传于人，则人们争相传播，会影响到对写诗女子操守品行的道德评价。

以上是男性士大夫们的看法，他们都不认可女子写诗写词，认为女子写诗是件丢人现眼的不雅之举。下面再来看看宋代女子是怎样看待女性创作诗词的。

南北宋之交的阮阅，写有一本著名的诗话著作，名《诗话总龟》，书中卷十五记载有一首题壁诗：

> 《三乡题》，不知谁氏题。云：余本家若耶溪，东从良人西入函关，寓居新昌里第，不幸良人已矣，邈然无依，东迈，历渭川，涉浐水，背终南，涉太华，经虢略，抵陕郊，皆曩昔宴游之地。命笔辄题，终不能涤其怀抱。翰墨，非女子事，故隐其名而不书。为诗曰：昔逐良人西入关，良人身没妾空还。谢娘卫女不相待，为雨为云过此山。

所谓题壁，是指在墙壁上书写作品。阮阅记载的这首题壁诗，是一位女子写的。诗前的序自称，她家住在浙江的若耶溪，早年跟随丈夫从浙江西入函关去过陕西一带，如今住在新昌。不幸良人逝世，她无依无靠，只好东还。回来时经过渭水、浐水、终南山和华山，所到之处，都是过去跟丈夫一起游玩宴乐之地。每到一地，她都会触景生情而写诗。诗序中“翰墨，非女子事，故隐其名而不书”这句话最值得我们留意，“翰墨”本来是指书法，此处指写作，全句的意思是，舞文弄墨，尤其是在公共场所吟诗作赋，不是女子该做的事情，所以不便留下真实姓名，以免被熟人看到了被责怪嘲讽。

宋代的传播媒介不像我们现在这么发达，当时没有报纸，没有期刊，就更别说网络了。宋代诗文即时传播的一个重要方式，就是题壁。题壁作为一种大众传播方式，一直延续到上世纪，“文革”时期城镇乡村的墙壁上到处刷标语、写“毛主席语录”，其实就是题壁。直至如今，有些地方还在建筑物上写告示，那也是题壁的遗风。宋代的题壁，在功能上又与我们今天上网发帖有些相似。

前些年我在《文学遗产》发表过一篇论文，题作《宋代的“互联网”》。这题目有点“雷人”。宋代怎么会有互联网？原来是宋代人走到哪里，都要看题壁的作品、“新闻”，就像我们当下走到哪里都要上网看新闻一样。宋人喜欢题壁，走到哪里，写到哪里，遇上名山大川，诗兴一发，就赋诗一首，立马题写上壁，就像当今立马上网传播一样。一不小心，题壁诗可能就成了千古名作。苏东坡的《题西林壁》：“横看成岭侧成峰，远近高低各不同。不识庐山真面目，只缘身在此山中。”就是很杰出的题壁作品。宋代文人喜欢题壁，一般的读者呢，也爱看题壁。过客行人往来密集的地方，比如寺庙、驿站等等，常常会主动地把墙壁刷白留待文人题写。文人题写以后，过往行人就抄录，就像现在的网络一样，发帖、转帖、跟帖、顶帖。第一个人题写的诗，后面的人觉得好，就跟着唱和。宋代的题壁，真有点像当下的互联网。我们现在每天都要上网去看看新闻，而宋代的人，只要是读书人，到一个地方一定要看题壁，周邦彦的词句“下马先寻题壁字”（《浣溪沙》），就概括了宋人喜欢看题壁的风气。

上面这则材料，从反面说明宋人题壁一般都要署名，就像我们当今在报刊上发表作品一样，是“实名制”。这位女子觉得创作不是女子该做的事，所以她隐名不书，不让人知道她的真实姓名。这类故事还不少。

宋末元初的刘将孙，是著名词人刘辰翁的儿子，也是一位词人，他的作品被收到《全宋词》里了。刘将孙活到了元代，所以也有人把他当作元代词人。刘将孙有一首《沁园春》，词序里面说有一座清江桥，在江西樟镇十里许，“无闻翁”在桥上写有《沁园春》《满庭芳》二首词。很明显，这“无闻翁”是一个网名、一个化名。这两首词写的是元兵进攻时所见避乱女子被掠的不幸遭遇，词里有“埋冤姐姐，衔恨婆婆”。我们现在网络上有很多被封为某某“姐姐”的网络名人，原来宋代早就有类似的“姐姐”了。无闻翁的词后面又有螺川女子杨氏的和词二首。杨氏自称嫁入罗家，丙子暮春，即1276年蒙古灭宋的那年春天，她在涪翁亭下乘船，被蒙古兵追迫，逃到山里去躲避，三天后经过此桥，看到上面有无闻翁的两首词，觉得那两首词并没有把战乱时期女子的种种悲惨遭遇写透，于是又和了两首题写在桥柱上。无闻翁是第一位写词“发帖”的，杨姓女子跟帖和作了两首，刘将孙又和了两首《沁园春》，是第三位“跟帖”的。杨氏词序中也有一句很关键的话：“观者毋谓弄笔墨非好人家儿女。”这句话的意思，当时讲体面的人家，女子是不随便舞文弄墨的，是不随便创作的，创作了也不会传播开去。宋末这位民间杨姓女子，依然认同“弄笔墨非好人家儿女”的观念，只是她一腔悲愤无处诉说，于是用词写出她的乱世悲歌，同时提醒世人，不要以为她写了这两首词就不是正经人家的“好儿女”。看来这“弄笔墨非好人家儿女”的观念，在宋代女子的文化意识里根深蒂固。

我们再来看女词人朱淑真的观点。朱淑真有一首《自责》诗说：

> 女子弄文诚可罪，那堪咏月更吟风。磨穿铁砚非吾事，绣折金针却有功。

她“自责”什么呢？在宋代女子看来，创作诗词是一种罪过。要命的是，朱淑真却偏偏迷恋创作，这使她既有负罪感，又欲罢不能。“女子弄文”本来就是罪过，更何况还要在诗词里头吟风弄月、写少女的旖旎风情呢！“绣折金针”才是女孩子的本分，哪能一天到晚舞文弄墨，“磨穿铁砚”呢！朱淑真的语气里，有自嘲，有自责，有自负，有自赞，更有无奈。作为“文学女青年”，她的才华无人赏识，她的作品无人认可。在朱淑真这孤芳自赏式的自责之中，让我们再次体会到当时社会流行的价值观念——良家妇女是不应该从事文学创作的。

南宋有一位江西籍的状元叫姚勉，他的文集名《雪坡集》。《雪坡集》卷五十里有一篇为爱妻梅庄夫人写的墓志铭，其中说道：

> 日读《论语》《孟子》数篇，间喜观唐绝句诗，尤爱诵文公先生《武夷山十咏》，宛转高下其声以歌之，而不喜世所谓乐府。姊妹皆能诗，然皆不肯作，曰：非女子事也。

他的夫人很有才华，每天读《论语》《孟子》，也喜欢读唐人的绝句，特别喜欢吟诵本朝文公朱熹的《武夷山十咏》。

古人读诗，不仅要读，还要吟诵。我生长在农村，小时候启蒙老师教我们读书时也是吟唱，那种拿腔拿调的吟唱比阅读要有味道一点。两宋时期，文人都喜欢吟唱诗词。那时候没有收音机、没有电视机，在家里想听艺人演唱，怎么办？就在家里养歌妓。宋人家中养的歌妓，相当于我们现在的家政服务员，只不过不干粗活，而是专门用自己的演奏、歌唱技艺给主人提供文化娱乐。现而今我们想要听音乐，有收音机，有电视机，有网络音频、视频。宋人平时在家里想要听音乐，就让家中的歌妓来演唱。宋人家里养歌妓，跟现在咱们家里买电视机差不多的用途。宋代的家妓是很普遍的，范仲淹、欧阳修和苏轼家里都养过家妓。苏轼贬到黄州时候，因为太贫困，无钱养歌妓，有时来了客人，他就到州府里去借几个官妓来友情演出。宋代的文人只要有宴会、聚会，一定会有歌妓在旁边唱词。听歌妓唱词，听腻味了，有人别出心裁，文人雅集的时候让歌妓吟唱苏轼的前后《赤壁赋》，感觉非常好。后来很多文人家庭的家妓都会吟唱著名作家的诗文，一时成为风气。

我们再回头说姚勉的夫人。姚夫人很喜欢吟诵朱熹的《武夷山十咏》，常常是“宛转高下其声以歌之”，但她不喜欢当时流行的新调词曲。姚夫人能写诗，她的妹妹也会写，可就是不肯写，因为她坚守着写诗"非女子事"的传统信条。

我们再来看一件跟李清照有关系的事情。陆游《渭南文集》里有一篇《夫人孙氏墓志铭》，孙夫人是会稽山阴人，陆游的同乡，陆游说他"幼有淑质"，天资职慧，"故赵建康明诚之配李氏欲以其学传夫人"。这"李氏"就是李清照。李清照的丈夫赵明诚曾经做过建康（今江苏南京）知府，所以称"赵建康明诚"；又因为赵明诚早已去世，所以称"故赵建康明诚"。"欲以其学传夫人"，是说李清照想把自己的学问和创作经验传授给这位孙夫人。孙夫人当时只有十来岁，竟然推辞不受，理由是"才藻，非女子事也"！一个十来岁的女孩儿就有这种女子不宜写作的观念，当然不是与生俱来，而是在家庭里由父母长辈灌输或耳濡目染而来。

综上可知，宋代无论是男性士大夫，还是女性自己，都不认同、不鼓励女子创作。这就是李清照当时面临的文化环境。李清照在这种环境下创作，是要顶着压力的，是需要勇气的。所以我说她在"挑战传统"。李清照对传统的挑战，很彻底。她不是偶然写写而已，而是专心创作、精心创作。

二 "生当作词杰"：李清照挑战女子不宜写作的传统

面对这种男权社会统治下的创作语境，李清照是如何对待创作的呢？先看她在《打马图序》中说的几句话：

> 专则精，精则无所不妙。……博者无他，争先术耳，故专者能之。予性喜博，凡所谓博者皆耽之。

这段话很经典，是说对任何一个爱好、做任何一件事情，先要专心、专注，全力投入，才能精通，精通之后，就无往而不妙了。"打马"，大概是下象棋一类的游戏，怎么玩法，已经不甚了然。李清照《打马图序》说:“打马世有二种：一种一将十马者，谓之关西马；一种无将二十马者，谓之依经马。流行既久，各有图经凡例可考。”她的《打马赋》又说:“打马爰兴，樗蒲遂废，实博弈之上流，乃闺房之雅戏。”意思是说，自从打马这种游戏兴起，樗蒲的游戏就慢慢地被替代没人玩了。打马成为游戏中的上品，是深闺女子最爱玩的一种很雅的娱乐形式。樗蒲类似于后代的掷骰子，樗蒲用的骰子有五枚，有黑有白，称为“五木”。它们可以组成六种不同的组合方式，称为六种彩。其中全黑的称为“卢”，是最高彩，玩的时候喊着“卢”、“卢”，所以唐宋人把赌博叫“呼卢”。《打马图》大约是打马游戏的技法指导。“博者无他，争先术耳”，意思是说赌博之类的游戏，都是争先斗胜的技术活，需要智慧和灵巧。只有专注专心才能玩得好，才能玩得精妙。“予性喜博”，是说她天性喜欢博弈，凡是博弈的游戏，都喜爱而且迷恋。用现在的话说是，打麻将、斗地主、下围棋，我全喜欢，而且专门研究它。这体现出李清照日常生活和为人性格的另一面。我们读李清照晚年的词，如“寻寻觅觅，冷冷清清，凄凄惨惨戚戚”之类，总觉得李清照晚境好悲凉、好凄惨。她的确很悲凉。但是，假如李清照一天到晚都这么伤心的话，她就难以活到七十多岁。痛苦的时候有，娱乐的时候也有。她有自己的娱乐方式，调节身心，放松自我。平时玩什么？或者说创作之外，她有哪些休闲的方法来打发时光？就是玩打马之类的游戏，年轻的时候她跟丈夫赵明诚研究金石学，晚年就研究打马这类“深闺之雅戏”。

李清照对打马之类的“深闺之雅戏”是如此专心致志，对文学创作，更是专而精，精而妙。她有一首《分得知字》诗说:“学诗三十年，缄口不求知。谁遣好奇士，相逢说项斯。”意思是说，我写诗写了三十年，从来没想到要出名，也不指望有人赏识我、抬举我。这其实是谦虚的话。“谁遣好奇士，相逢说项斯”，就很有些自我得意。我原本写诗不求出名，也不知道是哪些“好奇”的人，逢人就说我李清照。“逢人说项斯”是唐代诗坛一个著名的掌故。唐代有位诗人叫项斯，得到诗坛前辈杨敬之的赏识，杨敬之专门为他写了一首诗，说：“平生不解藏人善，到处逢人说项斯。”从此项斯就知名于世。“苏门四学士”之一的张耒就曾经对人说过，李格非的女儿很有才气，同为“四学士”之一的晁补之也很欣赏李清照。古代有名人印可的风气。文学创作上的年轻人想要出名，常常要有前辈名流的赏识肯定，为之誉扬，古人称为“印可”。西晋时代有位身材矮小、其貌不扬的文学青年，叫左思，花了十年时间，苦心创作了一篇《三都赋》（三国时魏都邺城、蜀都成都、吴都建邺），最初给别人看，没有人说好，同辈诗人陆机甚至嘲讽说，《三都赋》只配给我盖酒坛子。后来得到著名诗人张华和文坛上很有声望的名士皇甫谧的赏识印可，皇甫谧亲自作序推荐，《三都赋》不久就风靡京城，人们竞相传抄阅读，一时洛阳纸贵。如同千里马需要伯乐，文坛新秀也需要有鉴赏力和影响力的前辈名流的肯定。苏轼能得大名，与欧阳修的极力提携表彰有关；苏门四学士的秦观、黄庭坚、晁补之和张耒能名扬四海，又得益于苏轼不遗余力的奖掖称许。李清照能得到文坛前辈大佬张耒、晁补之的肯定，自然也会出名。

李清照还有一首《感怀》诗，写到她的创作状态。其中有二句写道：“作诗谢绝聊闭门，燕寝凝香有佳思。”所谓“闭门”，暗用前辈诗人陈师道的故事。陈师道爱写诗，但才气不是很足，来了灵感要写诗的时候就闭门不出，而且要蒙上被子，家里一点嘈杂的声音也不能有，有时还要把老婆、孩子打发出门，把鸡鸭赶到院子外，免得影响他的构思。他的朋友黄庭坚《病起荆江亭即事》诗中写道：“闭门觅句陈无己，对客挥毫秦少游。”说的就是陈师道和秦观两人不同的创作方式。陈师道闭门苦吟，相当于唐代的贾岛，吟安一个字，要捻断数根须；秦观才气横溢，往往一挥而就。后来朱熹也证实:“陈无已平日出行，觉有诗思，便急归，拥被而思之，呻吟如病者，或累日而后起，真是‘闭门觅句’。”（《朱子语类》卷一四〇）李清照自称“作诗谢绝聊闭门，燕寝凝香有佳思”，不是说像陈师道那样闭门炼句，而是说创作时很投入，“谢绝”亲友的往来，燃香静坐，诗思灵感往往纷至沓来，创作激情不能自已。“诗情如夜鹊，三绕未能安。”这是化用曹操的“绕树三匝，无枝可依”诗意，说她写作的时候，是反复推敲，不断锤炼，吟安一个字，往往要打磨好多遍。

她的《青玉案》词也曾写道:“相逢各自伤迟暮，犹把新词诵奇句。”她写诗填词，不只是玩玩而已，写写而已，而是追求奇思妙想，写出让人惊叹的奇句，让人惊服的一流作品。她的《渔家傲》词也说过:“我报路长嗟日暮，学诗谩有惊人句。”她“学诗”写词，就是要创作出惊人的妙句来。李清照写诗填词，跟她玩赌博游戏一样，很有竞争、竞技的意识。她玩什么都要争先，干什么都要干出第一流。她的《渔家傲》咏梅花词说“此花不与群花比”，《鹧鸪天》咏桂花词说“自是花中第一流”，不与群花比美的梅花、“花中第一流”的桂花，是她人生理想的写照。所以她创作时总是追求奇句、追求第一流。

李清照有一首《乌江》诗:“生当作人杰，死亦为鬼雄。至今思项羽，不肯过江东。”前两句是从建安七子之一的王粲《咏史诗》“生为百夫雄，死为壮士规”二句化出。表面上是赞美项羽，深层里是讽刺南宋君臣贪生怕死，逃跑到江南，把北方大好河山让给了金人。我感觉李清照写这首诗的时候，对当时的君臣是一脸的不屑，想想当年项羽宁死不过肯江东，是多么有骨气！可你宋高宗却带领着满朝文武大臣逃到南方来，把北方的领土全丢掉了，没有一点男人的气概！李清照是有大丈夫气概的。这“生当作人杰”，何尝不是李清照的人生理想。由于她是女儿身，在当时的男权社会里无法参与社会政治活动，连创作都受到限制，真是岂有此理！闺门之外的事业我干不了，闺门之内我还不能自由地思想、自由地创作！既然无法像男人那样在事功方面做“人杰”，那就在诗词创作上做“词杰”、做“诗杰”也成！当时的男权社会不认同女性创作，可李清照不仅要创作，还要创作出一流的惊人句，到男人的文学世界里攻城略地，“作人杰”，为“万夫雄”。这就是李清照对传统的自觉挑战！

三 历数词坛前辈之失：李清照掌握批评话语权

李清照不仅要争取文学“创作权”，还要争取文学“批评权”，要跟男人 PK，掌握批评的“话语权”！她有一篇《词论》，专门批评北宋词坛上的大腕。李清照生活在南北宋之交，在她之前的北宋词坛上，已经涌现出了很多名家、大家，面对词坛上的前辈大腕，她毫不留情，一个个点名批评。且看她《词论》是怎么说的：

> 始有柳屯田永者，变旧声作新声，出《乐章集》，大得声称于世。虽协音律，而词语尘下。又有张子野、宋子京兄弟，沈唐、元绛、晁次膺辈继出，虽时时有妙语，而破碎何足名家。至晏元献、欧阳永叔、苏子瞻，学际天人，作为小歌词，直如酌蠡水于大海，然皆句读不葺之诗尔，又往往不协音律者。何邪？盖诗文分平侧，而歌词分五音，又分五声，又分六律，又分清浊轻重。……乃知词别是一家，知之者少。

在我们现代读者心目中，北宋词人最有名的是苏轼，他的《念奴娇·赤壁怀古》《水调歌头》妇孺皆知。其实北宋时期词坛的大腕明星不是苏轼，而是柳永。柳永的歌词在北宋时非常流行，甚至连当时周边的西夏也是“凡有井水饮处，即能歌柳词”。现在一首流行歌曲如果能唱个十年二十年就算是经典“老歌”了，可柳永的歌词从北宋一直传诵到南宋，传唱一百多年。李清照却批评柳永词虽然协音律，很好听，但是词语过于通俗，不雅致。跟柳永同时的词人张先，以擅长写花影出名，人称“张三影”，“云破月来花弄影”是他的名句。虽然他有些词很精美，可是全词意境往往不浑成、不完美，有名句而无完篇，算不上真名家。还有写过“红杏枝头春意闹”名句的宋祁（字子京）以及沈唐、元绛、晁次膺等词人，虽然时时有妙语，但都不大气，也算不上名家。至于元献公晏殊、文忠公欧阳修和苏轼，都是学问渊博的饱学之士，通晓天道人事，精通社会自然，以他们的才情写词，本来是像在大海里舀一瓢水那么简单容易，可写出来的词，简直就像未经整理、随意断句的诗，压根就不像词，音律不和谐，不好唱，又难听。为什么会这样呢，因为他们不懂得，词不仅要像诗那样分平仄，还要分五音（鼻音、喉音、舌音、齿音、唇音）、分清浊轻重、分五声（指宫、商、角、徵、羽五个音阶）、分六律（律分阴阳，六阳律：黄钟、太簇、姑洗、蕤宾、夷则、无射；六阴律：大吕、夹钟、中吕、林钟、南吕、应钟。共为十二律）。李清照很重视音律，讲究词情词境与字声的巧妙配合，比如她的《声声慢》，词情悲苦，词境冷清，选用压抑低沉的入声韵来表达：“寻寻觅觅，冷冷清清，凄凄惨惨戚戚。乍暖还寒时候，最难将息。三杯两盏淡酒，怎敌他晚来风急。雁过也，正伤心，却是旧时相识。”全词押的入声韵都是齿音，读的时候好像是从牙齿缝里挤吐出来的，特别伤感，真正是声情并茂。诗词的声情并茂，要诵读才能体会得到，如果默读不出声，声情韵味就出不来。就像唱歌，再好听的歌不唱出来，也感觉不出它好听。李清照和周邦彦一样特别讲究词的声律美、音韵美，所以，她主张“词别是一家”，词要写得跟诗不一样，不能把词写成诗。所谓“知之者少”，言下之意是，你们都不懂，但我懂，所以我有资格批评你们。从“知之者少”的语气中，流露出李清照的自信、自豪。别以为我是女子，我“知之”不比你们爷们“少”。李清照很大气，也很傲气！

跟李清照同时而年龄略小的胡仔，对李清照批评前辈的做法，很是不满。他在《苕溪渔隐丛话》中引录了李清照的《词论》后，说：

> 易安历评诸公歌词，皆摘其短，无一免者，此论未公，吾不凭也。其意盖自谓能擅其长，以乐府名家者。退之诗云：“不知群儿愚，那用故谤伤。蚍蜉撼大树，可笑不自量。”正为此辈发也。

他说李清照一一评论前辈诸公词的短处，用意是突出自己擅长词作，倒是很有眼力，领会了李清照的潜台词。所谓“吾不凭也”，意思是我很不服气！他用韩愈的诗来嘲讽李清照批评前辈是“蚍蜉撼大树，可笑不自量”，表明李清照的批评和挑战引发了男性士丈夫的强烈不满。

在宋词发展史上，有两种创作路向，一种是把词当作歌来写，一种是把词当作诗来写。把词当作歌来写，注重词的音乐性，强调要能歌唱，柳永、秦观、周邦彦、李清照和姜夔等人走的是这条“歌化”路线。苏轼则是把词当作诗来写，只管抒情言志的痛快自由，不太重视好唱不好唱，所以苏轼的词在当时不像柳词、秦词、周词那样被广泛传唱。后来辛弃疾等人走的就是这条“诗化”路线。词史上所谓“苏辛派”，我觉得可以称为“诗化派”，他们是把词当作诗来写、当作一般韵文来写。我们习惯说“诗歌”，好像诗、歌一体，其实诗跟歌是有区别的。黑格尔的《美学》专门讨论过诗和歌的区别。诗是写给人看的、读的，歌是写给人听的、唱的。一般而言，诗是抒发诗人个人的情怀，抒发自我的情志，不一定要求大众理解；歌是抒发大众的情怀，要能够让大众理解和接受。诗和歌其实不一样。词，是歌的一种，在宋代是流行歌曲。

李清照所说的“词别是一家”，有两层含义：一是说词别是“一体”，诗体、词体本为两体，二者不能混淆，词不能够写得像诗，词要协律、要配合音乐来歌唱；二是说词要自成“一家”。每位词人的词作要有独特的艺术个性，不能千人一面，要有独立的艺术风格、艺术品味。各门艺术，都强调个性，没有个性就无所谓艺术。书法如此，绘画也一样。有些人的字写得很好看，字形很漂亮，但是没有个性，不能够成为书法艺术作品。诗词也是这样。现在很多人的诗词都写得比较好，但往往没有独特性，没有艺术个性。你写的跟我写的差不多，跟他写的也没有什么区别。这类没有个性的作品，艺术价值不可能很高，也就不可能得到世人的认同和喜爱。李清照践行了她自己的创作主张，她的词确实是别是一家，独具艺术个性，所以能够得到后世读者的喜爱。

李清照不仅要掌握批评的话语权，还要争取作品的“传播权”。前面说到宋代男权控制下的社会，既不认同女性创作，更不满女性作品往外传播。而李清照不管这些，把作品拿出去广为传播。南宋时，她的词集、诗文集有多种版本：如《李易安集》十二卷本、《易安居士文集》七卷本、《易安词》六卷本、《漱玉集》一卷本、三卷本和五卷本等。

历史是复杂的、多元的。宋代主流的价值观不认同女性作品流传，并不意味着社会上没有人来传播女性作品，有人不满女性作品面向大众传播，但也有人热衷于搜集整理传播女性作品，比如魏仲恭，就热心搜集整理朱淑真的诗词。他在《断肠诗集》序中说：“比往武陵，见旅邸中好事者，往往传诵朱淑真词，每窃听之，清新婉丽，蓄思含情，能道人意中事，岂泛泛者所能及，未尝不一唱而三叹也。”朱淑真死后，诗词集被“父母一火焚之”，如果不是“粉丝”魏仲恭的着意搜集整理，可能早就湮没在历史的尘埃之中了，后人可能压根不知道词史上还有一位叫朱淑真的女词人！李清照自然也有很多类似于魏仲恭那样的“粉丝”，所以她的作品能以各种各样的形式广泛流传。

历史又有很多不好理解的事情。李清照的诗词集在宋代流传过那么多版本，到明代以后全部失传了。可是由魏仲恭整理的朱淑真《断肠集》一线单传，却完整地保存了下来。现在传存下来的朱淑真的诗词比李清照的诗词要多得多。

我们现在能读到的李清照的词作，是明清以来学者们逐步整理出来的，比较可靠可信的词作大约有 43 首，有的虽然收录在今人整理的李清照集子里，但不一定可靠。大家要研究李清照的词，最好读哪一个本子呢？我个人觉得人民文学出版社出版的王仲闻先生的《李清照集校注》最为精审。我的老师唐圭璋先生生前也很肯定这个本子。王仲闻是王国维的儿子，学问好，又非常严谨。他这个本子，参考了著名版本目录学家赵万里先生的研究成果。赵万里曾经做过国家图书馆的善本部主任，与北京另一位版本目录学家郑振铎并称为“郑龙赵虎”。赵万里做过王国维的助教，他校录整理的《校辑宋金元人词》，深得胡适先生的高度赞赏，胡适曾亲自作序推荐。我的老师唐圭璋先生编校《全宋词》时就深得赵万里先生的启发和帮助。《全宋词》所收李清照词，基本上依据赵万里《校辑宋金元人词》。要研究李清照词，也可以参考《全宋词》。当然，上海古籍出版社出版的徐培均先生的《李清照集笺注》，资料很丰富，考订也严谨，可以参考。

四　书写自我情怀：挑战词的抒情传统

李清照既挑战传统的文学观念，也挑战和突破词的抒情传统。词的抒情传统是什么？是婉约词形成的普泛化抒情传统。李清照之前的婉约词，书写的大多是男女之间的相思恨别，这种爱恨情愁是人类共通的情感，属于一种大众情绪。特别是晚唐五代婉约词中的情感世界，就像当今的网络世界一样，是一个虚拟的世界，写的并不是词人的真情实感、真实的生命情怀。而李清照，是用词来书写自己的生命情怀、自己独特的人生感受。

大家知道，李清照的人生经历以北宋亡国为界分为两个阶段。李清照生于 1084 年，到 1127 年北宋亡国的时候，已经四十多岁了。前期与丈夫赵明诚琴瑟相和，美满幸福，当然美满中也有缺憾，那就是赵明诚出去做官会造成夫妻离别，从而引发李清照的深切思念，我把李清照这类想望夫君的相思词称为“望夫词”。“望夫词”是由“望夫石”联想到的，用来概括李清照前期的爱情词比较贴切。前人婉约词中写男女相思恨别，大多是男性虚拟的，有些还是婚外恋情。只有李清照的爱情词、相思词，是书写夫妻之间的真爱。赵明诚去世之后，李清照的“望夫词”变成了“生死恋歌”。从李清照的词中，我们能够感受到女词人的生命历程和情感世界。

下面比较阅读两首作品。一首是晚唐温庭筠的《更漏子》，一首是李清照的《醉花阴》。温庭筠是中国词史上第一个大量作词的文人，他为婉约词建立了一种审美典范、一种抒情范式。先看温庭筠的《更漏子》词：

玉炉香，红蜡泪。偏照画堂秋思。眉翠薄，鬓云残。夜长衾枕寒。　梧桐树，三更雨。不道离情正苦。一叶叶，一声声。空阶滴到明。

晚唐五代的词，一般只有词调名而没有题目。词调，对作者来说是规定一种写作格式，对读者来说是提示一种唱法，读者看到词调名就知道怎么唱了。当时词作的内容跟词调的名称常常是相互配合的，这叫“赋调名本意”。比如《临江仙》词调，词的内容往往是写江边女神、女仙，《贺新郎》词调用来写新婚祝福。到了宋代，词作内容往往跟词调的本意没有关联了，词调纯粹是表示一种写作和歌唱的谱式，词调名《贺新郎》，词作内容可能是抒发一种忧愤抑郁的情绪。温庭筠这首《更漏子》写半夜三更的情事，跟调名本意有些关联。这首词写的什么内容呢？用当下流行歌曲的一句歌词来类比，是写“真的好想你，想你直到天明”。因为语言的变迁，我们不能立马看懂词中的意思。

读词不能像读一般文章那样，了解字面的意思就行了，读词要想象。因为诗词不仅仅是表达情意，还要呈现情景。诗词作品，好比是电影的脚本，我们欣赏者好比是导演，要根据脚本把词句想象、还原成一个个具体的镜头、具体的场景画面。能想象还原出镜头、画面来，词的韵味就读出来了。“玉炉香”，字面的意思很简单，就是玉制香炉中的香。古代富贵人家常常要燃香来改善室内的空气。唐代的香有很多，有沉水香、檀香等等。如何读出“玉炉香”三字的镜头感和画面感来呢？我们要把这个玉制香炉的形状、颜色都想象出来，脑海里仿佛出现了一个玲珑剔透、色彩漂亮、形状像熊猫之类的香炉，香炉上还燃着香，不仅仿佛看到香气在空中轻轻地静静地飘浮缭绕，还仿佛闻到香的味道。这样既有视觉形象又有味觉味道，词的韵味、词的形象性也就体会出来了。这第一句是特写镜头，通过香炉中香的缭绕来写室内的静谧。第二个镜头也是特写：红烛在燃烧。但词人不说“红蜡照”、“红蜡烧”，却用

“泪”来形容，就特别形象，而且有情感色彩。蜡烛有蜡油，燃烧时滴下来的蜡油像是人的眼泪。跟温庭筠同时的杜牧有两句诗：“蜡烛有心还惜别，替人垂泪到天明。”杜牧诗是写一对情侣夜里舍不得分离，你看着我，我看着你，一直坐到天亮，但他不说“亲爱的，我好舍不得你啊！”而是说蜡烛有“芯”（谐音“心”）有情，舍不得我们两个离去，替我们垂泪到天明。多形象啊！蜡烛是晚上点燃，蜡烛流了一夜的泪，暗示室中两个人流了一夜的泪水。试想，“无心”的蜡烛尚且因为离别痛苦而流泪，何况是“有心”有情的当事人呢！我们平常说诗歌在艺术表现上讲究情景交融，这就是情景交融，情中有景，景中有情，景中有人。这两句诗的妙处，不是直说我舍不得离开你，而是通过景物来呈现，如果直说我“真的好舍不得你”，只是陈述了一个事实，究竟怎样的不舍，别人体会不到、想象不出。可说蜡烛“替人流泪到天明”就非常形象、直观，有镜头感、有画面感，让人能想象得到、体会得出。“红蜡泪”，也有“替人垂泪到天明”的意思，暗示词中主人公一直没有睡着，在躺着流泪。“玉炉香，红蜡泪”，是近景，是写环境的特写镜头。

“偏照画堂秋思”的“照”，是蜡烛在照，为什么是“偏照”，后面再说。“画堂”，是装饰很华美的闺房。不说“照画堂佳人”，却说“照画堂秋思”，含意更丰厚。“秋思”，是秋天的思念，暗示季节是在秋天。唐宋时代的诗人词家，对春秋两季特别敏感，仿佛是季节性流行病，春天来了要伤春，秋天到了要悲秋。春天，对今天的我们来说，是一个美好的季节、充满希望的季节，可在唐宋诗人词人看来，却是令人感伤的季节。春天固然美好，百花盛开、百草争茂，但可惜时间太短暂，花开即逝，好景难留，所以古人惜春、伤春。所谓“无可奈何花落去”，“年年岁岁花相似，岁岁年年人不同”。春天花开花落，意味着时光的流逝、人的青春年华的流逝，意味着人又老了一年，所以古人特别好伤春、惜春。秋天呢，我们觉得是一个收获的季节、辉煌的季节，可是古人一看到秋天树叶飘零，完了，冬天来了，一年美好的时光又过去了，所以杜甫感叹“无边落木萧萧下”。古代的诗人，一年四季好像都没有好心情，春天伤春、夏天恨热，秋天悲秋，冬天苦寒。不过，中国古典诗词中的好诗好词大多是在春天或秋季写的，即使不是秋天写的，也要把季节放在秋天。秋天本来是一个令人伤心的季节，把离别放在秋天的环境里就更令人伤感，柳永《雨霖铃》词里有很经典的说法：“自古多情伤离别，更那堪冷落清秋节！”离别的时间，常常放在黄昏。因为黄昏是人们归家的时间点，《诗经》里就有“日之夕矣，牛羊下来”的诗句。中国古人习惯日出而作，日落而息，黄昏时候是该归家休息的时候，可在应该回家的时候却出去远行或离别，不是更令人感伤吗？诗词里面写到的时间、季节，往往是有意味的季节和时间。这些季节和时间，不单纯是表示时间、节令的变化，它还蕴含着一种类型化的情绪、积淀着一种民族心理。我们欣赏古典诗词的时候，要注意体会这些时间、季节的特殊含义。

从“眉翠薄”开始，镜头由写环境转而写床上之佳人。温庭筠是勾勒描摹形象的高手。他写女性形象，常常用外在的局部形体特征来暗示人物内心的情绪变化，这是温庭筠最高明最巧妙的手法。“眉翠薄”是什么意思呢？“眉”是眉毛，“翠”是画眉的颜料。“薄”呢？原来古代的女子晚上也要化妆，因为睡不着，翻来覆去，一会儿趴着睡，一会儿仰着睡，在枕头上来回折腾，眉上画的色彩就淡了。“薄”就是色彩淡薄之意。词人通过画眉色淡的外在特征变化来暗示女子内心的忧愁，她为情所困而无法成眠。“鬓云”，指乌黑发亮的头发。本来睡前做好的发型，因为睡觉时辗转反侧，寤寐思服，发型就乱了，为了押韵，用了个“残”字，其实是乱的意思。词人用画眉弄淡、头发凌乱来写女主人公的心情烦乱，睡不着。温庭筠《菩萨蛮》（小山重叠金明灭）里“鬓云欲度香腮雪”，也是同样的写法和用意。“夜长衾枕寒”，写长夜漫漫睡不着，感觉越睡越冷。表面是说衾被单薄而寒冷，实则是写女子内心凄凉。漫漫长夜，独守空闺的女子自是寂寞难熬。

上阕两组镜头，一写环境，一写人物。下阕将镜头移到户外。人失眠后，希望环境宁静，可偏偏时值秋天，滴滴答答的梧桐雨仿佛点点滴滴都打在心头。梧桐雨，是诗词里面经常用到的意象，白居易《长恨歌》就有“秋雨梧桐叶落时”的句子。大家知道，梧桐的叶子很大，下雨时滴滴答答地响，失眠人听了以后会更加烦躁睡不着。所以古人常用梧桐叶、梧桐雨来烘托气氛、烘托离情。词中这位女子到了夜半三更还睡不着，屋外秋雨滴落在梧桐树上不停地作响。如果拍电影，怎样再现这个镜头？我们可以用有一个镜头呈现女子躺在床上，睁着眼睛，想着心事，面露愁容，听着外面梧桐细雨的滴答声响。“不道离情正苦”，女主人公在埋怨：怎么这么烦人呢，人睡不着觉，屋外在下雨，屋内蜡烛还偏偏这么亮地照着！那把蜡烛吹灭不就行了？这是文学艺术啊。艺术是抒情的，不是“讲理”的，有时为了抒情的需要，就不纠结于事理了。比如晏殊《浣溪沙》的“夕阳西下几时回”，从事理上讲，夕阳下山，第二天一大早太阳就出来了，这是常识，还需要问吗？可词人在这里要表达的是时光难以逆转的时间意识、生命意识。他用天天西下的夕阳，来形象呈现时光的流逝。因为时间是抽象的，可以感知却看不见。用夕阳的西下来表示时光的流逝，就很形象直观，读者能感受得到，能从日常的生活经验中感悟生命、感悟时间，从而珍惜时间、珍惜现在。

“一叶叶，一声声，空阶滴到明。”睡不着觉就数数，“一、二、三、四、五、六、七、八、九、十……”地数着，耳听户外雨打梧桐的声响，一直到天亮。请注意，为什么说屋外台阶是“空阶”

呢？作者的用意不是说台阶上一无所有，而是说台阶上空空荡荡、一个脚印也没有。暗示什么呢？暗示词中女子还期待她的良人半夜归来，她睡不着觉，是失眠，也是等待，期待良人能突然归来给她一个意外的惊喜。可是熬到天亮，屋外的台阶没有留下脚印，她深深地失望，甚至感到绝望。

温庭筠词有个特点，一般是写瞬间性的情绪。但这首词是从上半夜写到下半夜的“三更”，又从三更写到天亮，主人公一宿没睡、一夜相思。词中女子是什么身份？为何事而离别？我们不知道，作者也无意于交代。其实这只是一个虚拟的类型化的人物，情感也是一种普泛化的离情别绪，它不为某一个个体所独有，是人人能感受到的一种情绪。

再看李清照的《醉花阴》是怎么写的：

> 薄雾浓云愁永昼。瑞脑消金兽。佳节又重阳，玉枕纱厨，半夜凉初透。　　东篱把酒黄昏后。有暗香盈袖。莫道不消魂，帘卷西风，人比黄花瘦。

这首词虽然也写相思，却不是泛普化的相思，而是妻子对丈夫的思念。离别之人，一般都是长夜难熬，可李清照跟丈夫分别之后，白天都觉得难熬。“愁永昼”，就是觉得白天太长，时间难熬！人心情不好，看到云，觉得愁云惨淡；看到雾，觉得灰蒙蒙的压抑。“薄雾浓云”与其说是写实景，不如说是写心境。“瑞脑消金兽”的金兽，跟温词的“玉炉”意思差不多，指用金属做的兽型香炉。“瑞脑”是一种香。“瑞脑消金兽”，跟“玉炉香”所写情景相似，是写兽形的香炉里燃点着瑞脑香，香雾飘绕，沁人心扉。词的开头二句，像是两个镜头。一个镜头是写户外的云气，一个是室内的香味。镜头从户外移到室内，让我们仿佛感觉到主人公、也就是李清照一个人坐在书桌前发呆，看着旁边香炉里的香慢慢地燃烧，时间慢慢地消磨流逝。“佳节又重阳”一句，点明季节。读词，要注意虚字的妙用，这个“又”字看起来很普通，但包含几层含意。每逢佳节倍思亲，“又”字可理解为从元宵之后到清明节、到端午节、中元节，现在“又”到重阳节，每遇一节她都在思念。还可以理解为去年的佳节重阳没见面，到今年的重阳节“又”没有相聚。“又”字，可以表示时间的延续，也可以表示时间的重复。词中虚字，不能轻易放过，要细细体味它的用法与含意。“玉枕纱厨，半夜凉初透”的“玉枕”，是玉制的枕头，形容枕头的美好；“纱厨”是蚊帐。这本来是夫妻共用之物啊，睹物更思人。到了晚上，独自一人睡在床上，越睡越“凉”。这个“凉”，跟前面温词“夜长衾枕寒”的“寒”字一样，不仅是生理的寒冷，更是心理的凄凉。这个“凉”字，还有更复杂的况味，暗示李清照作为妻子对丈夫的心理思念与生理渴望。保加利亚伦理学家瓦西列夫的《情爱论》曾说爱情“是冲动和意识的仙境，是性欲和精神渴求的神奇融合”，李清照前期相思词就是这样一种神奇的融合，她把对丈夫的爱欲、思恋诗意化、审美化了。

下阕将镜头回转到白天。这两句时间上写的是一个延续的过程。黄昏后东篱把酒赏菊，到晚上衣袖里依旧留存着菊花的清香。东篱把酒，暗用陶渊明“采菊东篱下”诗意。词人对花自饮，顾影自怜。有感伤，也不失潇洒。末句“莫道不消魂，帘卷西风，人比黄花瘦”，写西风一起，把帘子吹飘起来，看到帘外的丛丛菊花呈露着优雅的风姿、散发着阵阵幽香。“人比黄花瘦”，是李清照跟赵明诚发嗲开玩笑，说：我好想你啊，想得人都瘦几圈了。当然，词中不能这么直白，这么直白就不是艺术了。“人比黄花瘦”，是人中有花，花中有人，人花相衬，人花争艳，既写出了自己身形体态的变化，也巧妙地写出刻骨的相思和夫妻间的绵绵情意。词中对丈夫的思念、对丈夫的爱恋深沉而执着，相思对象明确而具体。跟温庭

�词的那种普泛化相思大不相同。

李清照词中的相思，有一特点，就是双向相思、彼此眷恋。一般爱情诗、相思词里写的是单相思，而李清照的相思词常常是双向的思念、相互的牵挂。苦涩的离愁中有彼此牵挂的甜蜜慰藉，有心心相印的幸福感。李清照另一首名作《一剪梅》词里“一种相思，两处闲愁”，写的就是这种双相思。《小重山》词里“二年三度负东君”，“三度”是多次的意思，“两年”了，多次辜负大好春光，没有跟丈夫一起共度良宵。“归来也，著意过今春”，是对丈夫深情的呼唤。《蝶恋花》的“暖日晴风初破冻，柳眼梅腮，已觉春心动”，表面是写柳树已萌动春心，实际上是写她自己春心萌动，想丈夫早些回来团聚共享天伦之乐。李清照这些词，从不同的层面、不同的角度书写了作为妻子对丈夫种种深切的思念和渴望，突破了词作普泛化言情或代人言情的传统。

五 挑战的代价：受人围攻指责

李清照精妙的词作，给她赢得了鲜花和掌声吗？在她生活的南宋，因为挑战了传统，挑战了男权，李清照屡屡受到男性士大夫的围攻、指责甚至谩骂。

先看王灼的《碧鸡漫志》是怎么评价的。王灼是跟李清照同时而稍晚的词学家，他的《碧鸡漫志》是宋代现存第一部系统评论当世词人词作的词话著作。书中说：

易安居士，京东路提刑李格非文叔之女，建康守赵明诚德甫之妻。自少年便有诗名，才力华赡，逼近前辈，在士大夫中已不多得。若本朝妇人，当推词采第一。赵死，再嫁某氏，讼而离之，晚节流荡无归。作长短句，能曲折尽人意，轻巧尖

> 新，姿态百出，闾巷荒淫之语，肆意落笔，自古缙绅之家能文妇女，未见如此无顾忌也。

王灼是先扬后抑，先褒后贬。说李清照富有才华，即使是跟男性士大夫相比，也不可多得，在本朝妇人中，更是词采第一。这个评价似乎不低。可接着王灼就拿李清照的私生活来说事。赵明诚去世以后，李清照曾短暂地改嫁过张汝舟，因为张汝舟有严重的“家暴”行为，李清照无法忍受，不久就万分痛苦地选择离开。为此李清照付出了毁灭名誉的代价。李清照改嫁的过程和离婚的原因，不是特别清楚。有一种意见认为，李清照家藏珍贵文物，张汝舟可能是觊觎这些文物而跟李清照套近乎，骗婚得手后，发现并没有什么预期的珍宝，失望之余就对李清照施以暴力，经常欺凌打骂，李清照实在是受不了折磨，就检举揭发张汝舟“妄增举数入官”，后来查实，张汝舟被下狱并遭除名流放。宋代法律规定，儿子告父亲、妻子告丈夫，如果罪名成立，儿子或妻子都要跟着坐牢。因此李清照也被投入大牢，因为有人援救，九天后获释出狱。这就是王灼说的“再嫁某氏，讼而离之”。宋代人并不认为女性离婚是失节的行为，但妻子告丈夫，却是当时人无法接受认同的反常事件。李清照告发亲夫，等于是自毁名誉。李清照甘冒名誉被毁的风险，背后一定有万不得已的隐情，李清照受到的家暴可能非同一般，她在《投翰林学士綦崇礼启》中说到张汝舟有“决欲杀之，遂肆侵凌，日加殴击”的话，可怜孱弱的李清照，哪里经受得起张汝舟的暴力折磨，所以她宁可不要名誉也要告倒张汝舟，借此摆脱无法承受的暴虐。王灼说她“晚节流荡无归”，带有明显的贬义，暗示她不守妇道，不保晚节，到处飘零，最终也没有个归宿。对于李清照的词，王灼更加不满，说她的词“闾巷荒淫之语，肆意落笔”，自古以来士大夫家能文的女子，没有像她这么放肆粗俗的！从现存作品看，李清照的词都非常的精美雅致，压根就没有什么露骨的描写，也没见“荒淫之语”。柳永词公然写与妓女调情，欧阳修词更露骨地写到男女房事，王灼也没骂他们“荒淫”，李清照在词里写了思念丈夫，就被骂得狗血喷头，反映出男性话语霸权和对女性的严重歧视。

与王灼同时而稍晚的胡仔，在他的诗话著作《苕溪渔隐丛话》中说：

> 近时妇人能文词，如李易安，颇多佳句，小词云：“昨夜雨疏风骤，浓睡不消残酒。试问卷帘人，却道海棠依旧。知否。知否。应是绿肥红瘦。”“绿肥红瘦”，此语甚新。又《九日词》云：“帘卷西风，人似黄花瘦。”此语亦妇人所难到也。易安再适张汝舟，未几反目，有《启事》与綦叔厚云：“猥以桑榆之晚景，配兹驵侩之下材。”传者无不笑之。

胡仔也承认李清照“能文词”“语新甚”，但特别强调她女性的身份，言下之意，女人本来不行，能写这样的词就很不简单了，带有明显的男性优越感。评词就评词吧，又拿李清照的离婚来说事。李清照所言“猥以桑榆之晚景，配兹驵侩之下材”，本是伤心后悔的话，胡仔却拿来取笑，说“传者无不笑之”，不但没有同情心，反而有一种幸灾乐祸的心理。

南宋朱彧《萍州可谈》曾谈道：

> 本朝妇女之有文者，李易安为首称。易安名清照，元祐名人李格非之女。诗之典赡，无愧于古之作者；词尤婉丽，往往出人意表，近未见其比。所著有文集十二卷，《漱玉集》一卷。然不终晚节，流落以死。天独厚其才而啬其遇，惜哉！

朱彧说李清照的词典雅富丽，跟古人比起来毫不逊色，词作尤其婉丽，“往往出人意表”，近来很少有人能够跟她比拼。这评价还是比较高。可话锋一转，又说她晚节不终，就是贬抑了。“流落以死”，是说清照晚年到处流浪，没有固定住所，没有好的归宿。“天独厚其才而啬其遇，惜哉！”意思是说老天爷给了她那么大的才情，怎么就吝啬不给她好的遭遇，让她晚年那样命苦呢？可惜啊！“惜哉”表面上是同情惋惜，深层里是说一个女人本不应该这么有才，有才，命就不好，似乎暗含讥讽。

南宋著名藏书家晁公武，在他的目录学著作《郡斋读书志》里说：

> 皇朝李氏格非之女，先嫁赵诚之，有才藻名。其舅正夫，相徽宗朝。李氏尝献诗曰：“炙手可热心可寒。”然无检操，后适张汝舟，不终晚节。流落江湖间以卒。

宋代女子没有自己独立的身份，李清照早已是大名鼎鼎了，晁公武还是不正面提她的名字，只说是李格非的女儿，嫁了赵明诚。“其舅”，这里指她的公公；“正夫”，即赵挺之，赵明诚的父亲，在徽宗朝做过宰相。赵挺之跟李清照的生父李格非属于两个派别，赵挺之属新党，李格非属旧党，赵挺之当宰相时迫害过旧党人士，所以李清照写诗给赵挺之，讽刺他“炙手可热心可寒”。“然无检操”，是说李清照品德不好，后来改嫁，不终晚节。不评价她的文学成就，只负面酷评她的品节。“流落江湖间以卒”，说她最后在江湖上到处流浪漂泊而死，一点同情心都没有。态度上很是藐视，完全不像后人那样崇拜、仰望李清照。

陈振孙的《直斋书录解题》，也是目录学名著，其中说“《漱玉集》一卷，易安居士李氏清照撰。元祐名士格非文叔之女，嫁东武赵明诚德甫。晚岁颇失节”。更直接地酷评李清照“失节”，对她词的好坏只字不提。可见到南宋后期，人们对李清照的评价越来越差。

我读《明史》，偶然读到一则材料，说明代有一位烈女，小时候很有才华，诗词写得好，她的哥哥对他说，妹妹简直就是李清照、朱淑真再世啊。哥哥的本意是表扬她有才情，没想到妹妹听后勃然大怒，说：你怎么把我比作宋代的李清照呢，李清照是什么东西？她后来改嫁，是失节的女人！朱淑真更是不守妇道，搞婚外恋。不要以为我们现在崇拜李清照、仰望李清照，古人也一样地崇拜。由于时代不同，人们的道德观念、价值观念、女性观念和婚姻观念不同，所以对同一人物和事件的看法、评价会很不一样。明代以前，李清照受离婚事件的拖累，人格深受鄙视和恶评，这也影响到对她作品的评价和接受。她的作品到明代完全失传，与人们对她的道德评价也许有关。一个失节的女人、一个道德品行受到唾弃的女人，她的作品也会遭到人们的排斥和冷落。大奸臣蔡京的书法本是一流，诗词也是高手，因为后人憎恶其人，所以也鄙薄他的作品，以至于他的诗词作品很少流传。古代作家作品的存佚，有偶然因素，也有必然因素。

到明代中后期，李清照的词史地位才得到认同。明代大才子杨慎高度评价过李清照，他的《词品》说：

> 宋人中填词，李易安亦称冠绝。使在衣冠，当与秦七、黄九争雄，不独雄于闺阁也。其词名《漱玉集》，寻之未得。《声声慢》一词，最为婉妙。

杨慎说宋代词人中，李易安非常杰出，堪称翘楚，不仅在女词人中称雄，即使是在男性词人中，跟秦观、黄庭坚有得一比。明末大学者王世贞把李清照跟李璟李煜父子、晏殊晏几道父子、柳永、张先、周邦彦、秦观等大词人相提并论，推崇为词的“正宗”：

> 之诗而词，非词也，之词而诗，非诗也。言其业，李氏、晏氏父子、耆卿、子野、美成、少游、易安，至矣，词之正宗

也。(《艺苑卮言》)

明代以后，李清照的地位就逐步提高，特别是到了二十世纪，随着女性社会地位的提升，李清照的文学史地位逐步得到高度认同，今天人们普遍认为她是词史上最杰出的女词人。

我讲这个题目，有两层用意。第一是想说明，研究古代作家要回归历史现场，尽量了解古代作家的创作生态，也就是“知人论世”。回到李清照生活的时代，我们才知道她作为一个女性，写作原是很不容易的事情，需要勇气。为什么宋代只有李清照、朱淑真等寥寥几位女词人、女诗人受到后人的关注呢？当时能诗能词的女性应该很多很多，因为受男权专制下女性观念的影响，写作和传播作品被认为是丢人现眼的不光彩的事情，所以大量的作品没有流传下来，作品没有流传，作者也就湮没无闻了。第二是想说明，作家的声誉和影响力是变动不居的。李清照在我们这个时代的文学史地位很高、知名度很高，并不意味着历史上她同样受到仰望和崇拜。作家和作品的影响力是变化的。

我曾在中华书局出版两本书，一本是《唐诗排行榜》，一本是《宋词排行榜》。《唐诗排行榜》里排在第一名的是崔颢的《黄鹤楼》。很多网友就“拍砖”了，怎么可能是《黄鹤楼》？你王某人是武汉大学的教授，就把《黄鹤楼》排成第一名，很不公平！其实这个排行榜不是按照我个人的主观好恶来排定的，而是通过几百万条数据统计分析作品的影响力后排定的。统计结果反映出作品影响力和美誉度是有变化的，不同的时代有不同的评价和美誉度。我们今天的读者觉得崔颢的《黄鹤楼》不那么有名，其实在唐宋时期，崔颢的这首诗太有名了。大家都知道李白“眼前有景道不得，崔颢题诗在上头”的故事，试想，诗仙李白都崇拜的作品，谁还能不崇拜呢？甚至连禅宗的语录里头都经常提到崔颢和他的《黄鹤楼》，“莫因崔颢不题诗”，也成为宋代以后文人常常说到的一个话头。只是到了现当代，因为崔颢的知名度不如李杜那么高，所以他诗作的知名度也受到影响。我今天讲李清照，也是想说明，作家的历史地位和他作品的影响力是随时代的变化而变化，我们要用一种变化的眼光去看待文学史。

徒手生擒叛将，巨笔挥开新境

——辛弃疾的英雄传奇与词史贡献

辛弃疾是中国词史上文武双全的悲剧英雄。不了解他的身世遭遇、雄才大略，不了解他的理想抱负、苦闷焦虑，就无法读懂他的词。所以。我们先说他的人生经历、英雄气质。

一　辛弃疾的人生历程

辛弃疾的人生历程可分为三个阶段：少年从军，青年仕宦，中晚年闲居。

（一）少年投笔从戎

辛弃疾生于南宋高宗绍兴十年（1140）。当时中国处于分裂状态，淮河以北的中原由金朝占领，淮河以南才是南宋的江山。而辛弃疾的家乡济南，属于金朝管辖。他从小就深深感受到民族歧视和民族压迫的痛苦，曾在《美芹十论》里回忆说，金人把女真族的部落安插在各个州县，培植党与，仇视欺压汉族民众。两个民族的民众发生纠纷，向官府诉讼，无一例外地是汉族民众败诉，汉民只能忍气吞声。相邻的田地，常常被强行夺取；家养的牲畜，更被明目张胆地盗窃。一有战事，不论贫富，汉族男丁一律应征；一有苦力劳役，汉族民众都被迫举家前往，永无休息之期。原来有家产的，变得贫困不堪；原本就贫无立锥之地的，更是饥寒交迫，难以生存。

辛弃疾的祖父辛赞，从小教育辛弃疾不忘国耻，经常带着年幼的辛弃疾，登高望远，指画山河，外出观察地理形势，侦察敌情，了解情报，等待机会，为民族报仇，洗雪国耻。在祖父的教育和影响下，辛弃疾幼小的心灵里，充满着爱国情怀，立志要当英雄，为民族复仇。他也天生一副英雄模样：身材魁梧，壮健如虎，脸颊红润，目有棱光，眼睛一瞪，就光芒直射，威严冷峻。武功高强，力大无比，以至于当时有人说他是犀牛所变。

1. 率众起义

二十二岁的时候，辛弃疾就在家乡济南率众起义，武力抗金。当时济南人耿京也统领着一支规模较大的抗金义军。于是，辛弃疾带领部下二千好汉，投奔耿京，很快得到耿京的信任，做了他的机要秘书和作战参谋——“掌书记”。

辛弃疾为什么要起兵抗金？为什么要率众投奔耿京，而不是只身前往？为什么不早不晚，在绍兴三十一年（1161）起兵？

辛弃疾起兵抗金的动机是洗雪国耻，收复中原，而不是占山为王，做绿林好汉。他曾在《美芹十论》里直接说:“虏人凭陵中夏，臣子思酬国耻，普天率土，此心未尝一日忘。”既然起兵是为收复中原，统一中原，那么，两千人的队伍孤军作战，肯定不可能成功。必须壮大力量，团结义士，共图大业。所以，他投奔耿京，以便谋求更大的发展。

辛弃疾率众两千投奔耿京，是基于未来发展的战略考量。试想，当时辛弃疾是二十才出头的青年，如果只身前往，一时难获耿京的信任重用。带上两千人的队伍作为“投名状”，陡然间就壮大了耿京的实力，耿京自然会对辛弃疾刮目相看，委以重任。辛弃疾也可以借助耿京的军事实力，实现自己远大的战略意图，最终完成“恢复”大业。

辛弃疾之所以在绍兴三十一年冬天起兵，而不是在这之前或之后，是因为这年冬天，金主完颜亮不顾宋金之间签订的和议，悍然发动战争，率领百万大军南下侵宋，北方兵力空虚。加之完颜亮南侵之前，向中原民众预征五年的租税，致使民怨沸腾，民不聊生。中原豪杰，如河北大名的王友直、山东济南的耿京、太行山的陈俊，纷纷起义，举兵反抗。辛弃疾敏锐地洞察到中原人心对金朝已怨恨至极，此时举义旗，聚义兵，容易得到民众的积极响应。趁金兵主力南下时举兵，金朝也无力顾及，义兵容易立足生存，容易发展壮大。所以，辛弃疾抓住这个难得的战略机遇，趁机而起，聚兵反抗。他在《美芹十论》里很明确地说，当时是“思投衅而起，以纾君父所不共戴天之愤”。所谓“投衅而起”，就是寻找机会起兵抗金。

汉末刘劭的《人物志》曾分析过英雄的特质，认为聪能谋始、明能见机、智足断事、胆能决之、气力过人、勇能行之的人，可以成为英雄。聪能谋始，是说有预见、有远见，事先能做出周密的行动计划和战略部署；明能见机，意为善于把握时机，待时而动，在正确的时间采取正确的行动；智足断事，是指善于判断形势，随机应变，化解危机；胆能决之，谓有魄力胆略，处事果断；气力过人、勇能行之，指力大无比，武功高强，又勇敢无畏，有强大的行动力和执行力。而辛弃疾适时起兵抗金，率众投奔耿京以图发展，表明辛弃疾善于把握战略机遇，正是聪能谋始，明能见机，勇能行之。

2. 智斩义端

辛弃疾任掌书记后不久，遇到一次危机，差点丢掉性命，但他以雷霆手段处置，转危为安。事情的原委是，辛弃疾曾劝说另一位义兵头领义端，带领千余人归顺耿京部下。不想这义端人不义，行不端，是个投机分子，到耿京部下没几天，就盗窃辛弃疾掌管的军印潜逃。耿京大怒，要杀辛弃疾。辛弃疾说："请给我三天期限，抓不到义端，我自己提头来见。"辛弃疾料定义端是叛逃到金兵那边，去邀功请赏，而且判断他是走小路而不会走大路。果然不出所料，辛弃疾很快就在途中截住了义端。义端见辛弃疾追来，求饶说："我能看出你的前世真身，是犀牛所变，力能杀人，求你不要杀我。"辛弃疾毫不手软，手起刀落，斩下义端的首级，夺回军印。耿京从此更加信任辛弃疾。

辛弃疾能料定义端是叛投金军，表明他"智足断事"，料事如神。义端逃跑之后，他能追上义端并活捉生擒，表明辛弃疾"气力过人"且"勇能行之"。义端喜谈兵，又能聚众千余人，自非等闲之辈。而他见辛弃疾追来就恐惧不已，说辛弃疾的前身是犀牛，足见辛弃疾力大无比。辛弃疾毫不手软地杀死叛徒义端，足见他行事果敢。

耿京的队伍，很快发展到二十五万人。辛弃疾常常点兵沙场，训练士卒。后来他在《破阵子》词中唱道："醉里挑灯看剑，梦回吹角连营。八百里分麾下炙，五十弦翻塞外声。沙场秋点兵。"就是回忆此时点兵的情景。

3. 决策南向

队伍壮大后，辛弃疾建议耿京"决策南向"，也就是带着整个队伍投诚南宋。《宋史·辛弃疾传》说："金主亮死，中原豪杰并起。耿京聚兵山东，称天平节度使，节制山东、河北忠义军马，弃疾为掌书记，即劝京决策南向。"辛弃疾建议耿京投诚南宋，是基于什么样的战略考量？

原来，金主完颜亮南下侵宋，在抢渡长江时被南宋虞允文指挥的军队迎头痛击，伤亡惨重，完颜亮本人也被部下杀死。金兵主力部队全部撤回北方，对义军的生存构成严重威胁。更为严峻的是，金世宗继位后，对北方义军采取攻心瓦解的策略，下诏赦免抗金义军，规定“在山者为盗贼，下山者为良民”。于是北方义军，人心涣散，大多解甲归田，义军队伍随即土崩瓦解。比如河北大名府王友直的部队，原有数十万兵力，自从金世宗下达归农为民的赦令后，只剩下三十多人。因无法生存，王友直只好率仅存的三十多名部下南奔投诚南宋。

王友直部队瓦解之后，耿京部队已是独木难支。如果不及时另寻出路，也很有可能像王友直部队那样溃散而被金兵歼灭。辛弃疾敏锐地觉察到义军的危机，于是劝耿京“决策南向”，既能避免全军覆灭的危险，也便于今后完成恢复大业。耿京言听计从，采纳了辛弃疾的建议。一位二十二岁的青年，洞察危机，主动为二十五万的军队谋划出路，足显辛弃疾聪能谋始、明能见机、智足断事的英雄气质。

4. 生擒张安国

耿京听从辛弃疾南下投诚的计策后，没等过完新年，就委派总管贾瑞和辛弃疾等十一人前往南宋接洽谈判。贾瑞、辛弃疾一行从山东东平出发，在绍兴三十二年（1162）元宵节后，到达建康（今江苏南京）。当时宋高宗赵构正好到建康巡幸，得知辛弃疾等人将带领二十多万军队来投诚，大喜过望，随即召见，并给耿京部下二百多人封官晋爵。贾瑞、辛弃疾等人接受任命之后，立即返回山东。到达海州（今江苏连云港）时，京东招讨使李宝又派部将王世隆率十数名骑兵护送贾瑞、辛弃疾一行。

就在辛弃疾等人准备离开海州前往山东东平营地时，原来的部下马全福前来报信，说耿京被叛将张安国杀害，义兵队伍已经溃散，张安国率部投降了金人。辛弃疾闻讯大惊，当机立断，准备冒死干一件轰轰烈烈的大事。他跟贾瑞、王世隆、马全福等人商量说:“我们奉主帅之命，来归顺大宋。如今主帅被杀，队伍溃散，山东没有了根据地，我们无法生存，只有到大宋发展。可是原来说带二十多万军队投诚，如今发生这么大的变故，大宋怎能相信我们？唯一的办法，是活捉张安国，把他作为人证送到临安，才能证明我们率部投诚的计划是真实的。”大家积极响应。于是，辛弃疾带着原来的十一人和马全福的随行、加上王世隆等护卫官兵共五十人，组成突击队，潜回山东。

一天晚上，有五万金兵驻守的军营里，一间营帐灯火明亮，气氛热烈，几位军官推杯换盏，纵情喝酒，其中一位就是杀害耿京的叛徒张安国。夜半时分，个个醉眼朦胧，七歪八倒。在众人不知不觉之间，门被悄悄打开，一位身材魁梧的红脸壮汉，突然从背后抓住张安国，随即用绳索将其捆绑，飞身出屋，骑上在门外等候的战马，飞奔而去。等金兵将领醒过神来围追堵截，壮汉已经消失在夜幕之中，不知去向。

这位活捉张安国的壮汉，就是辛弃疾。离开金兵营地之后，他人不休息，马不停蹄，昼夜飞驰，到了海州，才停下休整。然后将张安国送往临安，交付朝廷，斩首示众。

辛弃疾仅仅五十人，竟然在五万士兵把守的金营里当众活捉张安国，这太传奇了。以五十对五万、一人敌千人，怎么可能？

然而，这是千真万确的。《宋史·辛弃疾传》里有记载：

> 约统制王世隆及忠义人马全福等径趋金营，安国方与金将酣饮，即众中缚之以归，金将追之不及。献俘行在，斩安国于市。

辛弃疾的朋友洪迈在《稼轩记》里真真切切地写道：

> （辛弃疾）赤手领五十骑，缚取于五万众中，如挟毚兔，束马衔枚，间关西奏淮，至通昼夜不粒食。

辛弃疾的畏友、理学大师朱熹在《朱子语类》里也谈论过此事，说辛弃疾“挟安国马上，还朝以正典刑”。辛弃疾《鹧鸪天》词“锦襜突骑渡江初。燕兵夜娖银胡觮，汉箭朝飞金仆姑”，也是追忆这段传奇经历。

辛弃疾赤手到金营生擒张安国，绝不会是高举旗帜，明目张胆地冲入金营，跟金人硬拼。因为，辛弃疾精研兵法，深通战略战术。他的《美芹十论》就专题分析过战争中“观衅”“察情”的重要性。观衅就是洞察敌人的失误、过失、软肋、薄弱环节，伺机攻击。察情是掌握敌人的动向，了解对手的虚实。辛弃疾强调，打仗必须了解对手，掌握情报，“知敌之情而为之处者，绰绰乎其有余矣”；“事有操纵在我，而谋之已审，则一举而可以遂成”；“攻其不备，出其不意，是谓至计”。可想而知，辛弃疾到山东后，绝对不会是大张旗鼓地强攻进入金人营地活捉张安国，必定是先派人去侦察敌情，了解金兵防守的薄弱环节和松懈时机，对金兵的活动规律和地形地貌了然于心后，再制定出万无一失的突击方案，然后一举而成。

辛弃疾完成了一件在常人看来不可能完成的壮举，充分体现出辛弃疾超常的智慧、超常的胆略、超常的勇力。他有点像“超人”，他也有超人的自信。在《美芹十论》里，他对孝宗皇帝说：“臣闻天下无难能不可为之事，而有能为必可成之人。”意思是，天下没有什么难做成的事，关键是要有能做而且一定能做成的人！言下之意，我辛弃疾就是这种“能为必可成”之人！辛弃疾敢说这么牛气冲天的话，底气就是他把生擒张安国这种“难能不可为之事”变成了“能为必可成”之事！

辛弃疾为什么要冒着极大的生命危险活捉生擒张安国，而不是像杀和尚义端那样就地干掉？暗杀张安国比生擒张安国要容易得多。他为什么要奔驰几千里把张安国送到临安正法？他是出于什么样的战略考量？

对辛弃疾来说，耿京被杀，意味着他在北方的所有努力都归零了。原来承诺带回南宋的二十五万军队全部瓦解，辛弃疾到南宋后怎样向朝廷解释？谁能相信他所说的二十五万军队是真实的？辛弃疾谋划把叛徒张安国活捉到南宋，既能做“人证”，也能在南宋君臣面前展现他非凡的智慧、非凡的胆略和非凡的勇气。终于，他经过精心策划、精心部署，活捉生擒了张安国，完成了一件惊天动地的壮举！

果然，这件壮举，得到新皇帝宋孝宗的高度赞许。洪迈《稼轩记》说，孝宗皇帝闻知壮举后，召见了辛弃疾，赞赏有加，从此深加信任器重。所谓“壮声英概，懦士为之兴起，圣天子一见三叹息，用是简深知”。这为辛弃疾打响了回归南宋的名声，打拼出了未来仕途的政治资本。

（二）青年仕宦江南

回归南宋后，辛弃疾先被任命为江阴军签判，几年后转任建康府通判。期间，他将多年思考的恢复方略写成《美芹十论》，上奏朝廷。乾道六年（1170），赴临安，被孝宗召对，迁司农寺主簿。乾道八年（1172），他离开朝廷，到滁州任知州。宽征薄赋，招聚流民，教练民兵，开垦屯田，政绩显著，深受民众爱戴。

1. 预言金亡

三十三岁这年，辛弃疾在滁州，预言金朝六十年后必亡，金朝灭亡后中国的忧患更大，后来果然应验。辛弃疾的预言，宋末周密《浩然斋意抄》有记载：“乾道壬辰，辛幼安告君相曰：‘仇虏六十年必亡，虏亡而中国之忧方大！’绍定足验矣。惜乎斯人之不用于乱世也。”乾道壬辰，是公元1172年。六十年后的宋理宗绍定五年壬辰（1232），金朝的都城汴京被元兵攻陷。金哀宗逃离汴京，太后、皇后、皇妃、公主等全部被元兵俘虏。重新上演了北宋后宫被他们的祖先俘虏的剧情。“靖康之难”的血债最终由金兵的后代偿还。

虽然金朝的末代皇帝直到1234年在蔡州自缢身亡，但1232年金朝实际上已经亡国。历史事实，验证了辛弃疾预言的准确性。

辛弃疾是南宋罕见的有远见卓识的战略家。他预言金亡而中国之忧更大，指的是北方蒙古对南宋的潜在威胁，所以特别提醒南宋朝廷当局要早作预案。可当时南宋君臣浑然不觉。别说是辛弃疾在世时，就是金朝灭亡前夕，南宋朝廷也没有意识到元蒙威胁的逼近。有一事可以为证：金哀宗在汴京沦陷后逃到蔡州（今河南汝南），派人到南宋去借粮，行前对使者说：南宋现在乘我们衰微，抢占属于我们大金的寿州，又攻破我们的邓州、唐州，实在是目光短浅。大元先后灭了四十国，灭了西夏后，就来灭我大金。如果大金灭亡，必然接着灭宋。唇亡齿寒，自然之理。你把这个道理讲给宋朝君臣听，今天与我联合，既是为我，也是为他们。使者到南宋后，南宋朝廷不仅没有答应金哀宗的请求，而且落井下石，与元兵联手，最终攻下金哀宗所在的蔡州，导致金朝彻底灭亡。六十年前辛弃疾已预料到的元兵威胁，六十年之后南宋朝廷当局竟然完全没有察觉，实在让人叹息！1204年正月，辛弃疾入朝面见宁宗皇帝时又提醒，金朝不久必乱必亡，本朝应提前做好准备，应对金朝灭亡后更大的军事危机。可南宋朝廷君臣上下，都浑浑噩噩，没人理睬辛弃疾的担忧和建议。元蒙灭金后不久，挥师南下，最终灭亡了南宋。

辛弃疾的预言，是有历史和现实依据的战略分析与政治预判。他在《美芹十论》的《审势》篇和《观衅》篇对金朝必然亡国有过细致的分析，金朝内部有两大矛盾，一是民怨深重而无法化解，二是皇位继承的嫡庶不定也埋下永久的祸根。这两重矛盾不断激化，加之外部势力的攻击，金朝非亡不可。辛弃疾如良医切脉，切中金朝的脉理，故能料定其六十年后必亡。

辛弃疾在滁州做了两年知州后，又到建康，任江东安抚司参议官，深受上司叶衡的赏识。叶衡回朝当宰相后，举荐辛弃疾到朝廷任仓部郎官，负责诸路粮草收支及出纳、折欠和漕运上供等事务。

2. 平定赖文政

淳熙二年（1175），三十六岁的辛弃疾，任仓部郎官不久，又迎来了一次军事上小试身手的机会。

这年四月，湖北、湖南交界的常德、益阳一带，以赖文政为首的茶商发动武装叛乱，不久，就攻入江西。朝廷先是调派宋金前线的正规军——鄂州军前往镇压，无济于事。赖文政的队伍，只有四百来人，而号称精锐而有纪律的三千鄂州军，居然没能打败茶商武装。稍后，江西安抚使汪大猷派副总管贾和仲率数路之兵前往讨捕，因为不熟悉地形，也被茶商武装打得落花流水。朝廷先后调换三任提刑、动用上万兵力围剿，也没能控制局势。据权兵部侍郎周必大说，当时参加围剿的有“江鄂之师，益以赣、吉将兵，又会合诸邑土军弓手，几至万人，犹未有胜之之策”（《文忠集》卷一三七《论任官理财训兵三事》）。彭龟年也说：“茶寇方盛时，江鄂大军、诸路禁军、土军、弓手、百姓保甲，动以万计。”（《止堂集》卷十一《上漕司论州县应副军粮支除书》）江鄂大军、诸路禁军、地方土军等联合作战，也没打垮这支茶商武装。

宰相叶衡见局势越来越严重，就向孝宗皇帝推荐，说仓部郎中辛弃疾才略非凡，有作战经验，可以派他前去平定。于是，孝宗任命辛弃疾为江西提刑，“节制诸军，讨捕茶寇”（《宋史》卷三四《孝宗纪》）辛弃疾受命之后，于七月中旬到达赣州。经过缜密侦察，实施了三大战术。

第一步，重兵围困。茶商武装利用山深险阻，打游击战。辛弃疾吸取正规军背负铠甲辎重不利于山中作战的教训，用正规军扼守要道，而用弓兵土军和民兵将茶商武装围困山中，以消耗断绝他们的给养，迫使出山。果然，茶商武装无法在山中久留，被迫向岭南逃窜。

第二步，多路伏击。茶商武装向南窜入广东、江西交界处后，被广东提刑林光朝率领的精锐部队摧锋军迎头痛击，受到重创。只好折回江西。八月底，赖文政等从江西安福逃到萍乡，辛弃疾派鄂州军统制解彦祥率部围剿，茶商武装死伤惨重，又折回逃至安福高峰寺，辛弃疾又派遣土豪彭道到高峰寺合力搜捕。从此，茶商武装大势已去，逃到赣州兴国县做最后挣扎。

第三步，招安诱降。赖文政等逃到兴国后，只剩百余人苟延残喘，随时准备投降。辛弃疾委派兴国县尉黄倬前往招安，茶商武装全部投降。历时半年的茶商赖文政之乱，在闰九月，被辛弃疾彻底平灭。据罗大经《鹤林玉露》记载，投降之前，赖文政先带几名首领面见辛弃疾，约日缴械投降。事后赖文政对部下说："辛提刑瞻视不常，必将杀我。"茶商武装投降后，辛弃疾果然杀了赖文政，而没有兑现投降不杀的承诺。为此，辛弃疾受到朝官的指责和诟病。

边防作战的三千正规军打不败茶商四百人，后来加上诸路禁军、土兵上万人，依然不能阻扼其气焰。可见赖文政确实是足智多谋、难以对付的高手。而辛弃疾坐镇指挥后，迅速扭转局势，不到三个月就平定叛乱。这次成功平叛，再次彰显辛弃疾聪能谋始、明能见机、智足断事、胆能决之、勇能行之的英雄气质。他不仅有战略眼光，神机妙算，也善于实战，能打硬仗。

过去有人认为，茶商之乱是农民起义，这是误解。那些叛乱之徒，根本不是农民，而是以失业的茶商为主体，加上刺配逃军、恶少无赖之徒。南宋茶商之所以会经常发生叛乱，根源是南宋不合理的"榷茶"制度。南宋推行茶叶专卖制，商人要卖茶叶，必须向官府购买"茶引"——茶叶特许经营凭证。商人凭"茶引"，到茶园、茶户购买额定数量的茶叶，然后去贩卖。茶商不是购买一次"茶引"，就可以获得长期的售卖权，而是一道道地购买，买一道茶引，只能售卖额定数量的茶叶。由于茶引价格昂贵，自愿购买的很少，于是茶商就私下贩卖。官府严查禁止，茶贩就结伙抱团武装对抗。官府查禁严厉，茶贩无利可图，难以生存，就变为盗匪，从事抢劫等违法活动。为了争夺地盘，有时互相火并仇杀，肆无忌惮地抢劫居民，有时抢夺客人买下的茶货，有时强掠妇女，以致民不安居。

以前学界把茶商叛乱者称为“茶商军”，也是误解。南宋的茶商军，其实是专门应对茶商叛乱的官军。《宋史·郑清之传》记载：“湖北茶商，群聚暴横。清之白总领何炳曰：‘此辈精悍，宜籍为兵，缓急可用。’炳亟下召募之令，趋者云集，号曰‘茶商军’。后多赖其用。”意思很清楚：时任江西总领所准备差遣的郑清之，见湖北茶商常常群聚暴乱，于是向总领何炳建议，将那些精悍横暴的茶商招集起来，组建专门的军队来应付武装叛乱的茶商，以暴制暴。何炳言听计从，立马下令召募士兵，响应者云集，于是将这支军队称为“茶商军”。魏了翁《直焕章阁淮西安抚赵君墓志铭》也提到“置制使留茶商、忠效一军补兵籍”之事，意思是置制使留下茶商军、忠效军以补兵籍。由此可见，茶商军是兵籍之外的预备军队。

辛弃疾平灭茶商武装后，孝宗皇帝亲自过问，给予嘉奖。辛弃疾自然是十分兴奋和自豪，对未来充满了幻想，以为从此可以平步青云，实现凌云壮志。但新的任命却是京西转运判官，到湖北襄阳掌管粮草运输，不免失落和怅惘。赴任途中所作《菩萨蛮》（郁孤台下清江水），就表现了人生失意和岁月蹉跎、功业未成的焦虑。

让辛弃疾没料到的，两年后，他就被任命为江陵知府（治今湖北荆州）兼湖北安抚使，做到了独当一面的地方帅臣。其时辛弃疾才三十八岁。这应该是平定茶商叛乱功勋的后续效应。同年冬天，他又调到南昌，任隆兴知府兼江西安抚使。第二年，即淳熙五年（1178），被召回临安，任大理少卿，掌刑狱断案。当年又离朝到鄂州（今湖北武汉）任湖北转运副使。在鄂州席未暇暖，淳熙六年（1179）春，又到潭州（今湖南长沙）任湖南转运副使，随即改任潭州知州兼湖南安抚使。

3. 创建飞虎军

继生擒张安国、平定赖文政之后，辛弃疾在长沙创建飞虎军，成就了他一生的三大英雄传奇。

湖南地理位置特殊，控带两广，但盗患严重，武备空虚。淳熙七年八月（1180），任湖南安抚使的辛弃疾向朝廷建议，依广东摧锋军、湖北神劲军、福建左翼军之例，别创一军，号称“飞虎军”。获得朝廷许可之后，辛弃疾雷厉风行，在长沙马殷营垒故址建立兵营，招步军二千人，马军五百人，并在广西买马五百匹，战马铁甲皆备。

辛弃疾建飞虎军，阻力重重。先是组建期间，枢密院就有人反对，数次阻挠，而辛弃疾不为所动，加速进行。后来因花费巨大，动以万计，辛弃疾亲自协调斡旋，“事皆立办”。可朝中有人弹劾辛弃疾聚敛民财，以至于降下御前金字牌，勒令立即停建。辛弃疾受而藏之，不动声色，继续督责监办者，令一月之内建成飞虎营栅，违者军法从事。最终如期落成。军营建成后，辛弃疾向朝廷陈述始末，并绘图缴进，孝宗皇帝才释然认可。由此可见辛弃疾临事果断，有胆有识，决策力、行动力超强。

辛弃疾营房聚瓦的故事，有些像诸葛亮的草船借箭，足见他的超凡智慧。飞虎军营房快要建成时，适逢秋雨连月，负责施工的部下向辛弃疾报告，说房子即将建好，可没有一片瓦盖房。要造瓦，肯定来不及，问辛帅怎么办。辛弃疾问：需要多少片瓦？部下说：要二十万片。辛弃疾胸有成竹，安慰他说：不用担心，几日之内，就可以办妥。部下不信，心想：辛帅也太会吹牛了，新烧二十万片瓦，无论如何也需要两三个月。辛弃疾随即命令厢官，除官舍、神祠外，号召每户居民取沟瓦二片，结果不到两天，二十万片瓦就全部备齐。僚属为之叹服不已。这是《宋史·辛弃疾传》记载的故事版本。罗大经《鹤林玉露》所载情节略有不同：部属报告辛弃疾“唯瓦难办”，辛弃疾即命令到每家每户去购买，一百钱买檐前瓦二十片，限两日之内，见瓦收钱。结果几天之内，瓦不可胜用。虽然聚瓦的方式说法不一，但都体现出辛弃疾随机应变的智慧和解决困难的能力。罗大经对此评论说：“大凡临事无大小，皆贵乎智。智者何？随机应变，足以弭患济事者是也。”

飞虎军建成之后，辛弃疾又加强训练，飞虎军从此“雄镇一方，为江上诸军之冠”（《宋史·辛弃疾传》）。后来任湖南安抚使的朱熹也说：“飞虎军，元系帅臣辛弃疾创置，所费财力以巨万计，选募既精，器械亦备，经营葺理，用力至多。数年以来，盗贼不起，蛮徭帖息，一路赖之以安”（《晦庵先生朱文公文集》卷二一《乞拨飞虎军隶湖南安抚司札子》）。飞虎军的意义和作用，越到后来越显著。辛弃疾作为飞虎军的创始人，功不可没。

可惜，辛弃疾在潭州未能充分施展长才，不到半年，就被调到南昌知隆兴府兼江西安抚使。

4. 归正人身份

从三十六岁到四十一岁，五年之间，辛弃疾调换了十任官职。频繁的调任，让辛弃疾在任时难有作为，虽然官职有所升迁，但心情并不舒畅。辛弃疾之所以被频繁换职，与他的身份和个性有关。

辛弃疾是从北方金人占领区投诚归顺到南宋的“归正人”。南宋前期，有些归正人，从北方带些情报回到南宋，领取一些奖赏之后，又重返北方，首鼠两端，导致南宋朝野对归正人不很信任。虽然辛弃疾爱国之心执着，恢复之志坚定，但受归正人身份的拖累，不受朝廷信任，屡遭猜疑。所以朝廷不断调换他的职任，让他难以在一地深耕久作。

他的个性刚强，作风强硬。行伍出身，早年养成的军人作风，让他行事果敢刚毅，雷厉风行。然而，作风过于强硬，有时就会专横霸道，上司难以驾御，同僚不易合作。友人朱熹就说过辛弃疾为官时“纵恣，更无一人敢道他”（《朱子语类》卷一三二）。同辈杨万里也说“辛弃疾有功，而人多言其难驾御”（《诚斋集》卷一二〇《宋故少师大观文左丞相鲁国王公神道碑》）。后辈真德秀说他为帅时“厉威严，轻以文法绳下，官吏惴栗”（《真西山集》卷四十《少保成国赵正惠公墓志铭》）。所以朝廷对他是既用之又防之，后来干脆就弃而不用。行事果敢，只考虑目的，而不管手段，很容易主观任性，不守法度，不循绳墨，动辄暴力制服。他在江西赈济灾民，曾发布八字榜文：“劫禾者斩，闭粜者配。”（《朱子语类》卷一一一）用军令作民规，效果固然显著，但如果掌控不好，就会滥杀无辜。因过于强势，上司不满他的专断，下级惧怕他的威严。所以，他走到哪，都受人排斥。

（三）中晚年被弃闲居

孝宗淳熙八年（1182）十二月，辛弃疾由隆兴知府改任两浙提刑。还没离开南昌赴任，就被弹劾落职，罪名是贪财滥杀，欺侮上司。崔敦诗《辛弃疾落职罢新任制》数落辛弃疾“曾微报效，遽暴过愆。肆厥贪求，指公财为囊橐；敢于诛艾，视赤子犹草菅。凭凌上司，缔结同类，愤形中外之士，怨结江湖之民”。罢职后，辛弃疾定居江西上饶。

辛弃疾从四十三岁首次罢职，到六十八岁去世，二十六年间，基本上是在江西赋闲家居。虽然曾两度东山再起，但为时甚短，无所作为。第一次是光宗绍熙三年（1192）五十三岁时，到福建先任提刑，后任福州知州兼福建安抚使，但前后仅三年，就被罢官，罪名又是残酷贪赃。第二次是宋宁宗嘉泰三年（1203）六十四岁时，起用为绍兴知府兼浙东安抚使，次年移知镇江府，第三年又因“好色贪财，淫刑聚敛”被言者论列落职。

辛弃疾晚年出山，适逢韩侂胄主持北伐，准备对金宣战。辛弃疾等待一辈子的恢复机会，终于来临，自然是十分兴奋。他任镇江知府时，积极为北伐做准备，多次派遣间谍到北方，侦察金人兵力的数量、屯戍之地的位置、各路将帅的姓名、粮草囤积的地点等情报，并招募沿边民兵强化训练。后来全面了解了朝廷的所作所为后，辛弃疾又深为失望，预言北伐必然失败，并为友人程珌分析了北伐必然失败的原因和兵败的地点。程珌在《丙子轮对札子》中有详细记载。两年后，也就是开禧二年（1206）五月，南宋下诏伐金，出师即败，结果与辛弃疾预料的丝毫不差。辛弃疾的预言再一次被现实验证，也再一次显露了他料事如神的远见卓识。

宁宗开禧三年（1207），六十八岁的老英雄辛弃疾，在江西铅山病逝，享年六十八岁。康熙《济南府志》记载，辛弃疾临终前大呼“杀贼”数声，虽然有想象的成分，但符合英雄的个性。宋末谢枋得说他到辛弃疾祠堂祭奠时，闻“有疾声大呼于祠堂者，如人鸣其不平，自昏暮至三更不绝声”。这应该是谢枋得的心灵感应。他特别理解辛弃疾一生的抑郁不得志，说辛弃疾“生不得行其志，没无一人明其心”，是“朝廷一大过，天地间一大冤，志士仁人所深悲至痛”（《叠山集》卷三《宋辛稼轩先生墓记》）！

辛弃疾不仅有英雄气质、英雄才干，更有恢复中原、一统天下的崇高理想。英雄，从来不是为个人的事业，而是为民族的事业、为民众的福祉而奋斗。辛弃疾的同代人，早就称许辛弃疾是英雄，黄榦颂扬他是“一世之雄”（《勉斋集》卷四《与辛稼轩侍郎书》）。刘宰称赞他是“命世大才，济时远略，挺特中流之砥柱”（《漫塘集》卷十四《上安抚辛待制》），“雅有誓清中原之志，乾旋坤转，虎啸风生”（《漫塘集》卷十五《贺辛待制弃疾知镇江》）。谢枋得称扬他“有英雄之才，忠义之心，刚大之气”（《宋辛稼轩先生墓记》)。辛弃疾的英雄气质、宏大志向、远见卓识、谋略智慧，得到同代人的广泛认可。

只可惜辛弃疾生不逢时，生活在宋金对峙的冷战时代，不能像岳飞那样建立盖世奇勋。洪迈在《稼轩记》里曾感叹:“使遭事会之来，挈中原还职方氏，彼周公瑾、安石事业，侯盖饶为之。”意思是如果有机会，辛弃疾完全可以收复中原，建立周瑜、谢安那样的勋业。宋末刘克庄《辛稼轩集序》也说，如果孝宗皇帝让辛弃疾尽展其才，即使不能像霍去病那样封狼居胥，也决不会置中原于度外！然而辛弃疾终其一生，没有等到大显身手的机会，一辈子只牛刀小试了几回。时代注定了辛弃疾只能是一个悲剧英雄。

不过，军人武将出身的辛弃疾，没能在军事上建立丰功伟业，却在文学上开疆拓土，把词的艺术发展到前所未有的高度，成为开宗立派的词坛宗主！诗人不幸诗家幸，辛弃疾个人的不幸，却成就了词史的大幸！

二　辛弃疾词的艺术世界

辛弃疾写词，有着明确而自觉的创作目的，就是要写出人生的行藏出处、心态情感，呈现独特的个体生命史、心灵史。他在《鹧鸪天·不寐》词里宣称:“人无同处面如心。不妨旧事从头记，要写行藏入笑林。”这是一种自传性、纪实性的创作观念。无论是缘于外在的应酬唱和，还是缘于内心的创作冲动，他的词都是书写自我的人生理想、人生感受，实录自我对社会自然的观察和感悟。辛弃疾的词，是他人格个性的影像记录，生命历程的艺术呈现，时代风云、社会变化、乡村自然的素描剪影。

正如其人是中国词史上独具个性的悲剧英雄，其词也创造了独特的英雄词世界。

一是独特的心灵世界。

辛弃疾有高度自觉的英雄意识。他少年时就想当英雄，怀抱英雄的梦想，一心想着驰骋疆场，杀敌立功，然后封侯拜相，腰间挂着斗大的黄金印，指挥千军万马，夺回中原失地，完成国家统一大业。功成名就之后，找位佳人陪伴。《金菊对芙蓉》词说："叹少年胸襟，忒煞英雄。把黄英红萼，甚物堪同。除非腰佩黄金印，座中拥红粉娇容。"少年的英雄理想，很实在，既追求功名事业，也热爱美人，期待着事业爱情双丰收。

壮年时，以英雄自居。三十五岁写的《水龙吟·登建康赏心亭》就说："倩何人，唤取红巾翠袖，揾英雄泪。"此时他请缨无路，进取无门，退隐又不甘心，心中的压抑苦闷，无人理解，禁不住潸然泪下。于是想找位温柔的佳人擦拭一把英雄泪，安慰孤独寂寞之心。

到了暮年老境，英雄壮心不已。他一再叹浩："谁念英雄老矣，不道功名蕞尔，决策尚悠悠。"（《水调歌头》）"不念英雄江左老，用之可以尊中国。"（《满江红》）尊中国，就是使中国自尊自强。他壮岁罢官后，长期在家闲居，所以他焦虑，他怒吼：荒唐的时代，没有人顾念老英雄，如果能获重用，他一定能让中国雄起，让民族独立，不再向金朝称臣纳贡、屈辱求生。

辛弃疾钟情英雄、崇拜英雄，所谓"天下有英雄者出，然后能屈群策而用；有豪杰者出，然后能知天下之情"（《九议》其一），渴望成就英雄的伟业，成为曹操、刘备、孙权那样的英雄："英雄事，曹刘敌。"（《满江红》）"天下英雄谁敌手，曹刘。生子当如孙仲谋。"（《南乡子》）他呼唤时代的英雄横空出世："千古江山，英雄无觅，孙仲谋处。"（《永遇乐》）他的词里，可以看到英雄辛弃疾"壮岁旌旗拥万夫"的威武（《鹧鸪天》），"沙场秋点兵"（《破阵子》）的英姿，"千丈擎天手，万卷悬河口"的豪迈（《一枝花》），领略到他“斫去桂婆娑。人道是清光更多”（《太常引》）的人间情怀，“布被秋宵梦觉”时眷恋“万里江山”（《清平乐·独宿博山王氏庵》）的社会担当。唐宋词史上，没有哪位词人像辛弃疾这样崇拜英雄、渴望成为真正的英雄。王安石《浪淘沙》词中用过“英雄”这个词汇，苏轼也曾渴望“西北望，射天狼”，但那是浪漫文人“酒酣胸胆尚开张”时的一时豪气。比较而言，王安石、苏轼追求的是“诗书事业”，政治上的功名；而辛弃疾则是追求“弓刀事业”（《破阵子》）、“马上笑驱锋镝”（《满江红》）是军事上的功勋。词世界里，苏东坡是“学士”，辛稼轩是“壮士”，正如谭献《复堂词话》所说：“东坡是衣冠伟人，稼轩则弓刀游侠。”故而同样是抒发自我人生的幽愤，同样是在赤壁缅怀古代英雄，苏轼的感慨是“故国神游，多情应笑我，早生华发”，不免文士的多情伤感；而辛弃疾则是“半夜一声长啸，悲天地为予窄”（《霜天晓角·赤壁》），显露出壮士豪迈的英雄本色。

辛弃疾以天下为己任，有崇高的理想、博大深沉的家国情怀。面对神州的南北分裂、民族的被侵略奴役，他立志“克复神州”“誓清中原”，使南北一统：“袖里珍奇光五色，他年要补天南北。”（《满江红》）友人祝寿，他激励友人“要挽银河仙浪，西北洗胡沙”（《水调歌头》），期“待他年，整顿乾坤事了，为先生寿”（《水龙吟》）。送友人时，难忘“落日胡尘未断，西风塞马空肥”（《木兰花慢》），鼓励友人“待十分做了，诗书勋业”（《满江红》），与朋友唱和，忧虑着山河破碎，“南共北，正分裂”（《贺新郎》），念念不忘“中州遗恨”（《水调歌头》）。登南剑州双溪楼时，憧憬着“倚天万里须长剑”（《水龙吟》），一匡天下；登京口北固亭时，希望像古代的英雄一样能“金戈铁马，气吞万里如虎”（《永遇乐》）。

他的理想信念坚定执着，不因环境的改变而改变，不因个人的挫折而放弃。他坚称：“男儿到死心如铁，看试手，补天裂。”（《贺新郎》）“看依然，舌在齿牙牢，心如铁。”（《满江红》）天生命世大才，深怀济时远略，他绝不甘心平庸地了却此生，而希望有所作为。他也坚信此生必有机会实现他的壮怀理想：“不龟手药，或一朝兮取封。”（《醉翁操》）“男儿事业，看一日，须有致君时。”（《婆罗门引》）“细思量，古来寒士，不遇有时遇。”（《归朝欢》）他是在痛苦中求奋进，失望中憧憬着未来：“莫信蓬莱风浪隔，垂天自有扶摇力。”（《满江红》）并善自调护身体，以待机遇：“记功名，万里要吾身，佳眠食。”（《满江红》）恰如蔡幼学所说，他是“险阻备尝，晚益坚于壮志”（《育德堂外制集》卷三《辛弃疾待制致仕制》）。

作为英雄，辛弃疾还具有“事有可为，杀身不顾”（《淳熙己亥论盗贼札子》）和“马革裹尸当自誓”（《满江红》）的献身精神、自我牺牲精神。这是词世界里前所未见的生命绝唱，只有在建安时代、盛唐时期的诗歌里才能见到这种英雄壮歌。

辛弃疾一生的物质生活，比很多人都要舒适优渥，可精神世界，却比天下人都要压抑、焦虑、愤懑。为什么？因为他肩上扛着统一天下的责任，心中抱着收复河山的宏愿。他本有整顿乾坤的才情将略，可长期被抛弃闲置，一腔热血无处挥洒。因而，他的词中充满着苦闷、怨愤。有时像冯谖一样弹铗悲歌：“腰间剑，聊弹铗”（《满江红》）；有时像“落魄”的“故将军”李广，醉饮在“岁晚田间”（《八声甘州》）；有时悲愤难平，派遣“酒兵压愁城”，用词“写尽胸中，块磊未全平”（《江神子》）。他有“把吴钩看了，栏干拍遍，无人会登临意”（《水龙吟》）的孤独，也有“青山遮不住，毕竟东流去”（《菩萨蛮》）的时不我待的焦虑。

他性格傲岸，气质狂豪，曾自谓“生平刚拙自信，年来不为众人所容”（《淳熙己亥论盗贼札子》），“少年使酒，出口人嫌拗”（《千年调》）。他曾坚定地宣称：“昂昂千里，泛泛不作水中凫。”宁可“家徒四壁”，清贫自守，“故人疏远”（《水调歌头》），幽独自处，也决“不求合于人”。因为处处受排斥，没有知音，不被理解，他的焦虑、愤懑，有时到了发狂的地步。如“夜半狂歌悲风起，听铮铮，阵马檐间铁”（《贺新郎》）；“狂歌击碎村醪盏，欲舞还怜衫袖短”（《玉楼春》）；“说剑论诗余事，醉舞狂歌欲倒，老子颇堪哀”（《水调歌头》）。这些狂豪举止、狂傲情态，“狂歌”狂饮，“不恨古人吾不见，恨古人不见吾狂耳”（《贺新郎》），既体现出他激烈跳荡的生命激情，也反映出他极度的压抑和深沉的苦闷。

辛词的情感世界里，并非只有烈火豪情，也有似水柔情。如在江西赣州平定茶商之乱后写的《菩萨蛮》（西风都是行人恨），就表达了对夫人的深深怀念，想象夫人“试上小红楼，飞鸿字字愁”。《浣溪沙·寿内子》虽是寿词，却也表达了夫妻相濡以沫的真爱和欣慰：“寿酒同斟喜有余。朱颜却对白髭须。两人百岁恰乘除。”古代诗人的爱情诗、爱情词，大多是为婚外女子而作，只有少数篇章是为婚内妻室而写。像辛弃疾这样，戎马倥偬之余还能想到给夫人写首词以寄相思，很是少见。写词给夫人祝寿，共享天伦之乐，在词世界里也不多见。还有些词作，也疑似为夫人而作，如《武陵春》写逾约未及时归家，而“鞭个马儿归去也，心急马行迟。不免相烦喜鹊儿。先报那人知”，“那人”，可能是夫人。只是难以肯定是为自己的夫人所写，还是像《生查子·有觅词者赋》《鹧鸪天·代人赋》那样代为他人而作。但《念奴娇·书东流村壁》肯定是写辛弃疾本人一段刻骨铭心的艳遇，词中“旧恨春江流不断，新恨云山千叠”的名句，足以体现词人对这段爱情的留恋与遗憾。

沙场点兵的军人硬汉辛弃疾，写起柔情爱情，一点也不让小晏、秦郎。如《一剪梅》之“锦字都来三两行。千断人肠。万断人肠。雁儿何处是仙乡。来也恓惶。去也恓惶”；《恋绣衾》之“夜长偏冷添被儿。枕头儿移了又移。我自是笑别人底，却元来当局者迷”等，用平常语写相思，语淡情深。《南歌子》之“今夜江头树，船儿系那边。知他热后甚时眠。万万不成眠后、有谁扇”，写一位妻子对远行在外的丈夫的关心体贴，温柔贤慧，在两宋词史上很是罕见。至于友情亲情，也都亲切有爱。如送门人范开，安慰他说：“但使情亲千里近，须信。无情对面是山河。”（《定风波》）送同僚范昂说：“无情水都不管，共西风只等送归船。”（《木兰花慢》）送族弟祐之说：“记取小窗风雨夜，对床灯火多情。”（《临江仙》）无不情深情真。

辛弃疾性情刚烈，却不乏风趣幽默，因而其词充满幽默感。北宋中后期，词坛曾流行一股俳谐词风，但多属戏谑调笑，风趣有余而品味不高。辛弃疾的幽默词，虽然也有玩笑打趣之作，如《寻芳草》调侃友人陈莘叟想老婆，晚上无法成眠，就好玩有趣，但更多的是讽刺社会现实和抒发人世的不平，具有思想含量和艺术品位。如《行香子·博山戏简昌父仲止》表面上说“由来至乐，总属闲人”，好像很享受这种悠闲，而词末的“把相牛经，种鱼法，教儿孙”，则透露出内心的不平之鸣。堂堂大英雄，晚年只落得在家中教儿孙如何养牛养鱼，万字平戎策换成了东家种树书，内心深处的不平与无奈，人生社会的颠倒错位，自在言外。《卜算子》将“千古李将军”与“为人在下中”的李蔡对比，进而与自己“万一朝家举力田，舍我其谁也”的现实处境进行类比，不同命运的对比与相同命运的类比之中，见出古往今来的贤愚错位。《踏莎行·赋稼轩集经句》和《水调歌头》（我亦卜居者）自我调侃，自我开解，用幽默的态度化解人生的挫折与苦闷，是一种人生智慧。《夜游宫·苦俗客》和《千年调》讽刺追名逐利的俗客和阿谀奉承、圆滑世故的官场风气，颇能见出辛弃疾嫉恶如仇、刚正不阿的人格个性。

二是丰富的生活世界。

辛弃疾四十三岁之后，长期赋闲，在江西上饶、铅山乡间闲居。英雄壮士被迫做了隐士、闲士。闲士的生活，随性轻松，闲适快意："欲行且起行，欲坐重来坐。坐坐行行有倦时，更枕闲书卧"（《卜算子》）。读书、饮酒、闲游，是他中晚年隐居生活的主要内容。他时常坐着竹轿，带着钓车茶具、圆桌坐垫，在溪头村畔闲游："行李溪头，有钓车茶具，曲几团蒲。"（《汉宫春》）他也常常生病："病是近来身，懒是从前我。"（《卜算子》）"剩欲读书已懒，只因多病长闲。"（《西江月》）"病中留客饮，醉里和人诗。"（《临江仙》）病虽愈，但筋力衰退，"不知筋力衰多少，但觉新来懒上楼"（《鹧鸪天》）。壮健如虎的英雄，到了老年，已是"头白齿牙缺"："已阙两边厢，又豁中间个。"（《卜算子》）老态龙钟："坐堆陁，行答飒，立龙钟。"（《水调歌头》）

闲居期间，更多的是愁肠百结，愁思难解。他常常在词中倾诉："欲上高楼去避愁。愁还随我上高楼。"（《鹧鸪天》）"有甚闲愁可皱眉。老怀无绪自伤悲。"（《鹧鸪天》）"而今识尽愁滋味，欲说还休。"（《丑奴儿》）"近来愁似天来大，谁解相怜。谁解相怜。又把愁来做个天。"（《丑奴儿》）

辛弃疾好酒嗜酒，退居江西上饶之后，几乎无日不饮。他觉得："身世酒杯中。万事皆空。"（《浪淘沙》）"少是多非惟有酒，何须过后方知。"（《临江仙》）故而"总把平生入醉乡，大都三万六千场"（《浣溪沙》）。他嫌独饮不过瘾，就写词请朋友来共饮："掀老瓮，拨新醅。客来且尽两三杯。"（《鹧鸪天》）

他每饮必醉，"一饮动连宵，一醉长三日。"（《卜算子》）时现醉态："昨夜山公倒载归。儿童应笑醉如泥。"（《定风波》）"昨夜松边醉倒，问松我醉何如。只疑松动要来扶。以手推松曰去。"（《西江月》）常常狂饮烂醉，不免伤及健康。于是朋友劝他戒酒，可他回应说："记从来人生行乐，休更问日饮亡何。快斟呵。裁诗未稳，得酒良佳。"（《玉蝴蝶》）等到身体实在吃不消了，不得不听从家人友人的劝告而戒酒。可理智上想戒，生理上却十分依赖，那份纠结，全表现在《沁园春·将止酒戒酒杯使勿近》词中。他跟酒杯订立盟约，约好从此不再亲近酒杯，并命令酒杯："勿留亟退，吾力犹能肆汝杯。"狡黠的酒杯却躬身"再拜，道麾之即去，招则须来"。酒杯深知稼轩翁难得真正止酒，于是诙谐地答应：麾之即去，哪天想俺了，一招就来。果不其然，止酒不几天，酒友载酒入山相邀，稼轩翁自感不便以止酒为托辞，于是破戒一醉，并用韵再赋一首《沁园春》以自我解嘲。

辛弃疾不仅书写自我的日常生活，也表现社会的人情世态、人世不平。"贵贱贤愚等耳"（《水调歌头》）的人世，"雷鸣瓦釜，甚黄钟哑"（《水龙吟》）的颠倒社会，"贵贱交情，翟公门外人稀"（《新凉叶》）的炎凉世态，都呈现他的词世界里。至于现实生活中"最要然然可可，万事称好"的"滑稽"小人（《千年调》），"颠倒烂熟""说底话非名即利"（《夜游宫》）的"俗客"，也以讽刺的笔调、漫画的形式，留存在词世界中。

辛弃疾热爱山水、留连山水，所谓"一生不负溪山债"（《鹧鸪天》）。他又长期住在乡村，熟悉乡村，所以，自然山水世界、乡村生活世界，也成为他词世界里另一道靓丽风景。

江西上饶一带的山，诸如灵山、南岩、积翠岩、雨岩、西岩等等，以不同的姿态矗立在辛词的艺术世界里。有的山，像战马奔腾："青山欲共高人语。联翩万马来无数。"（《菩萨蛮》）有的山，似神仙幻化，积翠岩是共工怒触天柱而成："我笑共工缘底怒。触断峨峨天一柱。补天又笑女娲忙，却将此石投闲处。"（《归朝欢》）南岩则是仙人洪崖削出："笑拍洪崖，问千丈翠岩谁削。"（《满江红》）他笔下的山，多以雄奇气势见长，而不以精致玲珑取胜，《临江仙》词就说："莫笑吾家苍壁小，稜层势欲摩空。相知惟有主人翁。有心雄泰华，无意巧玲珑。"

他笔下的水，是奔腾纵姿，飞动跳荡。如《摸鱼儿》里的钱塘江潮："望飞来、半空鸥鹭。须臾动地鼙鼓。截江组练驱山去，鏖战未收貔虎。"《沁园春》里的瀑布："惊湍直下，跳珠倒溅。"《清平乐》中的"清溪奔快。不管青山碍。千里盘盘平世界。更著溪山襟带"，都充满了跳荡的生命力和飞动感。辛弃疾笔下的山水，都是他生命激情的外化，具有独特的生命情调。

辛弃疾词中的乡村，充溢着浓郁的泥土气息、生活气息。有"东家娶妇。西家归女。灯火门前笑语"（《鹊桥仙》）的热闹；有"大儿锄豆溪东。中儿正织鸡笼。最喜小儿亡赖，溪头卧剥莲蓬"（《清平乐》）的和谐；可以听到"平冈细草鸣黄犊"（《鹧鸪天》），"蛙声一片"在"稻花香里说丰年"（《西江月》）；可以望见"北陇田高踏水频。西溪禾早已尝新"（《浣溪沙》）；可以看到"牛栏西畔有桑麻"，"鸡鸭成群晚不收"，"荒犬还迎野妇回"（《鹧鸪天》）。可以亲密接触到各式各样的乡村人物："笑背行人归去，门前稚子啼声。"（《清平乐》）"青裙缟袂谁家女，去趁蚕生看外家。"（《鹧鸪天》）"谁家寒食归宁女，笑语柔桑陌上来。"（《鹧鸪天》）"西风梨枣山园。儿童偷把长竿。莫遣旁人惊去，老夫静处闲看。"（《清平乐》）"父老争言雨水匀。眉头不似去年颦。殷勤谢却甑中尘"（《浣溪沙》）这些村姑村妇、儿童父老，让我们感到亲切而陌生。亲切，是这些人物如同我们在日常生活中常见的人物，如此平凡，又那么生动；陌生，是词史上很少有人关注、呈现过这些乡村人物。虽然苏轼在徐州写的《浣溪沙》组词里让"旋抹红妆看使君。三三五五棘篱门。相挨踏破茜罗裙"的村姑村妇们露过脸，但只是偶尔涉笔，不像辛弃疾是画卷式的系列描绘。

辛词艺术世界里，最具个性特色和开创性的是悲壮雄伟的战争场面。有的是他亲历的战斗情境："八百里分麾下炙，五十弦翻塞外声。沙场秋点兵。马作的卢飞快，弓如霹雳弦惊。"（《破阵子》）"壮岁旌旗拥万夫，锦襜突骑渡江初。燕兵夜娖银胡䩮，汉箭朝飞金仆姑。”（《鹧鸪天》）也有他耳闻的现实战斗场面：“落日塞尘起，胡骑猎清秋。汉家组练十万，列舰耸层楼。谁道投鞭飞渡，忆昔鸣髇血污，风雨佛狸愁。季子正年少，匹马黑貂裘。”（《水调歌头》）此写绍兴三十一年宋金采石矶之战，如同战争大片，惊心动魄；“笳鼓归来，举鞭问，何如诸葛？人道是匆匆五月，渡泸深入。白羽生风貔虎噪，青溪路断鼪鼯泣。早红尘，一骑落平冈，捷书急。”（《满江红》）这是写湖南安抚使王佐平定陈峒之乱，虎啸风生，气势磅礴。还有折射出现实战争的历史战斗情景：“汉水东流，都洗尽，髭胡膏血。人尽说，君家飞将，旧时英烈。破敌金城雷过耳，谈兵玉帐冰生颊。”（《满江红》）这刀光剑影、旌旗飞扬、战鼓咚咚、硝烟漫漫的战场，是词世界里前所未有的壮观。只有曾经驰骋疆场、横戈杀敌的英雄辛弃疾，才能创造出这样雄奇的战争画面。

三是卓越的艺术成就。

辛弃疾词，不仅拓展丰富了词的心灵世界和生活世界，更拓展了词的艺术空间，大大提升了词的艺术表现力。

1. 语言的突破

词是语言的艺术，辛弃疾的语言极具个性化。根据内容题材和创作对象的特点，或雅或俗，或庄或谐，声口毕肖。比如，同是送侍妾，《临江仙·侍者阿钱将行赋钱字以赠之》和《鹊桥仙·送粉卿行》的语言就大不相同，前者典雅，后者通俗。因为阿钱读书多，精通诗文，擅长笔札，经常代辛弃疾写应酬的书信，所以辛弃疾就为她量身定做，用书面雅言，精心挑选有关钱的典故构成送别词境：“一自酒情诗兴懒，舞裙歌扇阑珊。好天良夜月团团。杜陵真好事，留得一钱看。　岁晚人欺程不识。怎教阿堵留连。杨花榆荚雪漫天。从今花影下，只看绿苔圆。”而粉卿读书不多，只是粗通文墨，所以，送她的词，就用口语俗话：“轿儿排了，担儿装了，杜宇一声催起。从今一步一回头，怎睚得一千余里。　旧时行处，旧时歌处，空有燕泥香坠。莫嫌白发不思量，也须有思量去里。”一听就明白，读来亲切有味。

辛弃疾词最突出的语言成就，是语源的变革，打破词作语言的壁垒，首次用经史散文的语言融铸新意象、创造新境界。词的语言，原有两大来源，一是从日常生活语言中提取，一是从前人诗赋等韵文中转化，没有人敢用经史中的语句，没有人敢从散文里吸取语汇。而辛弃疾则独创性地从经史子集等散文中提取语汇入词，不仅盘活了语言资源，赋予经史子集中的语言以全新的生命活力，而且空前解放了词体，丰富了词的语汇和表达极限。经史散文中的语言，他信手拈来，一如己出。如《贺新郎》之“甚矣吾衰矣。怅平生交游零落，只今余几”“我见青山多妩媚，料青山见我应如是”“不恨古人吾不见，恨古人不见吾狂耳。知我者，二三子”，分别化用了《论语》、欧阳修《江邻几文集序》和《晋书·温峤传》《新唐书·魏征传》《南史·张融传》中的成句；《最高楼》之“吾衰矣，须富贵何时。富贵是危机。暂忘设醴抽身去，未曾得米弃官归。穆先生，陶县令，是吾师。待葺个园儿名佚老。更作个亭儿名亦好。闲饮酒，醉吟诗。千年田换八百主，一人口插几张匙。休休休，更说甚，是和非”，则分别化用了《论语》《庄子》《左传》《汉书·杨恽传》《晋书·诸葛长民传》《汉书·楚元王传》《晋书·陶潜传》《旧唐书·司空图传》和《五灯会元》等经史子集中的成句，都自饶新意。虽是散文句法，却不违反词的格律规范，仍协律可歌，煞是奇妙！《踏莎行·赋稼轩集经句》，全从《易经》《诗经》《论语》《礼记》中集出语句而稍加点化，就变陈言为新句。宋末刘辰翁《辛稼轩词序》曾比较过苏辛不同的变革开拓之功：“词至东坡，倾荡磊落，如诗如文，如天地奇观，岂与群儿雌声学语较工拙，然犹未至用经用史，牵雅颂入郑卫也。自辛稼轩前，用一语如此者，必且掩口。及稼轩横竖烂漫，乃如禅宗棒喝，头头皆是。”唐宋词史上，辛弃疾创造和使用的语言最为丰富多彩，雅俗并收，古今融合，骈散兼行，随意挥洒，而精当巧妙。正如清人刘熙载《艺概·词曲概》所说："稼轩词龙腾虎掷，任古书中理语、廋语，一经运用，便得风流，天姿是何夐异！"吴衡照《莲子居词话》也称扬："辛稼轩别开天地，横绝古今。《论》《孟》《诗小序》《左氏春秋》《南华》《离骚》《史》《汉》《世说》《选》学，李杜诗，拉杂运用，弥见其笔力之峭。"

2. 用典的神妙

用典，本是诗词的基本手段，而辛弃疾词用典极多，熟典生典、常典僻典、旧典新典、"古"典"今"典，都信手拈来，融合无间。所谓古典，指古代、前代的典故；今典，是指本朝、当代的典故。如《满江红·贺王宣子平湖南寇》词中"白羽风生貔虎噪，青溪路断鼪鼯泣"两句，白羽，是古典、旧典，青溪是今典、新典。白羽，既是指诸葛亮用"白羽扇指麾三军"的典故，又融合了《北史》卷八九《陆法和传》的故事：侯景之乱时，陆法和在江陵阻击侯景部将任约，两军战船对峙，陆法和派人纵火烧敌船，因是逆风，无法烧及敌船，于是"法和执白羽麾风，风势即返"，任约之兵大溃。这应是白羽风生典故的真正来源。而字面上，又是化用苏轼《与欧育等六人饮酒》："苦战知君便白羽……引杯看剑坐生风。""白羽风生"四个字，融化两个事典、一个语典，辛弃疾用典之妙，可见一斑。而"青溪路断"，是借北宋末方腊最终被平定比喻宜章陈峒之乱被平定，用典尤为贴切。又如《柳梢青·三山归途代白鸥见嘲》末句"好把移文，从今日日，读取千回"，用北宋真宗朝翰林学士杜镐诵《北山移文》讽刺隐士种放故事。辛弃疾用此典，是自嘲苦笑。他自笑自己无端应诏出山，到福建为官，结果不到三年就被罢官免职，自讨没趣，重新归山，致使鹤怨猿惊、山灵震怒。弄清此典，就可以更深入地理解辛弃疾福建罢官时内心的矛盾纠结、遗憾和悔恨。辛词用典，不是炫博矜能，而是用最贴切最准确的典故来表达情和事，以达到语约、事备、意丰的艺术效应。

辛弃疾用典方式，变化多样，有明用、化用、曲用、叠用诸法。明用，是直接引用，往往字面上出现典故所含的关键字。如《破阵子》的“八百里分麾下炙，五十弦翻塞外声”，是写兵营里将士们分吃牛肉、共听琴声的情景，如果直接说吃牛肉，听弹琴，就既没有韵味，也没有艺术含量。于是辛弃疾用“八百里”的典故来代指牛肉，用“五十弦”指乐器。五十弦，因为我们熟悉李商隐的《无题》诗，所以一看，就能联想到“锦瑟无端五十弦”的诗句，而明白五十弦是指琴瑟类弦乐器。这“八百里”，意思就不那么显豁了。凡是按字面的意思解释不通或不好理解的，那一般就是用了典故。这也是判断诗句词句是否用典最简易的方法。这“八百里”，原是一头牛的名字。《世说新语》里记载，喜欢炫富的贵族王恺（字君夫），家中养有一头牛，名叫八百里驳，一日可以奔跑八百里，相当珍贵。王济（字武子）有次对王恺说：我的箭术不如你，今天咱俩比试比试，就用你家的那头八百里驳做赌注。王恺自以为箭术高明，于是爽快答应，并让王济先射。没想到，王济一箭中的，对早就准备好杀牛的手下说：“快取牛心来吃。”不一会儿，八百里驳就被杀了烤熟，王济切了一大块牛肉，扬长而去。辛弃疾用这个典故，让八百里跟五十弦对仗，贴切巧妙又大气。“八百里”的字面，可以让我们联想到“八百里”军营，场面十分壮观。理解了这个典故，又让我们联想到王恺、王济赌牛的豪迈以及八百里牛的威猛。历史人物和现实场景、当下将士吃烤牛肉的痛快和历史上那头生猛的活牛形象，交相辉映。一个典故，融合了两重时空场景，组合了两组古今人物，汇成多重艺术张力。

化用，也可称为活用，将典故字面融化在叙述之中，字面是描述一个动作或一种状态，看不出用典的痕迹。读者不知其典故，照样可以理解字面的意思，知道其典故，理解会更深一层，也更能理解词人之匠心与表现之巧妙。如《西江月》写醉态："只疑松动要来扶。以手推松曰去。"这以手推松一句，有动作，有对话，活脱脱写出醉后摇摇晃晃、不承认自己喝醉而以手用力推松的神态。句式灵动自然，完全不觉得是用典。当我们知道这句是用《汉书·龚胜传》的"胜以手推常曰'去'"的典故后，越发佩服辛弃疾用典的出神入化，如盐着水，浑化无痕。用典既贴切，造语亦天然。再如《玉楼春·戏赋云山》的首句"何人半夜推山去"，本是纪实写景，清新自然，包含人物、时间、动作、结果等细节层次，又用问句出之，是天生好言语。谁知这句典源是出自《庄子·大宗师》："藏舟于壑，藏山于泽，谓之固矣。然而夜半有力者负之而走，昧者不知也。"字面来源于黄庭坚《次东坡壶中九华》诗："夜半有人持山去，顿觉浮风暖翠空。"化用事典语典，如自然天成。又如《浣溪沙》"父老争言雨水匀。眉头不似去年颦。殷勤谢却甑中尘"，写今年丰收在望，乡间父老不再担心无米下锅。谢却甑中尘，字面的意思是蒸饭用的甑不会再沾尘土；天天用甑蒸饭，意味着天天有饭吃。这句不知用典，也不影响词意的理解，若知道这是用《后汉书·范冉传》有时粮粒尽，穷居自若，言貌无改，闾里歌之曰："甑中生尘范史云，釜中生鱼范莱芜"的典故，就更能体会此句的深意，比直说今年不再担心无米下锅更富有造型感、动作感和喜悦感。

曲用，是曲意用典，言在此而意在彼，字面的意思与实际寓意不同。最典型的是《贺新郎·再用前韵》结尾的"顾青山与我何如耳。歌且和，楚狂子"。末二句，来源于《论语·微子》："楚狂接舆歌而过孔子曰：'凤兮！凤兮！何德之衰？往者不可谏，来者犹可追。已而，已而！今之从政者殆而！'"字面用楚狂歌，其实，词人的用意所在，是暗指楚狂接舆歌的末句"今之从政者殆而"。这首词作于宁宗嘉泰元年（1201），这年的"从政者"，即执政的宰相，是谢深甫。而谢氏在之前的绍熙五年（1194）任御史中丞时，曾弹劾辛弃疾“交结时相，敢为贪酷”，使辛弃疾被罢免福建安抚使而闲居。词中“歌且和”的前一句“顾青山与我何如”，暗用《史记·陈丞相世家》所载吕媭谗害陈平的故事，隐指当年谢深甫对自己的谗言诬陷。当年谗害自己的谢深甫，如今独掌朝纲，辛弃疾不免为朝廷忧虑，也为个人的前途忧虑。

叠用，指连续用典，用一连串的组合典故来叙述一个完整的事件。这是辛弃疾独创的，技术难度最高、艺术含量最大的用典方式。如《水调歌头·舟次扬州和杨济翁周显先韵》上片就是用一系列典故写绍兴三十一年（1161）在扬州一带发生的宋金大战。其中“谁道投鞭飞渡，忆昔鸣髇血污，风雨佛狸愁”三句用四个典故。投鞭飞渡一句，化用《晋书·苻坚载记》“以吾之众旅，投鞭于江，足断其流”和《晋书·杜预传》“北来诸军乃飞渡江也”两个典故，写完颜亮的猖狂和南宋军队的迅猛阻击。“鸣髇血污，风雨佛狸愁”，又用两个典故写完颜亮被部下射杀以及南侵金兵的可悲下场。《史记·匈奴传》载，匈奴太子冒顿作鸣镝，命令部下：“鸣镝所射而不悉射者斩之。”后从其父狩猎，以鸣镝射其父，左右皆随鸣镝而射杀之。“鸣髇”故事中的人物是匈奴人，故事的性质是子弑父，主要情节是用箭射杀。这与金主完颜亮被部下用箭射杀高度吻合：人物的身份吻合，都是胡人；事件的性质吻合，都是敌国臣子弑君父；故事的主要情节吻合，都是用箭射杀其君。用典如此贴切精妙，真是罕有其匹。佛狸，是借北魏太武帝拓跋焘指金主完颜亮，拓跋焘曾率师南侵至长江北岸，完颜亮也同样率百万军队南侵至长江北岸，连南侵的地点方位都相同，用典之贴切恰当，无以复加。又如《满江红·贺王宣子平湖南寇》，是淳熙六年（1179）祝贺湖南安抚使王佐（字宣子）平定郴州陈峒叛乱而作，当时辛弃疾在长沙任湖南路转运副使。作为同僚，如果直言其事，不免尴尬，于是用典故来曲折表现。王佐出师平定陈峒，是在五月初一，于是用诸葛亮五月渡泸故事来写："笳鼓归来，举鞭问、何如诸葛。人道是、匆匆五月，渡泸深入。白羽风生貔虎噪，青溪路断鼪鼯泣。早红尘一骑落平冈，捷书急。"事件发生的时间、性质和人物的身份，与诸葛亮《出师表》所言"五月渡泸，深入不毛"的故事以及方腊被平定的故事非常相似。辛词连续叠用典故，既描述了平叛的经过，又赞美了王佐的谋略有如诸葛亮。颂扬之意，不露痕迹。句句用典，表面上写历史，实际上句句写现实。用组合典故来叙事纪实，实前无古人。

辛弃疾用典多，前人讥为"掉书袋"。刘克庄《跋刘叔安感秋八词》说："近岁放翁、稼轩，一扫纤艳，不事斧凿。高则高矣，但时时掉书袋，要是一癖。"后人每以为口实。辛词用事虽多，但绝大多数用得精准精美精妙。用典是辛弃疾的一种语言艺术，不足为其病为其累。正如陈廷焯所说："稼轩词拉杂使事，而以浩气行之。如五都市中，百宝杂陈，又如淮阴将兵，多多益善。风雨纷飞，鱼龙百变，天地奇观也。"（《词则·放歌集》卷一）

3. 意象的转换

唐五代词的意象，大多与女性生活有关；北宋词的意象，则与文士的日常生活、官场生活相关。而辛弃疾词，创造了一系列与战争相关的军事活动意象，空前丰富了词的意象画廊。

行伍出身、经过战火洗礼的英雄辛弃疾，早年有着战场上横戈杀敌的战斗体验，终生朝思暮想，希望能驰骋疆场，杀敌立功，完成国家恢复大业。因而，刀、枪、剑、戟、弓、箭、戈、甲、铁马、旌旗、将军、奇兵等军事意象，不断涌现于笔端，"少年鞍马""少年横槊""千骑弓刀""嵯峨剑戟""马革裹尸""斩将更搴旗""倚天万里须长剑""却笑将军三羽箭""边头猛将干戈""红旗铁马响春冰""犹记红旗清夜，千骑月临关"等军事意象，构成词史上罕见的军事景观，也突显出辛弃疾的英雄气概。

作为军人的辛弃疾，不管什么样的自然景物，他都会想象成军事意象。寂静不动的连绵青山，可以变成一群群飞驰咆哮的战马。建康城外的山，仿佛是“联翩万马来无数”（《菩萨蛮》）；江西上饶的灵山，幻化成“叠嶂西驰，万马回旋”（《沁园春》）；福建南平的山，好似“万马一时来”（《水调歌头》），有时又如“似三峡风涛，嵯峨剑戟”（《瑞鹤仙》）。

在辛弃疾的军人意识里，钱塘江的潮水变成了鏖战的雄兵、动地的战鼓：“半空鸥鹭，须臾动地鼙鼓。截江组练驱山去，鏖战未收貔虎。”（《摸鱼儿》）山中的松树，像是等待检阅的一排排昂首挺立的战士：“检校长身十万松。”（《沁园春》）手中的笔，变成了上阵杀敌的长剑：“笔作剑锋长。”（《水调歌头》）杯中的酒，成了镇压愁城的兵：“酒兵昨夜压愁城。”（《江城子》）连艳丽的牡丹，也能变成女兵：“对花何似，似吴宫初教，翠围红阵。”（《念奴娇》）池中的鱼，能列成战阵：“饱观鱼阵已能排。”（《浣溪沙》）围棋盘上也能响起突围的冲杀声：“小窗人静，棋声似解重围。”（《新荷叶》）飞扬的六瓣雪花，有如陈平破贼的六出奇计：“添爽气，动雄情，奇因六出忆陈平。”（《鹧鸪天》）这些军事化意象，是辛弃疾词特有的元素，既构成了辛词雄奇刚健的风格，也改变了宋词主体意象的柔美特质。

4. 方法的更新

艺术表现方法上，辛弃疾也有更新和突破。苏轼打破诗词的文体界限，将诗歌的表现手法移植于词，扩大了词体的表现功能。而辛弃疾在苏轼以诗为词的基础上，进而再一次突破词体的疆域边界，以文为词，将古文辞赋中常用的议论、对话等手法引入词中，彻底解放了词体。《永遇乐·戏赋辛字送茂嘉十二弟赴调》借鉴韩愈《进学解》、周敦颐《爱莲说》四面受敌法，围绕“辛”字的含义层层展开议论，表现出词人刚烈的品格、忠义的家风和坎坷的身世。《沁园春·将止酒戒酒杯使勿近》模仿汉赋《解嘲》《答客难》的宾主问答体，让人与酒杯对话，已是出人意表，而词中的议论，纵横奔放，蕴含着丰富的人生哲理和幽默感，余味无穷。

辛弃疾还用散文辞赋的章法结构来布局谋篇。《贺新郎·别茂嘉十二弟》，就是模仿江淹《恨赋》和李白《拟恨赋》的结构方式，融汇历史上多种幽怨事，来烘托离愁别恨，章法独特绝妙。用《天问》体写的《木兰花慢》（可怜今夕月），连用七个问句以探询月中奥秘，奇特浪漫，理趣盎然。与陈亮酬唱的几首《贺新郎》，以词代书信，章法神似书信体散文。清人顾贞观寄吴兆骞的书信体《贺新郎》词，论其渊源，即出自辛弃疾这几首词。

辛弃疾词的卓越成就和崇高地位，南宋以来就得到一致的认可。宋末刘克庄《辛稼轩集序》即说辛词“大声鞺鞳，小声铿鍧，横绝六合，扫空万古，自有苍生以来所无”。《四库全书总目·稼轩词提要》也说：“其词慷慨纵横，有不可一世之概，于倚声家为变调，而异军特起，能于剪红刻翠之外，屹然别立一宗。迄今不废。”辛弃疾雄才大略，因受时代环境的制约，没能在政治上、军事上成就英雄的伟业，转而在文学上奋勇拓新，开宗立派，建立了不朽的艺术丰碑，成为一代词坛领袖。清人陈廷焯赞道：“南宋而后，稼轩如健鹘摩天，为词坛第一开辟手。”（《云韶集》卷二）“稼轩词如龙蛇飞舞，信手拈来，都成绝唱。词至稼轩，纵横博大，风雨争飞，鱼龙百变，真词坛飞将军也。”（《云韶集》卷五）他开创的词派，史称豪放派，又称苏辛词派或稼轩词派。同时的陆游、陈亮、刘过和韩元吉、袁去华、刘仙伦以及南宋后期的戴复古、孙惟信、刘克庄、陈人杰、刘辰翁、文天祥、蒋捷等词人，或与其词风相近，或传其衣钵，都属同一词派。

南宋以后词人，亦多受辛弃疾的沾溉。金代元好问，元代卢挚、萨都剌，明代杨慎，清代的吴伟业、陈维崧，近代文廷式和王鹏运等著名词人，都深受稼轩词的影响。特别是清初以陈维崧为代表的阳羡词派，更崇尚东坡、稼轩，词风雄浑豪壮，在浙西词派之外，别树一帜。至清代中叶，蒋士铨、洪亮吉和黄景仁等，仍承其余响。到了现当代，作词者亦多奉稼轩词为典范。

羁旅江南隅，未补西北天
——辛弃疾前期词的心路历程

稼轩词的独特性之一，在于以前所未有的广度和深度展现出主体自我完整的心灵世界。其词不仅表现出主体心灵世界的多元性、丰富性和复杂性，也表现出主体心路历程的多变性流动性和曲折性。而这又是受其自觉而明确的创作观念的支配，即其《鹧鸪天》词所说的“人无同处面如心。不妨旧事从头记，要写行藏入《笑林》”。他是要用词来表现他整个一生的行藏出处，性情怀抱，表现他那颗与众不同的深沉博大之“心”。我们试图循着辛弃疾的人生历程，探讨其词所展现的多维动态的心灵世界。限于篇幅，这里主要探讨辛弃疾淳熙八年（1181）罢官居上饶以前词中所表现出的心路历程。

一　南归之初的雄心壮志

辛弃疾生长于北方“沦陷区”，幼承祖训，民族被压迫、国土被分裂的耻辱感深深锲入他的心灵。他的《美芹十论》说:“虏人凭陵中夏，臣子思酬国耻，普天率土，此心未尝一日忘。臣之家世，受廛济南，代膺阃寄，荷国厚恩。大父臣赞……每退食，辄引臣辈登高望远，指画山河，思投衅而起，以纾君父所不共戴天之愤。”谢枋得《宋辛稼轩先生墓记》也说：“公精忠大义，不在张忠献

（浚）、岳武穆（飞）下。一少年书生，不忘本朝，痛二圣之不归，闵八陵之不祀，哀中原子民之不行王化，结豪杰。志斩虏馘，挈中原还君父，公之志亦大矣。”

辛弃疾的人生志向和理想即建基于这种深沉的民族耻辱感上。他也是怀抱报仇雪耻、恢复故土、北定中原的信念和理想起义南归的。“了却君王天下事，赢得生前身后名”（《破阵子》），便成为辛弃疾南归后追求奋斗的目标和喜怒哀乐的聚焦点。

辛弃疾南归之初，在洞察、分析敌我双方“形势”后确信：“方今之势，恢复岂难为哉！”（《九议》）对民族的恢复大业充满着必胜的信心，对自我的前途、“赢得生前身后名”充满着希望，故他力劝孝宗皇帝“雪耻酬百王，除凶报千古”（《美芹十论》），激励公卿大臣“要挽银河仙浪，西北洗胡沙”（《水调歌头·寿赵漕介庵》），“要补天西北”（《满江红·建康史帅致道席上赋》），“好都取山河献君王”（《洞仙歌·寿叶丞相》）。他自己更是“马革裹尸当自誓”（《满江红》“汉水东流”），“事有可为，杀身不顾”（《淳熙己亥论盗贼札子》），洋溢着自我牺牲、为国献身的积极进取精神，高唱着词史上未曾唱响过的昂扬乐观的“从军乐”（《贺新郎·和吴明可给事安抚》）。他并不是只希望、激励他人去抗战戡难，而是自我也投身其中。抗战复国，既是民族的大业和要求，也是他个人的事业和理想，他的人生价值始终和民族的解放事业联结在一起。因此他后来不管是连任江南帅臣，还是身居带湖、瓢泉幽美的山水林泉，无论在词坛上已获得多高的声誉和地位，由于抗金复国的人生理想未曾实现，他都是那么抑郁、苦闷和悲愤。

他有英雄的豪气、才识与胆略，也一心想成就英雄勋业而“腰佩黄金印”：

少年胸襟，忒煞英雄。把黄花红萼，甚物堪同。除非腰佩

黄金印，座中拥红粉娇容。此时方称情怀，尽拼一饮千钟。（《金菊对芙蓉·重阳》）

脑海里也时刻萦念、憧憬着古代的英雄豪杰：

汉水东流，都洗尽髭胡膏血。人尽说，君家飞将，旧时英烈。破敌金城雷过耳，谈兵玉帐冰生颊。（《满江红》）

汉中开汉业，问此地，是耶非。想剑指三秦，君王得意，一战东归。（《木兰花慢·席上送张仲固帅兴元》）

笳鼓归来，举鞭问，何如诸葛。人道是匆匆五月，渡泸深入。（《满江红·贺王帅宣子平湖南寇》）

英雄事，曹刘敌。（《满江红·江行简杨济翁周显先》）

刘邦、曹操、刘备、诸葛亮等"英烈"，都是他所向往仰慕的英雄。辛弃疾以英雄自居，也以英雄自励，他要建立名垂千古的英雄伟业，故在反思历史时，总是赞赏历史上的英雄人物。

宋代文人士大夫的价值观，是重文而轻武。他们追求的是"以文章立朝为名臣，"而不是"一战取功勋"，他们宁愿"寻章摘句老雕虫"，而不敢也不愿像唐人那样到战场上一试身手。唐人"宁为百夫长，胜作一书生"（杨炯《从军行》），"功名只向马上取，真是英雄一丈夫"（岑参《送李副使赴碛西官军》）的人生信念，在宋人简直不可思议，且会被人唾弃。北宋真宗朝，知制诰陈尧咨善射，真宗想让陈尧咨换武将，并答应"授与节钺"，而陈在征求老母的意见时，其母竟痛打陈尧咨几大板，责骂他："汝策名第一，父子以文章立朝为名臣，汝欲叨窃厚禄，贻羞于阀阅，忍乎？"（释文莹《湘山野录》卷中）由文换武，即使是加官晋级，也不能为，否则阀阅贵族会以为耻辱，玷污祖上文名。身佩帅印不如一介文臣，这便是宋人的价值取向。而辛弃疾却崇拜英雄，崇尚武功，他要在马上弓刀中博取功名："把诗书马上，笑驱锋镝。金印明年如斗大，貂蝉却自兜鍪出。”（《满江红·贺王帅宣子平湖南寇》）功名应“自兜鍪出”，人生价值应在金戈铁马上实现，这便是辛弃疾与宋代文士的不同处。他的人生价值观和价值实现的方式都是独特的。

虽然南归筮仕之初，辛弃疾以献俘归正之功而仅得一区区之江阴通判，与他“腰佩黄金印”的理想尚隔着很长的距离，但他对此似乎并不十分介意，因为他还有时间可以等待和争取机会。他自信“家本秦人真将种’（《新居上梁文》），身兼文武之才，在国家正需“天下之士献谋效命之秋”（《美芹十论》），不愁没有风云际会、尽展宏图之机。“万里功名莫放休”（《破阵子》“掷地刘郎玉斗”），既是激励友人，也是勉励自我应该锲而不舍地积极追求进取：“诗书万卷，致身须到古伊周”（《水调歌头》“落日古城角”）。

这时候，他还没有经历过多少人间的坎坷，没有深切体验到人生挫折的滋味，因而早年词作所表露的多是那种虽有些不得志却不那么急切的淡淡“寂寞”“闲愁”：“闲愁几许，更晚风特地吹衣。”（《新荷叶·再和前韵》）“一片闲愁，芳草萋萋。”（《一剪梅·游蒋山呈叶丞相》）“我来吊古，上危楼赢得，闲愁千斛。”（《念奴娇·登建康赏心亭呈史留守致道》）“何处依刘客，寂寞赋《登楼》。”（《水调歌头》“落日古城角”）一如他后来所说的“少年不识愁滋味，爱上层楼。爱上层楼。为赋新词强说愁”（《丑奴儿·书博山道中壁》）。

二 久不获用后的失落忧愤

但等待的耐心是有限度的。不久，辛弃疾的心理便失去了平衡，心灵平静的海洋翻滚起层层怒涛。几年过去了，辛弃疾还是沉滞于下僚，无法施展其才干，无法实现他的人生愿景。国土依然残破，民族耻辱仍未洗刷，而朝廷却不重用他这样的英雄以雪国耻，完成恢复大业。他感到怨愤，并怨恨于君上朝廷：

> 追亡事，今不见，但山川满目泪沾衣。落日胡尘未断，西风塞马空肥。（《木兰花慢·席上送张仲固帅兴元》）

朝中像萧何那样爱惜英雄、月下追韩信式的丞相，今已不见，徒使一代英豪面对敌人的嚣张而空泣西风。辛弃疾认为“天下无难能不可为之事，而有能为必可成之人，”关键在于“人君”是否能“任人”，善“任人”（《美芹十论·久任第九》）。“欲乞丞相稍去簿书细务，为数日之间舒写胸臆，延访豪杰，无问南北，择其识虚实兵势者十余人，置为枢密院属官，有大事则群议是正而后闻”（《九议》其一）。然而当今人君不如“汉高祖之能任人”（《美芹十论·久任第九》），宰相亦无萧何的知人之明，致使“才者以跅弛而弃，不才者以平稳而用”（陈亮《陈亮集》卷一《戊申再上孝宗皇帝书》）。辛弃疾是“识虚实兵势”的“智勇之士”，久而废弛不见用，内心倍感压抑，故他借历史上的“追亡事”来讽刺现实中当朝君相不知“延访豪杰”、“置胡尘未断”于不顾，曲折地宣泄他对现实的不满和怨愤。

辛弃疾南归后曾向皇帝、宰相奏进《美芹十论》和《九议》，论虚实，析兵势，为恢复大业筹划方略，冀获重用，但都无济于事，未能引起皇上、宰相的顾盼和重视。他仍然“身在楚尾吴头”，做着“华胥梦”，“剩安排酒令诗筹”（《声声慢·滁州旅次登奠枕楼作》）。心情日趋抑郁和愤懑，所谓“负抱愚忠，填郁肠肺”（《美芹十论》）。此时最能表现他激烈不平、愤慨抑郁心态的，是其《水龙吟·登建康赏心亭》：

> 楚天千里清秋，水随天去秋无际。遥岑远目，献愁供恨，玉簪螺髻。落日楼头，断鸿声里，江南游子。把吴钩看了，栏干拍遍，无人会，登临意。　休说鲈鱼堪脍，尽西风季鹰归

> 未。求田问舍，怕应羞见，刘郎才气。可惜流年，忧愁风雨，树犹如此。倩何人唤取红巾翠袖，揾英雄泪。

此时已不是“爱上层楼，为赋新词强说愁”了，而是“恨之极，恨极销磨不得”（《兰陵王》）。故国难归、流落江南的飘泊感、游子恨，英雄无用的压抑感和壮志难酬的怨愤，壮怀理想“无人会”的孤独感，流水无情、英雄生命等闲虚度的失落感和时不我待的生命迫促感，交织于胸，真个是“愁肠千百转”（《蝶恋花·和赵景明知县韵》）。环境的压抑，理想与现实、个体与社会的冲突，使他萌生出归隐田园之念，然而“君王天下事”未“了却”、“生前身后名”未“赢得”，心有不甘；身为豪杰，一事无成而去“求田间舍”，又怕被天下英雄“羞见”耻笑。英雄无功的羞愧感和执着的进取心、使命感又使他自我放弃、否定了隐退的念头。欲进不能、欲退不忍的心理矛盾交织于胸而无法解脱，刚强自信的英雄禁不住愤然泪下。由早年的“闲愁”到此时（三十五岁任江东安抚司参议官时）的“恨”、“泪”，可以看出辛弃疾心态的一大变化。

辛弃疾官至“江南连帅”后，尽管政治地位逐渐升高，但心情仍抑郁不快，因为他积极要求进取的精神和抗战复国的主张与“武备不修，务为因循”的政治环境相冲突，他所言的战守之策，所行的抗战复国的军政措施不被人理解：“高歌谁和余，空谷清音起。”（《生查子·独游雨岩》）甚至常常受到指责和阻碍（如淳熙七年辛弃疾创置湖南飞虎军，“时枢府有不乐之者，数沮挠之”），故每与时人“落落而难合”（《美芹十论·详战第十》）。他的气质个性又是“刚毅自信”（《淳熙己亥论盗贼札子》），“尚气而耻下人”（《美芹十论·详战第十》），故“年来不为众人所容”（《淳熙己亥论盗贼札子》）。而他特殊的“归正人”的身份，更招致南方官僚的歧视和忌恨，故屡屡被人排斥。被离间的怨恨时常郁结于内心，外化于词什：

> 长门事，准拟佳期又误。蛾眉曾有人妒。千金纵买相如赋，脉脉此情谁诉。（《摸鱼儿》“更能消”）
>
> 倾国无媒，入宫见妒，古来颦损蛾眉。（《满庭芳·和洪丞相景伯韵》）
>
> 兰佩空芳，蛾眉谁妒，无言搔首。（《水龙吟》“玉皇殿阁微凉”）

才高招忌，古今皆然。然在唐宋词史上，辛弃疾是第一次表现出人性的这种缺陷，表现出人生的这种体验。“古之人君，其信任大臣也，不间于谗说；其图回大功也，不恤于小节，所以能责难能不可为之事于能为必可成之人，而收其效也。”（《美芹十论·久任第九》）而今之人君，却听信“谗说”，以流言、“小节”压抑排斥像辛弃疾这样“能为必可成之人”，故“蛾眉人妒”，表层是怨愤于忌害、离间他的人臣，深层里则是不满于昏黯不明而听信谗说的人君。

由于社会、环境的排斥和君王的不信任，辛弃疾倍感压抑。虽然身为一路帅臣，但因受到多方监视和掣肘，难以施展其英雄方略。而他的本志是“补天西北”，成就民族的恢复大业，如今却拘羁在江南一隅，“大仇不复，大耻不雪，平生志愿百无一酬”，“岂能无抑郁哉”！（谢枋得《叠山集》卷七《辛稼轩先生墓记》）“不念英雄江左老，用之可以尊中国！”（《满江红》“倦客新丰”）这一声声英雄的怒吼，正表现出辛弃疾内心深沉的压抑与怨愤。

壮怀理想长期不能实现，恢复大业遥遥无期，创造力和生命力最强盛的青春时代徒然流逝，他心灵深处遂生发出一股强烈的时间紧迫感和生命迫促感。早在乾道八年（1172）写的《木兰花慢·滁州送范倅》词就说：“老来情味减，对别酒，怯流年。”三十三岁他就体验到了“老来情味”，并恐惧年华的流逝。这并非词人的艺术夸张，而是失路英雄在其人生追求奋斗过程中的切身感受。凡进取心强烈之人，对时间总是特别敏感，每每觉得时间流逝得太快。为辛弃疾所心仪的英雄人物西晋刘琨《重赠卢谌诗》即说:“功业未及建，夕阳忽西流。时哉不我与，去乎若云浮。”“以功业自许”而又功业未成的辛弃疾，也自然会产生时不我待的焦虑感。“怯流年”的“怯”，既是对时间毫无价值地流逝的恐惧，也是对“功业未及建”的焦虑。

经历过人生磨难的青少年，心理的成熟本较常人为早，常会有饱经风霜的年老感。俄国诗人莱蒙托夫曾说:“一个人到十八岁如果还不老，他多半是还没见过世道人情。”其时的辛弃疾已久历人生的挫折和磨难——“羊肠九折岐路，我老惯经从”（《水调歌头·和信守郑舜举蔗庵韵》），也饱尝过人生的愁恨——“旧恨春江流不断，新恨云山千叠”（《念奴娇·书东流村壁》），更会感觉到老之将至。“过眼不如人意事，十常八九今头白。”（《满江红》“落日苍茫”），正说明了他感觉年老“头白”的心理因素和社会原因。心理上滋生出老感，生理上也现出白发：

> 一轮秋影转金波。飞镜又重磨。把酒问姮娥：被白发欺人奈何。（《太常引》）
>
> 流水无情，潮到空城头尽白。（《酒泉子》）
>
> 英雄事，曹刘敌。被西风吹尽，了无尘迹。楼观才成人已去，旌旗未卷头先白。（《满江红·江行简杨济翁周显先》）

生理的变化，往往是心理情绪变化的表征。辛弃疾在青壮年时期就已“头白”，正表明其忧思愁苦和心理老感的沉重。然则，辛弃疾一再慨叹“头白”和“流水无情”（流水乃是时间流逝的象征），并不只是要表现生理上的自然变化和时间的流逝，也不仅仅是常规的生命危机感，而是与其成就动机紧密相联（北宋晏殊、欧阳修等词中所表现的时间意识，更多的是与享乐动机有关），体现出他对人生价值、功名事业能否及时实现的焦虑。上引《满江红》之“旌旗未卷头先白”，就明确地表露出这种心理。其《摸鱼儿》（“更能消几番风雨”）也表现出同样的心态。上片写“匆匆春又归去”和“我”之“惜春”、留春、“怨春”，表现出词人强烈的时间不可逆转感和无法挽留感。下片写“长门事，准拟佳期又误，蛾眉曾有人妒”，因为“有人”妒害而耽误了“我”风云际会、“整顿乾坤了”的佳期。上下片似不相连，但一整合，就可看出辛弃疾对时间无法挽留的焦虑是基于对功名事业能否不失时机地实现的恐惧与担忧。《鹧鸪天》所言更为显明：

> 发底青青无限春。落红飞雪漫纷纷。黄花也伴秋光老，何似尊前见在身。　书万卷，笔如神。眼看同辈上青云。个中不许儿童会，只恐功名更逼人。

由春日落红到秋光黄花等时间意象的转换，表明时间在飞速流逝：春天刚过，秋光又老。眼看同辈上了青云，他更觉功名逼人、时间逼人。中年居上饶后所作的《破阵子》：“了却君王天下事，赢得生前身后名。可怜白发生。”则流露出年华老大后事业已难成就、功名已无望的失落感和怨恨。物理时间与心理时间，时间的自然属性、社会价值和人的生命价值、实践价值，在辛词中获得了艺术化的统一。

三　一再失望后的厌倦消沉

岁月流逝，青春已过，功名事业尚未有成，辛弃疾对苟安的政治环境越来越抵触，对朝廷的用人政策也越发不满。他渐渐地意识到在“天下之气销铄颓惰，不复知仇耻之当念”（陈亮《上孝宗皇帝第三书》）的时代环境中已难有所作为，难以建功立业。于是，早年那种对功名事业的自信心逐渐消失，进取的热情逐渐降温，时或流露出一种失望的心理：

> 孙刘辈，能使我，不为公。余发种种如是，此事付渠侬。但觉平生湖海，除了醉吟风月，此外百无功。毫发皆帝力，更乞鉴湖东。（《水调歌头》）

既然自我不能主宰把握自我的命运（所谓“毫发皆帝力”），无论怎样进取奋斗也是徒劳“无功”，那就没有必要汲汲于进取拼搏了。人到中年，进取心本来容易消沉，一旦发觉前途、事业已无希望，就会更加淡漠。故他说，我已白发“种种”，功名事业也无需计较了。进取之心一失，功名之念已淡，不如索性退隐江湖，向皇上乞归“鉴湖东”，去做一个自由自在的江湖散人。

三年后所作的《满庭芳·和洪丞相景伯韵》也表现出对功名的失望感和淡漠感：

> 且约湖边风月，功名事，欲使谁知。都休问，英雄千古，荒草没残碑。

审视现实，功名事业心无人理解；反思历史，千古英雄到如今也寂寞异常，只落得个残碑湮没于荒草。功名的价值、意义何在？辛弃疾发生了怀疑。“挥羽扇，整纶巾。少年鞍马尘。如今憔悴赋《招魂》。儒冠多误身。”（《阮郎归·耒阳道中为张处父推官赋》）少年羡慕诸葛亮的功勋，而鞍马劳顿，以追求外在对象化的事业，但到头来，事业功名未成，自身却已憔悴，真个是“功名自误”（《摸鱼儿·观潮上叶丞相》）、“功名浑是错”（《菩萨蛮》“稼轩日向儿童说”）。

对功名事业的淡漠与失望，宦游的疲倦感也相伴而生：

吴头楚尾，一棹人千里。休说旧愁新恨，长亭树，今如此。　宦游吾倦矣，玉人留我醉。明日落花寒食，得且住，为佳耳。（《霜天晓角·旅兴》）

今老矣，搔白首，过扬州。倦游欲去江上，手种橘千头。（《水调歌头·舟次扬州和杨济翁周显先韵》）

对功名事业既已失去信心和希望，为追求功名事业的宦游也就失去了精神的支撑力和驱动力。主动的追求变成了被动消极的应付，时间一长，自会感到疲惫、厌倦和空虚。当时的士大夫只有两条人生出路，一是进而博取功名富贵，实现个体的人生价值和完成对社会的责任；一是退而归隐林泉，以求个体灵魂的自由闲适和人格的自我完善。对于前者，辛弃疾主观上已生疲倦感，客观上也无可能和希望，剩下的出路只能是退隐了。

我们应该注意到，辛弃疾对于智勇之士进退出处的行为准则和人生态度："以气为智勇，是真足办天下之事而不肯以身就人者，叩之而后应，迫之而后动，度其上之人足以有为，于是乎出而任天下之事，其规模素定，不求合于人者。"（《九议》其一）辛弃疾作为"真足办天下之事而不肯以身就人者"，若要他出来担当天下重任，义无反顾地进取奋斗，就必须满足他两个先决条件；一要"上之人足以有为"，值得他辅佐；二要"上之人"主动召请、敦促他"出而任天下之事"，否则，他宁可退而独善其身，也"不求合于人"出任天下大事。而当时这两个条件根本无法达到。"上之人"皇帝非英明果断之主，不足以有为，而"吾君吾相"都无意于恢复之业，压根也不会来"叩之""迫之"、主动召用他"任天下之事"，辛弃疾又不愿"以身就人"，降低自己的人格尊严去迎合时俗和上司。上之人君与臣下之"我"处在这种相互隔离对立的态势，辛弃疾势必要退而求自我人格的完善，“去江上，手种橘千头”了。

宦游的疲惫感、厌倦感日深一日，退隐之念也日益坚定。淳熙八年（1181），辛弃疾年近四十岁时，更深切地感受到“人间路窄酒杯宽”，“江头未是风波恶，别有人间行路难”（《鹧鸪天·送人》），遂决计归隐。且看这年写的两首词：

> 官事未易了，且向酒边来。君如无我，问君怀抱向谁开。但放平生丘壑，莫管旁人嘲骂，深蛰要惊雷。白发还自笑，何地置衰颓。（《水调歌头·和赵景明知县韵》）
>
> 三径初成，鹤怨猿惊，稼轩未来。甚云山自许，平生意气，衣冠人笑，抵死尘埃。意倦须还，身闲贵早，岂为莼羹鲈脍哉。秋江上，看惊弦雁避，骇浪船回。（《沁园春》）

早年欲归隐但怕被天下英雄耻笑羞辱而犹豫，如今历尽宦海风波，混迹官场有如雁避惊弦、船回骇浪那般令人恐惧。他决心从此放怀丘壑而不管“旁人嘲骂”了。在正式退隐之前，他在带湖修建别墅，做好了物质上的退隐准备。不过，这时辛弃疾并没有立即就退隐归山，他“怕君恩未许”，担心皇上舍不得放他这位英雄归山，故还在那里“沉吟”、“徘徊”。谁料想，在他主动隐退之前，朝臣对他再次进行弹劾，皇上也毫不犹豫地一脚把他踢出了官场。皇帝老儿一点面子也不给，使得自尊心极强的辛弃疾由主动的隐退变成了被迫的“放归”。辛弃疾的心理又失去了平稳——于是他的心路历程又进入了一个更加矛盾复杂的阶段。

从早年对功名事业的自信心、进取心到后来的失望、厌倦，从写《水龙吟·登建康赏心亭》时欲退隐而犹豫并自我否定到淳熙八年的决计隐退并终于隐退，标志着辛弃疾心灵历程的又一变化。

词中有事，词中有史

——稼轩词的叙事艺术

词体长于抒情。故王国维《人间词话》说："词之为体，要眇宜修。能言诗之所不能言，而不能尽言诗之所能言。诗之境阔，词之言长。"但自苏轼登上词坛以后，词体的疆界被打破，词作也可以纪实叙事，"即事"之作逐渐增多，苏轼就有《临江仙·冬日即事》《浣溪沙·即事》，毛滂有《踏莎行·早春即事》等。到了辛弃疾，纪实叙事，更成为其词的基本功能。

辛弃疾写词，有着明确而自觉的叙事意识。他在《鹧鸪天·不寐》词里宣称："人无同处面如心。不妨旧事从头记，要写行藏入笑林。"通过回忆，书写生活的点点滴滴，真实记录自我人生的行藏出处，以呈现独特的个体生命史、行为史和心灵史。这种以词纪事的创作观念，源于苏轼以诗纪事的观念。苏轼曾在《答陈师仲主簿书》中说："诗但不择古律，以月日次之。异日观之，便是行记。"苏轼告诉友人，诗需纪事，积累多年之后，按年月顺序编排，一部诗集，就是一部游记、日记。一部辛弃疾词集，记录着创作主体的生命历程、时代社会的风云变幻、山野乡村的倩影风姿，犹如一部"行记"，具有强烈的自传性、纪实性特征。

辛弃疾词是如何叙事的？如何突破词的固有体制，在不改变词体审美特质的前提下提升强化词的叙事功能的？下面试予探讨。

一　用题序叙事

词作和近体诗一样，本来就体制短小，篇幅有限，又是以言志抒情为能事，如果大量叙事，势必会削弱诗词的情感容量和艺术含量。于是，诗人词家就借题序来叙事纪实，作品文本则抒写情志。

早在中唐，白居易就有用诗题纪事的自觉意识和做法。他有诗题为：《十年三月三日别微之于沣上，十四年三月十一日夜遇微之于峡中。停舟夷陵三宿而别，言不尽者以诗终之。因赋七言十七韵以赠，且欲记所遇之地与相见之时，为他年会话张本也》，诗题将所咏之事的过程原委交代得清清楚楚。所谓“记所遇之地与相见之时”，表达了自觉而明确的纪事时需编年系地的时空观念。到了宋代，苏轼也喜欢用诗题纪事，如《子由在筠作〈东轩记〉，或戏之为东轩长老。其婿曹焕往筠，余作一绝句送曹，以戏子由。曹过庐山，以示圆通慎长老。慎欣然亦作一绝，送客出门，归入室，趺坐化去。子由闻之，乃作二绝，一以答余，一以答慎。明年余过圆通，始得其详，乃追次慎韵》《正月二十四日与儿子过、赖仙芝、王原秀才、僧昙颖、行全、道士何宗一同游罗浮道院及栖禅精舍，过作诗，和其韵，寄迈、迨一首》《正月二十六日偶与数客野步嘉祐僧舍东南野人家，杂花盛开，扣门求观。主人林氏媪出应，白发青裙，少寡，独居三十年矣。感叹之余，作诗记之》，三首诗题中，人物、事件、时间、地点等叙事要素完整，叙事有首有尾。

苏轼的词，也同样用长篇题序叙事。其《水龙吟》词序，长达二百余字，讲述了一个比较完整的历史故事。序曰：“昔谢自然欲过海求师蓬莱，至海中，或谓自然曰：‘蓬莱隔弱水三十万里，不可到。天台有司马子微，身居赤域，名在绛阙，可往从之。’自然乃还，受道于子微，白日仙去。子微著《坐忘论》七篇，《枢》一篇。年百余，将终，谓弟子曰：‘吾居玉霄峰，东望蓬莱，尝有真灵降焉。今为东海青童君所召。’乃蝉脱而去。其后，李太白作《大鹏赋》云：‘尝见子微于江陵，谓余有仙风道骨，可与神游八极之表。’元丰七年冬，余过临淮，而湛然先生梁公在焉。童颜清澈，如二三十许人，然人亦有自少见之者。善吹铁笛，嘹然有穿云裂石之声。乃作《水龙吟》一首，记子微、太白之事，倚其声而歌之。”又如其《满庭芳》词序曰：“元丰七年四月一日，余将去黄移汝，留别雪堂邻里二三子。会李仲览自江东来别，遂书以遗之。”这显然有“行记”的意味，时间、地点、行程去向和写作原由等，都明确交代。

辛弃疾的词题，不仅有叙事功能，更有“行记”的意识，时间、地点、人物、事由都书写的明明白白。如《水调歌头》序：“淳熙丁酉，自江陵移帅隆兴，到官之三月被召，司马监、赵卿、王漕饯别。司马赋《水调歌头》，席间次韵。时王公明枢密薨，坐客终夕为兴门户之叹，故前章及之。”《鹧鸪天·离豫章别司马汉章大监》《摸鱼儿·淳熙己亥自湖北漕移湖南同官王正之置酒小山亭为赋》《水调歌头·自湖北漕移湖南，总领王、赵守置酒南楼，席上留别》。这几首词的题序，记述了辛弃疾38—40岁期间的仕宦经历：淳熙四年丁酉（1177），他从知江陵府兼荆湖北路安抚使到江西南昌，改任知隆兴知府兼江西安抚使，三个月后，被召回朝廷，任大理少卿。淳熙五年，出任湖北转运副使，即“湖北漕”。淳熙六年己亥（1179），又调任湖南路转运副使。每次离任的时间、送行的同僚友人、饯别的地点，都一一写明，甚至连枢密使王炎去世的消息也一并述及。

辛弃疾的词题叙事，往往有连续性，前后承续，叙事信息完整。如淳熙十一年甲辰（1184），作《水龙吟》词为韩元吉祝寿，题作《为韩南涧尚书甲辰岁寿》；第二年，韩元吉用同调写词，为辛弃疾祝寿，辛和作一首，题序为：“次年南涧用前韵为仆寿。仆与公生日相去一日，再和以寿南涧。”两首词的题序，既交代了事件的背景和人物关系，更点明两人的生日相连。辛弃疾生于五月十一日，韩元吉生日与其仅隔一天。

辛弃疾的词题叙事，还有情节性。事件过程，跌宕起伏，然皆娓娓道来。用王灼评柳永词的话说，是“序事闲暇，有首有尾”（《碧鸡漫志》卷二）。如《贺新郎》题序：“陈同父自东阳来过余，留十日，与之同游鹅湖，且会朱晦庵于紫溪。不至，飘然东归。既别之明日，余意中殊恋恋，复欲追路。至鹭鹚林，则雪深泥滑，不得前矣。独饮方村，怅然久之，颇恨挽留之不遂也。夜半投宿吴氏泉湖四望楼，闻邻笛悲甚，为赋《乳燕飞》以见意。又五日，同父书来索词，心所同然者如此，可发千里一笑。”淳熙十五年（1188），陈亮从浙江东阳到江西铅山鹅湖与辛弃疾相会，畅谈十余日，痛快无比。又相约到紫溪与朱熹相聚，可朱熹爽约没来。兴奋的情绪，至此一跌。陈亮别后，稼轩感到寂寞惆怅，情绪又一跌。于是扬鞭驱马追之，情绪为之一振。因大雪路阻，中途不得不停下，更感孤独怅然，情绪再度低落。夜半邻笛悲怆，更强化了失落孤独的情绪。五天后接陈亮书信，深感心心相印，情绪又为之高涨。百余字题序，像一篇游记小品，叙事言情，纤毫毕现；时空转换，有迹可循；场景描绘，如在目前。

二 叠用典故叙事

用典，本是诗词创作的基本手段，而辛弃疾叠用典故来叙述完整的历史故事，描写壮阔的战斗场面，则是独创。

淳熙五年（1178），辛弃疾从杭州赴武汉任湖北转运副使，舟行过扬州时，想起十七年前在扬州一带发生的宋金大战，于是写下《水调歌头·舟次扬州和杨济翁周显先韵》追怀那场战事：

落日塞尘起，胡骑猎清秋。汉家组练十万，列舰耸层楼。谁道投鞭飞渡，忆昔鸣髇血污，风雨佛狸愁。季子正年少，匹马黑貂裘。　　今老矣，搔白首，过扬州。倦游欲去江上，手种橘千头。二客东南名胜，万卷诗书事业，尝试与君谋。莫射南山虎，直觅富民侯。

词的上片好似战争大片，用形象的画面描写金兵南侵和南宋军队的英勇抗战。

这场战争的主要经过是：绍兴三十一年（1161）九月，金主完颜亮经过多年的精心策划，亲率四路大军南下侵宋。兵力六十万，号称百万。十月就渡过淮河，攻陷扬州。所谓“落日塞尘起，胡骑猎清秋”，即写此事。

南宋朝廷调派杨存中、成闵、邵宏渊诸军，“皆集京口，凡二十余万”。辛词所谓“汉家组练十万”，纯是纪实，一点都不夸张。

“投鞭飞渡”，融合两个典故，极写金主完颜亮的狂妄，以为可以轻而易举渡过长江。《晋书·苻坚载记》：“以吾之众，投鞭于江，足断其流。”又《晋书·杜预传》载，杜预遣部将率奇兵八百泛舟夜渡以袭乐乡，吴都督孙歆震恐，说：“北来诸军乃飞渡江也。”当时完颜亮挥兵渡江的过程是：绍兴三十一年十一月“乙亥，金主亮临江筑台。自被金甲登台，杀黑马以祭天，以一羊一豕投于江中。召璸都等谓之曰：‘舟楫已具，可以济江矣。’富勒珲曰：‘臣观宋舟甚大，我舟小而行迟，恐不可济。’亮怒曰：‘尔昔从梁王追赵构入海岛，岂皆大舟耶！’誓明日渡江。晨炊玉麟堂，先济者与黄金一两。亮置黄旗、红旗于岸上，以号令进止。”辛词的“谁道投鞭飞渡”，即写此事。

“列舰耸层楼”，写南宋水军船队列阵以待，痛击金兵。金主完颜亮指挥金兵渡江之时，南宋中书舍人虞允文至采石矶犒师。由于主将王权被调换，继任大将李显忠未及到任，南宋官军无人统一指挥。于是虞允文“召诸将，勉以忠义”，“命诸将列大阵不动，分戈船为五，其二并东西岸，其一驻中流，藏精兵待战，其二藏小港，备不测。”部署完毕，“敌已大呼，亮操小红旗麾数百船绝江而来，瞬息之间，抵南岸者七十艘，直薄官军。军小却，允文入阵中，抚统制魏俊之背曰：‘汝胆略闻四方，立阵后，则儿女子尔！’俊即挥双刀出，士殊死战，中流官军以海鳅船冲敌舟，皆平沉，敌半死半战，日暮未退。会有溃卒，自光州至，允文授以旗鼓，从山后转出，敌疑援兵至，始遁。允文又命劲弩尾击追射，大败之。金兵还和州，凡不死于江者，亮悉敲杀之”。“允文知亮败，明当复来，夜半部分诸将分海舟缒上流，别遣盛新以舟师截金人于杨林河口。明旦，敌果至。因夹击之，复大败。焚其舟三百”（陈邦瞻《宋史纪事本末》卷七十四《金亮南侵》）。虞允文分战船为五个战队痛击金兵，又伏击焚烧敌船，正是“列舰耸层楼”。

不可一世的完颜亮，兵败采石矶后，最终“血污”江畔，在瓜洲渡被部属乱箭射杀，金兵在腥风血雨中退师。完颜亮被杀的原委是：十一月乙未，金主完颜亮至瓜洲，居龟山寺。召诸将，约以三日渡过长江，否则尽杀之。军士危惧。亮又令军中运鸦鹘船于瓜洲，期以明日渡江，敢后者死。众欲亡归，乃决计于浙西都统制耶律元宜及明安唐古乌叶。黎明，元宜等帅诸将以众围攻亮营，亮闻乱，以为宋兵奄至，“揽衣遽起，箭入账中，亮取视之，愕然曰：‘乃我兵也’。近侍大庆山曰：‘事急矣，当出避之。’亮曰：‘走将安往?’方取弓，已中箭仆地，延安少尹纳哈塔斡里雅布先刃之，手足犹动，遂缢死之。”（同前）

辛词“忆昔鸣髇血污，风雨佛狸愁”，即写此事。“鸣髇血污”，是用《史记·匈奴传》的典故：匈奴太子冒顿作鸣镝，曾令左右：“鸣镝所射而不悉射者斩之。”后从其父猎，以鸣镝射其父，左右皆随鸣镝而射杀之。辛弃疾借用匈奴太子用箭弑父的故事，来写金主完颜亮被部下用箭射杀，实在是太贴切、太绝妙！

几个典故几句词，就把一场历史战争的真实过程与场景生动具体地展现在世人面前，辛弃疾的叙事艺术实在高超！

无独有偶。淳熙六年（1179）五月，湖南安抚使王佐（字宣子）一举平定郴州宜章县民变，当时辛弃疾在长沙任湖南路转运副使，作《满江红·贺王宣子平湖南寇》以庆贺。作为同僚，如果直述其事，直白地歌功颂德，既不得体，也体现不出艺术的神妙高致，于是辛弃疾再度用组合典故来书写战事。其词上片写道：

> 笳鼓归来，举鞭问何如诸葛。人道是匆匆五月，渡泸深入。白羽风生貔虎噪，青溪路断鼪鼯泣。早红尘一骑落平冈，捷书急。

为便于对比，我们先看陆游《尚书王公墓志铭》所载王佐平定宜章民变的经过：

> 淳熙六年正月，郴州宜章县民陈峒窃发，俄破道州之江华、桂阳军之蓝山、临武，连州之阳山县。旬日有众数千。郴、道、连、永、桂阳军皆警。公奏乞荆鄂精兵三千，未报。公度不可待，而见将校无可用者，流人冯湛适在州，公召与语曰："君能有功，不特雪前罪，且遂为朝廷用。北向恢复，自此始矣。"湛请行。公曰："请行易耳。今当不俟奏报以兵相付，既受此命，即以群盗授首为期。一有弗任，军法非某敢贷也。"遂檄湛带元管权湖南路兵马钤辖统制军马，即日令湛自选潭州厢禁军及忠义寨凡八百人，即教场誓师。遣行，仍命凡兵之分屯诸州县者，皆听湛调发，违慢皆立诛。又出军令牌付湛，军士所过，秋毫扰民及临敌不用命，或既胜而攘贼金帛使得窜逸者，皆必行军法。上奏以擅遣湛待罪，且请亟发荆鄂军。公躬

至军前节制。……五月朔日诘旦，分五路进兵。贼初诈降，实欲缮治寨栅阻险以抗官军。公得其情，督兵甚峻，及驰入隘口，贼果立寨栅，未及成，闻官军至，狼狈出战。既败，又退失所凭，乃皆溃走。是日，夺空冈寨，驻兵十二渡。贼之起也，假唐源淫祠以诳其下，日杀所虏一人祭神，至是斩像焚其祠。湛遂诛陈峒，函首来献。

词作篇幅有限，不能像墓志铭这样从头到尾详细叙述平定民变的经过，只能选取富有包孕性的细节和典型性的场景来进行集中表现。

辛词开篇用倒叙的手法，从平定后将士凯旋的欢乐场面写起。“笳鼓归来”，极写欢庆的场面、气氛。不明其典，也可想见凯旋队伍浩浩荡荡、吹笳击鼓的盛况。如果知道“笳鼓”是用《南史·曹景宗传》故事①，就可以明白，稼轩词首句明写大军凯旋的热闹，暗写主帅王佐的勇猛威武与文采风流。

“举鞭问何如诸葛”，写路人纷纷指点询问，那位举鞭的将军，像不像卧龙诸葛亮？不直说王佐像诸葛，而借路人之议论，赞美王佐像诸葛，且以问句出之，更显得含蓄婉转。而此句七字，包含两个典故。举鞭，出自《晋书·山简传》。山简镇襄阳时，每出嬉游，儿童歌曰：“举鞭问葛强，何如并州儿。”诸葛，即诸葛亮，借指王佐。

“人道是匆匆五月，渡泸深入。”紧承“诸葛”而来。人们都赞美说，王佐五月一日出兵平陈峒，正像当年诸葛亮五月冒暑渡过金沙江，深入不毛之地，平定南蛮一样，集勇气智慧胆略于一身。“五月渡泸深入”，表面上是用诸葛亮《出师表》“五月渡泸，深入

① 李延寿《南史》卷五五《曹景宗传》：景宗奉命兵援徐州，凯旋之后，以竞、病二字为韵赋诗曰：“去时儿女悲，归来笳鼓竞。借问行路人，何如霍去病。”（第 1356 页，中华书局 1975 年版）

不毛”的典故，实写王佐率兵“驰入隘口”，深入虎穴，夺取叛乱者所立寨栅，并击溃乱兵的情景。典故的时令与所写战事的时令，典故所涉历史事件与词作所写战事经过也很相似。稼轩用典之贴切，真是出神入化。

而“白羽风生貔虎噪，青溪路断鼪鼯泣”，写官军勇猛，如虎啸生风，主帅指挥，从容淡定，而叛乱者被平灭后哀泣求饶，狼狈不堪。形象鲜明，对比强烈。而这两句含三个典故，“古”典与“今”典并用，旧典与新典兼容。“白羽风生”，字面上来源于苏轼《与欧育等六人饮酒》：“苦战知君便白羽……引杯看剑坐生风。”内容则融合了诸葛亮与陆法和故事。裴启《语林》载诸葛武侯“乘素舆，著葛巾，持白羽扇，指麾三军”。《北齐书》卷三二《陆法和传》载，侯景遣将任约击梁湘东王于江陵，法和乃诣湘东乞征约，召诸蛮弟子八百人在江津，二日便发。至赤沙湖，与约相对，法和乘轻舡，不介胄，沿流而下，去约军一里乃还。谓将士曰：“聊观彼龙睡不动，吾军之龙甚自踊跃，即攻之。若得待明日，当不损客主一人而破贼，然有恶处。”遂纵火舫于前，而逆风不便，法和执白羽麾风，风势即返。约众皆见梁兵步于水上，于是大溃，皆投水而死。这个故事，与王佐兵分五路，挥师深入，突破峒民所设寨栅的情形相近。

“青溪路断”，用北宋末方腊叛乱被平之事借指陈峒被平定。事件的性质、结局非常切合。“白羽风生”是“古”典，“青溪路断”是“今”典。北宋宣和二年十月，“睦州青溪县堨村居人方腊托左道以惑众”，自号圣公，“旬日有众数万”（方勺《泊宅编》卷下）。次年二月，方腊被生擒。“鼪鼯泣”，形容叛乱者最终如过街老鼠，狼狈逃窜。正可与陆游墓志中所说叛乱者闻官军突至“狼狈出战”相互印证。

此词上片六句用七个典故，书写了王佐平定叛乱的过程与结局，展现了双方的实力，描绘了战事的场景。句句用典，句句写实。辛弃疾用组合典故来完整叙事，描写宏大的战争场景，堪称前无古人，不仅词史上前所未见，诗歌史上也别无二人！

辛弃疾词的叙事策略多多，此处谨述两端。

第三讲

简说词作

凤栖梧　柳　永

伫倚危楼风细细。望极春愁，黯黯生天际。草色烟光残照里。无言谁会凭阑意。　　拟把疏狂图一醉。对酒当歌，强乐还无味。衣带渐宽终不悔。为伊消得人憔悴。

王国维《人间词话》曾以宋人词句为例，说到治学三境界："昨夜西风凋碧树，独上高楼，望尽天涯路""衣带渐宽终不悔，为伊消得人憔悴""众里寻他千百度，蓦然回首，那人却在灯火阑珊处"。

第一种境界"昨夜西风凋碧树，独上高楼，望尽天涯路"，是北宋晏殊《蝶恋花》词中的句子："槛菊愁烟兰泣露。罗幕轻寒，燕子双飞去。明月不谙离恨苦。斜光到晓穿朱户。　　昨夜西风凋碧树。独上高楼，望尽天涯路。欲寄彩笺兼尺素。山长水阔知何处。"第三种境界"众里寻他千百度，蓦然回首，那人却在灯火阑珊处"，则来自南宋辛弃疾的《青玉案·元夕》："东风夜放花千树。更吹落星如雨。宝马雕车香满路。凤箫声动，玉壶光转，一夜鱼龙舞。　　蛾儿雪柳黄金缕。笑语盈盈暗香去。众里寻他千百度。蓦然回首，那人却在，灯火阑珊处。"

而第二种境界"衣带渐宽终不悔，为伊消得人憔悴"，就是出自柳永这首《凤栖梧》词。《凤栖梧》，跟《蝶恋花》是同一词调，只是名称不同，专业术语叫"同调异名"。《蝶恋花》又名《鹊踏枝》，晏殊的《蝶恋花》，有的版本调名就作《鹊踏枝》。

柳永是宋代第一位面向市民大众创作的词手，也是最受大众欢迎的词手。当时有"凡有井水饮处，即能歌柳词"的说法，只要有人烟，都可以唱柳永唱。柳词传播之广、受欢迎的程度之高，不难想见。这首《凤栖梧》就是面向大众写的一首爱情相思词，表达的是人人心中常有的那种对爱情的执着，对爱情的坚守。词中的抒情主人公，即登楼遥望、无言凭栏、想大醉一场忘却相思苦的主人公，究竟是男性，还是女性，词人都没有点明。词人有意淡化和消解主人公的特定身份，目的是引发更多读者听众的情感共鸣。男性读者可以引为同调，女性听众也可以引为知己。词作主人公身份的模糊性，可以提升读者的情感认同度。

读柳永此词，我们能感受到主人公的痴情深情。他/她默默无语地独自站在高楼，倚靠着栏干，极目远望，眼见无边绿色春草，身沐阵阵和煦春风，内心生发的不是蓬勃的生机活力，而是无休无止的忧愁暗恨。直到夕阳西下，他/她仍然在楼头伫立痴情地遥望，是坚守还是期盼？词人没有点明，读者可以自由联想。虽然满腹愁情，却不离不弃。词人不说春草长满天际、绿满天边，而说“春愁”“生天际”，就不仅写出主人公春愁之多之广，更写出春愁的不断增长。春愁就像春草一样，蓬勃地生长。一笔写出两面，既写出春草的生命力，又表现出春愁的顽强性。构思与李煜的“离恨恰如春草，更行更远还生”相似。而这无边的愁苦，却无人理解，无人领会，主人公又倍增孤独。孤苦无告，于是想放纵自我，拼他一醉。可自斟自饮，勉强作乐，不仅索然无味，还会举杯销愁愁更愁，于是又自我否定。一种相思情怀，写来跌宕起伏。沉郁顿挫，还真不是杜甫诗歌的专利，柳词写情，也是顿挫有致，变化生姿。无边愁苦，既然无法开解，那就放弃追求、放弃坚守、放弃期盼，以求彻底的解脱吧。可主人公宁愿面容憔悴，衣带渐宽，也无怨无悔。那份执着，那份痴情，千载之下，让人动容和震撼！

衣带渐宽，是写人体消瘦。用衣带渐宽不再合体来写人因相思而瘦，是古人常用的表现手法。早在汉乐府古辞里就有“离家日趋远，衣带日趋缓”的诗句，汉末《古诗十九首》的“相去日已远，衣带日已缓”，更为人所熟知。这意思是离开家乡一天比一天远了，怀乡思家的愁绪一天比一天重了，身体也一天比一天瘦了，瘦得衣带都宽松不合体了。古辞和古诗写乡愁相思，还比较含蓄，而到南朝诗人徐陵《长相思》诗里，表达就直接显明:“愁来瘦转剧，衣带自然宽。”唐代诗人也爱用这种手法，如贾至《寓言》诗说:“嗟君在万里，使妾衣带宽。”刘长卿送行诗写道:“因君欲寄远，何处问亲爱。空使沧洲人，相思减衣带。”没留下姓名的河北士人《寄内诗》想象在家独守空房的妻子是“瘦尽宽衣带，啼多渍枕檀”。无论是乐府古诗，还是唐代诗人，写衣带渐宽，都只是表达因相思深重而导致身体消瘦。柳永则进一步表达出对爱的坚守与执着，纵然衣带渐宽，也决不后悔，为了心中的伊人（他或她），身体消瘦了，面目憔悴了，也值得（即“消得”）。正因为有信念，对伊人爱的深切、爱的真挚，才无怨无悔。柳永是多情种，故能代表青年男女唱出如此决然而动人的爱情绝唱！“衣带渐宽终不悔，为伊消得人憔悴”，和秦观的“两情若是久长时，又岂在朝朝朝暮暮”、元好问的“问人间情是何物，直教生死相许”，堪称中国词史上的三大爱情金句！

“衣带渐宽终不悔，为伊消得人憔悴”，原是表达爱情相思的词句，为何王国维能借以诠释一种治学境界？这有两层原因：

一是创作层面，词句本身具有多元阐释的空间。词作表现情感，大多是呈现情感的表现形态，而并不说明、透露情感生成的原因。比如，李煜的“问君能有几多愁，恰似一江春水向东流”，贺铸的“试问闲情都几许，一川烟草，满城风絮，梅子黄时雨”，都只是通过具象景物来表现愁情的深广多，至于为什么有如此深广多的愁苦，词中并没有透露点明，读者可据自己的生活阅历、阅读经验想象补充，可以是因为爱情的失恋而愁，可以是由于理想的失落而愁，可以是为事业的失败而愁，可以是人生的失意而愁。同样的道理，柳永只是说“衣带渐宽”，人体消瘦，并没有说为何而瘦，读者既可以理解为对爱情的苦苦追求而瘦，也可以想象是对事业的执着追求而瘦，当然也可以联想是因刻苦治学而瘦。

二是读者层面，阅读本是一种创造性活动。读者对作品的理解，不是被动的反应，不是照相式的还原，而是能动的感悟和自由的联想。读者对作品的理解，常常超越作者所要表达的原意。古人所谓“作者之用心未必然，而读者之用心何必不然”，说的就是这个道理。柳永的“衣带渐宽终不悔”，是为爱情相思而不悔，读者却完全可以理解成为理想追求、为事业奋斗、为科学研究而甘心投入，无悔付出。中国诗歌又一直有比兴的传统，屈原的《离骚》就建立了香草美人以比君子的抒情范式：善鸟香草，以配忠贞；恶禽臭物，以比谗佞；灵修美人，以媲于君；宓妃佚女，以譬贤臣。在古代诗歌中，有时表面上是写女性佳人的美丽，实际上是象征男性的才华与品德，如曹植的“南国有佳人，容华若桃李”，杜甫的“绝代有佳人，幽居在空谷”，都是诗人自喻。有时写对女性佳人的追求，实际上是象征对理想的追求、对道德的追求、对美好事物的追求。苏轼在《赤壁赋》中所唱“桂棹兮兰桨，击空明兮溯流光。渺渺兮余怀，望美人兮天一方”的“美人”，也不是指女性，而是喻指对理想的追求，对未来自由生活的期盼。有了这种抒情传统，读者将写爱情的“衣带渐宽终不悔”，理解为对人生、对事业、对学问追求的不悔，也就自然而然了。

八声甘州　柳　永

对潇潇暮雨洒江天，一番洗清秋。渐霜风凄紧，关河冷落，残照当楼。是处红衰翠减，苒苒物华休。惟有长江水，无语东流。　　不忍登高临远，望故乡渺邈，归思难收。叹年来踪迹，何事苦淹留。想佳人妆楼颙望，误几回天际识归舟。争知我倚阑干处，正恁凝愁。

柳永在创作大量俗词的同时，也写过不少千古流芳的雅词。这首词就堪称柳永雅词的代表作。苏东坡曾说："世言柳耆卿曲俗，非也。如《八声甘州》云：'霜风凄紧，关河冷落，残照当楼'，此语于诗句不减唐人高处（赵令畤《侯鲭录》卷七）"。

这首词意境极为开阔，遣词造句多有神来之笔。开篇一个"对"字和一个"洗"字，点出一番萧杀凄凉的晚秋景象，给人一种清冷落寞之感。那暮雨、霜风、残月，真可谓秋风秋雨愁煞人！更何况草木凋零，江水东去，又让人平添年华易逝、今非昔比之感。仅仅是如此秋景，就足以令读者百感交集。然而，词的重心并不在写景，而在于借景抒情，渲染作者内心对人生无常、命运多蹇的感慨。作者由登高而思远，不禁愁绪纷纷：一则远怀故土，萌生归意；二则缅怀往昔，漂浮如萍；三则怀念心上人，经过几度春秋，是否还识得"归舟"。如此独倚阑干，前思后想，多少往事多少愁，都随风雨到心头！作者面对晚秋的无限愁怨，除了空自嗟叹，又有谁人知？整部作品由近及远，由景及人，由实及虚，步步紧逼，结构紧密而富于变化。

定风波 柳　永

自春来惨绿愁红，芳心是事可可。日上花梢，莺穿柳带，犹压香衾卧。暖酥消，腻云亸。终日厌厌倦梳裹。无那。恨薄情一去，音书无个。　　早知恁么。悔当初不把雕鞍锁。向鸡窗只与蛮笺象管，拘束教吟课。镇相随，莫抛躲。针线闲拈伴伊坐。和我。免使年少，光阴虚过。

此词写女子相思，从心绪阑珊的精神状态落笔。词中的女子，不知为何觉得事事都不顺心，自然界生机勃勃的春天景色，在她眼里都成了“惨绿愁红”。哪怕艳阳高照，美景如画，她都不加理睬，只顾埋头大睡。美好的韶华就此流走，她也渐渐形容憔悴，不加修饰，一任自己蓬头散发。是什么事情让她如此颓唐？原来是心上人离去后，书信都没有一封。下片直接写女子的心理活动，与《锦堂春》中的女子因相思而生怨，因怨而生出许多“报复”的法儿不同，此词的女子因相思而生“悔”，悔当初没有把恋人留在身边。接着她设想，如果当时把他留了下来，就可以每天看着他读书写字，自己闲拈针线伴着他，两相厮守，这样的光阴才不虚度。张舜民《画墁录》记载此词的逸事说：“柳三变既以词忤仁庙，吏部不放改官。三变不能堪，诣政府。晏公曰：‘贤俊亦作曲子么？’三变曰：‘只如相公亦作曲子。’公曰：‘殊虽作曲子，不曾道“针线慵拈伴伊坐”。’柳遂退。”此事虽未必可信，但也表明柳永和晏殊的审美趣味大异其趣。

江城子 乙卯正月二十日夜记梦 苏 轼

十年生死两茫茫。不思量。自难忘。千里孤坟，无处话凄凉。纵使相逢应不识，尘满面，鬓如霜。 夜来幽梦忽还乡。小轩窗。正梳妆。相顾无言，惟有泪千行。料得年年肠断处，明月夜，短松冈。

失落的总是美好的。爱情也一样。人们拥有的时候，不觉得其珍贵，等到失去了，才后悔当初没有好好珍惜。中国古代的诗人常常留下这方面的遗憾。他们爱妻子，想妻子，可常常舍不得给妻子写诗写词，赞美她的善良，称扬她的美貌，歌颂她的温柔。等到妻子不在了，去世了，才饱含热泪，写下一首首深情绵邈的悼亡诗。从西晋的潘岳、唐代的元稹，到宋代的梅尧臣、苏轼、贺铸，都是如此。潘岳有三首《悼亡》，元稹有三首《遣悲怀》，梅尧臣也有三首《悼亡》，一首比一首沉痛。潘岳的“望庐思其人，入室想所历。帏屏无仿佛，翰墨有余迹”，元稹的“贫贱夫妻百事哀”，“惟将终夜长开眼，报答平生未展眉”，读之伤心，闻之断肠。梅尧臣的“见尽人间妇，无如美且贤”，如果是在爱妻生前面对她这么歌唱，她该是多么开心、多么满足！可惜她去世之后，再也无法领略这样真挚动人的诗句了。

自古红颜多薄命。元稹的夫人韦丛，仅活了二十七岁，嫁给元稹，苦日子还没熬穿头，就撒手人寰。等到元稹“俸钱过十万”，她已无福消受。苏轼的原配王弗，也是二十七岁就不幸去世。王弗十六岁嫁给苏轼，虽然跟苏轼共同生活了十一年，但随苏轼四处奔波，也没享受多少清福。所以苏轼在夫人去世十年后，仍是那么思念，思念中有悲伤，有愧疚，幽梦还乡，相见惨然。“相顾无言，惟有泪千行”！这是伤心的泪，后悔的泪，愧疚的泪。

爱需要天天呵护，时时珍惜，彼此欣赏，相互赞美。平时多“相顾”，不要在梦中才相惜。更不要等到永远失去了，才说出“见尽人间妇，无如美且贤”！

定风波 苏　轼

三月七日，沙湖道中遇雨，雨具先去，同行皆狼狈，余独不觉，已而遂晴，故作此。

莫听穿林打叶声。何妨吟啸且徐行。竹杖芒鞋轻胜马。谁怕。一蓑烟雨任平生。　　料峭春风吹酒醒。微冷。山头斜照却相迎。回首向来萧瑟处。归去。也无风雨也无晴。

乌台诗案后，苏轼从文坛耀眼的明星成为被政坛抛弃的囚犯，贬谪来到黄州。第一次遭受严酷的政治迫害，让他痛苦而茫然。初到黄州时，曾用《卜算子》词调抒写过他的境遇与心境，当时他如同失群的孤雁，“寂寞沙洲冷”。两三年之后，他从痛苦中超越，诗人苏轼炼成了智者苏东坡。这首《定风波》就是他彻底领悟人生之后写的一首人生宣言。春日郊外行游，忽然遇雨，雨具先被带走，衣服淋湿，本令人沮丧，可东坡却由此领悟到人生也如同这天气，有雨必有晴，有冷也有暖，人不必为雨淋而郁闷，不必为寒冷而忧心。人有悲欢离合，如同月有阴晴圆缺；人有荣辱得失，如同天有晴雨冷暖，循环往复，周而复始。这不，穿林打叶的春雨伴随寒冷的春风，让人冷得直打寒颤，可不久山头的斜阳就送来阳光，温暖着身心。最终一切又归于平静，也无风雨也无晴。东坡经历了人生和政治的风风雨雨之后，参透了人生：不必为一时的挫折而痛苦焦虑，不必为眼前的磨难而心折神伤。挫折也罢，得意也好，都只是一个过程，终究会过去。不管是什么经历、什么境遇，都要坦然从容地面对。只要有了遮风挡雨的心灵蓑衣，任凭风吹雨打，我自一生逍遥。“一蓑烟雨任平生”，是东坡的人生宣言，也不妨作为我们的座右铭。

减字木兰花　春月　苏　轼

春庭月午。摇荡香醪光欲舞。步转回廊。半落梅花婉娩香。

轻云薄雾。总是少年行乐处。不似秋光。只与离人照断肠。

相传东坡写作此词的灵感得自他的夫人。东坡夫人曾在春月夜里说：“我喜欢春天的月亮，秋月太悲哀了，春月使人快乐又满足。”此词大意正是如此。但经过艺术的冶炼，那种得自女性的情致被表现得更为深厚。东坡词中写春月，选了特定的美的瞬间：月午，圆满而明洁的月光似乎要摇荡出人们心中最美好的情感。在词人眼中，月光似乎要舞蹈起来。她所摇荡的香醪，是杯中的，更是词人胸中的。在一种微微酩酊感中，半落梅花的香气与月光圆融在一起，婉娩地渗入词人的身心。如此，春月的魅力就被突显出来。写秋月，只轻轻一句“只与离人照断肠”，却令人倍感沉重，更衬出轻云薄雾的春月的可爱。春月，属于春天，更属于青春，属于少年。东坡此词，正寄托了人们对青春的向往和礼赞。

念奴娇 黄庭坚

八月十七日，同诸甥步自永安城楼，过张宽夫园待月。偶有名酒，因以金荷酌众客。客有孙彦立，善吹笛。援笔作乐府长短句，文不加点。

断虹霁雨，净秋空，山染修眉新绿。桂影扶疏，谁便道，今夕清辉不足。万里青天，姮娥何处，驾此一轮玉。寒光零乱，为谁偏照醽醁。　　年少从我追游，晚凉幽径，绕张园森木。共倒金荷家万里，难得尊前相属。老子平生，江南江北，最爱临风笛。孙郎微笑，坐来声喷霜竹。

词人的心胸似乎也像“断虹霁雨”的明净秋空，流动着一股俊爽奇逸之气。这股气得自秋月朗照的宇宙，更得自于心底难以遏止的豪情。所以，“桂影扶疏”，不但不能减却他的兴致，反而激起奇逸的想象：万里青天上，飘然轻举的姮娥，驾着这一轮明玉，畅游宇宙之中。零乱的寒光，映射着欢乐得似乎有点纷乱的心绪，照在面前的美酒中。因为是“遍照”，好像是为所有饮啜月光的人而照，但“为谁”一问，表明词人充分领略到了月光的美意，似乎是专门为他们园中待月而照。于是，“寒光”也罢，“零乱”也罢，都能激发遄飞的豪情逸兴。郁结的难言隐痛，似阴森园木一样横亘心底。但是，借着这无际寒光、万里青天，更借着“声喷霜竹”的笛曲，随着秋晚的清风喷发出来，宣泄开去，如同被阻塞的激流，一旦冲破障碍，更激湍扬波，一往无前。词的笔调，有若散文，正好抒发这种放纵的意绪。看似一泻无余，却仍回旋不尽，自然而然之中，别有冶炼的功夫在，因为这种“文不加点”挥就的作品，更能见真性情、真才学。

绿头鸭　咏月　晁端礼

晚云收，淡天一片琉璃。烂银盘来从海底，皓色千里澄辉。莹无尘素娥淡伫，静可数丹桂参差。玉露初零，金风未凛，一年无似此佳时。露坐久，疏萤时度，乌鹊正南飞。瑶台冷，栏干凭暖，欲下迟迟。　　念佳人音尘别后，对此应解相思。最关情漏声正永，暗断肠花影偷移。料得来宵，清光未减，阴晴天气又争知。共凝恋如今别后，还是隔年期。人强健，清尊素影，长愿相随。

这首长调，用赋的手法，铺陈即目所见。上片写望月，目光从远至近，最后将景色集中至瑶台凭栏的多情人身上。写月，以“烂银盘来从海底，皓色千里澄辉”显示其气魄精神，颇见博大奇秀的风采。词中月出海底，虽无“海上生明月”之气象，却仍能给人一种雄阔奇特之感。而对月的直接审视，“素娥淡伫”明其娟秀雅洁，犹不落俗套；“丹桂参差”的静数，却捉住了望月的真正神理，实为神来之笔，值得玩味。下片写与佳人相思之情，仍以月光为牵系之无形线索，且时时以月移花影等景融入深情厚意，将全词的意脉贯穿。思念佳人，本是人所共有之情，然词人欲以月光激起佳人的相思，则别出心裁，启人遐思。

青玉案 惠 洪

绿槐烟柳长亭路。恨取次分离去。日永如年愁难度。高城回首，暮云遮尽，目断人何处。 解鞍旅舍天将暮。暗忆丁宁千万句。一寸危肠情几许。薄衾孤枕，梦回人静，彻晓潇潇雨。

徽宗崇宁二年（1103），诗人黄庭坚受赵挺之等迫害，以“幸灾谤国”的罪名贬谪宜州（今广西宜山）。四年（1105）正月，其兄黄大临（元明）至宜州贬所探望，别后作词寄之。因山谷最爱贺铸《青玉案》“梅子黄时雨”的写愁名句，大临遂以《青玉案》为调并步贺词原韵。山谷亦和作一首。惠洪此词，则是和山谷兄弟之作。

惠洪此词主要是代山谷设辞，拟想山谷的愁恨。首二句点明离别的时令、环境。长亭畔，绿槐阴翳，烟柳低垂，环境低沉冷清。“取次”，仓促之意。山谷作为流放犯，途中不可久留。崇宁二年春，山谷途经湘江，惠洪得便一见，却又匆匆离别，“恨”即由此而生。以下四句写足“恨”字。“日永”句总写，揣想山谷孤孑一人，远贬天涯，愁苦深重，日长如年，时光难熬。“高城”三句为特写，想象山谷此去，途中时或独立高城，遥望故乡，但暮云遮目，难见故友亲人。此与柳宗元《登柳州城楼寄漳汀封连四州刺史》的“岭树重遮千里目，江流曲似九回肠”有神似之处。

上片写分离之恨、途中之愁，下片写旅舍羁寓之悲。时将天暮，行人归家，而沦落天涯的山谷，却只能解鞍投宿旅舍，流落异乡，自是百般滋味在心头。时而回想故友亲人行前的叮咛嘱托，时而忧虑渺茫难卜的前程。“暗忆”写出独对孤灯残影、无人话衷肠的悲哀。“危肠”，一本作“柔肠”，此据《能改斋漫录》。“危肠”，写出前途莫测、忧虑未来的不安心理，比“柔肠”的含义要丰富得多。

结句三组意象，层层深入，表现出愁苦的深重。“薄衾孤枕”写其凄凉孤独，包含着生理触觉的感受和心理的悲凉。“梦回人静”是希望的失落。山谷《黔南十绝》云：“病人多梦医，囚人多梦赦。如何春来梦，合眼在乡社。”梦中的希冀醒来俱成泡影，更深人静时，其孤独悲哀可知。“彻晓潇潇雨”，写其长夜难眠，耳畔所闻的是扰人心绪的潇潇暗雨打窗声。此词代山谷拟情，却能把他深重的愁苦、复杂的情怀多层次地表现出来，足见作者的艺术功力。山谷读之，亦当难以为怀。

江城子　秦　观

西城杨柳弄春柔。动离忧。泪难收。犹记多情曾为系归舟。碧野朱桥当日事，人不见，水空流。　　韶华不为少年留。恨悠悠。几时休。飞絮落花时候一登楼。便做春江都是泪，流不尽，许多愁。

晚清的词学理论家冯煦，曾经在他的《蒿庵论词》里说：“淮海、小山，古之伤心人也。”淮海是秦观，小山是晏几道，他俩都是伤心人。又说：“他人之词，词才也；少游之词，词心也。”别人的词是用才气写出来的，少游的词是用心血写出来的。用心，就是用真心，用真情。

和柳永比起来，秦观的爱情相思词，含意更丰富。他的词不仅仅是抒发一种爱情的相思，还包含着一种人生的感慨。所以清人周济说秦观词“将身世之感打并入艳情，又是一法”。秦观的艳情词、离别词，往往熔铸了他的身世之感，凝聚了他人生政治上的失意。

“西城杨柳弄春柔”，西城指汴京。汴京城西门外，柳树成行，柳枝在风中摇曳，舞弄着春天的温柔，展现着春天的和美。在这大好的春光当中，柔媚的杨柳引发的是什么？是离愁幽恨。离愁一起，又是“泪难收”！秦观词就是泪多，有人是首首不离酒，他是篇篇少不了泪！“犹记多情曾为系归舟”的“多情”是谁？是谁多情？我们与其把“多情”想象成人，不如想象成柳树，西城的杨柳多情，曾经在这里系住我在外面飘荡回来的归舟。这是送别以后又回到这里来再写送别。“碧野朱桥当日事”，暗含着一个故事，点到为止。有人说，秦少游的词善于用“点染之法”。点染本来是绘画的一种技巧，词中的点染之法，我们可以这样理解：点，就是点到为止，不说破；染，用景物来烘托，用空镜头来表现。碧绿的原野，红色的桥梁，色彩非常鲜明。“当日事”，也许在碧野朱桥上面，他曾经跟他所爱之人握手言别，也许是跟他的朋友、政治上的同道握手告别。这首词是绍圣元年（1094），也就是秦观遭贬谪的那一年写的。“人不见，水空流”，有象征的意味，不仅仅是表现男女间的恋爱情事、儿女私情，也可能象征着某种政治性事件。这里好像是叙事，其实是绘景。“碧野朱桥”，是一幅画。碧绿的原野上有一条河，河上有一座红色的桥，我们可以想象到桥上有两个人。这两句当中，包含着过去和现在的情事——当时朱桥上两人握手告别，而现在，此时此地，却是人不见，水空空荡荡地向远方流去。其中包含着今昔的对比。可以用今昔两个镜头来叠映这幅画面、这个场景。其中给我们留下的想象空间、创造余地非常大。

下片通过送别，转过一层来写人生。人生苦短，生命有限，大好的时光很快就溜走了，多留一分时光就多留住一份青春的面影。

转眼之间，却由少年步入了中年，恨是悠悠绵长，就像流水一样，无休无止。“飞絮落花时候一登楼”，愁难解，于是就登楼。登楼是为“聊假日以消忧”！王粲的《登楼赋》曾说，登高是为了消忧。在中国古代文学中，登高是常见的主题。古人登高，常常是为抒发乡情，怀念故乡，再就是表达怀才不遇的苦闷，借登高来消除苦闷。正因为“恨悠悠，几时休”，所以他才登上高楼。然而，登上高楼所见景象，是漫天飞絮、满树落花。由这两句我们可以联想到贺铸《青玉案》的“试问闲情都几许，一川烟草，满城风絮，梅子黄时雨”。贺铸把抽象的愁思熔铸在具象的烟草、风絮、梅时雨当中。“一川烟草”迷漫，是写愁思的广度；“满城风絮”，写它的密度。风絮是风中的杨花，到处飘荡，飘忽不定；“梅子黄时雨”是写它的长度，因为梅雨连绵不断，延续的时间又长又久。从修辞手法来说，它是一种博喻，用三种不同的意象，从不同的角度来写闲愁。秦观这几句，表面上不是比喻，但是“飞絮落花”，你一听就感受到一种低回掩抑的氛围。飞絮是飘零的，落花是飘零的，这两种一去不复返的意象，暗喻的不仅仅是时光的流逝、季节的流转，也是生命年华的消逝，于是，登高消愁愁更愁。顺势推出后面两句“便做春江都是泪，流不尽，许多愁”，就极其自然。

秦观深受李后主词的影响。他读后主词读得非常熟，常常化用。他的“恨如芳草，萋萋刬尽还生”，就是从李后主的“离恨恰如春草，更行更远还生”变化而来。“便做春江都是泪”两句，我们一眼就可以看出，是从李后主“问君能有几多愁，恰似一江春水向东流”变化而来。推陈出新，于斯可见。李后主只是一个新鲜的比喻，而秦观呢，把它倒过来说，变被动为主动，把春江做成眼泪，也流不尽我许多的忧愁，可见忧愁之深之广。他《千秋岁》词里有句“飞红万点愁如海”，秦观一位朋友读后，伤心地说：“少游已矣！”意思是少游快要不久于人世了。有人问他：你怎么知道少游活不长呢？他说，这么深广的愁苦还能活得长吗？秦观写愁，跟他的老师苏东坡不一样：东坡写愁苦的时候，往往要另求超脱，要从愁苦当中摆脱出来；秦观、周邦彦写愁苦的时候，是把你拉向愁苦的深渊，不让你超越。他俩是用泪水把你浸泡在愁苦里，用泪水去染化你的灵魂。而苏东坡呢，是先把你拉进愁苦的深渊领会感受，然后迅速地把你提升出来，让你超越清醒。秦观和苏轼同样是写愁苦，但对待愁苦的态度和方式不一样。

读秦观的词，觉得非常沉重感伤，这与他的个性有关。他这个人，心理承受能力比较差，遇到一点痛苦就抬不起头来。他贬到岭南，还没有像东坡那样贬到海南岛，就已经对人生失去了信念，觉得这辈子完了，肯定死在这南荒蛮瘴之地，于是赶忙给自己写挽词。苏东坡贬到海南岛，到了真正的天涯海角，仍然非常乐观，回来的时候说："九死南荒吾不恨，兹游奇绝冠平生"，这一次贬到海南岛，就像是一次旅游，而且是一辈子当中最奇特绝妙的一次旅游。你们那些政敌，想到海南岛来玩还来不了呢！苏东坡遇到挫折苦难，非常想得开，洒脱、超然。秦观就是想不开，所以五十多岁就去世了。秦观这首词的离别相思中寄寓着深沉的人生失意，故而显得特别压抑感伤。

浣溪沙 秦观

漠漠轻寒上小楼。晓阴无赖似穷秋。淡烟流水画屏幽。
自在飞花轻似梦，无边丝雨细如愁。宝帘闲挂小银钩。

此词构筑了一个轻灵精微的艺术境界。前两句写薄薄的春寒悄悄笼上小楼，早晨阴沉的天气冷似深秋，看似纯用景笔交待时间、地点、节候，实则人物已暗置其中。因为无论是“漠漠轻寒”还是“晓阴无赖”，皆是楼中人的所见所感。“无赖”之情，既为气候而发，又是心境使然。“淡烟流水”是室内画屏上的景物，与楼外之景一样笔触清婉。一个“幽”字，既写出景物的幽清、屋内的幽静，更烘托出心情的幽怨。下片前两句对仗工整，音律谐婉，造境也更为轻妙。飞花、丝雨轻盈细密的特质，更增添了词作柔婉迷离的朦胧美感。词人本欲言梦似飞花之轻、愁如丝雨之密，如今反过来说，比拟新奇巧妙，难怪梁启超赞为“奇语”。“宝帘”句仍写楼中装饰，“闲”字用得韵味悠然。于此帘外之景与帘内之人判然两分，前文的景语都是因人而设，为人所感，心怀幽情愁绪的人物形象跃然纸上。此词妙在全篇寓情于景，且写景不用重笔，让人沉浸在轻闲幽雅的意境中，意动神移。

临江仙　信州作　晁补之

谪宦江城无屋买，残僧野寺相依。松间药臼竹间衣。水穷行到处，云起坐看时。　一个幽禽缘底事，苦来醉耳边啼。月斜西院愈声悲。青山无限好，犹道不如归。

驱遣不去的苦闷忧愁填满胸臆时，所见景物都染上主观色彩，并反过来强化人的惆怅苦涩。这首词，写谪宦生涯中无法排解的悲苦，全藉景物来表现，心底波澜，起伏变化。“残僧野寺”，似乎是大彻大悟的机缘，然而总被“松间药臼竹间衣”的凄苦困穷的境遇所缠绕而无法解脱。“水穷行到处，云起坐看时”颠倒“行到水穷处，坐看云起时”，将心情之迥异加倍写出。总是欲了悟而反增烦恼，欲闲静反而心乱。幽禽苦苦聒噪哀啼，更增悲愁抑郁，再加上冷月斜照，真是情何以堪！作者笔笔加写，至此似言尽话绝，孰料结句更下一转语，直明心迹，加倍写出心情郁结之沉重。

鹧鸪天 贺 铸

重过阊门万事非。同来何事不同归。梧桐半死清霜后，头白鸳鸯失伴飞。　原上草，露初晞。旧栖新垄两依依。空床卧听南窗雨，谁复挑灯夜补衣。

这是一首悼亡词，表现作者对亡妻赵氏的深挚追怀。词人旧地重游，忆念与亡妻在长期同甘共苦的生活中培育出来的深厚爱情。出语沉痛，情真意切，哀怨凄婉，动人肺腑。

起二句用赋法，直抒胸臆。“阊门”是苏州城西门。词人回到苏州的家，一想起和自己相濡以沫的妻子已长眠地下，不禁悲从中来，只觉得一切都不顺心，遂脱口而出：“重过阊门万事非”。接以“同来何事不同归”一问，问得十分无理，但诗词正是讲“情”而不讲“理”的，极“无理”之辞，正是极“有情”之语。“梧桐”两句，以连理树的半死、双栖鸟的失伴来比拟自己的丧偶。“清霜”二字，以秋天霜降后梧桐枝叶凋零，生意索然，比喻妻子死后自己也垂垂老矣。“头白”二字一语双关，鸳鸯头上有白毛（李商隐《石城》诗：“鸳鸯两白头”），而词人此时已届五十，也到了满头青丝渐成雪的年龄。这两句形象地写出词人的孤独凄凉。

换头承上启下，亦比亦兴。语出汉乐府丧歌《薤露》：“薤上露，何易晞!”用原野上草露初晞喻夫人新殁，是为比。紧接上片，与“梧桐半死”共同构成“博喻”。同时，原草晞露，又是荒郊坟场实有的景象，是为兴，有它铺垫，下文“新垄”二字的出现就不显得突兀。“旧栖”句至结尾复用赋体。因言“新垄”，顺势化用陶渊明《归田园居》五首其四“徘徊丘垄间，依依昔人居”诗意，牵出“旧栖”。下文又自然地转入自己在“旧栖”中的长夜不眠之思:“空床卧听南窗雨，谁复挑灯夜补衣!”这是抒情的最高潮，也是全词最感人的两句。这两句，平实的细节表现出妻子的贤慧、勤劳与恩爱，以及伉俪间的相濡以沫、一往情深，读来哀惋凄绝，感慨万千。

这首词，艺术上以情思缠绵、婉转工丽见长。作者善于把本让人捉摸不定的情感形象化，将情与景和谐地融为一体。词中“梧桐半死”“鸳鸯失伴”等形象化比喻，表达了作者内心深处的丧妻之痛，又用草间霜露比喻人生的短促，较之直陈其事更具艺术效果。末三句“旧栖”“新垄”“空床”“听雨”，既写眼前凄凉的景状，又抒发了孤寂苦闷的情怀。

六州歌头　贺　铸

少年侠气，交结五都雄。肝胆洞。毛发耸。立谈中。死生同。一诺千金重。推翘勇。矜豪纵。轻盖拥。联飞鞚。斗城东。轰饮酒垆，春色浮寒瓮。吸海垂虹。间呼鹰嗾犬，白羽摘雕弓。狡穴俄空。乐匆匆。　　似黄粱梦。辞丹凤。明月共。漾孤篷。官冗从。怀倥偬。落尘笼。簿书丛。鹖弁如云众。供粗用。忽奇功。笳鼓动。渔阳弄。思悲翁。不请长缨，系取天骄种。剑吼西风。恨登山临水，手寄七弦桐。目送归鸿。

这是一首自叙身世的长调。词人回忆了少年时代任侠使气的豪侠生活，抒发了仕途失意、壮志难酬的愤激之情。全词熔叙事、议论和抒情于一炉，配以短小的句式、急促的音节，集苏轼之豪放与周邦彦之律吕于一身，雄姿壮彩，不可一世，读来令人神采飞扬，雄健警拔！

上片回忆在京城度过的倜傥逸群的豪侠生活。起首二句，自李白《赠从兄襄阳少府皓》"结发未识事，所交尽豪雄"化出，为上片的总摄之笔。以下紧扣"侠""雄"二字来作文章。"肝胆洞"至"矜豪纵"七句，概括书写自己与伙伴们的"侠""雄"品性：肝胆相照，富有血性和正义感，听到或遇到不平之事，即刻怒发冲冠；性格豪爽，同侪相逢，不待坐下来细谈，便订为生死之交；一言既出，驷马难追，允诺别人的事，决不反悔；崇尚勇敢，以豪放不羁自矜。"轻盖拥"至"狡穴俄空"九句，具体地铺叙自己和侠侣们的"侠""雄"行为：轻车簇拥，联镳驰逐，出游京郊；闹嚷嚷地在酒店里豪饮，似乎能把大海喝干；间或带着鹰犬到野外射猎，一霎间便荡平了狡兔的巢穴。以上两层，有点有染，有虚有实，有人物有活动，立体地展现了一幅不可一世的弓刀侠客的恢宏画卷。歇拍"乐匆匆"三字、过片"似黄粱梦"四字，是全词文义转折、情绪变换的关棙。词人青年时代朝气蓬勃，龙腾虎掷，虽然欢快，可惜太短促，好象唐传奇《枕中记》里的卢生，做了一场黄粱梦。寥寥七字，将上片的赏心乐事连同那兴高采烈的气氛收束殆尽，骤然转入壮年以来南北羁宦、沉沦屈厄的经历。

"辞丹凤"至"忽奇功"十句，大意谓自己离开京城到外地供职，乘坐一叶孤舟飘泊在河流上，唯有明月相伴。入仕后，官品卑微，情怀愁苦，落入污浊的官场，如鸟在笼，不得自由。朝廷重文轻武，自己身为武士，被支派到地方上打杂，成天劳碌于案牍冗事之间，不能杀敌疆场，建功立业。多年的郁积，一肚皮的牢骚，一吐为快。

这十句似黄河决堤，一浪高过一浪。以下六句，是全词高潮。元祐三年三月，西夏进攻德靖砦，同年六月，又犯塞门砦。这消息传到僻远的和州，大约已是秋天。异族入侵，国难当头，本该是英雄大有作为之时。然而，朝中投降派当道，爱国将士依然壮志难酬。“笳鼓动”六句，便掷地有声地抒写出词人报国无门的满腔悲愤。军乐奏起，边疆发生战事，而渴望投身疆场的爱国志士，却无路请缨，不能生擒敌方酋帅，献俘阙下，就连随身的宝剑也在秋风中发出愤怒的吼声！这几句，壮怀激烈，慷慨悲壮，正气凛然，可歌可泣。把词人的满腔爱国热诚和忧患意识抒写得荡气回肠，读来令人感奋不已。

结尾三句，笔锋突转，一波三折，由慷慨激昂转为悲凉舒缓，在游山览水、拊琴送客中宣泄壮志难酬、报国无门的悲愤忧郁，读来令人扼腕慨叹。“登山”句，用宋玉《九辩》“登山临水兮送将归”句意；而“手寄”句，则从嵇康《酒会》诗“但当体七弦，寄心在知己”句化出；“目送”句，是翻用嵇康《赠兄秀才入军》“目送征鸿，手挥五弦”句意。句句都与送别有关。

张耒曾盛赞贺铸词说:“方回乐府妙绝一世，感丽如游金、张之堂，妖冶如揽嫱、施之袂，幽洁如屈宋，悲壮如苏李。”(《东山词序》)此词辞情慷慨，音调激昂，充分展现了他继承苏词雄姿壮采的一面。艺术上，不为声律束缚，反能利用声律之精密组织，尽展其抑塞磊落、纵恣不可一世之概。全词三十九句，三言短句占了二十二句。长句也不超过五言。而三十九句中，三十四句押韵，“东”

“董”“冻”平上去三声通叶。形成句短韵密、声韵洪亮的特色，很好地演绎了词的豪壮风格。

大　醮 春雨 周邦彦

对宿烟收，春禽静，飞雨时鸣高屋。墙头青玉旆，洗铅霜都尽，嫩梢相触。润逼琴丝，寒侵枕障，虫网吹粘帘竹。邮亭无人处，听檐声不断，困眠初熟。奈愁极顿惊，梦轻难记，自怜幽独。　　行人归意速。最先念流潦妨车毂。怎奈向兰成憔悴，卫玠清羸，等闲时易伤心目。未怪平阳客，双泪落笛中哀曲。况萧索青芜国。红糁铺地，门外荆桃如菽。夜游共谁秉烛。

春雨，通过诸种景物展现出化育万物的力量。“洗”“润”等字，皆得春雨的神理；而“逼”“侵”则写出人们微妙而深刻的对春夜之雨的感受。词人调动所有的感觉器官，对春雨进行全方位的细腻描绘。高屋檐间的淅沥之声，墙头的“青玉旆”和室内的琴丝、枕障、帘竹，都受到春雨湿气的浸润，而这些春雨的感觉都敌不过那刻骨铭心的相思情。“愁极顿惊”，极为准确地写出夜雨中初眠人在睡梦里忽然惊起的情景。惊起后，却又“梦轻难记”，令人懊丧。词人借雨之精神写人之心理，相得益彰。“红糁铺地”“荆桃如菽”的场景，当然仍是写春雨，既写其无情又写其多恩。由于闺中人念念的是“流潦妨车毂”，担忧雨水过多，车毂受阻，游子难归，所以心中成了萧索的“青芜国”。春雨既助其凄凉，也激发起无尽的青春活力。

长相思　雨　万俟咏

一声声。一更更。窗外芭蕉窗里灯。此时无限情。
梦难成。恨难平。不道愁人不喜听。空阶滴到明。

此词咏雨而实写情。雨是芭蕉雨，情为雨中情。上片听雨，下片恨雨。“一更更”，“窗里灯”，见出室内“愁人”彻夜未明。愁而难寐，又声声雨打芭蕉，更添愁人内心的焦躁不安。此词妙在用一两个声音和视觉意象就传达出愁人听雨的心理感受。至于“愁人”所梦何人，所“恨”何事，读者自可根据各自的审美体验展开自由的想象。

转调满庭芳　刘　焘

风急霜浓，天低云淡，过来孤雁声切。雁儿且住，略听自家说。你是离群到此，我共那人才相别。松江岸，黄芦影里，天更待飞雪。　　声声肠欲断，和我也泪珠点点成血。一江流水，流也呜咽。告你高飞远举，前程事永没磨折。须知道飘零聚散，终有见时节。

此词写人与雁的对话，极自然亲切。人与雁同是沦落天涯，相同的命运把原本隔绝的两颗心联结到一起，发生强烈的感情共鸣。对话中既表现出离群孤雁的飘泊感、孤独感，也同时表现出抒情主人公（女性）的离愁别恨和她对爱人深厚真挚的爱恋。最动人的是她的爱恋包含着对爱人深深的理解和信任支持。她深知爱人是为

“前程事”而“相别”，故强压自我离别前后刻骨铭心的痛楚而鼓励爱人“高飞远举”去追求自己的事业，并提醒他要经受得住磨难，安慰他此生还有见面重逢的时机。钟爱、依恋、理解、安慰、鼓励和希望等复杂丰富的情思都包融在最后几句中。上片人向雁诉说，物我间离，下片亦人亦雁，物我同化。此首孤雁词与南宋末张炎的《解连环·孤雁》异曲同工。

贺新郎 叶梦得

睡起啼莺语。掩青苔房栊向晚，乱红无数。吹尽残花无人见，惟有垂杨自舞。渐暖霭初回轻暑。宝扇重寻明月影，暗尘侵尚有乘鸾女。惊旧恨，遽如许。　江南梦断横江渚。浪黏天葡萄涨绿，半空烟雨。无限楼前沧波意，谁采蘋花寄取。但怅望兰舟容与。万里云帆何时到，送孤鸿目断千山阻。谁为我，唱《金缕》。

此词写女子怀人。作者深谙正反相成的艺术法则，以动写静。上片运用一系列动态的意象群创造出一个十分幽静的空间氛围，借以烘托抒情主人公的孤独心绪。而“乱红”“残花”等意象又具有时间的指向性，既表明自然春光的消逝，也喻示着抒情主人公的红颜渐老、青春在寂寞中虚度。残花落尽“无人见”，而孤独的离人深居闺中，红颜消逝亦“无人见”。主体之情与自然之景打成一片。以意象群来烘托、暗示主体之情，手法接近温庭筠。时人关注也说叶梦得早期词“婉丽绰约有温、李之风”（《题石林词》）。但叶词又有明显的不同于温词之处：温庭筠每首词上下片的情与事多限在同一空间，而叶梦得此词的空间随着情思的变化而位移。下片的空间，由“房栊”内移到辽阔的“江南”，“万里”江天，“千山”峰峦，空间境界寥阔远大，主体的愁思也弥漫于这阔大的空间中。以阔大之景写柔情，是此词不同于晚唐五代闺情词的特色。

喜迁莺　晓行　刘一止

晓光催角。听宿鸟未惊，邻鸡先觉。迤逦烟村，马嘶人起，残月尚穿林薄。泪痕带霜微凝，酒力冲寒犹弱。叹倦客，悄不禁重染，风尘京洛。　追念，人别后，心事万重，难觅孤鸿托。翠幌娇深，曲屏香暖，争念岁寒飘泊。怨月恨花烦恼，不是不曾经著。这情味，望一成消减，新来还恶。

晚唐温庭筠以“鸡声茅店月，人迹板桥霜”一联如画地写出早行者的见闻感受，而为后人所激赏（见欧阳修《六一诗话》）。刘一止此词更以多角度多层次地铺叙晓行的情景与晓行者的内心感受，而赢得时人的盛誉。上片从听觉、视觉、触觉感知上捕捉意象，有层次地表现出晓行者在特定时空中的经历与感受，仿佛一首如图如画的晓行游记。过片笔墨宕开，以别情映衬晓行者的孤独，复以闺中的温馨对比晓行的凄苦。不同时空意象的叠映对比，多角度地展现出晓行者的心态。无怪时人美其名为“刘晓行”。

小重山 汪 藻

月下潮生红蓼汀。浅霞都敛尽，四山青。柳梢风急堕流萤。随波处，点点乱寒星。　　别语寄丁宁。如今能间隔，几长亭。夜来秋气入银屏。梧桐雨，还恨不同听。

此词是以游子的身份写离情。上片乃行役途中所见之景，构图颇注意色彩美：初生的皎月、鲜艳的红蓼、五彩晚霞、四合青山、翠柳明萤、上下辉映的水波星光，组成一幅色彩斑斓的江滨晚行图。构图又富于动态美；风舞柳梢、流萤飞堕、波摇寒星，境界摇曳生姿。下片写离情，文势跳跃，将游子与居人不同时空中的情事交互着写，结句则将双方挽合一处，结构有分有合，缜密浑成。“梧桐雨”本是写离情时熟用的意象，且一般是用以烘托离别一方的离愁别绪，而此词则补以“还恨不同听”，便一笔而写出离别双方孤独听雨的寂寞。梧桐雨使人心烦，倘能同听，则成乐事，而今不能“同听”，企盼变成了失望，孤独感中包含着遗憾。作者赋予常见意象以更新更丰富的情思内涵，颇与江西诗派化故为新的手段相同。

水调歌头 对月有感 朱敦儒

天宇著垂象，日月共回旋。因何明月，偏被指点古来传。浪语修成七宝，漫说霓裳九奏，阿姊最婵娟。愤激书青奏，伏愿听臣言。　　诏六丁，驱狡兔，屏痴蟾。移根老桂，种在历历白榆边。深锁广寒宫殿，不许姮娥歌舞，按次守星躔。永使无亏缺，长对日团圆。

千古以来，明月婵娟，在诗人心目中唤起的是美好的意愿、温柔的乡思、甜美而苦涩的离情，何曾引起过诗人的“愤激”！朱敦儒这种史无前例的对月生愤的情感来源于“开辟所无颠倒事”的、偏安江南一隅的宋南渡这一特殊的时代环境。同是这位朱敦儒，南渡前向上苍“曾批给露支风券，累奏留云借月章”（《鹧鸪天》），奏请天帝多给自己风云月露，以恣游乐。而南渡后的“书青奏”却是另一番要求：他要把只图自我快活、玩忽职守的痴蟾狡兔统统赶出月宫，将终年寻欢作乐、沉醉在“歌舞”之中而导致月有亏缺的嫦娥们锁在广寒宫里，让她们谨守职责，永使圆月无亏缺，世世代代总团圆。这浪漫的想象不过是人间社会的折光。那“痴蟾”“狡兔”让人联想到王朝里只知谋身而误国的一班肉食者；那歌舞嫦娥自然是人间置山河亏缺于不顾，“直把杭州作汴州”的君君臣臣的倒影。这首词具有鲜明的时代感。

朝中措　朱敦儒

先生筇杖是生涯。挑月更担花。把住都无憎爱，放行总是烟霞。　　飘然携去，旗亭问酒，萧寺寻茶。恰似黄鹂无定，不知飞到谁家。

此词是作者晚年致仕闲居时作，刻画出一个活脱脱的超然无虑、自由洒脱的人格形象。朱敦儒为人、作词，都学苏轼的超脱放旷。苏轼一生坎坷，总是力求摆脱人生的苦闷，而实际上无法彻底摆脱，所以苏轼词，表层虽然超脱旷达，深层里却潜藏着深沉的忧患与凄凉，飘逸中蕴含着沉重。而朱敦儒在历经人世沧桑后，到了晚年，对人生领悟得更透，他能忘怀抛开人世社会的一切责任、忧患、束缚、烦恼，而保持心灵的宁静、自由、闲适，生活得轻松而洒脱。这首词犹如一幅自画像，简明而生动地勾勒出作者的生活态度和精神意志，带有鲜明的自传性特征。

燕山亭 北行见杏花 赵 佶

裁剪冰绡，轻叠数重，冷淡胭脂匀注。新样靓妆，艳溢香融，羞杀蕊珠宫女。易得凋零，更多少无情风雨。愁苦。闲院落凄凉，几番春暮。　　凭寄离恨重重，这双燕，何曾会人言语。天遥地远，万水千山，知他故宫何处。怎不思量，除梦里有时曾去。无据。和梦也有时不做。

近人梁启勋曾说：“含蓄蕴藉之文学，乃中华民族特性之最真表现，所谓‘温柔敦厚，诗之教’。当情感正在强烈之时，偏要深自敛抑，用极有节制之法度表现出来，使读者能从弦外之音得见其情感之真面目。此法似极不容易，然而中国民族，得三百篇之遗教，数千年来，运用得最为纯熟，诗文如此，词亦有然。”（《词学》下篇）宋徽宗此词堪为这种“敛抑之蕴藉法”的代表作。他由至高无上的皇帝突然变为受人摆布的阶下囚，命运的变化、心境的反差、精神的痛苦是何等巨大！但身为俘虏，行动与语言皆失去自由，满腔的苦痛不能直接宣泄，却又不能不宣泄，无可奈何，他只有通过写杏花的不幸命运来曲折倾诉自我的灾难和内心的痛苦，而且把激烈跳荡的感情强行压抑不让它喷发，只让它低回曲折地渐渐流露于笔端。“怎不思量”几句倍极吞吐，转折层深，配合以短促的句式，仿佛闻其泣血哽咽，断断续续，一字一字地从心里吐出。纯从审美的角度看，着实催人泪下。然而，江山倾覆，中原沦陷，人民涂炭，他是直接责任者。他至死都没有意识到是他直接造成了这场殃及他自身的民族悲剧，词中只有悲伤，却无悔恨。知其人论其世，又不免减却了几分对此词作者的同情。

苍梧谣　蔡　伸

天。休使圆蟾照客眠。人何在，桂影自婵娟。

《苍梧谣》，是词中最短的词调，仅十六个字。但以少总多，字少篇短照样可以表达深情。开篇一个带着强烈情绪的祈使，提出的似乎是极其无理的要求，却表现出极强烈的愿望。无疑，这是闺中佳人对远游客子的相思，表现出对所爱之人的深切体贴。强烈的爱总是不顾一切地为对方着想，即使自己被爱熬煎得难以自拔，还是希望对方能够快乐。“桂影自婵娟”照着的，正是一颗孤寂而又热烈燃烧着的芳心。

采桑子 吕本中

恨君不似江楼月，南北东西。南北东西。只有相随无别离。

恨君却似江楼月，暂满还亏。暂满还亏。待得团圆是几时。

这是一首脍炙人口、优美动人的爱情小唱。词中用柔婉的抒情笔调，写一位独守空房苦于聚散匆匆的闺中妇人，踯躅江楼，满腹凄然地望月兴叹、对月抒怀，倾诉自己无尽的哀怨。全词以月亮作比，正反设喻，从不同侧面表现闺中女子的刻骨相思和缠绵爱情。上下二阕均以“恨君”开头，一方面恨丈夫不能像空中明月那样，无论东西南北始终与人相随；一方面又害怕丈夫像月儿那样，“暂满还亏”，聚少散多。总之，像月不像月，总是牵愁引恨，忧怨难除，正所谓“此恨绵绵无绝期”。如此恨深怨切，是闺中人爱深思切心理的折光反映，委曲而准确地表现出闺中人内心深处一段脉脉温情和纠结不解的相思，纯洁凄婉，如泣如诉，声声动人。

临江仙 夜登小阁忆洛中旧游 陈与义

忆昔午桥桥上饮，坐中多是豪英。长沟流月去无声。杏花疏影里，吹笛到天明。　　二十余年如一梦，此身虽在堪惊。闲登小阁看新晴。古今多少事，渔唱起三更。

历代词论家都对此词赞不绝口。其魅力奥妙在于艺术表现上的化实为虚，欲吐还吞，意在言外，耐人寻味。洛阳是北宋的文化中心，陈与义则是洛阳的少年才子。他早年就以“诗俊”与“词俊”朱敦儒、“文俊”富直柔等人并称为“洛中八俊”。声名早著，生活风雅。在北宋灭亡，洛阳沦陷、自身年华老大后，陈与义再回忆昔日洛阳诗酒风流的生活，该有多少感慨，可他并不直接渲染回忆当时的心理感受，也不具体地写当年的欢娱事件，只用“杏花疏影里，吹笛到天明”图画般的空灵意境表现当年的赏心乐事。当年生活的浪漫、情趣的高雅、心境的闲适自得无忧无虑都在“言外”。往事如“梦”，思绪又跌落到“二十余年”后现实。现状如何，只着一“惊”字，微露对现实的心理感受，便欲言又止。“闲登小阁”，欲将思绪从痛苦的回忆中拉开。“看”了“新晴”，愁怀是否开解？又不正面回答顺写，而把笔触伸向对“古今”历史升沉变迁的思索上。转折顿挫之笔传达出跳跃变化的心理，启人遐思。

点绛唇　紫阳寒食　陈与义

寒食今年，紫阳山下蛮江左。竹篱烟锁。何处求新火。

不解乡音，只怕人嫌我。愁无那。短歌谁和。风动梨花朵。

金兵入侵，首先遭难的是中原民众。为了躲避战火，他们背井离乡，逃奔到南方。漂泊异乡，举目无亲，内心本来就感到孤独，而区域方言的不通，北方人不懂南方方言，彼此不能交流感情，无形中又增加一层与当地人的隔膜。建炎四年（1130），洛阳人陈与义避乱至湖南武冈时，对此深有体验。这首《点绛唇》词就生动表现出漂泊者的这种心理。从中原大地来到荒远的“蛮江左”，他多么渴望能与当地乡亲交流沟通，倾诉旅途的劳顿惊骇，以宣泄苦闷，获得些许慰藉，可又不懂方言乡音，生怕因误会而让人讨嫌。那份渴望同情与理解却因语言的隔阂障碍而怕被误解的矛盾心态，在简短的词章中，表现的多么深切！这是中国诗歌史上从未表现过的战乱时代的人生感受。

石州慢 己酉秋吴兴舟中作 张元幹

雨急云飞，惊散暮鸦，微弄凉月。谁家疏柳低迷，几点流萤明灭。夜帆风驶，满湖烟水苍茫，菰蒲零乱秋声咽。梦断酒醒时，倚危樯清绝。　　心折。长庚光怒，群盗纵横，逆胡猖獗。欲挽天河，一洗中原膏血。两宫何处，塞垣只隔长江，唾壶空击悲歌缺。万里想龙沙，泣孤臣吴越。

此词抒豪情，纪时事。纪事，又高度浓缩化。下片五十一字中，含纳着深广的社会现实内容：外侵内乱、国破主俘。“一人之性情，天下之治乱，皆所藏纳。”词的叙事非但没有破坏词的抒情性、感染力，而且深化了情感。对惨痛现实的缩微描写，为主体壮志难伸的悲恨提供了现实基础，也更使击壶悲歌具有震撼人心的力量。结构方式上，以情统事，“群盗纵横，逆胡猖獗”与“塞垣只隔长江”，分别穿插在激荡澎湃的情感流程之中，情与事相互生发，相得益彰。晚唐五代北宋词，多远离激烈变化的社会现实，张元幹此词，贴近时代，内容声情的变化与时代社会的剧变保持着同步态，为南宋中后期词作走向现实、歌唱时代的心声开启了方向。

浣溪沙 张元幹

山绕平湖波撼城。湖光倒影浸山青。水晶楼下欲三更。
雾柳暗时云度月，露荷翻处水流萤。萧萧散发到天明。

词写仲夏夜之景，颇得王维、孟浩然山水诗的风神。上片大笔勾勒交相辉映的湖光山色，境界阔大；下片用工笔描摹湖中岸上景物的动态变化，流动疏朗。“雾柳”句犹如摇动的电影境头，捕捉住景物有层次的运动变化：月照烟柳，雾白柳清；忽而烟柳昏暗无光，举头一望，原是流云遮月。七字之中，从天上云月到地下烟柳，浑然一体，且云月烟柳的光、色、态毕现眼前，堪与张先的“云破月来花弄影”媲美。“露荷”句，笔法得自王维《山居秋暝》的“莲动下渔舟”，境界与“雾柳”句相似。全词动静相兼，境界静谧幽清。结构上将“三更”“天明”安排在上、下片的结歇处，暗示时间的迁移，表明乘凉观景的“散发”者终夜都沉浸在这良辰美景之中，其潇洒闲适之情自在言外。

卜算子 吕渭老

一日抵三秋，半月如千岁。自夏经秋到雪飞，一向都无计。　　续续说相思，不尽无穷意。若写幽怀一段愁，应用天为纸。

言情之词，一向以含蓄为美。此词偏偏不守规矩，直说明言却也同样把离情写得深长悠远，让人爱不释手。这是艺术上的“反常合道”。全词四十四字，六处用数词，十一处用时间与程度的计量词，用可数可计的时间来表现无法计量的离情，构思之新巧，堪为词史之最！前人戏称喜用数词的诗人为“算博士”，词坛上若授予“算博士”学位，吕渭老当属第一名填词“算博士”。

好事近 胡铨

富贵本无心，何事故乡轻别。空使猿惊鹤怨，误薜萝风月。　　囊锥刚要出头来，不道甚时节。欲驾巾车归去，有豺狼当辙。

绍兴八年（1138），胡铨上书反对议和，言辞激烈慷慨，书中直言不讳地称“义不与桧等共戴天。区区之心，愿斩三人（指力主议和的秦桧、王伦、孙近）头，竿之藁街”，“不然，臣有赴东海而死，宁能处小朝廷求活耶”！书一上，即遭贬斥。四年后，又贬至广东新兴。但他斗争的锐气并不因遭重贬而减退，在新兴时又作此词讽刺当道并抒心志。词意说，自己出仕做官本不是为追求个人的富贵，而今远贬离乡，是因为伸张正义，为维护民族的尊严。过片表面上自责自己逞能，不识时务，实则讽刺“时节”世道的黑暗，使忠正之士受压抑不能出头。“欲驾巾车归去”，并不是真的想退隐逃避现实，而是不愿与奸臣共戴天，不甘“处小朝廷求活”命。只是身遭贬谪，失去行动自由，豺狼挡道，想去独善其身也不可能了。身为在押的“流放犯”，他明知一言不慎就会招来更残酷的迫害，可他仍然要以唯一可利用的笔来向恶势力挑战。作者不屈不挠的抗争精神，千载之下仍能激发人心。据王明清《挥麈后录》卷十载，郡守张棣得知此词后，以“讥讪”之罪上报秦桧，秦桧大怒，将胡铨移送吉阳军（今海南三亚）编管。胡铨毫不悔恨，毅然踏上更艰苦的斗争历程。

满江红 岳 飞

怒发冲冠，凭阑处潇潇雨歇。抬望眼仰天长啸，壮怀激烈。三十功名尘与土，八千里路云和月。莫等闲白了少年头，空悲切。　　靖康耻，犹未雪。臣子恨，何时灭。驾长车踏破，贺兰山缺。壮志饥餐胡虏肉，笑谈渴饮匈奴血。待从头收拾旧山河，朝天阙。

岳飞，是两宋历史上独一无二的英雄。他的《满江红》，也是词史上独一无二的辉煌篇章。

文人词风格基调与结构形式的定型是在晚唐五代。从温庭筠、韦庄到西蜀花间词人乃至南唐词人，大多是以“妇人女子之言”，“以写妇人女子之怀”（清魏际瑞《魏伯子文集》卷一《钞所作诗余序》），词的艺术世界几乎是“女人国”，看不到英武刚健的男子汉。宋初以降，晏殊、张先、柳永、欧阳修笔下，也多是“女儿词”，多是“泪眼问花花不语”式的感伤与饮泣。以“大江东去”的气势而崛起词坛的苏轼，给词坛带来了一股令人振奋的男子汉的阳刚之气。但不久，秦观、周邦彦的“女郎词”、脂粉气又笼罩了词坛。靖康之难，金人的金戈铁马带来的北国旋风，驱散了北宋词坛缠绵低沉的女性气味，而复苏、吹醒了南渡词人身上潜藏着的英雄气。曾被“家人挽袖乞新词”的朱敦儒，唱出了“问人间，英雄何处？奇谋报国，可怜无用，尘昏白羽。”（《水龙吟》）出将入相的李纲也长歌当哭：“谁信我，致主丹衷，伤时多故，未作救民方召。调鼎为霖，登坛作将，燕然即须平扫。拥精兵十万，横行沙漠，奉迎天表。”（《苏武令》）宋代词坛，从此摆脱了女性的统治，涌现了一批“可怜无用”的悲剧英雄。也就在此时，岳飞身披战袍，执金戈跨铁马，以叱咤风云的气概匆匆跃上词坛。

看吧！矗立在我们眼前的，是这样一位英雄：他凭栏远眺大雨洗刷后的山河大地，悲愤地沉思神州沉陆，凝目“九地黄流乱注，聚万落千村狐兔”的现实而不禁“怒发冲冠”“仰天长啸”。好一声“长啸”！这一声怒吼，吼出了词坛的新时代。英雄善吼，后继有人。辛弃疾生前作词“悲壮激烈”，卒后其坟墓也“有疾声大呼”，“若鸣其不平，自昏暮至三鼓不绝声”（《宋史·辛弃疾传》）。这前后辉映的“激烈”“长啸”“大呼”，是偶然的巧合，还是历史的必然、英雄的共性？在岳飞之前，词坛上从未有过这种“长啸”怒吼。这一声振聋发聩的“长啸”，是从岳飞郁结着满腔愤怒的心灵深处爆发出的怒吼，它是岳飞“激烈”“壮怀”、雄武个性的有声化、音乐化！

“怒发冲冠”“仰天长啸”“壮怀激烈”，从外貌表情、动作声音到内心活动，多角度地凸显英雄的形象个性，具有先声夺人的审美效应。英雄的个性，更主要的是表现在他独特的人生经历和超群的胆略、气魄上。岳飞在靖康之难后，长年转战于河北淮东，驰骋于湖湘岭表，披星戴月，昼夜奋战，一身转战八千里，“一剑曾当百万师”，何其勇武！年方而立，即由一小小军校，以勋功而爵至王侯，“功名”扬天下，何等荣耀！按照中国文人士大夫传统的人生观、价值观。岳飞此时该功成身退、衣锦还乡了。然而，英雄之所以为“英雄”，正在其胆识、眼界、勇气超出常人。刘劭《人物志·英雄第八》即谓：“聪明秀出谓之英，胆力过人谓之雄。”岳飞所追求的目标，并不是一己之功名荣誉，而是民族的前途、国家的命运、人民的安宁。在他看来，年过三十而立功名不值得沾沾自喜，“功名”不过是人生进取中社会给予的一种价值评判与奖赏，自我的崇高使命、人生理想远没有实现，时代赋予的重任尚未完成——“靖康耻，犹未雪”。民族的屈辱尚未洗灭，一代英雄，怎能因个人的官封王侯而退居安乐窝？进取，执着的进取，无畏的进取，才是英雄本色。“莫等闲白了少年头，空悲切”，是英雄岳飞的自我律令，也是对世人的告诫与鞭策。

人类的文明史，总是交替上演着悲剧和喜剧，同时并生出英雄与懦夫、伟人与庸人。就在岳飞痛愤“靖康耻，犹未雪”的前后，堂堂天子宋高宗赵构与一班心腹大臣却在厚颜无耻地乞求苟安，置中原人民于不顾，甘愿做半壁江山的臣仆天子。南宋大哲学家朱熹曾分析过赵构及其佞臣们“怯懦”求和的心理：“当时讲和本意，上不为宗社，下不为生灵，中不为息兵待时，只是怯懦，为苟岁月计。”（《朱子语类》卷一二七）在这怯懦厌战、只图苟安的朝廷里，要进取抗击、厮杀搏斗的岳飞，该承受着多么大的心理压力，需要何等毅然决然的勇气，需要付出多么沉痛的代价——后来终于付出了悲壮的生命。正是在朝廷声嘶力竭地狂呼“讲和”的气氛中，英雄岳飞却石破天惊般地高歌：“驾长车踏破，贺兰山缺。壮志饥餐胡虏肉，笑谈渴饮匈奴血。待从头，收拾旧山河，朝天阙。”亲驾战车去收复失地，重整我壮丽山河。沧海横流，方显出英雄本色。在那班怯懦无能的君臣衬托下，执着地要求浴血奋战的岳飞更显得崇高伟大！在那班只图苟延岁月的君臣的政治高压下，更锻炼、激发起岳飞的英雄气概与胆识！而历史的悲剧也在这正义与邪恶的搏斗中展开，英武卓绝的英雄岳飞却被那班怯懦卑鄙的君臣活活屠杀。千载之后，仍令人痛愤彻骨。

这首《满江红》词，是英雄岳飞生命理想的音乐化、艺术化。它不是以奇妙的技巧赢得读者的青睐，而是以超群的“激烈”“壮怀”、用凝注着英雄热血与生命的铿锵有力的语言、激昂雄健的旋律，震撼读者的心弦，激发读者的热情与活力，让读者伴随着他强烈的生命节奏而起舞奋进。

围绕这首千古名篇，二十世纪五十年代学术界曾打过一场波及海内外的文墨官司，有人怀疑这首词不是岳飞所作。官司至今尚未定案。但不管最终的判决如何，笔者认为，只有结合岳飞的人生经历及其时代氛围，才能真正理解这首从英雄心灵深处迸发出的“战地进行曲”。

小重山 岳 飞

昨夜寒蛩不住鸣。惊回千里梦，已三更。起来独自绕阶行。人悄悄，帘外月胧明。　　白首为功名。旧山松竹老，阻归程。欲将心事付瑶琴。知音少，弦断有谁听。

绍兴七年（1137），岳飞为湖北京西宣抚使，曾奏请提军进屯江淮，欲乘金人废伪齐刘豫之际，“捣其不备，长驱以取中原”，未获许可。次年，王庶视师江淮，岳飞致书请战，说：“今岁若不举兵，当纳节请闲。”逢朝廷与金议和，又未能出兵。他的壮怀理想、军事战略，得不到理解，更得不到支持，内心十分苦闷，遂写下此词抒愤。他誓死北伐中原，连在梦中也系念着战斗、怀念着故土家山，但“心事”无人理解，半夜“起来独自”“行”的行动描写，表现出内心的焦虑和沉重的孤独感。欲战不能，欲退而归家山也不可得，展示出一代英雄的悲剧命运与被压抑的心态。当时朱敦儒也慨叹“知音少，天涯何处寻芳草”（《渔家傲》），赵鼎亦时常“伤幽独”（《双翠羽》），李纲也每每感叹“谁是知心底”（《永遇乐》）。孤独与压抑，是当时英雄志士们的普遍心态。英雄深沉的叹息与他们的怒吼高歌，具有同样震撼人心的力量。

酹江月 观潮应制 吴 琚

玉虹遥挂，望青山隐隐，一眉如抹。忽觉天风吹海立，好似春霆初发。白马凌空，琼鳌驾水，日夜朝天阙。飞龙舞凤，郁葱环拱吴越。 此景天下应无，东南形胜，伟观真奇绝。好是吴儿飞彩帜，蹴起一江秋雪。黄屋天临，水犀云拥，看击中流楫。晚来波静，海门飞上明月。

应制之作，须“应景”；须写出帝王之威仪气派，为朝廷歌功颂德，制造承平气象，表现欢乐气氛，还得将这些功利目的包裹在富丽堂皇的华美外衣中，变为最易吸收消化、能够迅速生效的迷幻剂，令天子飘飘然有凌云之意，才算是“成功之作”。此词以天下奇观钱塘江潮的壮伟景象烘托皇家之尊严高贵、气势非凡，以杭州奇丽的江山秀色表现歌舞升平的太平盛世，可谓寻找到了极好的“契合点”。而且，作者好似触景生情，将“应制”与“应景”“应情”交融在一起，全篇贯穿着一道强烈、雄浑的情感之流，排除了明显的肉麻与卑俗。若仅仅如此，也不过是一种更高雅一些的俗气罢了；虽赢得帝王叹赏，揆之当时当地，却适可令我们心下生疑的。偏安的朝廷，在破碎的山河上宴乐赏玩，麻醉自己的神经，以忘却家国之痛，吟诗作词的文人墨客迎合其心意舞弄邀赏，弄得越好，越令人生厌。然而，此词却别有其价值在。其价值不仅在于以雄劲遒丽的笔力写出了“真奇绝”的伟观，可以相对独立地为人们所叹赏；更主要的，是作者笔底之气概来自于胸中的内在冲力，而这内在冲力，便是由壮美景观所激起的强烈的爱国心志。故而壮美之景与慷慨之气不期而遇，相摩相荡，以一种阔大高华的形式表现出来。在颂扬中暗寓激励，于高昂里潜藏悒郁；虽说仍是一种劝谏，但因其心志之深、气魄之大、笔力之劲而获得了相当的审美价值。

水调歌头 金山观月 张孝祥

江山自雄丽，风露与高寒。寄声月姊，借我玉鉴此中看。幽壑鱼龙悲啸，倒影星辰摇动，海气夜漫漫。涌起白银阙，危驻紫金山。　　表独立，飞霞珮，切云冠。漱冰濯雪，眇视万里一毫端。回首三山何处，闻道群仙笑我，要我欲俱还。挥手从此去，翳凤更骖鸾。

张孝祥为人，才华横溢，有如苏轼，其词亦如东坡词之横放杰出。此首金山观月词，深得东坡《水调歌头》中秋词的神韵。起拍二句点题，写金山之雄峻秀丽。次拍续点观月题旨。然观月，不是常人常态的观月，而富浪漫奇想，请求月亮姐姐借玉镜，来俯观仰察天地奇观。浪漫奇想，与东坡“我欲乘风归去，犹恐琼楼玉宇，高处不胜寒”相近，但着意求新求变，不写月中奇观，而写月夜江底鱼龙悲啸，星辰倒影摇动。深夜鱼龙悲啸，折射出冷战时代环境的悲怨，浸透着词人深沉的民族忧患意识。张孝祥所见的镇江金山，矗立在长江之中，后因泥沙冲涨，渐与南岸相连。月夜之下，金山寺如天上白银阙，而矗立在大江中的金山则在浪涛中随波涌起。“涌起”“危驻”是互文见义。深夜观月，本是静景，但词人写来却境界飞动，江底鱼龙悲啸，声响划破夜空；星辰的倒影在澄清的江面随波摇动，江面上雾气蒸腾，有如仙境；金山与金山寺，仿佛在茫茫大江中随波涌动。

上片写得大气磅礴。过片三句，分别化用屈原“表独立兮之山之阿”、韩愈“乞君飞霞珮，与我高颉颃”、屈原“冠切云之崔嵬”句意，从站位、衣帽写登高远望的自我形象，让人想见其独立高山之上的逸怀浩气。而“漱冰濯雪”，与头一年写的《念奴娇·过洞庭》之“孤光自照，肝胆皆冰雪”意蕴相同，在澄澈的月夜，心胸像被冰雪洗濯一过，澄明洁静，了无尘念。词人飘飘欲仙，似闻群仙邀约，乘鸾远去。读此词，可想见张孝祥“潇散出尘之姿，自在如神之笔，迈往凌云之气”（陈应行《于湖先生雅词序》）。

菩萨蛮　书江西造口壁　辛弃疾

郁孤台下清江水。中间多少行人泪。西北望长安。可怜无数山。　　青山遮不住。毕竟东流去。江晚正愁予。山深闻鹧鸪。

诗意，有两个层次，一是本意，一是寓意。本意是诗人想要表达的意思，寓意是读者领会出的意思。正如一首诗的作者是一个，读者却有多人一样，诗的本意是一元的，而寓意是多元的。学界对辛弃疾词中“青山遮不住，毕竟东流去”这两句词的理解，就多有不同。有的说是重重叠叠的青山，代指那些苟且偷安的朝廷投降派以及各种阻碍抗金斗争的反动势力；而滔滔江水，代表着不可抗拒的历史潮流，暗示抗金救国斗争是历史的必然，任何人也改变不了它的方向。有人则认为这两句是写词人向往江流勇决，不受群山遮挡，感叹人不如流水，难以北去。还有人认为江水奔逝是比喻国势衰颓，难以收拾。

这些都是今天的读者对辛词寓意的解读。辛弃疾本人想要表达的意思究竟是什么？要正确理解作者的原意，需从创作背景、作者心境以及全词语境说起。

这首《菩萨蛮》作于宋孝宗淳熙三年（1176）的春季。头一年（1175）四月，湖北爆发以赖文政为首的茶商武装叛乱，很快就蔓延到湖南、江西，并危及两广。朝廷几度派兵前去围剿，都以失败告终。六月，在临安任仓部郎中的辛弃疾被任命为江西提点刑狱，前往江西赣州节制地方军马讨伐茶商武装。七月，辛弃疾到达赣州后，用弓兵土军与茶商武装周旋，并用大量民兵将其围困山中，以消耗其给养，消磨其斗志。果然，茶商武装被迫向广东逃窜，结果在粤赣边境遭到广东精锐之师摧锋军的迎头痛击，其势始衰。只好折回江西安福高峰寺，辛弃疾旋即派兵进山合力搜捕，茶商武装见大势已去，接受辛弃疾的招安，首领赖文政被押解到赣州就地处死。

经此一役，辛弃疾名声大振。宋孝宗得报后，下诏推赏。辛弃疾因功晋级，被授予从六品的秘阁修撰。秘阁修撰虽然只是优宠贴职，但对辛弃疾来说，在仕途毕竟大进了一步，离他任安抚使帅臣执掌军政的理想又接近了一步。因而，对未来充满了信心与希望，他在同时而稍前写的另一首《菩萨蛮》词中说:“功名饱听儿童说，看公两眼明如月。万里勒燕然，老人书一编。玉阶方寸地，好趁风云会。他日赤松游，依然万户侯。”剿灭茶商武装后，赣州城内城外人们都在传说着他的剿匪故事。他开始梦想像汉代张良那样做帝王师，能挥师北伐，建立不世之功，官封万户侯。可让他遗憾的是，最终他在期盼中等来的官职，不是回朝执掌兵权，也不是在地方上做帅臣，而是调到湖北襄阳去任京西转运判官，还是在地方上做无法施展军事谋略、实现政治抱负的文职官员。这让他相当失望。期望值越高，失望越深。淳熙三年(1176)春，他离开赣州去襄阳任职时，满心的期待变成了深深的失落。途经江西万安县西南赣江边上的造口驿时，他题写了这首《菩萨蛮》。

词从郁孤台写起。辛弃疾站在造口驿江边，望着眼前的大江，很自然从来处落笔。清江，就是赣江。赣江最上游的起点，就在郁孤台下。郁孤台在赣州旧城西北，辛弃疾任职的江西提刑司就设在赣州城内。他离开赣州前不久，还登临过郁孤台。此刻回想站在郁孤台上，遥望尚被金人占领的故国中原，故乡难归，故土难复，心潮就起伏难平。古人登高望远，本易产生去国怀乡的情绪。辛弃疾早年在南京，登上赏心亭时，也曾浩叹“落日楼头，断鸿声里，江南游子。把吴钩看了，栏干拍遍，无人会登临意”(《水龙吟·登建康赏心亭》)如今登上郁孤台，经历了更多的人生挫折与坎坷，去国怀乡、忧谗畏讥的人生感慨自然会更加强烈。

造口这个地方，还见证过一段屈辱的历史。建炎三年(1129)冬，隆祐太后被金兵追击，逃到万安造口一带。她率领六宫女眷，携带着赵氏祖宗神主及二帝御容，坐御舟沿赣江逆流南下。神主是祭祀用的祖宗牌位，御容是皇帝的画像，是朝廷皇权的象征。加上内藏库的大量金帛细软，有护卫禁军随行，所以金兵穷追不舍，几度赶上隆祐太后，以至于太后身边的大批卫兵四散逃亡，众多宫女死伤枕藉，随身携带的金银财宝丧失殆尽。一国的至尊太后，最后连扈从的侍卫、太监、宫女都没有，只得让山民抬着轿子逃命。这种落难的悲惨情景，对于辛弃疾这样情感激烈的英雄志士来说，刺激是强烈的。所以，“行人泪”中，不仅是过往行客的旅途辛酸，也包含着这段国耻。

郁孤台在唐代曾改名为望阙台，更引起辛弃疾另一层联想。据南宋祝穆《方舆胜览》记载，郁孤台，孤起平地数丈，为一郡之冠冕，而襟带千里之江山。中唐李勉为虔州（南宋时改名赣州）刺史时，登临北望，慨然感叹，“余虽不及子牟”，而一样“心在魏阙”，于是改郁孤台为望阙台。身在江湖，心存魏阙，是唐宋人经常用的典故。语出《庄子》:“中山公子牟谓瞻子曰：身在江海之上，心居乎魏阙之下。”范仲淹《岳阳楼记》所说的“居庙堂之高则忧其民，处江湖之远则忧其君”，就是从这个典故变化而来。辛弃疾登临郁孤台，自会想起子牟的心存魏阙和李勉的望阙。因此，就有了第三、四两句的“西北望长安，可怜无数山”。

词人遥望朝廷，可惜被无数层层叠叠的远山遮住视线，无法看到，主观愿望与客观现实之间存着矛盾和遗憾。群山遮目，望帝都而不见，既是写眼前的实有风景，也委婉表达了词人内心的抱怨。这两句的用意，与李白《登金陵凤凰台》“总为浮云能遮日，长安不见使人愁”两句诗近似。所谓怨而不怒、沉郁顿挫，可于此处体会。

辛弃疾此行是去襄阳任职，于是又自然地联想起唐人崔湜《襄城即事》的诗句:“子牟怀魏阙，元凯滞襄城。”“为问东流水，何时到玉京?”元凯是西晋著名政治家、军事家杜预的字，曾长期驻守襄阳。崔诗中的“何时到玉京”，十分切合辛弃疾此时的心情。于是，辛弃疾就因势写出过片“青山遮不住，毕竟东流去”两句。青山可以遮住视线，但终究遮不住滔滔东去的江水，挡不住自己回“玉京”朝廷的决心与希望。

流水的意象，常常跟时光关联。孔夫子就曾感叹时光如江水般的流逝。辛弃疾在江边，既想到了魏公子牟，当然也会想到孔夫子感叹时光如水的那份焦虑。唐代诗人张九龄曾有同样的感叹：“江流去朝宗，昼夜兹不舍。仲尼在川上，子牟存阙下。”词人之所以对时间如此敏感，如此焦虑，是纠结于路漫漫而修远，老冉冉其将至。他看不到希望，不知道何时才能受到朝廷重用，才能让他统帅千军万马，收复中原失地，最终实现统一祖国的梦想。词人对民族的热爱、对祖国统一的渴望、对朝廷的忠贞、对报答天下苍生的强烈冲动，都在他的眼泪和焦虑中流出。

词末二句，写在造口的所闻所感。大山深处，太阳落山早，更容易天黑。词人望着滔滔江水，愁思纷繁。深山里又传来鹧鸪的叫声。鹧鸪的叫声类似“行不得也哥哥”，好像鹧鸪在挽留他别走。辛弃疾解任离开赣州时，赣州军民曾经拥满道路，争相前来为他送行。当时赣州通判罗愿写的送行诗《送辛殿撰自江西提刑移京西漕》开篇即说：“峨峨郁孤台，下有十万家。喧呼隘城阙，恋此明使车。”赣州城十万人家，许多百姓都跑来大街上，为辛弃疾的车马送行，以至把城门道路都堵塞了。这动人的场景，大概又一次浮现在词人的脑海中。站在造口驿上，他留恋此地而不想去襄阳。因为在江西，他是节制兵马的指挥官，去襄阳，他将失去兵权，成为掌管粮草的文官。但朝命难违，又不能不去。此词表现了词人岁月蹉跎、功名未就的焦虑，是他离开赣州时的告别词，一段欲言又止的低回自语。

水龙吟 过南剑双溪楼 辛弃疾

举头西北浮云，倚天万里须长剑。人言此地，夜深长见，斗牛光焰。我觉山高，潭空水冷，月明星淡。待燃犀下看，凭栏却怕，风雷怒，鱼龙惨。　峡束苍江对起，过危楼欲飞还敛。元龙老矣，不妨高卧，冰壶凉簟。千古兴亡，百年悲笑，一时登览。问何人又卸，片帆沙岸，系斜阳缆。

绍熙三年春（1192），在上饶闲居了十年的辛弃疾，起复为福建路提点刑狱公事；四年（1193），升知福州兼福建路安抚使。五年（1194）九月，罢职闲居。此词即作于任职福建期间按部南剑时，具体的创作年份不可确考。

这首词是英雄人写的英雄词。试比较大约八十年前徽宗政和年间（1111—1117）张元幹写的《风流子·政和间过延平双溪阁落成席上赋》："飞观插雕梁。凭虚起、缥缈五云乡。对山滴翠岚，两眉浓黛，水分双派，满眼波光。曲栏干外，汀烟轻冉冉，莎草细茫茫。无数钓舟，最宜烟雨，有如图画，浑似潇湘。　使君行乐处，秦筝弄哀怨，云鬟分行。心醉一缸春色，满座凝香。有天涯倦客，尊前回首，听彻伊州，恼损柔肠。不似碧潭双剑，犹解相将。"张元幹所咏的双溪阁，就是辛弃疾所经过的双溪楼。张词上片写双溪阁的形胜和楼前风光，过片写使君的宴乐，词末写自己的天涯飘零之感。全词写景如画，重在写实。而稼轩此词，从南剑州名的"剑"字落笔，写来豪情万丈，奇幻浪漫。倚天的万里长剑，是何等雄奇！他当时的愿望，是像《庄子·说剑》里所说的那样用倚天万里长剑来一统中原，匡复天下。这是何等的气概！不是英雄，不是剑客，哪能登楼由一个普通的南剑州地名而联想到异乎寻常的超出常人想象力的倚天长剑来呢！

双溪楼下是剑溪和樵溪，于是词人由剑溪又联想到西晋张华和雷焕的宝剑失于延平津（即剑溪）的故事。倚天长剑是“须”，是想象，是虚写，而剑溪此地上冲牛斗之间的双剑“光焰”，则是人们“夜深”经常见到的实况。其实，双剑跃入剑溪只是个江湖上的传说，而稼轩化虚为实，把传说变成真事。这好比黄州赤壁是周瑜赤壁大战的赤壁，原本只是个传说一样，可东坡用一个“人道是”生生地把黄州赤壁跟“周郎赤壁”给粘贴链接上，从此黄州赤壁就成了“周郎赤壁”，并定格为永恒的历史记忆。稼轩学东坡，用一个“人言”，也巧妙地让传说中的“斗牛光焰”实景化、可视化！深夜从天空的牛斗星宿之间看见上冲于天的双剑光芒，这已够神奇了。可词人进而准备潜入水底“燃犀下看”当年跃入剑溪的龙泉、太阿宝剑是否还在，就更加想象新奇。想象和用典是如此的贴切，紧扣此地的地名和传说来写，让人既感意外新奇，又合乎情理。

“我觉山高，潭空水冷”，明写实景，暗写心情。山高，意味着路险，有李白《行路难》“欲登太行雪满山”之意。水冷，象征着心凉，意味着心灰意冷。

下片“欲飞还敛”，体现出词人忧谗畏讥的矛盾心态。刚想飞翔，又收敛起双翼；想进取，又准备退缩，这是饱经宦海风波后词人心态的自然流露。“元龙老矣，不妨高卧”，他对官场有些厌倦了，这与当年“求田问舍，怕应羞见刘郎才气”的犹豫不决大不相同。当年心高气盛，志在进取，如今则是英雄老矣，常想闲居“高卧”。为官时就想到退避，与周遭的环境和他的为人作派不无关系。据邓广铭《辛稼轩年谱》的考证，辛弃疾任福建提刑时，与福州安抚使林枅关系不睦，龃龉甚多；任安抚使时，“厉威严”，“官吏惴栗”，得罪人不少，常常被弹劾。在闽为官前后仅三年，就被臣僚弹劾落职。辛弃疾对官场处境的险恶了然于心，所以随时准备赋闲“高卧”。

鹧鸪天 辛弃疾

有客慨然谈功名，因追念少年时事，戏作。

壮岁旌旗拥万夫。锦襜突骑渡江初。燕兵夜娖银胡𩨇，汉箭朝飞金仆姑。　　追往事，叹今吾。春风不染白髭须。都将万字平戎策，换得东家种树书。

辛弃疾二十三岁时，率领五十骑兵深入到五万之众的金兵军营中生擒叛徒张安国，是他一生最辉煌的壮举，也是令他一生深感自豪自信的心理资本。这件事儿，辛弃疾自己在诗词文中谈及不多，只有友人朱熹和洪迈分别说过此事。《朱子语类》卷一三二载朱熹说：“耿京起义兵，为天平军节度使。有张安国者，亦起兵，与京为两军。辛幼安时在京幕下为记室，方衔命来此，致归朝之义，则京已为安国所杀。幼安后归，挟安国马上，还朝以正典刑。”洪迈《稼轩记》说：“赤手领五十骑，缚取于五万众中，如挟毚兔，束马衔枚，间关西奏淮，至通昼夜不粒食。”朱、洪二位的说法，应该是当事人辛弃疾所告知。其说可信。

有人觉得这件事儿太夸张，不可信。在当时的历史条件下，没有现代化的通信、侦察、运输等装备，辛弃疾率五十骑兵怎么可能冲进五万之众的金兵营垒中生擒张安国？除非是金兵全都吃了《水浒传》里吴用麻醉杨志等人的蒙汗药。的确，在常人看来，这事儿简直不可思议。可对英雄辛弃疾来说，世界上没有什么事是不可能做成的。他回南宋后曾对皇上说过："臣闻天下无难能不可为之事，而有能为必可成之人。"（《美芹十论》）辛弃疾能说出这种牛气冲天的话，他的底气是什么？依据是什么？底气就是他自己把生擒张安国这种"难能不可为之事"变成了"能为必可成"之事！英雄就是善于将不可能变成可能。辛弃疾曾在《美芹十论》中夫子自道式地说过："古之善用兵者，非能务为必胜，而能谋为不可胜，盖不可胜者，乃所以徐图必胜之功也。"在辛弃疾看来，打优势明显的必胜之仗，算不上是会用兵，真正"善用兵"的，是能打赢"不可胜"之仗，把"不可胜"变为"必胜"。无疑，辛弃疾本人就是这种"善用兵"的军事天才！

辛弃疾究竟用的是什么战术把"不可胜"变成了"必胜"，历史载籍没有留存下具体的细节满足我们的好奇心。但如果读读辛弃疾《美芹十论》和《九议》中提及的这些战略战术："知敌之情而为之处者，绰绰乎其有余矣。""事有操纵在我，而谋之已审，则一举而可以遂成。""攻其不备，出其不意，是谓至计。""今之论兵者，不知虚实之势、缓急之序，乃欲以力搏力，以首争首，寸攘尺取以觊下，譬之驱羊以当饿虎之冲，其败可立待也。"我们或者可以有些领悟：辛弃疾一定会经过侦察，对金兵营帐内的虚实和张安国的活动规律了如指掌，然后谋划制订出缜密的智取方案（决不会"搏力"强攻），化装潜入金兵营帐中。当张安国正与金兵将领得意忘形地畅饮之时，辛弃疾以迅雷不及掩耳之势，突然出现在酒席前，将张安国捆缚起来，如挟狡兔，拎上马背，然后飞奔出营。同行的骑兵在外接应，一同绝尘而去。金兵追之不及，辛弃疾束马衔枚，昼夜不停，越过淮河，渡过长江，将张安国送至临安，交给南宋朝廷正法。

年方二十三岁的辛弃疾，就导演并主演了这幕绝世传奇惊险剧，是何等的壮伟！这事，一直深藏在英雄辛弃疾的心中，自我品味，自然陶醉，自我追忆！当英雄进入中晚年时，一位客人在他面前大谈功名之事，遂激发起他的豪气，一时兴起，便把埋藏在心中的那段“少年时事”挥笔告诉了客人：想当年，协助耿京指挥着千军万马，旌旗指处，所向披靡，那是何等快意！最难忘的是，率领五十骑兵潜入五万之众的金兵营垒，生擒绑缚叛徒张安国，然后飞身上马风驰电掣而去，敌兵追赶时，同行骑兵用密集的箭雨掩护。经过艰苦卓绝的奋战，终于安全渡过长江。

词人快意的神情刚刚浮上脸颊，一会儿就变得面色凝重，陷入沉思。回到南宋，本想大展身手，实现恢复中原、统一天下的抱负，谁料想，年华徒然流逝，胡须斑白，而一事无成。一生心血凝结而成的“万字平戎策”，换来的不是“腰佩黄金印”、不是“沙场秋点兵”，而是“东家种树书”，成了山园种树的闲人。是造化弄人，还是朝廷当局、唯求苟安的社会造成了英雄的失路悲剧？令人深思。

词的上片场面热烈雄壮，与下片的悲凉冷清形成鲜明对照，正映衬出英雄青年和中晚年两种不同的命运、不同的心态。青年的自豪与自信，中晚年的失望与苦涩，全在场面的对比中流露出。题目中的“戏作”之“戏”，透露出几许无奈，也流露出一种乐观和坦然，更含有一种期待和希望。如果完全失望，泯灭了那份“功名心”，他就不会对“壮年”往事那样热烈地留恋和追忆了。辛弃疾是执着的，也是超然的，更是智慧的。他的内心有深深的伤痛，但不沉沦，不绝望，以幽默的态度来面对人生的挫折、化解人生的烦恼。读这首词，我们既为英雄的豪情而感动，为英雄的失落而感慨，更为英雄的善待人生而感悟。

破阵子　为陈同甫赋壮词以寄之　辛弃疾

醉里挑灯看剑，梦回吹角连营。八百里分麾下炙，五十弦翻塞外声。沙场秋点兵。　　马作的卢飞快，弓如霹雳弦惊。了却君王天下事，赢得生前身后名。可怜白发生。

这首词的写作时间，有的说是淳熙十五年（1188）辛弃疾与陈亮鹅湖之会以后，有的说是绍熙四年（1193），都是猜度之辞，没有确切的依据。其实是淳熙十年（1183）所作。陈亮有《与辛幼安殿撰书》说："闻往往寄词与钱仲耕，岂不能以一纸见分乎？"意思是，听说你常常寄词给钱仲耕（淳熙八年岁暮辛弃疾有《西河·送钱仲耕自江西漕赴婺州》），难道不能分寄我一纸么？辛弃疾当时在上饶家居，接信后，即赋此词。根据邓广铭《辛稼轩年谱》的考证，陈亮《与辛幼安殿撰书》作于淳熙十年（1183）春天。辛弃疾接到此信后赋词，自当在此后不久。

辛弃疾与陈亮，是志同道合、惺惺相惜的挚友。友人来函索词，他便特地赋壮词一首，以写胸中块垒。这首"壮词"，是典型的英雄人写英雄词。当年秋日沙场点兵的情景和惊心动魄的战斗场面是如此清晰地留存在记忆里：出师之前，将士们摩拳擦掌，连营吹角，曲奏凯歌，大碗吃牛肉，大碗喝美酒，豪气干云；出师后，马似的卢飞快，弓如霹雳轰鸣。有此军队，何坚不克！可惜，这样的场景，如今只能在醉里回味，在梦里怀想。当年沙场点兵的少年将军，如今困守乡间坐看白发横生！"赢得生前身后名"的理想也成为泡影！

这首壮词，可谓情壮、景壮、事壮、语壮、声壮、人壮、马壮。作者不仅写出战斗场面，更传达出战场上各种声响；号角声、军乐声、拉弦开弓之“霹雳”声，马蹄得得声，轰轰烈烈的气氛烘托出壮志凌云、勇猛无前的壮士形象。全词结构打破上下片分段的通常格局，前九句一意，后一句陡转。结构的倾斜正是胸中不平之气失衡的表现。而前九句记忆中的壮烈场面又反衬出眼前的寂寞与冷清！

此词气势豪壮，句法精壮。特别是“八百里”二句，句法挺异。一般七言诗句词句，都是二二三式，而此两句则作三一三式，应读作：八百里——分——麾下炙，五十弦——翻——塞外声，句式的挺异与特异的战争场面相得益彰。此词读起来一气贯注，一气直下，似是一气呵成，但实经千锤百炼而成。十句之中镕铸了六个典故，而浑然天成。八百里，既是用《世说新语》中八百里驳的典故，字面上也让人联想到“连营”八百里的壮观。作者把前人的语典、事典融化成自己独具个性的语汇系统，彰显出他高超的驾驭文字的能力，既显学问才情，又使词作具有深厚的历史感。每个语典、事典，都沉淀着特定的历史记忆，能唤起读者对特定历史场景的记忆和联想。“马作的卢飞快”，如换成“马似旋风飞快”，只是一个普通的比喻，没有特定的历史记忆，无法唤起读者更多的联想。而用“的卢飞快”，则让人联想到刘备乘的卢飞越檀溪的传奇故事。在实写战场的情景之外，就多了一层历史的记忆与想象。所以，用典并不只是语言表现的一种技巧，还是丰富诗词情感内涵的有效方法。典故在现实与历史、表层与深层之间建立起一种特殊的联系。

鹧鸪天　辛弃疾

陌上柔桑破嫩芽。东邻蚕种已生些。平冈细草鸣黄犊，斜日寒林点暮鸦。　　山远近，路横斜。青旗沽酒有人家。城中桃李愁风雨，春在溪头荠菜花。

英雄辛弃疾的词，有英雄气，也有乡土气。他中年罢官以后长期住在江西上饶，熟悉乡村生活和人物，常常为乡村人物写照，给乡村风光留影。背着娃娃去看外家的村姑，偷把长竿打枣的儿童，溪东锄豆的大汉、门前织鸡笼的小伙，溪头卧剥莲蓬的小弟，都活跃在他的乡村影像里。这首《鹧鸪天》拍摄的是乡村早春图：村旁路边的桑树刚刚冒出绿芽，邻家的蚁蚕纷纷破壳而出，山冈上黄牛啃吃着嫩草，时不时地抬头嘶鸣几声，呼朋唤侣。夕阳下，几只乌鸦在树林里盘旋俯冲。词人仿佛携着摄像机，沿着横横斜斜的山间小路，捕捉着风景和镜头。行游了一天，饥肠辘辘，正想寻觅用餐沽酒之地，忽见远处路边高耸着一竿青色酒旗，正招呼着过往行客。沿溪而上，但见溪头荠菜正得春时而蓬勃生长，词人恍然大悟：还是乡村田野自由自在，哪像城中桃李，被环境幽闭，被风雨摧残。都市的繁华，哪及乡野的无拘无碍、悠闲自得。辛弃疾久历宦海风波，如今退居乡村，真切感受到自由之可贵、乡村之可乐。

贺新郎 辛弃疾

邑中园亭，仆皆为赋此词。一日，独坐停云，水声山色竞来相娱。意溪山欲援例者，遂作数语，庶几仿佛渊明“思亲友”之意云。

甚矣吾衰矣。怅平生交游零落，只今余几。白发空垂三千丈，一笑人间万事。问何物能令公喜。我见青山多妩媚，料青山见我应如是。情与貌，略相似。　一尊搔首东窗里。想渊明《停云》诗就，此时风味。江左沉酣求名者，岂识浊醪妙理。回首叫云飞风起。不恨古人吾不见，恨古人不见吾狂耳。知我者，二三子。

社会的需要，人际的交往，是人生存和发展的两大精神支柱。如果某一方面失衡倾斜，人就会产生失落感、孤独感。而年及花甲、闲居江西铅山的辛弃疾，却不止是一方面的失衡。此时，社会已剥夺了他政治上进取奋斗的权利与机会，他被罢去福建安抚使之任，赋闲家居，成了被社会抛弃的“可怜无用”的英雄。祸不单行。社会上，他已丧失施展才干之地；人际交往方面，他又失却几处心灵依托之所，老友陈亮、王正之、朱熹等都先后去世，使辛弃疾悲痛不已。所作《祭陈氏文》哭曰：“而今而后，欲与同父（陈亮字）憩鹅湖之清阴，酌瓢泉而共饮，长歌相答，可复得耶？千里寓辞，知悲之无益而涕不能已。”这天，他闲中独坐铅山别墅中的停云亭，叹年华之流逝，念生命之衰老，感人生之坎坷，“怅”交游之零落，百感交集，遂挥毫写下这首《贺新郎》，以宣泄心灵的苦闷，借音乐性的语言将个体自身的苦闷忧患升华为艺术作品，供“知我者”来共同品尝这人生的苦果。

人的个性气质，有开朗乐观者，有内向悲观者。面对痛苦忧患，前者力求化解超脱，后者沉浸其中不能自拔。词人李煜、秦观属于后一类型，苏轼、辛弃疾属于前一类型。李煜被俘入宋、囚羁汴京后，终日以泪洗面，郁郁不乐；秦观贬谪岭南后，被无边的苦海（“飞红万点愁如海”）所淹没，自作墓志，先期失去了对生命的信念，终于过早地离开了人世。而苏轼流放到瘴烟雾雨笼罩的“死亡地带”海南岛，却能乐观地从痛苦中超脱出来，自寻精神的慰藉，终于安然地活着离开海南岛。辛弃疾的罢官闲居，虽然没有苏轼流放海南岛那么痛苦，但他胸怀文武大略、极欲进取、拯世济民却被罢职闲居，请缨报国之路被阻塞，心情也十分压抑苦闷。“甚矣吾衰矣”，不只含有对年华老大、体质衰弱的忧虑与苦闷，更含有一生报国无门、屡受排挤压抑的焦虑与不平。倘若他已成就人生事业，完成了历史使命，实现了恢复中原的政治理想，个体生命的自然衰老有何可叹！哪怕是走向九泉，他也可以含笑坦然而赴之了。他的苦闷在于，生命毫无价值地白白流逝，“白发空垂三千丈”的“空”，就透露出这一心态。前辈岳飞曾告诫:“莫等闲，白了少年头，空悲切”。积极进取的辛弃疾，之所以“等闲白了少年头”，是社会的压抑、政治的谗害，因而他心灵的矛盾痛苦是个体与社会的冲突。社会压抑他越沉重，他就越感苦闷抑郁。不过，如今他能乐观开朗地对待人生的忧患，不似年轻气盛时那般急躁易怒，不像当年在建康赏心亭时那样怒拍栏杆、倩红巾翠袖“揾英雄泪”（《水龙吟》）了，而是含“笑”来正视人生的痛苦，面对“人间万事”的蹉跎变化，探求、思索如何摆脱这长伴人生的苦闷。

人的精神纽带，总是联结在社会之间、人际之间、自然之间。个体与社会发生了矛盾冲突，在社会政治生活中找不到心灵寄托之所，于是就转向人际关系寻求安慰。又谁知“平生交游零落”，如今所剩无几，逝者已矣，存者不在身边，令辛稼轩好不“怅”惘！此时此际，社会、人际关系两根精神支柱既皆倾斜，无法维持他心理的平衡，他就只得转向人类的另外一位最可靠的挚友——大自然的“青山”绿水寻求慰藉了。一个“问”字，表明了作者由人际“交游”转向大自然“青山”的心灵探索的轨迹。“青山”是那么“妩媚”亲切，不似官场那些瞪着乌鸡眼随时准备暗算别人的卑鄙小人，而是敞开大公无私的心胸，热诚地与我默默地交流情愫。词人的一腔郁闷，终于找到一扇导引宣泄的大门，得到一缕缕清风般的抚慰。在对青山的沉吟观照中，辛稼轩若有所悟：青山不也是长年在此闲居“独坐”吗？不管人间世事如何变化、风雨怎样吹打，她始终如一地昂首挺胸，堂堂正正地巍然屹立，不改其意态风神，我又何苦自寻烦恼而不保持心灵的平静呢？山与我，“情与貌，略相似”，李白见敬亭山时，不也是与山相亲、相看不厌吗：“众鸟高飞尽，孤云独去闲。相看两不厌，只有敬亭山”（李白《独坐敬亭山》）。

山与人、物与我，何以“相看两不厌”、“情与貌，略相似”？这是诗人的想象，也是禅家的感悟与体验。禅家在观照自然时，不是停留于“目观”，而是“心会”，将主体自我化身于对象物里，达到物我相融相失的境界，这时的主体会获得一种忘怀世事、忘怀物我的审美感受。青原惟信禅师说过：“未参禅时，见山是山，见水是水，既参禅后，见山不是山，见水不是水”了。日本禅学大师铃木大拙对此阐释道：“为参禅时见山是山，这是从常识的观点和理智的分析去看山，这时的山是没有生命的山；既参禅后，我们不把山看做耸立在自己面前的自然物，而是把它化合与万物为一，山便不再是山。可是当我们真正禅悟之后，便把山融合在自己生命里，也把自己融合在山里面，山才是真正的山，这时的山是有生命的。”

（《禅与生活》）辛弃疾是把自我的情感生命融化在“青山”的生命里，故觉“情与貌，略相似”。一旦物我合一，烦恼忧患也就淡化。由此看来，辛弃疾词中还潜藏着禅意呢。

“水声山色”之“娱”人，毕竟是短暂的，它只能暂时的转移、淡化人的痛苦，却不能使人彻底的解脱。庄子对此早有认识：“山林与，皋壤与，使我欣欣然而乐与。乐未毕也，哀又继之。”（《庄子·知北游》）沉吟山水之间，可使“我”欣欣然而乐，但不久悲哀又继之而来。辛弃疾在“妩媚”青山的抚慰下，心灵得到暂时的宁静平衡，但不能彻底解脱。他又想借酒醪来麻醉，在醉乡中忘怀人世的苦恼。由“友”青山而饮醇酒，是辛弃疾所寻求的，也是宋代文人士大夫所普遍认可的超脱化解人生苦闷的两种方式。酒有麻醉忘忧的功能，但也能导致饮者失德丧身。酒的双重性使稼轩拿起酒杯前不免有所踌躇，于是他又到古代达人陶渊明那里寻找理论依据与精神支柱。为后人所钦仰的陶渊明尚且爱酒，饮得那么通脱自在，“我”今日痛饮几杯又何妨！当年渊明先生赋就《停云》诗时，不也是“搔首伫立”念“良朋”，良朋不至而独饮春醪吗？那“风味”与我“此时”正相同哩。不过，我之饮酒却不同于晋宋那些避居江南的风流名士，他们是以“醉”求名，自炫自耀，而俺老辛，是借酒醪来浇洒平息心中的愁火闷气，以此来对抗不平的社会、坎坷的环境。官场上龌龊的小人们，你等以为罢官免职就能整到俺老辛？哼！俺老辛豪放自在得很呢！真正“知我者”，只有“二三”同志，酒醪之“妙理”，只可为知者道，不可为俗人言也。

《贺新郎》表现了词人探寻解脱人生苦闷的心理过程——由“思亲友”不得转而“友”青山进而“友”酒醪，同时也反映出作者的人格个性：乐观开朗——“笑”，豪迈不羁——“狂”。他含“笑”面对人生，含“笑”来化解苦闷，可谓乐观开朗。“壮岁旌旗拥万夫”，曾于万敌丛中跃马生擒叛将，何等豪狂！如今在这看不见的战线与苦恼搏斗，不屈服，不沉沦，仍然有那股“回首叫云飞风起”的豪气，“狂”劲不减当年，难怪他“不恨古人吾不见，恨古人不见吾狂耳”。一股桀骜不驯、刚强不屈的精神飞扬在字里行间。

水调歌头 题剑阁 崔与之

万里云间戍，立马剑门关。乱山极目无际，直北是长安。人苦百年涂炭，鬼哭三边锋镝，天道久应还。手写留屯奏，炯炯寸心丹。　　对青灯，搔白发，漏声残。老来勋业未就，妨却一身闲。梅岭绿阴青子，蒲涧清泉白石，怪我旧盟寒。烽火平安夜，归梦到家山。

个人的“独善其身”与对国家人民的社会责任有矛盾冲突时，怎么办？这首词并未简单地以后者否定前者。相反，前者也被视作后者目标的重要部分。如此，其情更为亲切可信，也更为可敬。作者在“老来勋业未就”与“手写留屯奏”之间，“对青灯，搔白发”与“万里云间戍，立马剑门关”之间，在“妨却一身闲”与“归梦到家山”之间，情感是复杂的，有着艰难的心路历程。不断地处于矛盾纠结之中，犹如不断被闸起的激流，一旦闸门大开，又激起更强的冲力。其冲力之指向甚为明确，那“人苦百年涂炭，鬼哭三边锋镝”的巨大灾难所激发的战胜侵略的昂扬斗志和耿耿丹心照亮全词。不过，铺垫情感基础的还有自身的家山归梦，具有浓厚的“人情味”。故而全词在给人一种崇高、雄壮、庄严之感的同时，又具有很强的人情、人性的感染力。

百字令　几上凝尘戏画梅一枝　胡惠斋

小斋幽僻，久无人到此，满地狼藉。几案尘生多少憾，把玉指亲传踪迹。画出南枝，正开侧面，花蕊俱端的。可怜风韵，故人难寄消息。　　非共雪月交光，这般造化，岂费东君力。只欠清香来扑鼻，亦有天然标格。不上寒窗，不随流水，应不钿宫额。不愁三弄，只愁罗袖轻拂。

胡惠斋实在是一位有艺术情调的词人。虽然存词只有两首，仅这一首就足以表明她是一位十分难得的艺术家。几案上积满灰尘，她不是像我们这些凡夫俗子，拿一块抹布搽去，而是突发奇想，把几案当作画布，用纤纤玉指，几笔勾勒，就画出一枝“正开侧面”的梅花。而且，意犹未尽，又题词一首，让我们得知世界上还有这样一幅由灰尘变成的梅花图，这样一株从灰尘中脱颖而出的梅花。说它是独一无二，也许不为过吧？至少在胡惠斋之前，我们没有见过。

作者胡惠斋很喜爱这株梅花。虽然它不与雪月交光，只是绽放在幽暗僻静的小斋里；虽然它出身尘土，没有清香扑鼻，却是从心灵幻出，自有一段“天然标格”，而且有独立自由的生命，它不用上寒窗去展示，无需随流水去漂泊，更不用戴在宫女头上作陪衬、卖弄风姿。它唯一担心的怕被不知爱惜的罗袖拂去。这枝梅花，原来寄托着女词人孤芳自许的情怀，也流露出一种生命易逝的感伤。

一剪梅 易祓妻

染泪修书寄彦章。贪做前廊。忘却回廊。功成名就不还乡。铁做心肠。石做心肠。　红日三竿懒画妆。虚度韶光。瘦损容光。不知何日得成双。羞对鸳鸯。懒对鸳鸯。

这首词，有诱导，有规劝，有嗔责。青春易逝的悲叹，红颜易老的哀怨，怡荡春心的寂寞，结合在一起，勾勒出青春少妇的内心世界。像封建社会中绝大多数妇女一样，易祓之妻也无法掌握自己的命运；明知滑向岁月的无情手掌，却无法摆脱，青春渐逝，鲜花般的生命渐渐枯萎。但她努力在被动中求主动。哪怕有一点可能，也要奋力驾驭自己的命运之舟。她努力从几个方面去感化对方：道德感化（功成名就应还乡），以“贪”字激发其道德感，“心肠”唤起其仁爱心；夫妻之情（“不知何日得成双”），以“虚度韶光”“瘦损容光”暗示情爱；以“鸳鸯”体现责任。“染泪”“懒画妆”的痛苦、思恋诸种动情力量形成一种“合力”，想将多年不还乡的丈夫的心拉回自己身上。这些感情的努力能打动“铁做心肠”“石做心肠”的丈夫吗？读者可以去想象。

霜天晓角 吴礼之

王生陶氏月夜共沉西湖，赋此吊之。

连环易缺。难解同心结。痴骙佳人才子，情缘重怕离别。

意切。人路绝。共沉烟水阔。荡漾香魂何处，长桥月。断桥月。

此词似乎是在冷静客观地叙述一个故事，乍读之下，颇有“隔”的感觉。作者对所叙情事以一种较为超然的态度来叙述，保持着一定距离，因而缺乏那种同情共感、汹涌激烈的深切动情力。然而，这种凄苦冷峻的语调，却正反映了现实的凄苦冷峻。作者对情感的控制，虽然阻隔了激情的迸发，却能让人从更深的层面去思考感受。急促斩截的语气、十分肯定的判断句式，带来的是一种坚实的沉痛感。因此，隐含在情感与外在表现之间的张力，丰富了审美鉴赏的层次。这又是“隔”所造成的正面效应。特别是作者将西湖的长桥、断桥下的清冷明月与静夜中凄然荡漾的游魂相比拟而造成的“冷月葬花魂”式的意象，奇特而幽美，较好地体现了此词将炽烈情感寓于清冷意象的特色。

清平乐　刘克庄

风高浪快，万里骑蟾背。曾识姮娥真体态。素面元无粉黛。　身游银阙珠宫。俯看积气蒙蒙。醉里偶摇桂树，人间唤作凉风。

令人纳闷，浪漫的李白、豪放的东坡面对明月，不知为什么只是站在地球上“把酒问月”，在月光下“起舞弄清影”，却没想到飞上月宫，手拉嫦娥起舞？而平素不怎么浪漫的刘克庄，这回却是十分浪漫。他骑着蟾蜍，飞越万里蓝天，来到月宫的琼楼玉宇，亲眼看看嫦娥的芳容体态。他原以为嫦娥定是浓妆艳抹，谁知竟是天然淡妆，素面无粉黛。月里银阙珠宫，目不暇接；俯看人间地上，却是积气蒙蒙，混沌一片。他醉里摇起月宫桂树，想给人间送点凉风。虽身游银阙珠宫，却魂系人间社会。难怪苏东坡说“何似在人间”了。无论是太白、东坡的脚踩大地、把酒问月，还是刘克庄的身游月府，心系人间，都表现出一种对人生的执着，对大地母亲的执着，尽管这其中包涵着无数的遗憾、苦恼和忧患。

酹江月 淮城感兴 张绍文

举杯呼月，问神京何在，淮山隐隐。抚剑频看勋业事，惟有孤忠挺挺。宫阙腥膻，衣冠沦没，天地凭谁整。一枰棋坏，救时著数宜紧。　　虽是幕府文书，玉关烽火，暂送平安信。满地干戈犹未戢，毕竟中原谁定。便欲凌空，飘然直上，拂拭山河影。倚风长啸，夜深霜露凄冷。

治世之音安以乐，乱世之音怨以怒，亡国之音哀以思。生当治世的李白、苏轼，“把酒问月”，从容而潇洒；身历亡国乱世的张绍文，“举杯呼月”，焦虑而迫切。他没有那份悠闲去探讨月亮所涵融的宇宙人生的奥秘，他要思索解决的是迫在眉睫的现实问题：神京久陷，如何收复？民族民众被异族奴役，如何拯救？然而一介书生、一把孤剑，又能有什么作为？他的“孤忠挺挺”，谁能理解支持？国事如棋局，全盘皆坏，“救时著数”方略，却被当局置之脑后，在暂时的“平安”假象中寻欢逐乐。可贵的是，张绍文能在“平安”假象中，保持着中国知识分子清醒的忧患意识和坚定的使命感。然则，凌风直上，“拂拭山河影”的气势、理想虽然豪迈，但亡国之势已成定局，他的内心深处仍然充满着失望、悲观与迷茫。“夜深霜露凄冷”，就流露这种“潜意识”。悲剧的时代，在张绍文词作中烙下了悲伤的印痕。

霜天晓角　梅　萧泰来

千霜万雪。受尽寒磨折。赖是生来瘦硬，浑不怕角吹彻。　清绝。影也别。知心惟有月。元没春风情性，如何共，海棠说。

宋代咏梅词无虑千数，大多是用与梅花相关的历史典故编缀而成。此词则纯用白描，刻画梅花的性格精神。梅花傲骨铮铮，经受得住严寒的折磨考验；生性刚强，不为凄凉哀怨之声所苦；气质孤高，不屑与世相争。此词咏物，又俨然是写人。梅品与人品，观照主体与审美对象融化合一。传神写照，堪与“梅花第一词”晁补之的《盐角儿》比美。

贺新郎　兵后寓吴　蒋　捷

深阁帘垂绣。记家人软语灯边，笑涡红透。万叠城头哀怨角，吹落霜花满袖。影厮伴东奔西走。望断乡关知何处，羡寒鸦到著黄昏后。一点点，归杨柳。　相看只有山如旧。叹浮云本是无心，也成苍狗。明日枯荷包冷饭，又过前头小皋。趁未发且尝村酒。醉探枵囊毛锥在，问邻翁要写牛经否。翁不应，但摇手。

此词是宋末战乱期间知识分子流亡生活的写照。东奔西走，到处飘泊，没有寄身之所；钱囊空空，更乏谋生之术。只有一管毛笔可替人抄抄写写，无奈农民村翁也朝不保夕，根本不需要人抄写什么牛经与种树书。物质生活的穷困，精神上的失望无依归，双重地折磨着他们。作者用对比的手法，选取具体的生活细节如实地描绘今昔生活的变化，真切动人。这种纪实性特点与宋末其他遗民词人多用象征手法曲折地表现自我对社会人生的感受大异其趣。

声声慢 秋声 蒋 捷

黄花深巷，红叶低窗，凄凉一片秋声。豆雨声来，中间夹带风声。疏疏二十五点，丽谯门不锁更声。故人远，问谁摇玉佩，檐底铃声。　　彩角声吹月堕，渐连营马动，四起笳声。闪烁邻灯，灯前尚有砧声。知他诉愁到晓，碎哝哝多少蛩声。诉未了，把一半分与雁声。

此词咏秋声绝妙，字字句句无一不是秋声。风声、雨声、更声、铃声、角声、笳声、砧声、蛩声、雁声，声声盈耳，声声肃杀，声声凄寒，声声动心。然而秋声过耳，我们听到的却是作者的心声，深巷中、低窗下聆听这一片秋声，凄凄切切，砭人肌骨，正如欧阳修所云："草木无情，有时飘零。人为动物，惟物之灵，百忧感其心，万事劳其形，有动于中，必摇其精。"南宋王朝就像一片秋叶在西风中飘坠，而词人不能挽颓势于未坠之前，况且在这兵荒马乱的年代，深秋五更之时，更加思念远方的故人，不禁百感俱生，百忧齐集。正因处处有声，处处有情，故词意气流动，声情并茂。通篇只用一“声”字作韵脚，堪称一绝。十分形象地描摹了秋声急促之状，渲染了凄冷的氛围，词如弹丸，音韵圆转，又如行云流水，舒卷自如，有回环往复之美。可作《秋声赋》观之。

虞美人　听雨　蒋　捷

少年听雨歌楼上。红烛昏罗帐。壮年听雨客舟中。江阔云低断雁叫西风。　　而今听雨僧庐下。鬓已星星也。悲欢离合总无情。一任阶前点滴到天明。

这首词抒写人生少年、壮年、老年三个不同时期听雨的感受。少年不谙世事，歌楼听雨，蜜意柔情；壮年感时伤世，客舟听雨，悲愤难抑；老年饱经风霜，僧庐听雨，处事不惊。这可说是词人对自己一生经历形象化的概括总结。词写听雨时的心情感受与辛弃疾《丑奴儿》“少年不识愁滋味”写登楼时的感受笔法不同。辛词是通过直抒胸臆的方式，来反映一生不同时期的心理流程。而此词却是通过意象来曲现其心理情感变化。辛词清澈见底，使人看得深切；此词朦朦胧胧，使人品来有味。